醒世龙言

从这里读懂佛山

XINGSHI LONGYAN

龙建刚 著

南方日报出版社
NANFANG DAILY PRESS
·广州·

图书在版编目（CIP）数据

醒世龙言 ：从这里读懂佛山 / 龙建刚著. — 广州 :南方日报出版社,2023.12

ISBN 978-7-5491-2784-9

Ⅰ. ①醒… Ⅱ. ①龙… Ⅲ. ①评论性新闻－作品集－中国－当代 Ⅳ. ①I253

中国版本图书馆 CIP 数据核字(2023)第 221253 号

XINGSHI LONGYAN
醒世龙言

著　　者：龙建刚
出版发行：南方日报出版社
地　　址：广州市广州大道中 289 号
出 版 人：周山丹
责任编辑：蔡　芹
责任校对：熊丽思
封面设计：书窗设计
责任技编：王　兰
经　　销：全国新华书店
印　　刷：佛山市浩文彩色印刷有限公司
开　　本：787mm×1092mm　1/16
印　　张：20.5
字　　数：360 千字
版　　次：2023 年 12 月第 1 版
印　　次：2023 年 12 月第 1 次印刷
定　　价：68.00 元

投稿热线：（020）87360640　　读者热线：（020）87363865

序

话说龙建刚

王志纲

谁是龙建刚？

想要回答清楚这个问题，首先要搞明白，什么是佛山？

作为享誉中外的制造业大市，用一句话足以形容佛山：这里是市场经济的道场，草根经济的海洋。

在中国经济最强的20个城市中，佛山有两个非常突出的特点：一是制造业比重最大，二是民营经济贡献率最高。可以说，佛山是真正以民营经济为主体的城市，也是中国历史上少有的由商品经济和市场催生的城市，佛山的城市发展史，同样是中国最为完整的民营经济发展史。

随着中国经济发展进入新常态，很多中外学者密集关注佛山、研究佛山，视之为中国突破中等收入陷阱的先锋城市。

诚然，佛山的文化同样不薄。站在全球看，佛山承包了岭南几乎所有的世界级文化名片，武术、龙舟、醒狮、美食等民俗文化结晶享誉世界。站在湾区看，湾区文化之核在广佛，湾区同根，广佛同源，根在佛山，某种程度上讲，佛山是粤港澳大湾区的文化之母。但与高度发达的商业文明相比，佛山的文化色彩不免显得逊色了许多。以至于江湖上有一句俗话："在佛山，最好别谈文化。"这句话虽然偏激，但也从另一个侧面说明，千百年来形成的从商、重商、敬商传统，是佛山真正的灵魂之所在。

作为民营经济的呼吁者、参与者和观察者，我对佛山同样非常感兴趣。据我观察，佛山与其他城市有以下几个鲜明的区别：

打破"士农工商"传统职业地位顺序，商人社会地位上升，乃至"四民不分"。在这片土地上，财富创造者所受到的尊重，远超其他地域。无论是庙堂之高还是江湖之远，市场的伟力都得以充分展现。

佛山企业家即使做大，也不愿意离开佛山。其他地方的商人稍微有点钱就搬到县城、再有钱就搬到省城、发大财就搬到京城，佛山的企业却大多铁了心地扎根佛山。一个小小的北滘镇，走出了碧桂园和美的这两个世界500强。更难能可贵的是，两家企业做大之后，并没有“循例”往北上广深跑，而是选择留在佛山，最终长成参天大树。有关这个问题的解释，众说纷纭，在我看来其实很简单——佛山的风土人情、社会氛围、地域文化，最终形成了极其适合企业家生存的生态，无论是乔、灌、草，都能够各安其位，共享雨露阳光。

面对滔滔不绝的文化人，佛山人多半会奉上一句“口水多过茶”，更难听一点的，则会嘟哝一句“地对空导弹”。归根结底，就是嫌这群文化人说话太空。咬紧牙关、兢兢业业赚钱的佛山人，从来看不上这种“空”。

在这样一片市场经济的汪洋大海中，无数文人铩羽，唯独有一个特例，他不仅在佛山生根发芽，甚至还形成了强大的社会影响力，无论是官场、市场，乃至市井江湖，都对他尊重有加。从最早的电视台到报纸文章，再到短视频，伴随佛山近十几年的发展，他从未缺位。以至于在佛山，“教授”成了他的专属名词。在普遍知识水平不太高的老板群体的认知中，“教授”是文化人的天花板，也代表了对知识分子的最高尊重，这位江湖上的“教授”，就是龙建刚。

龙建刚在佛山名气之大，以至于他到菜市场买菜，都经常会被人认出，不论是卖鱼的阿公，还是卖肉的阿婆，见了他第一句话：“诶，口水佬来了！”第二句话：“你昨天晚上那个视频节目好精彩啊！”第三“啪”的一声切块肉下来，甩给龙建刚，而且坚决不要钱，搞得龙教授落荒而逃，都不太敢上街买菜了。

至于那些主政一方的官员们，则会悄悄地给他发微信，谈谈对他的某篇评论或文章由衷的感谢和认同，甚至一些级别相当高的官员，会悄悄地把自己的文章转给他，希望他能帮忙推广一下。曾经担任中共佛山市委书记的刘悦伦就曾说过：“在佛山工作期间，龙建刚所发表的每一篇文章我几乎都读过，即使离开了佛山，我仍然保持这份关注。……但凡署名‘龙建刚’的文章，我基本上一定要看的。”

在广东期间，我也不时去佛山考察，只要谈到龙建刚，老板们总会不约而同地说：“是不是那位教授？”随后便殷勤地把教授请来，一起把酒言欢。更精彩的是，很多老板甚至不知道龙建刚究竟叫什么名字，只知道江湖上名头甚大的“教授”来了。

这样一个特立独行的文化人，到底是怎么炼成的？我想，恐怕离不开龙建刚的三个特点：

其一，龙建刚是一个激情澎湃的人，他的热情总能够感染大家。偌大的会场，只要请他当主持人，不多一会儿，场内氛围就会在他妙语连珠的烘托下，轻快起来。

龙建刚的激情出自本心，如清水芙蓉，毫无雕饰。这么多年来，龙建刚当过诗人、记者、老师、媒体人，也曾经在机关工作过，但他骨子里，仍然是一个把生活过成诗歌的文艺青年。

年轻时，龙建刚曾经狂热的喜爱过三毛，如今已是“奔六”之人的他，仍然会专程前往撒哈拉沙漠，在三毛故居前久久徘徊，凭吊青春。有时与他一同吃饭，席间兴起之时，他依旧会高声朗诵诗歌。我最喜欢听他朗诵的是那首《南方北方》：“到南方的风中流浪，是我的向往。养育我的北方，便成了思恋的地方。”情浓之时，他依旧会热泪盈眶，泪光中，依稀还是那个长发飘飘、意气飞扬的少年。这样的龙建刚，怎能让人不喜欢？

其二，龙建刚作为学者，功底非常深厚。他是我见过的这么多人中，阅读量相当大的人之一，可以说是手不释卷，再加上他极为勤奋，多年来笔耕不辍。多年前，他便在佛山电视台做特约评论员，所做的《话龙点睛》节目观众很多、影响很大，是佛山人茶余饭后、耳熟能详的“口水佬”。短视频兴起后，他更是一炮而红，《醒世龙言》成了佛山的“超级 IP”，很多视频都产生了重要影响。

和许多学者不同的是，龙建刚的学问非常“实”。俗话说，十年修成一个秀才，十年修不成一个江湖。龙建刚从不坐在书斋里空谈道理，而是深入到车间厂房，在一线调研，或是和企业家深入交流，了解企业家的心声。这些年来，龙建刚几乎是一半时间在佛山，一半时间在外地，他多次随同企业家、政府考察团到国内外考察交流、求经问道。因此，他能做到跳出佛山看佛山，用中国乃至世界的视野来观察佛山。这也让他的文章更接地气，对佛山的理解更深、把握更准，也更能获得社会各界的热烈反响和广泛共鸣。

龙建刚的第三个特点，也是我认为最难能可贵的，是他作为知识分子的正义感和良心。

“铁肩担道义，妙手著文章”，这曾是多少读书人对自己的期许。但无奈随世事消磨，逐渐沉沦，或是在名缰利锁之下，苟且求存。但在龙建刚身上，这股知识分子的浩然正气始终不曾消退。

有一件事情，我印象深刻。他曾为解救一位有作为、有影响力的企业家而上下奔走。在想尽办法向上反映情况的同时，还远赴千里之外，安慰这位企业家年过八旬的老父亲。由于老人深居川东山区，且文化水平不高，既不了解外面的世界，也不清楚如何运用法律手段，更听不进太多劝解，只想祈求“鬼神”

保佑他儿子平安。无奈之下龙建刚只好从家乡松桃请来著名苗族巫师做法事，他本人甚至亲自戴上面具，跳起不甚娴熟的舞蹈，来抚慰老人的心灵。日后这位企业家和我聊天谈起龙建刚的侠肝义胆，眼泪忍不住滚滚而下、感动不已。我也终于明白，为什么人世变幻、沧海桑田，龙建刚却始终能立得住了。

这些年来，我一般极少答应别人作序，但当龙建刚邀请我时，我毫不犹豫地答应了下来。因为，作为贵州老乡，我和龙建刚相交数十年，诗酒酬唱，不知凡几，听闻他新书付梓，我心有戚戚焉同时，也为他的成就由衷感到骄傲。更重要的是因为，他和我一样，走出了一条知识分子的“第三种生存”之路。

在几千年的传统社会里，知识分子大都无法摆脱依附于人的宿命，不过是统治阶层的点缀。而当一夜之间，改革开放叩开了中国的南大门后，作为知识分子的一员，我无数次追问，在这个风云变幻、光怪陆离的时代，自由之思想、独立之精神、客观之立场到底有没有存在空间？知识分子到底有没有一条既不依附于官、又不依赖于商的生存之道？在中国数千年未遇之大变局里，凭思想立身名世者，到底能为社会、为国家做出多少贡献？当一个人享有精神的旷达和自由的时候，究竟能够走多远？

用思想书写历史，用智慧改变世界，用自尊获得尊重，这是我对自己的期许，也是龙建刚这么多年以来的实践。日暮途远，前路漫漫，我与龙建刚可谓同道中人。

行文至此，我想起龙建刚经常讲起的一个故事：几十年前，一个贵州省松桃县火连寨土生土长的农村孩子，被一幅红色标语“站在火连寨，远观全世界”而深深震撼。少年的他，时不时坐在山顶最高处的树杈上，远望北京天安门的方向，遥想着天地之宏大、世界之精彩。如今几十年过去，曾经的孩童已经鬓角染霜。不知行遍世界、看老江湖的他，回顾来时的路，又能有几多感慨呢？

2023 年 11 月 18 日

目 录

第一辑

观点佛山

山那边是个好地方

2016年我出版了一本书叫《话龙点睛：转型中国的佛山观察》，这是我第一本写佛山的书。我在后记中写道：邂逅佛山是最好的安排。

佛山是一座了不起的城市，是观察中国实体经济和民营经济的风向标和晴雨表，我在佛山已经生活了25年，我对这座城市有很深的感情，也有很多的感悟。

1

2019年佛山成为中国第17个万亿城市的时候，广东卫视做了一个专访，请我谈谈我眼中的佛山。后来编辑问我这个节目叫什么名字好，我就说叫《山那边是个好地方》。

我是贵州人，生长在大山深处一个边远贫穷的苗寨里，小时候没有电灯，也没有家庭作业。夜晚来临的时候，我们一群小孩喜欢爬到高高的树上，遥望县城的灯火。那时就有一个念想：山那边是个好地方。长大以后，我翻山越岭，走到了佛山。

最早知道佛山，是因为一台电扇。读高中的时候，一个同学说他家里有一台我们从来没有见过的电扇，不仅会摇头，而且没有声音。我很好奇，到同学家一看，确实很漂亮，从来没见过这么高级的电扇。这是佛山生产的“鸿运牌”电扇，这台电扇让我牢牢地记住了佛山这个地名。那时我就在想：能够制造这种电扇的地方一定是个好地方。

1997年6月20日中午，我在北京建国门一带晃悠，见人潮汹涌的国贸中心展览馆挂有一幅醒目的标语——请首都人民检阅顺德改革开放成果。走近一看，原来是顺德名优产品博览会在那里举行。真是难以想象，一个小小的县级市居然制造出那么多响当当的家电品牌。这样的顺德功夫，让北京刮起了一股猛烈的“顺德旋风”。

走出展览馆，我听到很多人惊叹：顺德了不起！顺德很威水！那时我还不知道“威水”是什么意思，请教一位广东朋友，他很自豪地告诉我：“就是顺德很厉害的意思啦！”

那时，我正在办理来佛山大学工作的调动手续。“威水”的顺德让我充满豪情和遐想：山那边是个好地方！

2

我刚来佛山的时候，中国很多地方都在流传一个段子：说是湖南一位农民到珠三角打工，发现这个地方很好赚钱。于是就给还窝在家里的兄弟们发了一封电报：此地钱多，人傻，速来。

到佛山工作不久，有朋友请我吃饭，在座的还有几个小老板。有一道菜是我喜欢吃的蒸鱼。大家吃了上面，我发现下面还有，就动筷子准备把鱼翻过来。一个老板突然对我说：“龙老师，我们广东人吃鱼从来不翻身的。”我当时确实不知道有这个讲究，以为是开玩笑。于是就脱口而出：“我就是要翻身，不想翻身还背井离乡来佛山干吗？”在座的人听我这么一说，也很给面子，大家一边舞动筷子，一边大声嚎叫：“翻身！翻身！翻身！”

20多年过去了，我对这一幕仍记忆犹新。在这座近千万人口的城市里，尽管和有钱人相比我依然是个穷人，但我已经很知足了。这话绝对不是虚伪。

我还记得有一天我在佛山大学听一场演讲，我的同事、杂文作家安文江老师在演讲中说：佛山与广州比少了大气，与北京比少了霸气，与上海比少了洋气，与苏杭比少了文气，与西安比少了侠气。总而言之，佛山显得小气。

那时候我对佛山了解不多，安老师的这番话对我触动很大，我甚至开始怀疑：山那边是个好地方吗？

3

10多年前，广东“四小虎”——顺德、南海、中山、东莞，和江苏“四小龙”——昆山、张家港、江阴、常熟的青年企业家，每年都要举行一次交流，各地轮流做东。

我多次参加他们的活动，还主持过其中几场论坛。对比广东“四小虎”和江苏“四小龙”年轻老板们的表现，我有三个感受：第一，珠三角老板普遍比长三角老板有钱，但开口说话，长三角老板的口气像商业领袖，而珠三角老板像刚刚洗脚上田；第二，长三角老板讲普通话喜欢夹杂英语，珠三角老板说国语经常带粤语；第三，长三角老板喜欢谈论读书，热衷心灵鸡汤，珠三角老板喜欢饭桌上谈论——哪一种汤壮阳？

现在回过头去看，那些俨然商业领袖的长三角老板大多无声无息，有的出去了，有的进去了。而珠三角的老板则越做越大、越来越抢眼。时间好像在珠三角这边。

佛山老板特别有代表性：他们低调、务实，说话声音不大，但总是把生意搞得很大。因为有这样的企业家，面积不大的佛山才有很多个世界之最。比如：陶瓷、电风扇、微波炉、冰箱、空调、铝型材、消毒碗柜、热水器、酱油产量世界第一。

作为一个佛山人，每次出国都有一种自豪：全球很多地方的商店都能看见海天酱油；作为一个贵州人，我也感到骄傲，因为走遍世界各地，到哪里都可以吃到贵州老干妈。

4

在中国经济最强的20个城市中，我反复研究、对比，佛山有三个非常突出的特点：第一是制造业比重最大，第二是家居产业最强，第三是民营经济贡献率最高。

为什么会出现这样的“佛山现象”？

回答这个问题，必须追溯到从石湾升起的那一把窑火。

“石湾瓦，甲天下”，这是佛山制造赢得的第一个封号；“南国陶都”，这是佛山拿到的第一个城市荣誉。我认为佛山制造的威名就是从南风古灶启程的。我们无法想象：如果没有石湾熊熊燃烧的窑火，佛山制造要在黑暗中摸索多久？

南风古灶的“窑变”，不仅烧出了佛山陶瓷的惊艳和传奇，也塑造了一座城市的特性。

石湾窑是民窑而不是官窑，石湾陶瓷以民间日用品为主，它的市场定位是满足一般老百姓的日常需求。今天的佛山之所以呈现以民营经济为主、以实体经济为主、以家居产业为主的城市经济结构，源头就在这里，“模具”就在石湾。

有外地朋友来佛山，我一般都要带他们到南风古灶走一走。因为这是工业佛山的出发地，点燃工业佛山的第一把火。今天的佛山陶瓷产业为什么这么发达？故事就是从这里开始的。要了解佛山，南风古灶是一条近路。

佛山有很多陶瓷老板，平常很难聚到一起。但凡南风古灶有什么大活动，这些陶瓷老板都会到场。为什么呢？因为南风古灶是佛山陶瓷业的祖庙，如果没有这一把火，佛山陶瓷就不会有今天的气象。

5

很多人都看过《西游记》。这本名著里边有一个精彩的细节：孙悟空挟带广锅钻进妖魔肚子里，要把妖魔煮成杂碎。

这个能把妖魔煮成杂碎的“广锅”就是地地道道的佛山制造。

知道“广锅”厉害的不是孙大圣，而是吴承恩。这位明朝作家是江苏淮安人，能把“广锅”写进小说，那是因为生活在京杭大运河边上的吴承恩，无数次看到满载广锅的货船源源北上的盛况，那时的佛山铁锅人见人爱，是品质最好的中国制造。

英国伦敦大英图书馆收藏有一册清代佛山铸造铁锅的组画，分别以十个场景呈现出佛山铁锅的制作工序。这组图是清朝时期的画家画的，英国人把它珍藏在大英图书馆里，不是出于作品的艺术性，而是因为那时的佛山铁锅是一个响当当的世界品牌，是明清时期的“双立人”。

航海家郑和七次下西洋，他的船队每一次远航都带有大量的佛山铁锅。船队所到之处的鸡鸭鱼肉蔬菜，经过中国厨师用佛山铁锅一弄，味道好得不得了，让当地老百姓非常惊叹。佛山铁锅从此名扬海外，供不应求。

佛山铁锅的品质让全国竞相追捧，也让大批海外客商到佛山买买买。那时的日本人对佛山铁锅的追捧，超过今天中国人对日本马桶的迷信。看到那些老外在佛山疯狂扫货、出手太狠，导致佛山铁锅价格飙升、供不应求，广东官员赶紧报告中央。雍正九年（1731 年），朝廷颁布“限购令”——铁锅禁止出洋。

佛山铁锅为什么这么牛？第一是原材料好，第二是佛山工匠技术好。品质决定地位，这是历史留给佛山制造的启示。

6

2020 年佛山晋级为新一线城市，有人说这是千年等一回。这话不对。明清时期，工商业发达的佛山就是当时中国的一线城市。那时的佛山，被西方人称为中国的“伯明翰”，在国际上也非常有名。

明清时期的佛山制造不仅赢得了世界的敬意，也改写了中国的城市格局。

看看历史就知道，从汉代的洛阳到唐代的长安；从北宋的开封到南宋的杭州，中国长期由单一中心城市一统天下。明清时期，随着一批工商业城镇的崛起，这个格局被彻底打破，佛山是旧秩序最主要的颠覆者之一。

有两位中国著名学者注意到这个现象。

一位是中国社会科学院首批学部委员杨义先生。他认为：佛山既不是政治中心，也不是军事重镇，它的崛起打破了“郡县城市”的旧模式，开启了“工商城市”的新时代。

另一位是岭南历史文化学者罗一星先生。他说从公元 1600 年到 1900 年整整三百年间，佛山同时扮演了三个著名的中心城市角色：一是以手工制造业发达与汉口、景德、朱仙并称“天下四大镇”；二是以商业和物流业的鼎盛与苏州、汉口、京师共享“天下四大聚”的美誉；三是和广州错位发展，形成以手工制造业为支柱的岭南中心城市，世人谓之“广佛”。

1701年，一位法国传教士来到佛山，他在日记里写道：佛山是一个百万人口的城市，汾江河的大船有5000艘以上，非常繁华。那时候，全国各地的商人流行“走广”，这个“广”，就是指广州和佛山。不少文人墨客在佛山写下了很多文字，在他们的笔下，佛山商贾云集、粤韵悠扬、气象万千，繁荣程度超过了广州。

那时的人们，也和我有一样的感慨：山那边是个好地方。

7

讲佛山走过的历史，有两个人是绕不过去的：一个是中国近代民族纺织工业的开创者之一陈启沅，另一个是戊戌变法的领导者康有为。论名气，康南海比陈启沅大；论对佛山人的影响，陈启沅远远超过康有为。

这两个人都是南海人，而且都是在西樵山下长大的，但两个人走的是两条完全不同的道路，结果也完全不同。到北京闹革命的康有为被追杀，只好亡命天涯、流落他乡，最后死得不清不楚、不明不白。

再看看留在家乡搞实业的陈启沅，日子过得相当滋润。他办的缫丝厂生意兴隆。坐在西樵山上看西江，一边喝着九江双蒸或者石湾玉冰烧，一边享受“一船蚕丝去，一船白银归”的喜悦和诗意。

这样的成功让南海人兴奋不已：这才是我们想要的生活！

佛山人觉得搞实业的陈启沅比搞政治的康有为更实在、更靠谱。从古到今，佛山人喜欢在家乡做事，就是上大学也喜欢在广东，像康有为那样跑到北京搞政治的人极少。

古代佛山远离中原、远离政治文化中心，来往很不方便。加上说的是粤语，沟通也很不方便，要跑官、买官难度很大。久而久之，也就塑造了一种文化：不喜欢谈论政治，老老实实做好自己的事，把发财当成最大的“政治”。

这是珠三角地区的文化共性，也由此出现了今天的格局：政治上北方领导广东，经济上广东领先全国。

一方水土养一方人。这方特别的水土总有特别的传奇。

8

佛山是一座草根城市，草根经济是这座城市的脊梁。

草根经济的最大特点就是对本地风土人情、社会氛围的依附，本质上是对本土文化的忠诚。

这一点，顺德老板特别明显。我多次和顺德老板到国外学习考察，发现他们每次回国上飞机之前都要给家里打电话：煲靓汤、做好菜。顺德人说：出了顺德没有一口好吃的，把出国当成受苦受难，时间越长，越觉得苦大仇深。好多顺德老板有外国护照，但他们大多在顺德生活。想到顺德，他们就眼睛发亮，因为顺德这片土地上有他们的信仰和天空。

顺德之所以有底气提出“总部经济”，就是依托这样的文化基础。别的地方做不成、做不了，是因为老板们稍微有点钱就搬到县城、再有钱就搬到省城、发大财就搬到京城。

在佛山，我们很少听说哪个佛山老板发财了就搬到广州、深圳去住。在中国很多地方，省会城市把周边地区的资源全部吸走了，这就是所谓的“虹吸效应”。佛山离广州这么近，但佛山还活得这么好、这么滋润。佛山是一座伟大的城市，就是因为有这样一个与佛山不离不弃的伟大的企业家群体。佛山的领导更换得很频繁，他们的背景、能力和水平各有不同，但不管谁来，佛山经济发展都没有大起大落。原因就是佛山有铁打的营盘，从来不怕流水的官。

扎根实业、扎根本土，这是佛山老板最可贵的文化传承。我把这种特质称为佛山企业家的“钉子精神”。佛山企业家的钉子精神和重乡情结，让佛山的民营草根经济蓬勃发展，形成群体效应，催生庞大的产业集群，成就了佛山的江湖地位。

9

佛山本地富豪太多，这让苏州都很羡慕。有次去昆山考察，昆山市一位领导一坐下来就说：“实在不好意思，我们昆山是‘养子经济’，大企业都是外来的，我们指挥不动，想找几个本地老板和你们聊聊，找来找去找不到像样的。你们佛山就是牛，顺德、南海开个会，会场里的市值随随便便就是百亿、千亿甚至万亿。我看过一张照片——时任顺德区委书记左手握千亿何享健、右手拉千亿杨国强，背后跟着一群几百亿。这么值钱的照片，我们昆山羡慕嫉妒没有恨。”

佛山企业家为什么愿意扎根佛山？顺德很有代表性。

顺德北滘出了两家世界五百强企业，云集着佛山地头上最多的博士群体。

很多人不解：这两家跨国企业的总部为什么扎根北滘，不搬到资源更多、条件更好的大城市去呢？其实美的、碧桂园并非没有这样的动议，大城市的诱惑和鼓动时刻都有，之所以不走，一是因为何享健、杨国强的乡土情结，二是因为北滘人艰苦卓绝的努力。在美的、碧桂园冲击世界五百强的时候，北滘政府也在锻造服务大企业的能力。

大家都知道沃尔玛，但可能不知道这家世界五百强之首的企业总部在美国阿肯色州一个不知名的小镇——本顿维尔。10 多年前，北滘镇委书记带领几个人专程飞往阿肯色州考察，目的只有一个：弄清楚本顿维尔是如何留住沃尔玛的。从美国回来，北滘确立了一个目标：打造魅力小镇，服务本土企业。北滘的领导尽管更换频繁，但这个目标从来坚定不移。顺德引入广州地铁 7 号线，专门在美的集团设一个站，方便员工出行。之所以这么做，是因为顺德知道，没有美的的顺德会大不一样，顺德在全国的江湖地位很可能一落千丈。

何享健、杨国强说感谢顺德，这话不是客套。店大欺客、客大欺店——这样的事情，顺德没有发生过。

10

我问过很多走南闯北的佛山老板：“你们在全国各地做生意，感觉哪里的营商环境最好？”他们的答案是一样的：“还是佛山最好，外地有的地方是开门招商、关门打狗，最后把外商打出内伤。”

几年前，佛山一位领导就对走出去的佛山企业说：外面风大雨大，还是留在家里好。那么，问题来了：佛山这个家好在哪里？

我认为佛山好在既有官场、更有市场，而很多地方是只有官场、没有市场。20 世纪 80 年代中期，佛山被称为中国体制改革的摇篮，而所有的改革都有一个共同的指向，那就是释放市场的力量。

佛山的官场少有那种对市场的优越和傲慢，它更懂得尊重市场，约束自己。市场可以按自己的节奏行进，不必随长官意志或政府政绩起舞。佛山当然也不是一片净土，行贿受贿也有发生。但相比之下，佛山的权力没有那么肆无忌惮，官场和市场之间，懂得对话和包容、谈判和妥协。

佛山可称为中国改革的先锋，仔细研究就可以发现：佛山所有的改革都是为了释放市场的力量。不是为了改革而改革，而是为了解决企业和企业家的发展壮大问题。这种改革是实在的、有生命力的、有实效的。有这样的改革，才有了今天佛山。

有一次我随一位佛山领导到北京，和全国 10 个城市的领导同台推介城市的营商环境。主持人问市长们一个问题："你希望你所在的城市是一个什么样的城市？"有的说环境优美、有的说海纳百川、有的说民主文明、有的说富裕和谐。但佛山领导是这样说的："我希望佛山是一座办事不需要送礼的城市。"这句话赢得了全场最热烈的掌声。

那一刻，作为一个佛山人，我非常自豪，也非常感动。因为这是人话、这是真话。尽管时间已经过去10多年了，但我对这件事仍记忆犹新。我想：一座办事不需要送礼的城市，一定是一座伟大的城市。

11

佛山有今天的江湖地位，顺德和南海贡献是最大的。

在经济社会发展上，南海和顺德旗鼓相当，功夫本领各有千秋。在影视中，南海武术巨星黄飞鸿威风八面，打遍天下无敌手；顺德功夫小子李小龙横空出世，只要神腿一扫，那些高大生猛、胸口长毛的洋人不是半死就是半瘫，令人看得很过瘾。

中国海外华侨很多，但像南海和顺德这样合作共建"南顺会馆"的老乡群体不多，出去闯荡的南海人、顺德人总是肩并肩、手挽手站在一起。哪怕自立门户、分灶吃饭，彼此的祠堂都相隔不远。北京的南海会馆、顺德会馆都设在宣武门一带，这样的选址就是为了相互照应。

广东古代出过9名状元，有5个在佛山，其中大部分是在南海和顺德。这个数字和才子辈出的江南相比也许算不上什么，但对南海和顺德而言已经惊天动地了。这里从来就不是文化中心，祖祖辈辈的绝活不是舞文弄墨，而是养鱼种桑。古代中国的帝都变来变去，无论设在哪里都离南海和顺德很远，让讲粤语的农耕子弟赴京赶考，难度可想而知。即便如此，他们也非常争气。顺德出了区适子，影响若干代中国人的《三字经》就是他写的；南海更不得了，一个康有为就把中国近代史搞得风云突变。

中国最早一批留学美国的幼童中，有两个是佛山人，一个是南海的詹天佑，一个是顺德的梁敦彦，英语说得比很多美国人还好。梁敦彦回国后做了大官，得知清政府打算请外国专家设计兴建中国第一条铁路，马上举荐他耶鲁大学的同学、南海"学霸"詹天佑。这位南海天才没有让大家失望，成了中国的铁路之父。看见南海人詹天佑这么靠谱，梁敦彦也起了私心，他把自己的女儿嫁给詹天佑的儿子，顺德和南海成了门当户对的亲家。

12

中国的发展之所以这么快，很重要的推力就是中国地方政府之间的相互竞争。在中国县域经济体中，顺德和南海的竞争非常有代表性。

20世纪80年代初期，南海和顺德一起“洗脚上田”，开始“工业革命”，双双成为“广东四小虎”之一，为改革开放的中国贡献了“南海模式”和“顺德模式”。南海和顺德都是中国的明星，彼此有很深的瑜亮情结，虽然大家嘴上不说，但彼此心知肚明。

顺德搞产权制度改革风生水起的时候，南海搞信息化革命，双双都惊动了中南海；南海在狮山建了漂亮的大学城，顺德紧追不放，发动全球老乡捐款，创办顺德大学，后来叫顺德职业技术学院。顺德兴建大气的政府大楼，南海悄悄挖了一个漂亮的千灯湖。当顺德也学南海挖桂畔海的时候，南海已经把千灯湖搞成了广东金融高新区。顺德高看南海，这是一个重要的转折。在此之前，顺德人不太把南海放在眼里。

顺德新城不如南海千灯湖片区这么旺、这么漂亮，这是顺德人心中的痛。现在的顺德拼命打造顺德新城，原因就在这里。

2018年，顺德成为广东省高质量发展体制机制改革创新实验区，2019年南海也马上跟进，成为广东省城乡融合发展改革创新实验区，双双成为全省唯一。

南海和顺德都是中国改革开放的闯将，都是输出经验的地方。相互盯得很紧，谁都不敢松懈。有一句话说得好：一匹马如果没有另一匹马紧紧追赶，就不会飞速奔跑。我们可以想一想：没有广州深圳兄弟之间的竞争，广东哪有可能出现两个中国一线城市；没有北京上海、成都重庆、沈阳大连这种城市之间的竞争，没有长三角和珠三角这样的PK，中国经济又怎么可能有今天的生动。

南海和顺德的竞争，不是江湖侠客之间的决斗，而是他们用各自最擅长的功夫为佛山打天下，为广东开新途，为中国探新路。我曾经写过一篇文章，题目就叫《让南海顺德的兄弟竞争来得更猛烈一些》。

13

我来佛山工作整整20年那天，一帮朋友组织一场聚会，要我谈谈观察佛山20年的发现和感悟。我调侃说佛山是一个很有趣的地方，五个区各有特色、各有千秋，共同的特点是自信，但表现方式全然不同。

顺德是佛山的老大，经济总量最大，口气也最大。谈起做事，开口就说“只有顺德人想不到的事情，没有顺德人做不到的事情”；说起美食，张嘴就是“出了顺德没有一口好吃的”；“得就得，唔得返顺德”——黎子流这句名言几乎成为顺德人终身戒不掉的精神鸦片。顺德人是以“自恋”来表达自信。

南海是佛山的老二，日子一向过得滋润，和顺德之间有很深的“瑜亮情结”。顺德人说：“南海出报纸，顺德出票子。”言下之意，南海人喜欢吹牛、顺德人实在。面对顺德人的挖苦和讽刺，南海人做出反击：顺德佬牛什么？南海人收入不比你低，生活不比你差，祖上比你还阔。南海人是以“自嗨”表达自信。

禅城是佛山的老三，虽经济总量不如顺德、南海，但却是佛山政治、文化、教育、卫生中心，算是佛山的“首善之区”。禅城说：“顺德、南海有什么了不起，你那里的官帽是从我地头上‘批发’出来的，吃出了毛病还不是乖乖来我这里住院？”禅城是以“自欺”来表达自信。

老四三水有点悲催。历史上出了个大汉奸汪精卫，让三水人抬不起头。后来好不容易出了一个举国喝彩的健力宝，不知怎么却变成了李经纬那一滴让人动容的眼泪。三水有一个很漂亮的地方叫云东海，前几年，三水把她管辖的迳口改名为“南山镇”。明眼人看得出来，这是三水的自我祝愿：福如东海，寿比南山。看过很多三水的宣传画册，最大的卖点就是：三江汇流的三水是中国发达地区的长寿之乡。三水是以“自慰”来表达自信。

高明是佛山的老五。经济总量虽然处于中国县域经济体的上游水平，但在佛山却是最穷的一个区。20年前刚到佛山，别人给我介绍高明，印象最深的是那句话：高明是佛山的西伯利亚。这些年，我多次造访高明，每次喝酒吃饭，高明的朋友总喜欢这样说：“龙老师要多来高明走走，不要老往富裕的顺德、南海跑。”我很感慨：高明是以“自残”表达自信。

14

顺德是佛山最独特的一个区域，顺德人是佛山人中辨识度最高的一个群体。我最早和顺德的来往是2001年6月。那一年，第五届中国花卉博览会在顺德陈村举行。顺德领导邀请我加盟第五届中国花卉博览会宣传部，做报道策划和写稿子。我说：“我在大学教书，任务很重，很难出来帮顺德做事，除非你们有办法把我借调出来。”

顺德领导当即说了一句：“只有顺德想不到的事，没有顺德做不到的事。”我很是惊讶，顺德人说话怎么这么牛气？没想到他们果然做到了，不到一周时间，我就来到顺德上班。

那段时间，我和很多顺德人朝夕相处，结下了深厚的情谊。那些日子，我强烈感受到顺德人的果敢和担当、魄力和大气；那些日子，顺德人和我谈起时任顺德市委书记陈用志、顺德市长冯润胜，不说名字，也不说头衔，而是说“志哥”“胜哥”。我很是好奇：顺德，这是一方怎样的水土？

后来我发现：别人不敢做的事情顺德人敢做，大家都在做的事情顺德人做得最出彩。比如老乡会哪里都在搞，但在世界各地轮番举行的全球顺德人恳亲大会搞得最好。从顺德到中国香港、中国澳门、南非、澳大利亚、美国，我观摩了几届。那浓烈的乡情和强大的顺德凝聚力到了惊心动魄的地步。

顺德有 50 多万海外乡亲，分布在五大洲 30 多个国家和地区。在遥远的非洲岛国马达加斯加，我听到那里的顺德人说：“我们讲的乐从话比现在的乐从人还地道。”在马来西亚槟城州，我听到那里的顺德人说：“我们做的双皮奶比现在大良做的还正宗。”行走世界，我发现双皮奶已经成为全球顺德人的“接头暗号”。背井离乡近 200 年了，他们还如此顺德。

这是什么力量？这是比“顺德制造”更伟大的力量。

15

评价顺德和顺德人，最适合、最常用的是三个词汇：识做、搞掂、坚嘢。我领教过顺德人的“识做”。

2001 年我在顺德参加第五届中国花卉博览会的宣传工作，为顺德出了一点力、帮了一点忙。那一届的花卉博览会办得很成功。在后来举行的表彰会上，顺德主要领导对我说：“感谢你为顺德作出的贡献。不管你是哪里人，只要为顺德出了力，我们就认你是顺德人。”这番话，让我充满温暖和感动。

2007 年，我和顺德的企业家到美国加利福尼亚大学学习，有一位名气很大的教授给我们上课。这位教授是从事管理咨询的。课堂上，顺德老板发现这个教授确实有料，就开始琢磨怎样掏出他的真经。互动环节，顺德老板们提了很多问题。

这位美国教授似乎觉得做这样的免费咨询很不划算，于是就开始顾左右而言他。但在座的顺德老板们一起鼓掌，巨大的热情，让这位教授不好意思不回答。回答完问题之后，美国教授说：在美国，我给客户做口头咨询一小时收费 300 美元，如果是书面咨询，收费是很昂贵的。今天就算给你们一顿免费的午餐吧。

两个小时的课结束了，一位顺德老板掏出 600 美元悄悄塞进教授的公文包里，算是两个小时的口头咨询费用。看见这一幕，我很感慨：这就是“识做”的顺德人。

顺德有今天，“识做”是一个很重要的原因。20 世纪 80 年代初，顺德人的“识做”在于能敏锐感觉到市场的需求，因此一大批乡镇企业发展起来；后来在这批企业发展遇到瓶颈、市场发现它产权不清时，顺德又一次“识做”，改革产权制度，由此培育了今天美的、碧桂园这样的世界500强。“识做”成就了顺德的今天，也将成就顺德的明天。

16

有一句话说“一山不容二虎”，中国很多城市都有神仙打架的现象。比如在青岛有海尔和海信在斗，在深圳有华为和中兴在斗，在长沙有三一重工和中联重科在斗。中国企业最惨烈的对攻战是在顺德发生的，两个对手分别是美的和格兰仕。

美的在北滘，格兰仕在容桂，一南一北，相距15公里。一开始大家井水不犯河水，彼此相安无事。美的创始人何享健、格兰仕创始人梁庆德经常在一起喝茶聊天。2000年之后风云突变：美的和格兰仕剑拔弩张，硝烟弥漫。

那时候，格兰仕是微波炉世界冠军，美的是中国电饭煲大王。看到微波炉的市场前景，美的也要做微波炉。美的发起“震雷行动”：拿出3000万元重奖加盟的微波炉经销商，诱惑一大批格兰仕经销商跳槽。格兰仕组织反击：买600元的微波炉送价值600元的礼品，试图以价格战粉碎美的的微波炉之梦。看到美的不肯就范，格兰仕将战事升级，推出“完美风暴”：所谓“完美”，就是要让美的的微波炉完蛋。美的针锋相对推出“破格行动”：所谓“破格”，就是要打破格兰仕微波炉一家独大的局面。

格兰仕以牙还牙，也要做空调。双方长达10年的“同城血战”就此拉开。这场血战打得非常惨烈，让人目瞪口呆。

赵本山说：太熟了，不好下手。但美的、格兰仕不是这样，他们下手很狠，把对方往死里打。

这段历史，顺德官方和民间现在都很少说起了，顺德人说这场争斗是斯文扫地的撕扯，说起来心痛。这场惨烈的同城血战最后如何收场？

17

美的和格兰仕之间的战争一开始就引起全国的高度关注，成为很多媒体的重要新闻。顺德政府想尽各种办法劝和，但怎么也劝不住。这场非常惨烈的“同城血战”打了10年。

顺德商人的血性和霸气显露无遗。好在何享健、梁庆德都是老江湖，彼此都知道这样的混战不是办法，唯一的出路是技术创新。

现在回过头去看，也许要重新评价这场血战。如果没有美的的贴身肉搏，或许就没有格兰仕后来的多元化经营之路；如果没有格兰仕的针锋相对，也许就没有美的做世界级企业的野心和雄心。从更大的视野审视，如果没有美的和格兰仕之间的“血雨腥风”，顺德也许难以出现全球家电重镇的阳光、彩虹。

2018年最后一天，顺德区委、区政府在美的召开一场特殊的座谈会，100多家顺德骨干企业的掌门人都参加了。有一个相当关键的细节：那天格兰仕董事长兼总裁梁昭贤早上从日本起飞，落地香港就立即赶回顺德，第一次走进美的新修的办公大楼。美的集团董事长方洪波率众多高管在大堂列队迎候。这样的礼遇不同凡响，他们的握手意味深长。

那天我在现场，看到顺德区委书记和顺德企业家手挽手、肩并肩，大家笑容满面。顺德区委书记右手拉着何享健、左手握着杨国强，两边都是“几千亿”，后面跟着一群“几百亿”。为了一个共同的目标，一个万亿级的顺德第一次走到一起来了。这是多么激动人心的时刻！

18

在中国的版图上，南海是一个耀眼的存在。历史有“先有南海后有广东”之说。公元前214年，秦王朝统一岭南，在濒临南海的地方设立南海郡，这是广东历史上第一次划分行政区。到了唐朝，中央政府将岭南道一分为二，划分东、西两道，东道治广州，因而有了“广东”这个名字。

尽管南海郡已经远走，南海郡所管辖的疆域也分化出许多不同的地名，但承接“南海”作为行政建制名称的，唯有今天的佛山市南海区。

南海最高的山叫西樵山。它并不巍峨，也谈不上雄伟，却是一座屹立在中国南方的文化地标。1960年，中国考古学泰斗贾兰坡先生经过实地考察，从考古学意义上提出的“西樵山文化”，得到了世界考古学界的公认和重视。西樵山被誉为“珠江文明的灯塔”，地位非常高。

明清时期，西樵山有几所很有名的书院，很多大学者在这里研修理学，著书立说，深刻地影响了中国的儒家文化。作为“理学名山”，西樵山走出了很多影响历史的人物，比如湛若水、方献夫、霍韬、康有为。明代大学者方豪就说过这么一句话：“西樵者，天下之西樵，天下后世之西樵，非岭南之西樵也。”

佛山很多著名历史人物都诞生在西樵山周边地区，不能不说一方水土养一方人。与其他名山大川相比，西樵的精华和力量在于一个“樵”字，它是薪火相传之地。西樵山传递着兼容并蓄的包容文化、传递着革故鼎新的创新思想、传递着敢为人先的产业冲动。南海之所以如海一般浩荡，秘密就在这里。

这些年，南海在西樵山的投入很大，比如重修三湖书院，打造听音湖，兴建南海博物馆、樵山文化中心，组建岭南文化研究院。不是因为南海有钱，而是南海要把根留住。

19

这些年我出国的次数很多，从亚洲到欧洲，从非洲到美洲，其中一个很重要的任务就寻访遍布世界的南海会馆。寻访全球南海会馆，就是我们从全球视野建构历史南海的一次文化行动。这是一次历史的打捞，也是一次文化的追问，更是一次精神的发现。

从古到今，南海儿女都是放眼向洋看世界的人。他们背井离乡、追寻梦想，让今天的南海成为中国的著名侨乡。地球上的南海人分布很广，世界对他们的共同印象是：凝聚力强、爱国爱乡。

我在美国遇到一个叫关信民的南海老华侨，他出生在越南，后来去了菲律宾，最后又移民美国，50 岁以前，他还不知道家乡九江在哪里，但他能够说一口流利地道的九江话。关信民今年快 80 岁了，他要求全家说九江话，子女必须学中文。这些年，他忙着在全美各地推广南海龙狮文化，他把这项工作称为“留根工程”。

南海人还有一个特点，走到哪里都要想办法建一个南海会馆。全球 30 多个南海会馆中，名气最大的是北京的南海会馆，一个主要原因就是康有为的戊戌变法就是在那里发起的。

非常遗憾的是，这座北京市级文物保护单位并没有得到很好的保护。2009 年冬天，我第一次走进北京南海会馆，其破败程度让人痛心疾首。我向佛山市和南海区的主要领导汇报了这个情况，一场漫长而艰苦的南海会馆保卫战由此展开。很让人感动的是，南海做出决策：在康有为家乡丹灶启动康园项目，以北京南海会馆为蓝本，按照 1 ∶ 1 的比例完整重现北京南海会馆。这个工程现在已经基本完成了。南海做了一件功德无量的事情，历史会铭记南海的情怀和担当。

20

南海对佛山的贡献很大，南海的一大贡献就是为佛山引进了很多日本企业。现在的南海已经成为中国大陆日资企业最多的地方之一。南海所导入的“日本制造”强化了佛山作为一座制造业大市的能量和分量。日本是我们的近邻，从产品质量而言，日本是离“佛山制造”最近的老师。

南海有一支精通日语、熟悉日本国情的招商队伍，是佛山招商战线的精锐之师。有一次南海区一名副区长带队到日本招商，到了日本才发现整个代表团中只有他一个人不懂日语。

佛山流行一句话：招商就是搬大树、追靓女。这句话最早是从南海传出来的。这些年，南海不少干部先后走上了重要的领导岗位，他们的主要政绩之一就是招商引资有成效，搬来了大树、追到了靓女。

佛山有一句话：顺德祠堂南海庙。顺德是祠堂文化，有很重的宗族情结，很喜欢抱团；南海是庙文化，包容性很强。南海和顺德之间的竞争，主线不在产业上，而是精神状态的竞争、改革胆略的竞争、胸怀天下的竞争。南海和顺德的互动，决定了佛山这座城市的生动。

我很喜欢在夜晚到千灯湖散步，那些辉煌的灯火让我想起《一代宗师》电影中宫二的父亲宫羽田对叶问说的那句话。叶问是南海人，我也把这句台词送给南海：“叶先生，今日我把名声送给你，往后的路，你是一步一擂台。希望你像我一样，拼一口气，点一盏灯。要知道念念不忘，必有回响。有灯就有人。”

21

前几天朋友圈都在转发一条的消息：2022 年的胡润全球榜单显示，中国的十亿美金企业家人数继续超过美国，增加了 75 人，达到 1133 人。其中，28 位富豪居住在佛山，让佛山在全球拥有富豪数量最多的城市中位列第 21 名，超过了拥有 27 位富豪的苏州和有 26 位富豪的宁波。

有人把民营经济称为草根经济，把佛山称为草根城市。草根经济有很强的生命力，野火烧不尽，春风吹又生。佛山民营经济这么发达、富豪这么多，说明佛山有适合草根生长的阳光雨露，是一座名副其实的草根城市，有一流的营商环境。否则，不可能有这么多大老板、这么灿烂的草根现象。

与很多地方的富豪相比，佛山富豪有几个鲜明的特点：第一，他们几乎都是做传统产业的，而且大多是传统制造业。他们能够赚钱，给了佛山一个信心：传统制造业没有悲观的权利。第二，低调务实。佛山富豪以低调出名，他们不张扬、不显摆，很少去大场合高谈阔论、指点江山。媒体上也很少有他们的新闻。佛山富豪崇尚“闷声发大财”，认为那些喜欢讲话的人“口水多过茶水”。有人认为，佛山富豪之所以低调，主要是因为不善言辞，这个看法是错的。我和很多佛山富豪有交往，我发现他们只是不习惯说普通话而已，一旦说起粤语，那是谈笑风生、滔滔不绝。佛山富豪的低调是典型的“扮猪吃老虎”。第三，草根本色。佛山富豪大多出身底层，没有什么资源背景，完全靠自己打拼出来。佛山富豪的学历普遍不高，凭他们的地位和影响，要去哪所大学弄个文凭包装自己，那是很简单的事。但几乎没有一个佛山富豪这样做。说实话，我很欣赏这样的骨气，骨气的背后是自信。佛山富豪不看重文凭，不等于他们不爱学习。

22

几年前有人在互联网上发文说：中国 20 个经济发达的城市中，有 5 个出现明显的颓势和衰落，排在第一的就是佛山，理由是佛山钱变少了、人才也不来了。

现在看来这是彻头彻尾的误判。这些年佛山人口增长很快，差一点就是一座千万级人口城市了。不是佛山人生育能力强，而是外地人来得多，他们几乎都是年轻人。

为什么有那么多年轻人来佛山创业？我认为他们是奔着佛山的营商环境而来的。

2014 年 12 月 27 日，佛山两个经济强区同时更换主帅：区邦敏去执掌顺德、梁维东主政南海。走马上任，他们不约而同地优先走访企业，听取企业家们的意见。

与此同时，我一个外地朋友也从省城调任一个地方的市委书记，我留意当地的报纸：他第一站是拜访老同志，第二站是看望机关干部，随后就去北京“跑部”……

佛山和很多地方不同。2013 年我在博鳌亚洲论坛上，听到时任佛山市委书记在发言中说“民营企业是我们政府的奶妈”，第二天国内很多报纸用这句话做标题，反响很大。其实有“奶妈”的政府不是佛山一地，但公开喊“奶妈”的政府只有佛山一个。

佛山的草根老板为什么这么多、佛山的民营经济为什么这么强？我认为关键在于佛山的官场少有那种对市场的优越和傲慢。它更懂得尊重市场，约束自己。市场可以按自己的节奏行进，不必随长官意志或政府政绩起舞。不是因为佛山官场比别的地方高明，而是因为佛山市场有强大的能量，官场和市场之间，懂得对话和包容、谈判和妥协。

政府善于做势，企业专心做市，共同做成大事。这是文明佛山的精髓，而不仅仅是“敢为人先，崇文务实，通济和谐”。佛山为什么好？这是我的答案。

23

前不久发布的胡润财富报告说，2022 年中国富裕家庭数量最多的十座城市是：北京、上海、香港、深圳、广州、杭州、宁波、佛山、台北、天津。佛山以 7.6

万户富裕家庭名列第八。胡润把600万人民币资产以上的家庭称为富裕家庭。佛山拥有千万资产的家庭数量为3.19万户，排名全国第九；拥有亿元资产的家庭1790户，排名全国第十一。佛山这几个数字都是全国地级市第一。胡润中国全球富豪榜显示：佛山诞生了19位十亿美金的富豪，名列全球第26位。

佛山的经济总量在全国城市排名第17位，但我相信佛山的富裕程度要比很多排在佛山前面的城市强很多，也就是说佛山人比很多地方的人有钱。佛山为什么富裕？

第一，佛山企业多、老板多。我拿到的最新数据是：佛山现有市场主体120多万户，背后至少是120多万个老板。其中南海最多，达到58万多户，后面依次是顺德36万多户、禅城30万户、三水6万多户、高明4.6万多户。和全国很多城市一样，佛山老板最集中的行业是批发零售，但佛山的大老板几乎是做制造业的。2022年广东省制造业500强企业中，佛山占了90家，高居广东第一。如果没有强大的制造业，佛山就不会有这么多富豪。

第二，佛山老板扎根实业、扎根本土。我记得有一位国家领导人在佛山说过一句话：凡是民营经济发达的地方，当地老百姓就比较富裕，佛山就是一个典型。佛山是中国的民营经济大市，佛山老板最大的特点是扎根佛山，不离不弃。科达制造董事长边程经常说：在佛山发财的有钱人，不论是本地人还是外来人，没有把家搬离佛山的，这是绝大多数地级市做不到的，足以说明佛山是个宜居宜商的城市。前几天我到顺德容桂参加一个会议，整个会场坐满了600多位容桂企业家。大家也许想不到：一个小小的容桂，银行存款高达900多亿，没有这么多容桂老板把钱存在容桂，就不会有一个存款量超过很多地级市的容桂。佛山老板对家乡的贡献很大，把营商环境做得更好、把城市建设得更漂亮，才是对他们最好的报答。

佛山有泛家居和装备制造两个万亿级的产业集群，是佛山产生大老板最多的产业，也就是说佛山大老板主要集中在传统制造业领域。新兴产业领域的佛山大老板很少。这是佛山的短板，也是佛山的空间。佛山有一个目标，到2026年发展十个左右新兴领域的千亿元级产业集群，它们分别是新能源汽车、高端装备制造、高端软件、医药健康、机器人、新型显示、新能源、新材料、新型储能、节能环保、生物制造等新兴产业。这个目标的实现，必将催生更多的老板。新兴产业的大老板越多，佛山高质量发展就越有底气。佛山，加油！

2022年12月30日

为官一任，他们为佛山留下了什么

1

这里的黎明静悄悄。

2021 年 5 月 13 日一早，鲁毅从佛山市委大院登车启程，悄然返回深圳。2014 年 5 月他从深圳来到佛山，从市长到市委书记，鲁毅在这座城市整整工作了 7 年时间。有人在网上贴出唐代大诗人王维的《送沈子福之江东》：杨柳渡头行客稀，罟师荡桨向临圻。惟有相思似春色，江南江北送君归。

鲁毅离开佛山的消息传出，佛山人最关注的自然是接任者是谁。

2021 年 6 月 4 日，深圳市委副书记郑轲来到佛山，从珠江东岸到珠江西岸出任佛山市委书记。那时，佛山正在紧张抗疫，佛山市委副书记、代市长郭文海忙得团团转，每天工作到很晚，很多个夜晚是在办公室度过的。

郑轲接手的佛山是全国第一个被授予“武术之城”荣誉的城市。天下武功，唯快不破。发源于佛山、享誉全世界的洪拳、咏春拳、蔡李佛拳都是以速度和力量取胜。郑轲出手也很快，出任佛山市委书记才两天，他就在市委常委会会议上提出：高举改革开放伟大旗帜，把打造一流营商环境作为“一号改革工程”，笃定心志发展制造业，着力改善人民生活品质。

郑轲的决心很大，佛山的反响也很强烈。打造一流营商环境既是深圳的经验，也是佛山的逻辑。这件事情佛山一直都在做，而且做得不错，郑轲把打造一流营商环境提升为“一号改革工程”，这是佛山历史上从未有过的大事。这是历史的传承，更是时代的创新。

既然历史的新页从这里翻开，那就让我们回望走过的历史。深情的回首，是为了壮美的出发。

2

佛山是鱼米之乡，佛山的财富传奇是从“洗脚上田”开始的。很早就是大城市的广州，习惯把旁边的佛山视为乡下。这未必就是高高在上，但优越感是有的。

1990年5月，自称为“顺德农民”的黎子流出任广州市市长，羊城上下都在议论：这个“顺德佬”到底行不行？曾经担任顺德县委书记的黎子流在大会上公开表白：“我不认识广州，广州不认识我。行就行，不行就回顺德去。”

这番话，黎子流是用顺德话说的。“得就得，唔得返顺德”——这句话至今还让顺德人津津乐道、豪气干云，有人还将其谱成了一首歌曲。

广州很好奇：黎子流为啥有这样的底气？1990年冬天，黎子流率领广州党政代表团到佛山等地考察学习，主要去了顺德、南海。几天的行走，所见所闻让广州干部受到了强烈的震撼。

见证广州到“乡下”取经、学习全过程的新华社知名记者王志纲、田炳信说：佛山在跑步，广州在走路。他们将见闻和感悟写成长篇对话《珠江三角洲启示录》，文章在广州一家报纸首发后，一时洛阳纸贵，被一抢而空。面对汹涌而来的索报者，报社开了特例：全文再发表一次。全国各省市驻广州办事处不约而同将此文视为重大信息，电传本省市重要部门，很多地方的主要领导指示当地报纸全文转载。

那时的深圳还在搞基础设施建设，还没有太多让全国学习的经验。那时的佛山是广东最大的热点和焦点，全国各地的考察团纷至沓来、络绎不绝，党和国家领导人凡到广东必来佛山。

那时的顺德、南海是名满中国的“广东四小虎”之一，是改革开放的先行者和排头兵。佛山给予中国的最大启示在于：怎么让企业成长、如何让生意好做。那时还没有打造一流营商环境一说，但佛山率先做了这样的事情。

那时的人们都喜欢喝三水生产的健力宝，打开易拉罐的声音以及飘出来的味道成为一代中国人的集体记忆。

3

佛山最大的变化是黄龙云的到来。

2002年9月，时任广东省委常委黄龙云从珠海调到佛山。上任第四天，他就轻车简从，顶着烈日、冒着细雨，先后前往三水、高明、南海、顺德、城区、石湾，深入工厂、农村、学校、码头、街道进行调研，给佛山把脉。

黄龙云出的第一招就是快速完成了全国瞩目的佛山行政区划调整：顺德、南海、高明、三水撤市设区，佛山从一个原本市区面积排名全国最小的地级市，一跃成为面积排行第六的大城市——当时仅次于重庆、武汉、上海、北京、天津。这事震动很大、影响很广。佛山党政代表团到苏州考察学习，苏州市委书记一开口就说：“我们羡慕佛山，佛山做了我们苏州一直想做、但一直没有做成的事情。”佛山这样的城市扩容后来被全国很多地方学习借鉴，现在的佛山城市面积早已被很多城市超越。

黄龙云的第二招是撤销五区收费站、统一通信区号、打通大量断头路，佛山第一次形成了“五指握成拳”的局面，一个区域一体化的佛山宣告历史性出场。在此之前，佛山辖区内共有43座收费站，多设在五个区的交界处，最密的相距不到两公里。与此对应的是：佛山五区各自为阵、孤岛现象明显、发展成本很高。黄龙云出招，让佛山市民的期待化为现实：同城生活，同城便利。

黄龙云的第三招是简政放权，将189项市级权限下放到区、镇，赋予各区较大的经济、财政、民生事业和社会管理自主权。这样的“放水养鱼”激发了佛山五区的积极性，佛山也走进了“激情燃烧的岁月”。黄龙云说：佛山的五个区不同于广州、深圳的建成区，在没有完全建成之前，佛山五区的主要任务是发展，而发展就需要继续放权。

重塑佛山城市格局是黄龙云的第四招。在谋划佛山组团式城市发展格局的同时，黄龙云启动了佛山新城一河两岸的建设，佛山的城市历史从汾江河时代走向东平河时代。最大的亮点是佛山一环的兴建，这是全国第一个有环城高速的地级市。今天的佛山人想起佛山一环就会想起黄龙云，想起黄龙云就会想起佛山一环。佛山一环双向14车道，有人认为佛山没有必要修这么宽的马路，但黄龙云的回答掷地有声：佛山的交通建设是适度超前，高质量、高水平的交通建设才能支撑佛山的高速发展。没有人想到：佛山一环建成通车半年后，每天的通行量就达到了10万辆。

佛山一环全线99.2公里，穿越佛山4个区，直接辐射范围超过1000平方公里。2003年6月8日，佛山一环开工仪式上，黄龙云动情地说：这是一个重要的日子，历史会记住今天。

佛山一环花了130多亿元，如果现在才修，没有1000亿元是搞不定的。佛山在正确的时间做了正确的事情。2003年佛山的经济规模接近2000亿元，今天的佛山已经跻身中国万亿城市俱乐部行列，如果没有这条佛山最重要的城际快速干线支撑，佛山不可能有这样的发展速度。

2006年10月，黄龙云离开佛山，但他一直惦记着佛山。2017年1月，即将卸任广东省人大常委会主任的黄龙云来到广东省人代会佛山代表团，语重心长地说了一番话：佛山的领导慢慢都会离开佛山，但佛山的老百姓不会离开。佛山子孙后代永远都会在佛山这个地方。城市版图是在不断变化的，有些边缘、落伍的城市就是没有跟上。时代在发生巨变，在历史的每一个转折点上，佛山都要跟上。他特意用粤语强调：一步落后，就会步步落后。

诚哉斯言！任何时候，佛山都要记住这句话。

4

接替黄龙云的是林元和，出任佛山市委书记之前，他是广州市委副书记。走马上任，林元和就开宗明义：发展是为什么？是为了让佛山人民过上更加美好的生活。

林元和在佛山工作了三年半，他自己认为这是他一生中最难忘、干得最精彩的几年。“环保书记”——这是佛山人对林元和的最大认可和最深印象。

林元和的“环保风暴”是从整治陶瓷污染开始的。他接手佛山之时，正是陶瓷产业迅猛发展的时候，飞扬的尘土和刺鼻的味道弥漫着整个城市。

林元和在党代会报告中明确提出一个目标：三年促变、绿色佛山、花园城市。

林元和的第一招是冲着陶瓷企业来的，第一炮瞄准的是中国建陶第一镇南庄。面对林元和的重拳出击，许多陶瓷老板怨声四起。有人提醒林元和：陶瓷是佛山的一张名片，这座城市是靠陶瓷起家的。能不能给他们一个机会？林元和回答：“讲句老实话，不是我林元和想要治理，过去历任领导都想治理，历任领导你们都说要给机会，哪个领导都说要治理，但是没治理好领导又调走了，结果再来一个领导你们又说要给机会。”

2008 年国际金融危机爆发，经济形势严峻，很多人担心佛山的环保整治会导致大量失业和生产总值下降，但林元和毫不动摇：宁可少几百亿的生产总值，也要把环境搞上去！在林元和主政佛山的三年六个月里，佛山陶瓷企业从 600 多家减少至 50 多家，这是他打得最漂亮的一仗，也是风险最大的一仗。敢于下这么大的决心、顶住这么大的压力，是林元和事先算好了这笔账：在佛山一万多亿元的工业产值中，整个陶瓷行业只占 600 多亿元，其中的 70% 是由四十几家规范的大企业贡献的。也就是说，灭掉绝大部分的陶瓷企业，对佛山生产总值的影响其实没有多大。

林元和一边强力整治陶瓷污染，一边大声疾呼种树。在他的任期内，佛山种了 1000 万棵树。林元和的目标是这样的——当人们问起佛山在哪里时，佛山可以自豪地说：在广州的西边，一片绿树成荫、鲜花盛开的地方就是佛山。林元和喜欢把广州和佛山比喻为纽约和新泽西。“新泽西是什么概念，就是从纽约一进来，啊，是一片树林密布，鲜花盛开的地方。全世界五百强企业总部有几十家在新泽西。”

也有人批评说这是形象工程，但林元和认为，既是形象工程，也是民生工程；既是眼前利益，也是长远利益。林元和说：有什么样的环境，就有什么样的人才，就有什么样的产业。种树也能种出一个伟大的事业。

2019年，生产总值突破万亿元大关的佛山，也获得了“国家森林城市”称号。佛山也借此宣告新目标：构建生态新格局，打造大湾区高品质森林城市，为全国探索一条工业城市的生态文明建设新路径。

5

接替林元和的是陈云贤，他是第一个拥有博士学位的佛山市委书记，毕业于北京大学经济学专业，导师是著名经济学家萧灼基教授。来佛山工作之前，他是广发证券董事长，带领广发发展成为国内位居前列的券商。在佛山官员眼里，陈云贤理论功底扎实，学习能力极强，开会、调研总是开门见山、实话实说，下属汇报工作，他一般不准用“加快”“争取”“努力”这种模糊的字眼蒙混过关。

佛山市民最感佩陈云贤的是他敢于亮剑限摩、禁摩。那时的佛山有130万辆摩托车，全国排名前列。不说摩托造成的马路乱象，也不说摩托带来的环境污染，只说治安问题就足以让人触目惊心：翻开报纸，几乎隔天都有飞抢的消息。而形形色色、层出不穷的摩托命案，更是让摩托成为佛山社会的一大公害。佛山的人大代表、政协委员很早就呼吁限摩、禁摩，但政府迟迟不敢采取行动，谁都不愿意捅这个“马蜂窝”。

陈云贤出任佛山市委书记第11天就提出“限摩势在必行，时机已到”，他要求佛山市公安局尽快拿出限摩、禁摩措施，提交市委、市政府拍板。尽管网络上骂声一片、口诛笔伐，但陈云贤不为所动、毅然决然，硬是把这件让很多人望而却步的难事办得妥妥的。

陈云贤对佛山的最大贡献之一是推动企业上市。佛山是民营经济的大本营，很多草根企业家喜欢闷声发财，而且是财不外露、富不露相，很务实很低调。这样的群体心理导致一个现象：企业家对上市不太积极。这种情况的改变是在2010年，那一年佛山有7家企业上市。这样的改变有陈云贤的功劳，这位金融专家说了一句在全国影响很大的话：让资本之光照耀产业高地。

佛山经济的一大特点是比比皆是的小企业多、顶天立地的大企业少。梳理佛山百亿级企业的成长史，可以发现企业要上规模，最快最好的办法就是上市。如何利用资本市场、如何发挥资本的力量，这是佛山一个很重要的命题。佛山的上市企业现在已经接近70家，股市上的“佛山板块”也已经形成，“无中生有”的南海千灯湖金融高新区也成为省级金融高新区、广东省建设金融强省的七大平台之一……

组织上有这个评价：陈云贤同志在积极应对国际金融危机、推进金融业创新发展、推进佛山经济发展方式转变等方面发挥了重要作用，取得了明显成效。

离开佛山之后，陈云贤出版了《超前引领：对中国区域经济发展的实践与思考》一书，这是他在佛山任职8年所提炼出来的理论，也是他留给佛山的学术资产。

让金融之光照耀产业高地——佛山一直记住这句话。

6

李贻伟出任佛山市委书记的时间是2011年7月，此前他当了一年佛山市市长、四年南海区委书记。李贻伟是工科硕士出身，后来攻读了法学博士，早年任职企业，有很深的制造业情结。在佛山市委书记任上，他最用心的是实体经济。每当有佛山企业外迁的时候，他总是这样挽留：外面风大雨大，还是留在家里好。

李贻伟对佛山的最大贡献当属招商引资。在担任南海区长、区委书记期间，他为广东金融高新区、一汽大众、本田变速箱等重点平台和重大项目进驻南海立下了汗马功劳。南海成功“抱大树”，与李贻伟的情商有关。有这么一个细节：2009年年底，一汽大众考察团首次来到南海狮山看地。出门时天气还比较暖和，中午却突然冷起来。就在这时，李贻伟指挥现场车辆组成一道“防风墙”，让包括一汽大众考察团成员在内的现场人员都躲进来保暖。随后，一批崭新的毛衣送到大家面前，让一汽大众的考察人员感动不已。

一汽大众最终选择南海当然不是被李贻伟“送温暖”的举动感动，但李贻伟的周到、细致，无疑让一汽大众看到了佛山可以信任的营商环境。

佛山的“强中心战略”是李贻伟提出来的，东平新城改名为佛山新城也是他提议的。李贻伟意识到：大佛山整合虽然已有8年时间，但在城市形态、干部心理以及社会认同方面，五区间仍有隔阂。无论是城市形象还是城市凝聚力，佛山都需要一个共同的城市中心。

有记者问李贻伟“希望佛山是一座什么样的城市”，他的回答是“希望佛山是一座办事不需要送礼的城市”。2013年博鳌亚洲论坛上，李贻伟在发言中说“民营企业是我们政府的奶妈”，第二天国内很多报纸用这句话做标题，反响很大。其实有“奶妈”的政府不是佛山一地，但公开喊“奶妈”的政府只有佛山一个。

李贻伟特别强调领导干部的服务意识和服务精神。在南海工作期间，他提出建设“高效政府”、打造“五星级南海”，他认为政府的根本就是服务社会各界群体。李贻伟的高效务实作风在各种会议上体现得淋漓尽致：他喜欢脱稿讲话，也反对官员开会交流时念稿子，曾经有几个官员因在座谈会上“照本宣科”

而被他严厉批评。李贻伟是这么想的：第一，脱稿发言不仅考验公务员的语言逻辑、表达能力，还考验情况掌握程度和形势分析思考能力；第二，他是想真正听到干部心里的东西，而不是事先准备好的材料。

7

2011年8月，54岁的广州天河区委书记刘悦伦调任佛山市委副书记、市长，2014年5月又接任佛山市委书记。从市长到市委书记，他在佛山留下的最大政绩是城市升级，这是佛山历史上又一场波澜壮阔、硕果累累的城市革命。

到佛山上任第一天，从广佛高速下到谢边收费站，看着窗外的景观，送刘悦伦到佛山报到的领导感叹："佛山好像不怎么样啊，跟广州反差很大。"这话对刘悦伦刺激很大。与高楼林立、气势恢宏的广州天河相比，佛山的市容市貌实在对不起观众。看看佛山行政中心所在的禅城，几个主要入口的城市景观几乎可以用"惨不忍睹"来形容。如果一个外来人从谢边、张槎进入禅城，打死他也不会相信这就是传说中的佛山。产业佛山名震江湖，而城市佛山却中气不足。让佛山人尴尬的是：佛山是一个需要借助"画外音"的城市，因为仅仅看城市形态，佛山很可能被人蔑视，只有借助一大堆数据和语言解说，佛山才可能赢得应有的尊重。这样的沟通成本，佛山不可能无休止地支付下去。在刘悦伦看来，有好的城市环境，才会吸引更多的人才。走进佛山的那一天，刘悦伦就清楚他的"第一把火"应该从哪里烧起。

2012年佛山的第一个大会就是宣告城市升级三年行动计划全面启动：近百个市级项目、200多个区级项目，总投资超过2000亿。这是佛山有史以来的最大手笔，这个巨大投入的目的是让佛山成为一座具备经济可持续发展、景色优美怡人、交通安全便捷、生活舒适方便等要素的"理想城市"。

城市升级三年行动计划不是心血来潮的产物，而是痛定思痛之后的选择。它不是执政思路的改弦更张，而是对历史的修正和创新。佛山城市革命以"升级"的姿态展开，这本身就是历史的尊重和接纳。它之所以是一场革命，是因为有两个标志：第一，佛山走过的历史，是产业催生城市的历史。产业作为决定性力量，主导着佛山城市的布局和展开。城市升级三年行动计划宣告佛山的雄心：城市要引领产业。在城市和产业的关系史上，前者历史性地成为主导和支配力量。第二，佛山城市竞争力正在从实力向魅力转型。城市升级行动计划的核心就是用非流动要素吸引流动要素，以城市面貌升级感召优秀人才、吸引高端项目入驻、带动产业升级。

四年的佛山岁月，刘悦伦做到了"抓铁有痕、踏石有印"，始终把握城市升级的走向、时刻关注城市升级的进展、及时解决城市升级出现的问题。每个季度，他都要带队做一次巡查并现场点评，该表扬的当场表扬、该批评的也当场批评。看到佛山新城做出了漂亮的滨江绿化带，刘悦伦点赞：“达到了欧洲水平”；看见南海的广佛高速景观林带提升工程进展迟缓，随便种几棵小树瞒天过海，刘悦伦当场发火，痛斥南海种的是“牙签树”，限期整改。再次巡查时，看见当初的“牙签树”换成了灌木和乔木，刘悦伦不吝赞美之辞，多次表扬南海“做得不错，有很大进步”。对于佛山五区，刘悦伦不搞“一刀切”，而是区别对待：禅城的老城改造要做全市的样板，南海、顺德要“快马加鞭”，高明、三水要“因地制宜，力所能及”。

佛山城市升级气势如虹，每年都有变化，五区都有亮点，各美其美，美美与共。佛山市民看在眼里、喜在心头，大家都公认刘悦伦为佛山办了一件了不起的大好事。他离开佛山去广东省人大常委会履新的时候，佛山依依不舍，很动感情。那样的时刻，正如李白所写的场景：挥手自兹去，萧萧班马鸣。

告别佛山，刘悦伦也有遗憾：佛山的城市升级虽然亮点纷呈，但还不连片，缺少整体效果。到苏州、无锡出差，走一两个小时都是连片的漂亮景观，但佛山还做不到。从顺德陈村到容桂，从禅城到南海，中间虽然有些亮点，但旧厂房旧仓库常常夹杂其中，视觉污染还很严重……刘悦伦遗憾没有时间在佛山“串珠成链”了。

这几年，顺德、南海的村级工业园改造如火如荼、高歌猛进，刘悦伦很是欣慰，这是他的所想，也是他的所愿。即将离开佛山的时候，刘悦伦有一个交代：如果不发展轨道交通，佛山就会贬值。要支持南海做地面轨道交通，地铁也要抓紧推进。这话也是在告诫佛山：城市升级，要继续做下去。

8

2016 年 2 月，鲁毅接任佛山市委书记，他召开的第一次大会是城市治理。鲁毅冀望佛山朝四个方向转变：第一，高能耗、低产出的村级工业园区向高品质、高附加值的现代产业园区转变；第二，产业园区向功能多样的城市社区转变；第三，城市社区向广佛都市圈中心城区转变；第四，从一般的区域性城市向现代化国际化大城市转变。

三龙湾是鲁毅的大手笔，这片规划面积 130 平方公里的区域是万亿佛山抢抓粤港澳大湾区建设机遇、推动高质量发展的战略抓手。这个名字是鲁毅起的，这片地图也是鲁毅画的。最初的名称叫“禅南顺高端创新集聚区”，2018 年正式命名为“三龙湾高端创新集聚区”，2019 年三龙湾管委会正式挂牌，通往广州南站的魁奇路东延线也被命名为三龙湾大道。三龙湾是鲁毅最牵挂的地方之一，也是他去得最多的地方之一。在离开佛山之前，鲁毅主持召开了三龙湾工作推进会，他说：在湾区各城市加速培育壮大新动能、建设新平台竞合格局下，佛山太需要一个有力的引擎，一份实在的答卷。佛山全市各区各部门要珍惜机遇，早日将三龙湾打造成为广东推进大湾区建设的重要平台和珠江西岸创新极核。

鲁毅为佛山确立一个目标——建设面向全球的国家制造业创新中心，鲁毅也为佛山勾勒了一条路线图——世界科技 + 佛山智造 + 全球市场。佛山的江湖地位来自佛山制造，佛山制造的转型升级、长盛不衰有赖于企业家精神和工匠精神的涵养和捍卫。鲁毅做了一件有全国影响的事情，他提出要让企业家精神、工匠精神成为照亮佛山高质量发展的双子灯塔。为此，佛山推出了评选“脊梁企业”“大城企业家”这样的制度设计。千万不能低估这个举措的价值和意义，鲁毅强调企业家精神和工匠精神有特殊的使命、特殊的历史含义、特殊的时代命题：其一，企业乃创新的主体，创新是企业家的使命。如果没有企业家精神、工匠精神的强化提升，就不会有佛山产业的转型升级。其二，佛山的产业转型和企业家换代同步发生，如果佛山的企二代、创二代缺少父辈那种对制造业的执着和坚守，佛山制造就可能脱实向虚，佛山经济的根基就可能地动山摇……

9

接任佛山市委书记两天，郑轲就做出表态：坚定不移发展制造业，把打造一流营商环境作为佛山改革的一号工程。这是“好雨知时节，当春乃发生”。

扎根实业、扎根本土，这样的“钉子精神”是佛山企业家最可贵的文化传承。很多地方的老板稍微有点钱就搬到县城、钱多了就搬到省城、发大财就搬到京城。在佛山，很少听说哪个老板发财了就把企业总部搬到更大的城市。在中国很多地方，省会城市对周边地区形成了“虹吸效应”，佛山离广州这么近，但佛山还活得这么好、这么滋润，就是因为有这样一个与佛山不离不弃的企业家群体。没有一流的营商环境，怎么对得起佛山企业家对乡土家园的深情厚谊？

2015 年有人在互联网上发文说：中国 20 个经济发达的城市中，有 5 个出现明显的颓势和衰落，排在第一的就是佛山，理由是佛山钱变少了、人才也不来了。现在看来，这是彻头彻尾的误判。这些年佛山人口增长很快，差一点就是一座千万级人口城市了。这么多人背井离乡来到佛山创业，没有一流的营商环境就是辜负他们对佛山的期许和信任。

值得注意的是：当今中国的很多省区都在举全省之力提高省会城市的首位度，实施“强省会战略”，这势必催生两个现象：第一是省会城市的虹吸现象将越来越凸显；第二是将有更多的省会城市进入万亿城市俱乐部。佛山在中国城市实力排行榜上的最好名次是第 11 位，现在退到了第 17 位。佛山的城市 GDP 排名有可能要被更多的省会城市超越，这是一个大概率的事情。佛山不是省会城市或者特区城市，但佛山的江湖地位不是靠城市级别而是靠改革开放“关键一招”取得的，这是历史的真实，更是历史的经验。佛山既要有足够的战略定力，更要有改革再出发的紧迫感。唯改革者进，唯创新者强，唯改革创新者胜。

打造一流营商环境，就是建造一个铁打的营盘。佛山必须出招了！

（原载《南方日报》2021 年 8 月 6 日）

佛山：一座把种树当成伟大事业的城市

“从今天起，请叫我国家森林城市！”

10 月 10 日，佛山人的手机几乎都在转发这条微信。那天上午，佛山市委书记鲁毅在河北承德接过“国家森林城市”的牌匾——这是城市生态文明建设的最高荣誉，也是目前我国对城市生态建设成就的最高评价。更让佛山人兴奋的是，荣获“国家森林城市”称号的第三天，佛山市委、市政府就高规格召开全面加强生态文明建设部署动员大会，宣布用五年时间建设粤港澳大湾区高品质森林城市。

佛山南海有个丹灶镇，因晋代道教学者葛洪在此“炼丹”留下炉灶而得名，是近代维新运动领袖康有为的出生地。从工业城市到森林城市、再到高品质森林城市，佛山所做的一切，既是久久为功的城市“炼丹”，也是波澜壮阔的城市变革。

1

佛山冲刺“国家森林城市”的发令枪是 2013 年打响的。这是让佛山喜忧参半的一年：2013 年 5 月 19 日，中国社会科学院在北京发布 2013 年《城市竞争力蓝皮书》，在中国各地 293 个城市中，佛山综合经济竞争力排在全国第八位，首次闯入前十名，其中宜商城市竞争力更是高居全国第五。但另一项排名又让这座城市感到纠结：生态城市竞争力佛山仅仅排在第 100 名。

佛山的生态家底的确不容乐观：3800 平方公里的土地上，林地面积不足 100 万亩，在广东排名倒数；佛山林地资源分布不均，70% 是在高明区境内。禅城、南海、顺德的开发强度超过 50%，要拿出更多的地种树，那是很难的。佛山要在短短五年内符合国家 40 项指标，进入国家森林城市行列，难度可想而知，其中城市森林覆盖率是最大的挑战。

2

佛山的行动其实早就已经开始。

2006 年 7 月，香港一家很有影响力的英文报纸用了较大的篇幅报道佛山的陶瓷污染。就是在那一年，佛山掀起了史上力度最大的“环保风暴”，首当其冲的就是陶瓷企业：全市 366 家规模以上陶瓷企业中的 250 多家要么关掉、要么转移。在巨大的阻力面前，佛山市委、市政府坚定不移：一年初见成效、两年根本转变；宁可少几百亿的生产总值，也要把环境搞上去！

任务最艰巨的南庄镇把辖区内 70 多家陶瓷企业的大小老板们召集到一起，镇长对他们说：“南庄成就了你们，现在到你们回报南庄的时候了。”

时任佛山市委书记林元和也亲自到南庄督战。在开座谈会时，一些陶瓷老板积极性不高。林元和站起来扫视一圈，然后开口：“你们陶瓷厂每天排出这么多粉尘，我想问问在座各位老板，你们有谁是住在南庄的，请站起来。”全场顿时鸦雀无声，许久都没有一个人站起来。

接下来的事情顺利很多、效果很好。经过不懈的环境整治、绿化提升，绿岛湖片区成了鹭鸟成群、天蓝水绿的产业新城。南庄成功实现从污染重镇到生态名镇的华丽转型。

“江南有周庄，岭南有南庄。”这是南庄现在的推介语。

3

2007 年 3 月，又是一个春天。佛山市委、市政府召开“三年促变，绿地佛山”动员大会，“绿色佛山，花园城市”正式成为佛山的城市目标。佛山的理想是：几年之后，当有人问起佛山在哪里时，他们可以这样说——广州西边，有一片绿树成荫、鲜花盛开的地方，那就是佛山。

2007 年至 2010 年，佛山以每年超过 300 万株的植树量，创造了三年植树 1000 万株的惊人数目。看到佛山上下大兴种树之风，有人批评说是形象工程，佛山响亮的回应被多家报纸作为标题：种树也能种出伟大的事业。

2008 年年底，三水贡献了一个很好的创意：种树拜年，佛山随即全市推广。2009 年 2 月 1 日是当年农历新年后的第一个工作日，市委书记、市长带领机关干部开展种树活动。这一传统一直延续至今，每年春节后的第一个工作日，市级、各区领导，各机关干部和部队官兵，纷纷拿起铁锹，走到田间野外，挥铲种下一棵棵小树苗……佛山持续 11 年的“种树拜年”，全国难以找到第二个案例。

佛山大地，姹紫嫣红。五区合力，各自精彩。

禅城区采取拆旧建绿、见缝插绿，城区主要干道上，新种的5800株开花乔灌木灿烂开放；南海区重金投入，精心打造道路绿网；顺德区一鼓作气完成了26条绿化示范路的建设，城市绿化建设取得突破性进展；高明区以“山林水都”为定位，以绿化高明大道为样板，打造贯穿高明的绿色廊道；三水三年共投入绿化资金6亿多元，绿化的规模和档次有了历史性飞跃。其中，一年投入千万进行绿化的三水凤铝就尝到了种树的“甜头”：上海世博会场馆建设需要大量铝型材，组委会本来计划是要到全国考察12家企业，但看到凤铝的厂区到处绿树成荫，就决定向凤铝订购1000多吨铝型材，其他企业也不去考察了。

企业种树种出订单，这不是一个传说。

4

2011年初春，中国加入WTO首席谈判代表、博鳌亚洲论坛原秘书长龙永图应邀来到佛山，在禅城、南海、顺德走了一圈，他最大的感受是佛山的树木比以前多了，城市更漂亮了。他感慨地说：“以前出国，羡慕人家的高楼大厦；现在出国，羡慕人家的绿树成荫。佛山加把劲，多种一些树，为中国争面子！”

这一年，佛山进入全国绿化模范城市行列，也宣告创建国家森林城市启动。那时的佛山，已经在实施为期五年的城市升级行动计划，种树是这个庞大计划的重点。每隔半年，佛山主要领导都要带队巡查。看到广佛、广三两条高速公路的生态景观林进展不尽如人意，时任佛山市市长刘悦伦当场发火：“没有层次感，没有色彩，完全达不到要求！”

响鼓有时也需要重捶。今日佛山，拥有不少足以和欧美一流国家媲美的景观带，既是压力变动力的结果，也是工匠精神的产物。

有调查显示，市民对佛山创建国家森林城市的支持率和满意度超过97%，数字背后的民心是真实而深切的获得感、幸福感。所有的树木都有向天生长的权利，美好的环境，对每个人都是公平的。“美丽佛山，一路向前”徒步活动如节日般盛大，就是市民用双脚为佛山点赞。上下同心，没有什么奇迹不可以创造。

5

在河北承德举行的森林城市建设座谈会上，来自佛山的经验备受关注、赢得好评。在全国已经获得“国家森林城市”称号的137个城市中，佛山是制造业规模最大的城市之一。一座工业大市的生态文明之路怎么走，这是“美丽中国”的必答题。佛山的最大贡献在于证明了中国制造业一线城市的生态环境也可以是一流的。

有什么样的环境就有什么样的人才，有什么样的人才就有什么样的产业。佛山在遵从这个逻辑前进。而高品质森林城市的提出，就是要为佛山打造面向全球的国家制造业创新中心提供世界级的环境保障。

丹心如故。这样的佛山，值得与其有一场恋爱。

（原载《南方日报》2017 年 10 月 16 日）

中国链接世界：有一种方式叫佛山

1

4 月 28 日，省委书记李希到佛山市调研时强调，佛山要沉下心发展以先进制造业为主体的实体经济，争当地级市高质量发展的领头羊。此后，佛山市委书记鲁毅主持召开的市委常委会会议提出，要把李希同志对佛山的肯定转化为推动高质量发展的强大动力，增强开创高质量发展新局面的信心决心，把推进粤港澳大湾区建设的路子走对走实走好。

2018 年佛山的经济总量是 9935. 88 亿，在全国大中城市中名列 17 位，在全国地级市中排名第三，仅次于苏州和无锡。离万亿佛山只有一步之遥；今年应该没有什么悬念。但佛山的课题不是过万亿，而是过万亿之后的佛山能否在高质量发展问题上彰显“佛山功夫”，就像高速发展时期创造过的响当当的“佛山样本”。可以说，如何做到高质量发展，是佛山最重大、最急迫的时代课题。

佛山的城市目标是成为面向全球的国家制造业创新中心，所确立的高质量发展路径是“世界科技 + 佛山智造 + 全球市场”。“世界科技”放在第一位，也就意味着在全球范围内整合科技资源，将成为佛山高质量发展的首要命题和实现手段。这样的立意和使命，也决定佛山必须做出选择和判断：哪里是佛山的“世界”？佛山又以怎样的方式链接这个“世界”？

2

被广东省委、省政府赋予“率先建设广东省高质量发展体制机制改革创新实验区”的顺德是怎么做的？

千万不要以为全力谋求高质量发展的顺德只做村级工业园升级改造这件事情。作为顺德的头号工程，村级工业园改造的首要任务是重塑产业空间、再造产业载体。与之齐头并进的是“科技顺德”的建构和努力，而德国元素的介入是最显著的果实和成效。

美的并购库卡是全球关注的大新闻，双方在顺德共建的美的库卡基地很快就要投产。与这个基地比邻的碧桂园机器人谷也在强势崛起。要不了多久，顺德将一举成为世界级人工智能重镇，“顺德制造”将步入全新的历史阶段。这是何等激动人心的未来！

最新的消息是：不久前，美的集团与国际化工巨头巴斯夫签署创新战略协议，合作开发更清洁高效的家电解决方案。根据协议，双方将一起探索巴斯夫先进材料和创新解决方案在美的电器上的应用，包括冰箱、空调、洗衣机、净水器和热水器。

顺德链接德国，美的不是孤案：

——中国燃气热水器巨头万和集团与德国博世联手，共同打造年生产能力接近 400 万台的电热水器生产基地。他们的口号是“德国品质、中国制造、全球市场”。

——大自然家居收购德国一家知名高端橱柜品牌，立志改写中国在高端橱柜市场缺少话语权的历史；伊之密在德国建研发中心，从主机供应商向系统解决方案提供商转变；顺德职业技术学院与亚琛工业大学共建广东—亚琛工业 4.0 应用研究中心……

——2018 年，顺德组织 6 批企业家造访德国，今年又将有 8 批前往。企业家如此密集、如此频繁奔赴一个国家，在佛山历史上是史无前例的。

3

顺德带了好头，南海也迅速跟进。

2018 年 6 月，南海组织自己的“隐形冠军”代表团造访德国。在为期 8 天的行程中，29 位南海企业家先后走过柏林、沃尔夫斯堡、多特蒙德、杜塞尔多夫、慕尼黑。我见证了这个意义巨大的过程：这是中国以“隐形冠军”的身份拜访世界上拥有最多“隐形冠军”的国家，这是南海开创的先例。

在南海“隐形冠军”从德国归来的座谈会上，佛山市委常委、南海区委书记黄志豪说了这么一番话：如果说改革开放之初南海是“搞活变富”的时代，那么，南海的未来就是盛产“隐形冠军”的时代。

此言不虚。我们已经看到一种趋势：从高速发展进入高质量发展的中国很可能就是进入盛产“隐形冠军”的时代。我们更有一种期待：未来会有这么一天——“隐形冠军”成为南海的标签，想到南海就想起“隐形冠军”，想起“隐形冠军”就想到南海。

南海“隐形冠军”出访德国的时候，德国也给南海报喜：一汽—大众汽车有限公司在佛山加码投资 118 亿元建设电动汽车项目，佛山在新能源汽车领域的分量更重了。

在以往的德国汉诺威工业博览会上，佛山只有顺德企业亮相。这样的局面已经得到历史性改变。在今年的汉诺威展馆里，来自南海狮山的非夕科技第一次出场就引起了轰动：他们推出的机械臂号称“世界上第一台自适应机器人”，吸引库卡、ABB等世界机器人企业代表频繁来访交流。非夕科技有一支年轻而强大的研发团队。非夕科技开发的自适应机器人正被国内外多家汽车、电子行业领军企业采购运用。

非夕的表现，让前来巡馆的佛山市副市长赵海、佛山市经济和信息化局局长刘铭恩这两位南海出来的干部两眼放光、精神振奋，这既是因为他们有深厚的南海情结，更是因为他们看到一种前景：世界智能制造版图上正在展现未来可期的佛山力量。

4

没有围墙的佛山是一座很外向的城市，开放既是佛山的品质，也是佛山的法宝。当今佛山的对外交往热点不断、亮点多多，最抢眼的地方也许要算中德工业服务区了。

最近几个月里，包括总统、联邦议院副议长在内的德国政要以及商界精英陆续到访佛山，中德工业服务区是他们必去的地方。这一连串的外事活动即使放在整个中德外交大背景下审视，也不失浓墨重彩、风景独好。

德国有句谚语：山和山不相遇，人和人要相逢；中国也有句古话：客走旺家门。

中德工业服务区今天这么旺，应该给赵海记上一功。

2012年，位于东平河畔、顺德乐从地界的佛山新城何去何从，佛山上下纠结不已。有一点大家是清楚的：如果没有清晰的发展定位，仅靠“佛山新城”这个名头是打不响、走不远的。

是时任佛山新城管委会主任的赵海想出了“中德工业服务区”这个立意和定位，而且精诚所至金石为开，得到了省里的认可和支持。这是一个难度极大的操作，那时的佛山新城虽有“不是欧洲，胜似欧洲”的生态环境，但却没有一丝一毫的德国元素，“中德工业服务区”属于典型的“无中生有”。赵海之所以够胆这样干，是因为他看到了中国和德国巨大的合作空间，更为重要的是，德国99%的企业都是中小企业，它们是德国经济的顶梁柱。这样的企业形态，和佛山又是多么的相似。

现在看来，这样的“冒险”是一个英明之举。敢想敢干，让今天的“中德工业服务区”成了佛山一张闪亮的名片，一个链接德国的超级平台。

最大的转折点来自区邦敏的推动。

5

2014 年 11 月，区邦敏出任顺德区委书记，他上任的第一个工作日就是拜会广州，争取将广州地铁 7 号线引入顺德。他给顺德干部做的第一次讲话就是大谈开放，做出的第一个重大判断是顺德政府的服务能力跟不上顺德企业国际化步伐。

区邦敏给中德工业服务区提出要求：学习德国的服务标准，打造对欧战略合作平台。顺德喊出一个口号：由这里进入中国，从这里走向世界。

2015 年底，顺德做出三个重要决定：组织顺德企业走进德国汉诺威工业博览会，建设潭洲国际会展中心，引入国际会展巨头汉诺威展览公司、牵头组建中德工业城市联盟。

2016 年 5 月，美的集团正式向库卡集团发出收购要约。消息传出，在国内外政界、商界引发巨大震动。有人说：一家中国民营企业想要收购欧洲一家世界级的高科技企业，简直是异想天开。但顺德人最终把这件大事办得妥妥的。

为了消除德国社会各界的质疑和担忧，区邦敏决定策动顺德全球路演，首站就选择德国汉诺威。2017 年 4 月 26 日，“发现顺德•全球路演”在德国汉诺威展览中心 36 号馆举行，让人意想不到的是，美的集团创始人何享健也悄然到来为顺德路演站台。美的集团董事长兼总裁方洪波在演讲中生动地讲述美的从本土一家家电企业成长为世界 500 强的故事。随后出场的区邦敏倾情演绎顺德的世界观，他说：工业 4.0 时代，在国际合作中，会输出技术、输出系统，这是更高层次的合作。在这个变革过程中，希望德国的城市和企业家给机会顺德，选择顺德，归结为一句话就是——发现顺德、布局中国；携手德国、走向世界。

路演结束，区邦敏、方洪波飞赴奥格斯堡库卡总部，此行的最大成果是让库卡决策层做出在顺德建立机器人生产基地的决定，并赞成区邦敏提出的在中德工业服务区打造“机器人生态圈”的设想。区邦敏反复强调速度要快，他说了一句让德国人叹服不已的“金句”：没有速度的子弹打不死敌人！

6

中德工业城市联盟很感念一个人，那个人就是中德工业服务区管委会主任、中德工业城市联盟秘书长刘怡。

2019 年 4 月 1 日，恰好是中德工业城市联盟成立三周年的日子。在德国汉诺威举行的中德工业城市联盟第七次全体会议上，主持会议的德国前国务秘书、德国电视台“名嘴”弗里德黑尔姆•奥斯特提议全体与会者用掌声感谢刘怡的巨大付出，说她是中德工业城市联盟的“天使”。

4月3日刘怡率队访问另一个联盟城市德国拉尔，市长沃尔夫冈•穆勒博士不仅盛情款待，而且撑着雨伞、冒着冷风亲自陪同刘怡参观拉尔的市政工程。穆勒博士连任拉尔市长22年，这位德高望重的市长能给予刘怡如此礼遇，是因为他心里清楚：中德工业城市联盟能有今天这个阵容，刘怡功不可没。

中德工业城市联盟在短短三年时间就吸纳了43个成员城市，其中中方城市23个，德方城市20个，并上线运营联盟数据综合服务平台，服务覆盖双方各市数百家主要产业园区、近千家核心企业，成为中德地方合作领域的样板品牌，得到中国商务部、德国联邦经济与能源部以及两国企业的高度认可。一位中国驻德国外交官评价：“中德工业城市联盟做得太出色了！”一位德国驻中国外交官赞誉：“中德工业服务区是中德双边合作的灯塔。”加盟中德工业城市联盟的中方城市都不约而同地感叹：“佛山做了我们难以做到的事情。”

一个很重要的背景是：有“侨乡”之称的佛山有很多和老乡打交道的经验，以世界顺德人恳亲大会为代表的“同乡会”搞得比哪里都热闹、比哪里都精彩，但如何动员、说服这么多中外城市组成一个联盟，佛山还没有这个经验。从“摆平老乡”到“搞掂老外”，中德工业城市联盟具有里程碑意义。

事非经过不知难，其中的艰辛只有经历者才能深刻地体会。

7

世界很大，但通往“世界科技”的道路却荆棘丛生。佛山之所以能够“踏平坎坷成大道”，成为中德地方合作的典范和标兵，关键在于善于借势借力。

分处亚欧大陆两端的中国和德国“不以山海为远”，跨越制度、文化、发展水平的差异，合作渐次深入，领域不断拓宽：2014年，中德关系提升到全方位战略伙伴关系的高度；2016年，中国首次成为德国最大贸易伙伴，德国也成为欧洲在华最大投资国和技术引进国。

借这样的势，佛山谋自己的事。2018年10月24日，在佛山中欧中心举行的中德工业城市联盟第六次全体会议特别设置“中德市长对话”环节，中德双方各有五位市长围绕“工业城市：高质量发展之路”展开讨论，探寻工业城市高质量发展的路径和密码。

佛山有一个清晰的把握和判断：中国需要“德国质量”，德国发展离不开中国市场和“中国速度”。汉诺威展览公司当初之所以愿意加盟潭洲国际会展中心，很大程度是被区邦敏一番言辞打动的：佛山是一个制造业大市，佛山所在的珠三角有10万亿规模的制造业，我们之间的合作，就是中国制造的“量”与德国制造的“质”握手，这样的机会怎么可以错过？

德国人很惊叹于佛山人的速度：短短九个月就建起了一座规模巨大、世界一流的工业展馆。言必行、行必果的“诚信佛山”不仅让汉诺威展览公司找到了他们认为的中国最好的合作伙伴，也让大名鼎鼎的弗劳恩霍夫工业自动化研究所随之而来，让佛山机器人学院应运而生。

潭洲国际会展中心成为佛山链接德国的平台，也引导佛山传统制造力量的整合与聚集。

佛山陶瓷行业立志以潭洲展馆为基地，打造中国版的“博洛尼亚陶瓷展”。今年4月19日，以“链接全球，聚变未来”为主题的佛山（潭洲）国际陶瓷与卫浴展览会盛大开幕。这个为期4天且被认为是潭洲国际会展中心开馆以来布展水平最高、国际范最足、口碑最好的专业展览，背后的主要推手就是新明珠集团的叶德林、宏宇集团的梁桐灿、科达集团的边程这三位业界大佬。在办展资金面临困境的时候，他们三人各自拿出250万现金鼎力支持。之所以有此豪举，是因为他们有一种共识：要链接世界，必须改变自己，要有不同以往的心胸和气度、格局和视野……

8

是的，一个链接世界的佛山，就是一个不断改变、不断强大的佛山。

有必要提起一件往事——

1992年6月5日的《人民日报》有一条受关注度很高的报道，题目叫《胜诉，在斯德哥尔摩》。说的是1987年三水一家陶瓷企业从西班牙引进一套陶瓷生产设备，当时的佛山陶瓷行业实力不够，更缺少与外界打交道的经验。没想到西班牙人会将一台意大利生产的老旧设备以次充好卖给三水，安装之后不能使用。问题反馈到西班牙，对方不仅态度傲慢，而且竟然要向三水索赔。好话说尽的三水人实在咽不下这口气，决定聘请中国律师向瑞典斯德哥尔摩商会仲裁院反诉这家西班牙企业。

走过漫长的程序、无数次的反复较量，1992年5月，瑞典斯德哥尔摩商会仲裁院做出仲裁：西班牙企业败诉，三水企业获得近200万元人民币的赔偿。中国人出国打官司不请外国律师而胜诉，这在中国历史上是第一例，从而引起《人民日报》的关注。

官司虽然赢了，但其间的委屈和辛酸让佛山人明白：落后就要被欺负。

30年过去了，今天的佛山已然成为全球首屈一指的陶瓷制造基地。当年那台卖给三水的陶瓷设备的生产商——意大利Welko公司，而今已被边程领导的科达洁能收购。当年负责进口这套设备并全程参与这场跨国官司的欧家瑞现在是宏宇集团的高管，前不久，宏宇集团老板梁桐灿成为科达洁能的第一大股东。

事情就是这么有趣。链接世界，今天的佛山比以往任何时候都底气十足！

9

中德工业服务区有一位常住的德国人，他是弗劳恩霍夫工业自动化研究所中国事务负责人，名字叫凯•马兹纳。这位在中国生活了16年的德国人说，他走过中国很多地方，顺德人对他最好、给他的待遇最高。今后他哪里都不去了，就喜欢在顺德待着。

德国那边传出最新消息：刚刚出任中国驻德国大使的吴恳，近日专门安排时间听取佛山链接德国的功臣、中德工业服务区驻德国首席代表荣强的工作汇报。曾经挂职担任过广东省政府副秘书长的吴恳大使对佛山非常熟悉，对佛山的务实作风、历史人文、美食文化赞赏有加。他表达三点感受：第一，佛山是中国对德合作的典范，他将在各种场合亲自宣传、推介佛山案例。佛山的特色在于能够独立自主地开创新局面。第二，他要安排大使馆工作人员到佛山走一走、看一看，深化对佛山的了解，更好地帮助佛山从德国进入欧洲。第三，凡是佛山市的领导到访德国，他要亲自接待，一起研究如何把佛山对德合作推向更高水平、更高层次。

链接德国，佛山抓住了势、做对了事、用对了人。天时地利人和，什么都不缺。

佛山又在做一件大事：以中德工业服务区为基础和核心，打造三龙湾高端创新集聚区，引领佛山高质量发展。今年4月2日，在德国美因茨举行的“发现佛山•全球路演”活动上，赵海在主题演讲中正式向中德工业城市联盟这个“朋友圈”发出邀请：握手三龙湾，共享新机会！

鲁迅先生曾经在《故乡》中写道：地上本没有路，走的人多了，也便成了路。佛山走出了一条通往德国的路，尽管德国不是世界，但佛山方式可以链接德国，也肯定可以链接世界。以这样的定力和节奏前行，佛山高质量发展之路必将扇形展开。

一个更加开放的中国，不就是在寻找这样的路么？

（原载《南方日报》2019年5月7日）

中国特色小镇建设期待“佛山现象”

2017年的今天，佛山已经从春天走到秋天。在可以看到的果实中，特色小镇建设是最丰硕的一个，理由有三。其一，广东各市入围国家级特色小镇名单中，佛山数量最多。其二，2017年市区两级财政用于扶持市级首批特色小镇的资金至少30亿元以上。佛山规定，认定为省级特色小镇的奖励1000万元，认定为国家级的奖励2000万元。这一力度是广东省最大的。其三，佛山确定15位市领导分别挂点联系15个首批市级特色小镇。这一制度设计放眼全国也值得称道。对此，佛山市市长朱伟有一个很好的概括：行动迅速、基础牢固、特色鲜明。

特色小镇建设是当代中国的战略风口，是转型发展和大国崛起的重要支撑。风起云涌的特色小镇建设正在拉开“镇兴中华”的历史大幕。在浩浩荡荡的潮流面前，佛山市委书记鲁毅代表一座城市发出号召：要把特色小镇作为佛山打造国家制造业创新中心的重要平台、建设高品质现代化国际化大城市的重要载体，为全省乃至全国探索路子、积累经验。这样的格局和立意背后，是佛山的境界和担当。一路走来，佛山攻坚克难、创造辉煌，靠的就是这么一股豪气！

最近两年，佛山市各级党政代表团外出考察学习去得最多的是华东地区，首推的就是浙江特色小镇建设经验。作为中国特色小镇建设最早的实践者之一，浙江经验的最大贡献是开创了非建制镇的特色小镇模式。这一模式走向全国的重要标志是住建部、国家发改委、财政部联合提出，到2020年全国培育1000个左右的特色小镇。与浙江特色小镇不一样的是，这1000个特色小镇原则上是建制镇。这一变化，为佛山后来居上、探索特色小镇建设实践提供了时间和空间。在这样的背景下，佛山召开高规格特色小镇建设工作会议，提出到2020年建成30个以上市级特色小镇、8个以上省级特色小镇、5个以上国家级特色小镇。佛山首批15个市级特色小镇预计总投资超过1000亿元，所要构建的模式是“城、产、人、文”四位一体。

产业是特色小镇的根基，文化是特色小镇的灵魂。一镇一品，是特色小镇最鲜明的特点。一镇一品的专业镇经济恰恰是佛山发展最宝贵的经验。北滘家电、陈村花卉、乐从家具、盐步内衣、张槎针织、南庄陶瓷、大沥铝型材……在佛山大地上，41个专业镇熠熠生辉，构成了光芒耀眼的佛山经济版图。佛山专业镇的数量和影响可谓独步全国、声名远扬。

佛山是岭南文化最重要的发源地之一，深厚的历史底蕴、秀美的平原江河，哺育了众多影响历史的人物。强大的产业基础、深厚的文化积淀，就是佛山特色小镇建设的底气和自信。

正是带着这样的底气和自信，顺德北滘成功打响了“佛山军团”冲击国家级特色小镇的第一炮。广东省特色小镇建设现场会选择在顺德北滘举行，既是推广北滘经验，也是寄望佛山为广东争光。而随后代表佛山角逐第二批国家级特色小镇的西樵镇、乐从镇也非常出彩，不负众望。

事实上，具备冲击国家级特色小镇条件的佛山小镇远远不止北滘、西樵、乐从三个，比如拥有“千年花乡”和“国家级生态镇”之名的顺德陈村，可以在培育中国第一花市的基础上打造中国首席花卉特色小镇。

我们也看好禅城石湾陶谷小镇，它将镇守和捍卫“南国陶都”的美名。在佛山众多专业镇中，“石湾”这个名字最为全国熟知，“石湾瓦，甲天下”既是历史的封号，更是佛山产业走向世界的第一声号角。做好陶谷小镇，考验禅城的能力和定力。很希望陶谷小镇建成之日，石湾能挺立一座雄伟的牌坊，上书“南国陶都”“石湾古镇”，为佛山贡献一个新的地标。

之所以有此期待，是感觉禅城的地标更新太慢。20年前的电视新闻中代表禅城的镜头是祖庙，现在也还是。而不远的广州却魔术般地从“羊城暗哨”爬上了“小蛮腰”，稍远的深圳也从“深南大道”登上了“地王大厦”……

我们同样看好三水西南的水都小镇。健力宝曾经是“广货北伐”的主力，承载着一代中国人的记忆。今天的西南有这么多食品饮料巨头扎堆，他有责任、有资格以“水都小镇”的名义演绎一个“靠水吃水”的中国故事。

佛山很早就提出一个口号：让金融之光照耀产业高地。以广东金融高新技术服务区为依托的南海千灯湖创投小镇有很大的挑战性。做好这个小镇，事关佛山建设面向世界的国家制造业创新中心所必需的金融动力。由市长朱伟挂点联系，玄机就在这里。

佛山还有很多题材。比如顺德是中国第二个“世界美食之都”，如果盛产名厨的顺德勒流能打造中国第一个“美食小镇”，那绝对是一件意义非凡的事情。顺德人有一种自信：只有顺德人想不到的事，没有顺德人做不到的事。勒流应该再提供一个案例。

佛山企业家有两个显著特点：扎根实业、扎根本土——我把它称为“钉子精神”，佛山的专业镇经济在很大程度上就是靠这种精神铸造的。

特色小镇不是专业镇的延展，而是创造性的提升。佛山当然明白：一张旧船票无法登上明天的客船。

一个值得关注的现象是，在广东省公布的30个首批省级特色小镇创建工作示范点名单中，顺德有4个特色小镇作为集群示范区入选，数量居全省第一。与其他由单个镇街构成不同，顺德打造的是“特色小镇集群示范区”，北部4镇涵盖其中。这样的“特色小镇集群示范区”在全国也是第一个。从这个思路出发，佛山可以有更高的谋划、更有力的出击。

“广深科技创新走廊”推出之后，佛山面临着以什么方式对接挑战。目前得出的答案是构建一环创新圈，核心是南海三山、禅城奇槎和顺德北部片区。如果仔细打量，就会发现这片不足100平方公里的区域，可能是全中国在建特色小镇最密集的地方，也是产业特色鲜明、产业实力雄厚的地方。用这样的特色去链接“广深科技创新走廊”，那是很有佛山张力的。

中国特色小镇期待“佛山现象”，现在是给出答案的时候了。

（原载《南方日报》2017年9月11日）

一个敢于思想的佛山必将前途无量

品质革命是佛山的关键词，也是佛山在做的一件大事。早在2018年佛山就对外宣告：来一场佛山制造品质革命，代言中国制造的最高品质。围绕品质革命所展开的系列调研堪称佛山近年来最受瞩目、影响最大的调研活动，主要有三个标志：调研跨度最大、企业家参与度最高、舆论反响最好。

佛山“品质革命”调研队伍主要由企业家、学者和记者组成，三年时间走访过百家企业、国内7座制造业城市，还奔赴德国、荷兰、丹麦三个老牌制造业大国取经问道。进行“品质革命”的城市不少，但进行具有如此深度和广度的品质革命调研，除佛山之外，国内还找不到第二个。

佛山品质革命调研活动的最大成果不是走了多少地方、看了多少企业，而是参与调研的佛山企业家们积极行动起来，写下了10多万字的观察与思考，其中很多文章已经在报刊上公开发表并结集成书。这样的成果形式，在佛山历史上是罕见的。

在佛山，外出调研的企业家每年都有，著书立说的企业家也有那么几个，但企业家如此聚焦一个主题，开展持久调研和大规模写作，之前不曾有过。或许可以做一个判断，这个现象的出现拉开了佛山企业家集体思想、组团突围的大幕。

不得不说，这一现象的发生，有一个非常关键的推手，他就是著名经济学家、北京大学国家发展研究院周其仁教授。

在中国学界，周其仁教授素有“执着于真实世界的经济学家”之称，成果很多、口碑很好。这位一流学者和佛山有很深的交往和缘分，早在20多年前他就关注和研究当时的科龙了，佛山案例也频繁出现在他的著述中。

这些年，周其仁教授是往返佛山次数最多的知名学者，也毫无疑问是最受佛山企业家欢迎和敬重的大咖。见多识广的佛山企业家之所以有如此态度，既是因为周其仁教授的功力和人品，更是因为他为佛山这座制造业城市的转型升级付出了巨大而无私的心力和热情、思想和智慧。周其仁教授全程参与了佛山品质革命调研，扮演了事实上的灵魂人物。他的格局和视野、资源和经验，绝对是佛山品质革命调研如此成功的关键因素。

古人云：学而不思则罔，思而不学则殆。佛山品质革命调研活动的行程安排是白天到企业参观访问、晚上坐下来复盘讨论，周其仁教授的启发和引领，确保每一次分享都是一场思想的风暴。他不同寻常的观察视角、信手拈来的丰富案例、妙语珠连的精彩点评，让所有参与者脑洞大开、醍醐灌顶。参与调研的佛山企业家众口一词：这种形式独特、营养丰收的调研活动，佛山应该多多组织。

品质革命调研是情感的交流，是眼界的拓展，是思想的碰撞，更是实战的突围。佛山企业家都非常忙碌，他们愿意花时间四处奔波、辛苦调研，很大程度是冲着周其仁教授来的。每一次见面都充满期待，每一次告别都弥漫不舍。佛山企业家对周其仁教授的深情与信赖，就是在表达一座城市的谢意和敬意。

从国内到国外，佛山品质革命调研所到之处，周其仁教授总是反复强调：佛山制造的品质革命必须从佛山企业家的思想革命开始。

这是智者的告诫。

日本管理大师大前研一就说，21 世纪，国家之间最大的竞争是“思考能力”的竞争，一个国家能否在全球经济大舞台上扮演重要角色的决定因素，已经不再是丰富的矿产资源、庞大的人口规模和强大的军队，而是思考的能力。美国著名经济学家保罗•罗默也深刻指出：解释经济差距，我们不但要研究工厂和交通设施，还必须以一样的热忱去研究“思想的差距”以及与创造思想相关的知识生态和思想市场。

长期关注中国经济发展的诺贝尔经济学奖得主、著名经济学家罗纳德•科斯，生前一直充满善意地提醒中国要培育一个“思想市场”。而深受科斯影响的周其仁教授有一个观点：中国经济总的来说是仿照性经济——通过开放红利，利用我们相对低的劳动力成本把人家的东西做了，这无可厚非，后发国家一开始搞经济时都会走这条路。但模仿是一个阶段性的现象，中国必须为下一阶段做准备。他说的“下一个阶段”指的是创新经济，所谓的“准备”，就是需要有一大批敢于思想的人、需要有一个宽容的思想环境。

这话对佛山尤其重要，对疫情大考下谋划“育新机、开新局”的佛山制造业更是重要。

企业家是经济活动的重要组织者，是实施创新驱动发展战略的中坚力量。我们看到一种现象：企业之间的竞争，最终表现为企业家格局和思想的竞争，缺少思想能力的企业家总是被具有创新思想的企业家打败。大凡真正的企业家，必定是思想家。

知识经济时代，最有权力的资源是思想。只有掌握了思想，才能影响客户的决策，在竞争中取得主动。我们看到一种趋势：很多工业制造业巨头正在走从“卖产品”到“卖技术”、再到“卖思想”的历程。它们不再满足于产品制造商的形象，而是极力表明它们在思想方面对时代潮流的引领。像IBM这样以生产机器设备起家的公司，不但在软件开发、系统集成方面业绩惊人，而且以数百亿美元的营业额稳居世界第一大咨询公司的交椅。步其后尘的还有美国的惠普、德国西门子、日本的丰田。

结合疫情大考和市场突围主题，今年佛山品质革命调研组走进了华为、富士康、腾讯和美的。这四家有国际影响的中国企业也在致力实现IBM那样的升级：卖产品—卖技术—卖思想。提出全面数字化、全面智能化的美的集团，有一个创新思想勃发、创造精神旺盛的团队，不仅很好地支持了美的的创新，而且有力地策应了诸多企业的需求。他们所提供的系统集成和解决方案，其实就是变现他们的创新思想。

记得几年前的一次深圳之行，一位很有影响力的深圳企业家对到访的佛山领导说：佛山是一个世界级制造业重镇，但从深圳的角度看去，佛山只有产品和美食，似乎缺少商业思想。他还举例说，华为之所以能够在不到20年时间成为中国最大的民营高科技企业，不仅仅因为它在技术上从模仿到跟进又到领先，而是因为华为独特的企业文化，这种文化的背后则是总裁任正非深邃的思想力。华为因任正非而成功，任正非因思想而杰出。

不管这位深圳企业家的佛山印象是否准确，但有一点是不能否认的：佛山在几个产业领域做到了全球第一，可佛山企业家的管理思想却没有赢得国际社会的同样关注，这确实不是一个令人难以释怀的遗憾。当年日本制造的崛起，就出现了一批拥有国际声誉的企业家，比如稻盛和夫、松下幸之助、盛田昭夫、本田宗一郎等，他们的管理思想成为全球很多商学院的教科书。改革开放已经走过40多年，佛山的企业家从无到有，从小到大，从少到多，从弱到强，今天已经到了从富到贵的时候，这个时候也就到了该有思想的时候了。

企业家就是有思想的老板。思想是行动的先导。历史已经反复证明：有思想的人总是高人一等、胜人一筹、快人一步。人全部的尊严就在于思想，一座城市也是。佛山改革再出发，必须是思想解放再出发。改革需要攻坚克难，没有锐利的思想武器只能是隔靴搔痒，只会无功而返。

有句广告说得好：思想有多远，你就能走多远。佛山品质革命调研既是研究别人，也是发现自己。既是思想的变革，也是行动的突围。一个非常强烈的信号是：一个敢于思想、也善于突围的佛山已经在路上。

这样的佛山必将前途无量。

（原载《南方日报》2020年7月16日）

佛山打赢了一场城市保卫战

1

今天是 2020 年最后一天，明天就是新年了。在辞旧迎新的时刻，我们需要向一座城市致敬，她就是佛山。

这一年，佛山过得很不容易，如坐过山车一般惊心动魄，也像突出重围一样刻骨铭心。回首走过的日子，佛山就是在打一场没有退路的绝地反击战。尽管权威数字还没有公布，但我们得到的所有信息都非常振奋人心：万亿佛山，稳如泰山！这座以制造业扬名天下的城市，依然在中国万亿城市俱乐部中昂首挺立、笑傲江湖。

一组数字肯定无法表达一座城市，但经济总量的大小又通常被视为城市实力的标志。越来越激烈的中国城市战争，首先拼的就是城市经济，它关乎城市的排名和地位、声誉和影响。学界和媒体审视一座城市，第一个数据可能就是生产总值，然后才是其他。一座城市的体量，往往就是这座城市的能量。

沧海横流，方显英雄本色。2020 年保住万亿的佛山，就是打赢了一场波澜壮阔、气壮山河的城市保卫战。也巧：12 月 21 日，第五批国家级非物质文化遗产代表性项目公示，佛山咏春拳榜上有名。这是一个隐喻和宣告：功夫佛山，东方不败！

2

事非经过不知难。

2020 年的到来最初是充满喜气的。元旦那天，佛山市市长朱伟发表元旦献词，宣布一个引人瞩目的喜讯：佛山生产总值突破万亿大关，经济综合实力迈上新台阶。这一天佛山期待已久。国内主流媒体好评如潮：广东迎来第三座万亿城市。境外媒体也做报道：佛山成为中国第 17 个万亿城市。

没想到事情急转直下。一场突如其来的新冠疫情在武汉暴发，中国打响了武汉保卫战、湖北保卫战。农历大年三十那天，北京给佛山下达紧急任务：三天之内交付2000套防护服驰援武汉。佛山克服员工放假、企业停产等重重困难，硬是把这件十万火急的事情妥妥地办好了。与此同时，佛山调集一批医护人员奔赴湖北，以美的、碧桂园为代表的一大批佛山民营企业捐钱捐物、爱心潮涌。

疫区离佛山很远，但疫情对佛山的影响很大。春节返乡的员工无法从老家赶回佛山上班，努力复工复产的企业痛苦地发现：供应链断了！2020年上半年统计数字出来，很多人发出尖叫：佛山负增长7.5%！佛山经济增速在广东倒数第一，在全国大中城市中下跌幅度仅次于武汉。如此断崖式的经济表现历史罕见、改革开放四十年来从未有过。佛山进入了一个异乎寻常的严峻时刻。

3

树欲静，而风不止。

佛山又一次站在舆论的风口浪尖。有学者和媒体做出悲观预测：佛山很有可能从万亿城市俱乐部中出列，其广东“老三”的位置也很可能被东莞取代。

同样面临疫情的冲击，为什么佛山如此不堪一击？以传统制造业和草根经济扬名立万的佛山是否走到了山穷水尽的地步？互联网上舆情汹涌，各种质疑甚嚣尘上。有人怀疑佛山经济的韧性、有人嘲讽佛山政府和企业的能力……

2020年上半年经济分析会上，佛山市委、市政府表明态度：不抱怨、不泄气、不乱节奏、保持定力、清醒头脑、奋起直追！

一场荡气回肠的绝地反击战慨然打响。

在全国17个万亿城市中，北京、上海、天津、重庆是直辖市，广州、成都、武汉、郑州、南京、长沙、杭州是省会城市；深圳、青岛、宁波是副省级城市，只有苏州、无锡和佛山是普通地级市。佛山的特别之处是工业占比最高、民营经济比重最大，被视为观察中国实体经济和民营经济的风向标和晴雨表。大家都认同三句话：有家必有佛山家电、有建筑工地必有佛山建材、有厨房的地方必有佛山酱油。

佛山保卫战，不是保护佛山的城市排名，而是捍卫一座制造业大市、民营经济强市的尊严和荣誉。狭路相逢勇者胜。这场佛山城市保卫战打得艰苦、打得坚决、打得漂亮。时至今日，我们可以大声说：佛山赢了！

佛山赢在殷实雄厚的家底、赢在百折不挠的坚韧、赢在向死而生的气概、赢在代代相传的品格——识做、坚嘢、搞掂！

这是一座英雄的城市。光荣属于越是艰险越向前的佛山人民。

4

顺德和南海是经济佛山的脊梁，他们之间的互动决定了佛山的生动。2020年的佛山城市保卫战，顺德南海是功不可没的主力。没有他们放手一搏，佛山就保不住万亿。

村级工业园升级改造是顺德的头号工程。

2019年最后一天，顺德举行上千人参加的动员大会，吹响村级工业园升级改造总攻号角。在疫情肆虐的2020年，顺德完全有理由把节奏放缓，因为改造势必导致一批企业停产关闭，也不可避免地影响生产总值的增长。但顺德目标不变、阵脚不乱，坚定不移地打一场攻坚战。龙江、容桂、北滘更是高歌猛进、“万亩奔腾”，让2020年的顺德依然是激情燃烧的岁月。

2020年顺德改出了气势、改出了空间、改出了活力：一大批本土企业增资扩产，一大批优秀外来项目落地。2020年佛山又有7家企业上市，它们全部出自顺德。35家上市的顺德企业在中国股市中构成了市值万亿的“顺德板块”，有这样的“顺德军团”，天下不敢小瞧佛山。

12月14日，广东省村镇工业集聚区升级改造现场会在顺德召开，这是对顺德经验的肯定，也是对顺德精神的礼赞。

2020年南海的头号工程也是村级工业园升级改造，尽管声势和影响也许不如顺德，但力度和强度一点不输于顺德。到千灯湖一带看看，那种连村带厂一起改的场景和气魄，就知道广东为何把“城乡融合发展改革创新试验区”的重任交给南海来承担。

2020年初举行的南海区第十三届党代会第五次会议宣布：2019年全区经济总量突破3000亿元大关。站在这样一个崭新的台阶，南海发出了“开创新时代南海高质量发展新局面”的总动员：用最强的干劲、最实的作风、最高的效率干出最好的成效。2020年，南海兑现了自己的承诺。

佛山市委书记鲁毅把顺德誉为“铁军”、把南海视为“雄师”。灿烂星空，谁是真的英雄？禅城、高明、三水也交出了合格的答卷。佛山五虎，虎虎生威。此时此刻，我们向他们致敬。

5

2020年佛山有许许多多感人至深的故事和细节，两件发生在顺德的事情必将被历史铭记。

2020年11月13日，美的集团创始人何享健出资100亿元创办的和祐国际医院在北滘破土动工。这是中国迄今为止投入最大、设施最先进的民营医院。

何享健先生既是一位功勋卓著的企业家，也是一位美名远扬的慈善家。他说：建设和祐国际医院不是心血来潮，而是有清晰的认知，不为名不为利，而是一种社会责任。要凝心聚力做好这个项目，为顺德、佛山乃至粤港澳大湾区的医疗健康事业出一份力。

何享健先生的情怀和境界，赢得了社会各界的高度赞誉。

1891 年美国铁路大王斯坦福投资 2000 万美元在旧金山湾区创建了斯坦福大学，它日后成就了硅谷，也成为世界最顶尖的私立研究型大学。知道斯坦福办什么企业、做什么发财的人现在已经不多了，但斯坦福的名字因斯坦福大学而名垂青史、熠熠生辉。

拥有两家世界 500 强企业的顺德北滘，能否诞生一家世界级的医院？这是时代的呼唤，也是何享健的心愿。

有钱人很多，但何享健很少。有这样的企业家，是佛山的光荣和骄傲。2020 年的疫情，更让我们知道一所高水平医院是多么的可贵。如果推举“佛山先生”，何享健名副其实。

2020 年 2 月 10 日，世界最大的微波炉制造商格兰仕复工复产，专程前往调研的顺德区委主要领导发现企业承诺书中有这么一条：“一旦发生疫情，企业要承担法律责任”，便当即亲自动手划掉了。他说：“政府怎么可以把责任全部推给企业？企业能承担这个责任吗？”他对站在身边的格兰仕总裁梁昭贤说：“你放心复工复产，有问题我和你一起承担。”

梁昭贤闻言，泪水就流出来了，听到这个故事的佛山企业家们也感动了。这是顺德的担当，这是担当的顺德。这样的担当成就了 2020 年顺德的精彩。不能不说，一个地方的发展势头、政治生态，往往是由当地主官塑造的——兵雄雄一个，将雄雄一窝。

梁昭贤是格兰仕创始人梁庆德的儿子，顺德人把梁庆德尊称为“德叔”。2020 年 4 月 28 日格兰仕集团工业 4.0 示范基地投产仪式上，梁昭贤承诺要再造一个格兰仕。他把留学归来的儿子、担任格兰仕集团副董事长的梁惠强叫到身边，用顺德话嘱咐儿子：扎根顺德、扎根家乡，顺德一定得！

你召唤我成为儿子，我追随你成为父亲。此时此刻，我们向大城脊梁的佛山企业家们致敬。有扎根本土的他们，就有枝繁叶茂的佛山。

6

佛山是一座没有围墙的城市。2020 年的佛山保住了存量，也迎来了增量。

落地佛山的外来企业中，有徐工集团这样的世界级中国企业，有美国百事公司、日本米思米这样的跨国企业。值得注意的是，这三家著名企业第一次布局粤港澳大湾区就选择了佛山。它们的眼光和行动，就是给佛山投下的信任票。

为什么选择佛山？徐工集团党委书记、董事长王民的说法很有代表性：佛山是一个世界级制造业大市，是制造业文化的厚土；佛山有国内最好的营商环境，民营经济这么发达，本身就是一个证明；佛山政府的工作效率国内一流，双方从接触到签约 70 天就搞定了。

远者来，近者悦；众人拾柴火焰高。“佛山制造”没有熬不过的冬天。

还需要记住这个故事——

2020 的中国建筑陶瓷产业爆发了岩板革命，这场革命的策源地就是佛山。之所以说是一场革命，是因为岩板陶瓷不仅是材料和质量的重大变革，而且实现了从装饰材料到运用材料的巨大飞跃，全面拓展了建筑陶瓷的运用场景和运用领域。

岩板革命在佛山发生，要感谢蒙娜丽莎集团董事长萧华。10 年前，这位年过 60 的企业家主张开发岩板陶瓷的时候，董事会成员中没有一个人支持他：投入太大、风险太大，万一失败怎么办？但他毫不动摇、力排众议：创新有风险，不创新有危险。

十年磨一剑，梅花香自苦寒来。岩板陶瓷终于在 2020 年风行市场、畅销中国。作为岩板革命的引领者和受益者，萧华和蒙娜丽莎演绎了一句精彩的话：成功路上并不拥挤，因为坚持的人不是很多。

有远见、有勇气、有定力，这是成功企业家的特质。这样的“萧华”，佛山不是一个，而是一群。

2020 年的疫情没有挡住佛山企业家的脚步。盛夏时节，他们走出佛山，从珠三角到长三角，一路追问“品质革命”的方法论。一批“隐形冠军”随后又从佛山出发，奔赴浙江宁波，和那里的“隐形冠军”探讨从全国冠军到世界冠军的路线图。长期跟踪观察佛山发展、为佛山企业倾注大量心血的北京大学国家发展研究院教授周其仁由衷感叹：佛山有一支“特种部队”，他们带着世界地图作战。

2020 年打赢这场保卫战，佛山企业家居功至伟。

7

弹指一挥间，谈笑凯歌还。走过冬天就是春天。

佛山的雄心是成为面向全球的制造业创新中心，尽管山重水复、雄关漫道，但砥砺奋进的佛山每一天都在接近目标。翻开 2020 年的最后一张日历，佛山就将迎接 2021 年的第一缕阳光。

这是告别，更是出发。佛山何去、佛山何往？序曲已经响起，佛山就要进入下一个乐章。此时此刻，让我们重温毛泽东在《星星之火，可以燎原》中展现的雄浑与豪迈——

它是站在海岸遥望海中已经看得见桅杆尖头了的一只航船，它是立于高山之巅远看东方已见光芒四射喷薄欲出的一轮朝日，它是躁动于母腹中的快要成熟了的一个婴儿。

（原载《南方日报》2020 年 12 月 31 日）

佛山制造生态背后的文化逻辑

1

读万卷书不如行万里路，行万里路不如有高人指路。佛山要好好感谢北京大学国家发展研究院周其仁教授。这位以田野调查著称的经济学家这些年一次次来到这座以制造业和民营经济著称的城市，走访上百家企业，探究佛山产业集群的成因和走势。他提出了一个我们也许意识到但从未认真研究过的“佛山现象”：制造业领域小草、灌木、乔木型企业交相辉映，各美其美，美美与共。

周其仁说，在一个生态里，先是底下长出一层草，涵养后可以生长灌木，灌木可以涵养更多的水，然后就有机会长出乔木，所以生态系统包含草、灌、乔。佛山制造一开始都是草根企业，逐步长成灌木丛和大树，虽然大家都想当大树，但是生态还是有生态的道理，不可能只有乔木这么单一。周其仁教授给佛山提出三个忠告：第一，草、灌、乔共生共荣的生态系统是佛山的优势，要保护好。第二，佛山不可过分强求形成多少个千亿级、万亿级企业，还是要顺势而为。中小企业只要手里有绝活，即使是很小一棵草，如果谁都离不开你，那就是有竞争力的草。第三，草也罢，灌木也罢，乔木也罢，仅仅有数量还不够，还要加上品质，如此佛山才能在全球竞争当中有立足之地。

今天的中国是城市时代，城市越大，吸纳资源的能力越强，城市的“虹吸效应”无处不在。佛山紧邻广州，但鲜有佛山企业搬到广州，甚至很少有佛山老板搬到广州居住。每年来佛山招商的人很多，他们想尽办法、用尽招数，但成效并不显著。是佛山企业家留恋美食之都，有浓厚的乡土情结吗？这样的因素不是没有，但关键还是他们舍不得佛山制造的生态系统：小草、灌木、乔木彼此构成链条、彼此相互成就，换一个地方，也许就没有这样的生态。也因为习惯这样的生态，佛山企业和佛山企业家在形形色色的诱惑面前始终保持谨慎，具有很强的拒绝能力。这是经济行为，也是文化表现。一个命题也由此产生：佛山制造的生态背后到底有怎样的文化逻辑？

2

佛山是一个逢人就叫“老板”的地方，叫得很顺口，听得也很舒服。有钱人从中感受到一种尊重；没钱的收获一种面子，甚至一种激励。

每年正月十五的“行通济”是佛山最盛大、最著名的民俗活动，凡是参加行通济的市民都少不了两样“道具”：一把生菜、一把风车，前者寓意“生财”，后者寄托“时来运转”“一帆风顺”。上百万人手持生菜、摩肩接踵、川流不息，场景壮观。

这种“万众一心”的仪式感所激发出来的能量是惊人的，它催生了惊心动魄的财富传奇，也激发了生生不息、浩浩荡荡的城市活力。佛山之所以能成为观察中国民营经济发展的风向标和晴雨表，这是一个很重要的文化背景。

君子爱财，取之有道。佛山人喜欢说一句口头禅：“要发财，忙起来。”发财的路子或许很多，但佛山人大多选择做实业。选择的背后是文化。

明清时期的广东出现了影响巨大的岭南学派，“经世致用”是岭南学派旗帜鲜明的文化主张之一。佛山是岭南学派的重镇，以南海“九江先生”朱次琦为代表的思想者一直倡导实用主义：注重实际、反对空想。这样的哲学，哺育了这样的群体选择：实在、实利、实业。与先思考后行动、重经验、重道义的中原文化相比，佛山人趋向先行动后思考、重实践、轻理论、少说、多做、悄悄干……也由此演变出佛山人的性格特征：敏于行、讷于言。那些说得多、做得少，没有实践性、没有行动力的人，佛山讥之为“口水多过茶水”。

佛山之所以成为中国近代民族工业最重要的发源地之一，就是因为“实业报国”的文化思想。

3

佛山是水网纵横的岭南水乡，有一句俚语：“商如行船，客如流水。”这样的地理环境，锻造了佛山人的文化性格：出水随湾、万折必东。

佛山的每一条河涌都有自己的名字、自己的风景、自己的特色，但所有的河涌都相通相连，互相依赖。龙舟是佛山民间最喜闻乐见的体育活动，凡有佛山健儿参加国家级、国际性龙舟大赛，冠军归属基本上没有悬念。南海、顺德的体育部门，最多的就是龙舟赛冠军奖牌。

粤港澳大湾区有水乡之称的地方很多，为何佛山龙舟这么厉害？龙舟是一个群体项目，少则三五人，多则数十人，龙舟的速度取决于划桨的力度、频率，以及桨楫起落的节奏，核心是团队的紧密协同、高度默契、心有灵犀。龙舟竞渡，佛山所向无敌，只能说明佛山人最懂得、也最善于协同配合。

这样的“龙舟精神”也投射到佛山经济领域：扬名立万的佛山制造不是依靠某一类产品、某一个行业，而是依靠众多产品和众多行业组成的产业链；佛山制造的威名不是单打独斗的结果，而是“团体赛”的胜利。这是佛山的特点，也是佛山的优势。

佛山人人都有老板梦，“宁做鸡头不做凤尾”。按理说，这么多想当老板、想做“鸡头”的人聚在一起，很可能出现各自为政、彼此算计的“窝里斗”，但佛山却是互相成就、一团和气。最典型的是佛山陶瓷。当年的佛陶集团走出了几十位陶瓷老板，他们各自创业，葡萄一样链接在陶瓷产业各个环节，彼此相安无事，甚至相互配套，形成了全国最强大的陶瓷产业生态圈。佛山家电、佛山家具、佛山服装……几乎所有的佛山产业集群也是这么来的。

在佛山，不少企业有自己冠名的龙舟队，每逢龙舟赛举办，佛山企业都热心赞助。这既是出于个人爱好，更是念及涵养“龙舟精神”。这样的精神，是佛山制造形成草、灌、乔现象的文化支撑。

4

2020年佛山进入新一线城市行列，有人说这是“千年等一回”。这话不对。早在明清时期，佛山就是“四大名镇”“天下四聚”之一，就是那时的中国一线城市，类似今天的北上广深。佛山能在明清时期跻身中国一线城市，靠的就是陶瓷业、铸造业、纺织业和医药业等四大产业集群，以及小草、灌木、乔木组成的产业生态。

历来有“石湾瓦，甲天下”之说。在明代以前，石湾的窑场分散于方圆几十里的乡村之中，未形成规模经济效应。随着生产规模的逐渐扩大，这种分散的生产方式遭遇了瓶颈。到了明清时期，各种陶瓷生产技术开始相互配合，各处窑场慢慢向石湾集中，石湾镇逐步成为综合性陶瓷生产基地。石湾陶瓷业的生产组织分工很细密，专业化程度很高，形成了“陶有窑”“窑有户”“户有工”“工有作”“作有家”的生产组织结构。生产分工有采泥工、运泥工、炼泥工、拉坯工、上釉工、装窑工、烧窑工、出窑工、制釉工、搬运工，此外还有陶器店、釉料店、黏土店。生产的产品分为日用陶瓷、美术陶瓷、园林陶瓷、手工业陶瓷、丧葬用陶瓷五大类，品种达到千种以上。

明清时期的佛山是中国最著名冶铸基地之一。佛山最早的铸造业源于旧佛山八景之一的“孤村铸炼”，大约在明代永乐年间以后，在大墟到祖庙一带出现了新的冶铁铸造点。随着珠三角农业经济的发展，铁制工具成为急需的生产用品；造船业和建筑业的繁荣，也刺激了各种铁链、铁线、铁钉、大小五金的生产，为铸造业的发展带来了巨大需求。佛山铸造业步入了辉煌期，炉台林立，铜铁产品多种多样。“春风走马满街红，打铁炉过接打铜”，就是当时佛山铸造业繁华的真实写照。清乾隆年间，佛山有炒铁工场四十余所和铸铁工场百余所，从业人数高达3万之多。每年来佛山购买铁器的各地客商络绎不绝，曾有“佛山之冶遍天下”之美誉。那时的佛山，光铁器冶铸就有打刀行、打剪刀行、土针行、铸砧行、折铁行、新钉行等行业分工，不少街巷因专门从事的行业而形成了别名，如铸砧街、铸犁街、铁矢街、铁门链街、铁香炉街、铁廊街、模岗里、针巷……这就是今天所说的集群经济。

历史虽然已经远走，但历史的经验还在。20年前的佛山会出现名震全国的“一镇一品”专业镇现象，很大程度要归功于历史的启示。今天的张槎针织集群、盐步内衣集群、大沥铝型材集群、北滘家电集群让我们看到：水有源，树有根。

5

顺德北滘是世界级的家电重镇，有典型的草、灌、乔产业生态。世界五百强企业美的集团的背后有400多家名不见经传的中小微企业。没有这样的生态涵养，北滘就不会长出美的这棵大树。给美的配套的小草型、灌木型企业中，很多老板就是美的出来的人。

很多地方是大树底下不长草，但北滘不仅草木繁茂，而且大树底下好乘凉。当顺德确定把村级工业园升级改造作为“头号工程”的时候，北滘许多小草、灌木，许多隐身于村级工业园的小微企业担心自己没有安身立命之地。但后来的情况让他们喜出望外：北滘政府用心用情，仔细甄别哪些是美的的配套企业、哪些是有竞争力的小草和灌木，然后想尽办法让他们有路可走、有地可用，最大限度保护了北滘的产业生态。这样的尊重和接纳，不失为佛山村级工业园升级改造的“北滘经验”。

生态学认为草灌乔有三大作用：涵养水源、改良土壤、调节小气候，经济生态中的草灌乔也同样具有这样的功能。“北滘经验”一个最大的启示在于：草灌乔组成的经济生态也可以改变一个地方的小气候，让权力变得不那么粗鲁和傲慢，让小草和灌木有成长的空间，并且和大树一起获得谈判、博弈的筹码。北滘知道，有美的这棵大树的带动，草丛中会长出灌木，灌木中会长出乔木。这样的逻辑和理念一旦确立，它就是一种文化，构成经济运行的环境和背景。

6

很多年前有一本畅销全球的书《共好》（*Gung Ho!*），作者布兰佳是一位美国管理学家，他说“共好”这个词来自中国文化，大意是承诺和共识的达成。后来，“共好”作为基本的管理法则在美国成为商学院的热门主题，并得到企业界的广泛共鸣和推广。

既然“共好”来源于中国文化，普通话又没有这样的说法，那么它到底是哪种中国方言？从语音和词义来看，“Gung Ho”应该就是粤语的“讲好”。在佛山，人们常说“讲好的事情，怎么能反悔？”做人就应该讲到做到，不能信口开河，不要承诺办不到的事。如果“没口齿”，别人就不会和你做生意，这样就“断了财路”。“讲好”是不需提醒的自觉、是不见不散的约定、是言必行行必果的承诺。佛山制造中的草灌乔现象就是“讲好”文化所衍生的一道风景，每个独立的市场主体通过契约和信任关系联合起来，有钱大家赚，形成强大的产业优势。

一切经济竞争，归结起来就是产品和人品的竞争。佛山品质革命调研活动先后走访了上百家企业，一个重要的发现是：以前依赖资源和背景发财的人，现在混得越来越差；靠坑蒙拐骗牟利的人现在几乎无路可走；那些脚踏实地做实业、遵纪守法、拒绝投机的老板越做越大、越做越好。知名战略咨询师王志纲说：好人赚钱的时代来了。

好人的标准很多，“讲好”是佛山最珍贵的文化资源，小草、灌木、乔木都需要这样的养分。

今天的佛山在打造一流的营商环境，并以此作为佛山的一号改革工程。投资好环境，佛山“益晒你”——这句掏心窝子的粤语是佛山“讲好”的最新版本，佛山制造草灌乔生态背后会不会出现升级版的文化逻辑，这当然值得我们期许。

（原载《南方日报》2021年11月19日）

佛山凭什么捍卫自己的江湖地位

今年五一长假，佛山最大的新闻是广州地铁 7 号线西延顺德段正式开通运营。虽然这是连接广佛的第三条城际地铁，其轰动效应不如第一条那么强烈，但对顺德和整个佛山而言，这依然是一个重要的历史性时刻，它标志着广佛全域同城又取得了重大进展。从粤港澳大湾区的视角来看，这是广佛极点中的又一个亮点和支点。

这条地铁的起点是顺德北滘的美的大道，直接通往广州南站、广州大学城。北滘是中国最大的家电制造基地、广州南站是亚洲人流量最大的高铁枢纽站、广州大学城是全国最大的大学城。这条地铁把三个“最大”联在一起，就是广州地铁 7 号线西延顺德的立意和独特价值。这是一个意义重大的战略布局，将给顺德乃至佛山的发展带来深刻的影响。

佛山市委常委、顺德区委书记刘智勇把广州 7 号线西延顺德段定义为经济线、人才线、活力线，他乐观地展望：或许下一个世界 500 强就在这里诞生。

一场苦恋终于修成了正果。这一天，顺德和佛山都盼了很久。

1

广东有广府、潮汕、客家三大方言，影响都很大。论人才辈出，客家地区首当其冲。客都梅州有一个很气派的院士广场，整个广东就梅州有这个底气；说到财富巨子，潮汕地区笑傲江湖，放眼全球，潮汕商人呼风唤雨、声名卓著。但客家话、潮汕话都被视为方言，唯独广府话被称为粤语，它代表广东。这是“千年商都”广州的强势，“西关小姐”“东山少爷”发出的声音成为粤语的标准音，即便是香港人也很骄傲自己说的是“广州话”。

历史上，广东的每个地方都很注意和广州联动发展，这既是为政者的要务，也是广东发展的一条主线。大凡比较繁荣的城镇都被称为“小广州”，有这个外号的地方都觉得很有面子的，很让人羡慕，比如南海九江，至今仍对曾经有过的“小广州”的美誉和那段时光念念不忘。梳理这个脉络，很容易发现历史上有一组关系非常突出，那就是“广佛”，指的是广州和佛山的渊源。

广佛关系源远流长、水乳交融，中国版图上也很少有像广佛这样“剪不断、理还乱”的城际关系。提起当年的“十三行”，广州人说在广州，南海人说在南海；说起当年的世界首富伍秉鉴，广州说他是广州人，南海说他是南海人。大家互不争论、互不否认，因为彼此说的都对，南海县的衙门曾经长期设在广州城内。一江珠水，谁也分不清楚哪些是西江的浪花、哪些是北江的波澜。

历史上的广佛关系之所以如此紧密，不仅因为佛山离广州很近，更是因为佛山很强。从17世纪初到19世纪末，佛山与广州双峰并峙、雄踞岭南。在300年左右的时间里，广州和佛山都是中国的一线城市，这段时间是历史上赫赫有名的“广佛周期”。那时的中国很流行“走广”，广州和佛山是人才和资本的首选地，犹如今天的广州和深圳。

佛山的成长一直有广州的陪伴和策应，广州变“大”也有佛山的付出和贡献：1960年花都、从化划入广州，1975年番禺并入广州版图，这三个地方原本属于佛山专区。“南番顺”自古一家，即使漂洋过海、远走他乡，南海、番禺、顺德的乡亲总是携手并肩、形影不离，遍布世界的“南番顺会馆”就是一个铁证。

这是广佛关系的历史，也是广佛同城的伏笔。

2

1989年8月8日，广东第一条高速公路——广佛高速开通，只比中国大陆首条高速公路——沪嘉高速通车晚了10个月时间。2009年3月19日，广州市市长、佛山市市长在广佛交界的佛山南海区共同签署《广州市佛山市同城化建设合作协议》，这是中国第一个同城化协议，标志着广佛同城正式启动。2010年11月3日，广佛地铁开通，这是中国大陆首条跨越地级行政区的地铁线路。

广佛地铁开通，受益最大的是南海。在佛山诸多新城中，南海千灯湖片区变化最大，集聚了佛山最多的亿元楼，南海桂城也借此登上了“佛山首富”的宝座。广佛地铁开通的时候，大多数顺德人并没有意识到地铁的重要性，既不羡慕，更不着急，大家都觉得，无论有没有通往广州的地铁，都对顺德的发展影响不大。但随之而来的南海之变，让“手无寸铁”的顺德有点坐不住了。

同样的刺激来自华东：上海地铁11号线延长线进入了昆山，这是中国历史上第一条跨省地铁。致力打造国家一流产业科创中心的昆山推出史上投资规模最大的市政工程：自筹200多亿，无缝对接上海和苏州的轨道交通网络，承接高端人才、资金、项目等溢出效应。前往考察的顺德官员记住了昆山官员说的话：建地铁就是建城市。

广州南站的崛起让顺德看到了机会。这个亚洲最大的高铁枢纽站建在广佛交界的番禺，东朝广州，西向佛山，跨过一条小河，就是南海、顺德的地盘。已经尝到地铁甜头的南海反应最快，砸钱修了一座大桥对接广州南站，没有和广州接壤的禅城也投入巨资建魁奇路东延线，借道南海快速通达广州南站。

在规划设计广州南站的时候，广州为佛山预留了一个口子，不用换乘就可以直接穿过南站进入广州腹地。谁能抢到这个唯一的口子，就要看时机和火候、交情和缘分了。

顺德人的强项就是善于抓住机会。2013 年 1 月 23 日，来自顺德的省人大代表宋炜趁时任广东省省长朱小丹参加佛山团审议政府工作报告，当面表达了顺德人的地铁梦："广州地铁 7 号线马上就动工，希望省政府大力支持，延伸至顺德北滘。"得知广州 7 号线只需西延七八公里就可以与规划中的佛山 3 号线衔接后，朱小丹当即回应："这是很好的建议，我来帮你们进一步协调。"

但广佛两地迟迟没有动静，直到两年后的 2015 年 2 月 8 日，时任广州市市长陈建华、时任佛山市市长鲁毅终于坐在一起研究怎么落实省长的表态。这次市长联席会达成共识：开展广州地铁 7 号线与佛山地铁 3 号线对接换乘规划衔接研究；广佛地铁实行一张网规划、一体化运行。这个历史性的时刻让顺德很是兴奋，当地一家报纸发表评论《做好地铁文章　吸引国际人才》。

3

有两个背景强化了广州地铁 7 号线西延顺德的紧迫性。

国内两个一线城市不约而同向美的集团伸出橄榄枝，希望美的把总部搬过去，给出的条件非常诱人。从美的的情况看，总部在一个交通不是很便捷的小镇，确实很难招到高端人才。如果美的选择把总部搬到更能吸引人才的大城市去，不说是顺理成章，起码也是无可厚非的事情。但从顺德和佛山的角度看，美的总部一旦离开，所有人都难以接受这个现实。从顺德到佛山，任何一位主官都会全力避免这样的事情在自己的任期发生。

一位有影响力的学者在互联网上发文：中国 20 个经济发达的城市中，有 5 个出现明显的颓势和衰落，排在第一的就是佛山，理由是佛山对人才的吸引力不大。这位学者的观点也许言过其实，但的确给佛山敲响了警钟。那时的佛山刚刚提出要打造中国制造业一线城市，助推佛山产业的二次腾飞。如果没有足够的创新人才，佛山凭什么"飞"起来？如何对接广州、深圳的创新资源，成了佛山的重要议题。

2014 年 11 月，时任佛山市委常委、常务副市长区邦敏出任顺德区委书记，他当时正好主管佛山轨道交通建设，也多次参加广佛市长联席会。走马上任的区邦敏第一时间提出：广州7号线西延顺德不能停在嘴上，而要落在地上，越快越好！

2015年3月举行的佛山“两会”上，来自顺德的政协委员们展开讨论：顺德地铁到底应该先接通佛山还是先连接广州？当时的佛山有一个想法：先修佛山地铁3号线，再接广州7号线。但第一个发言的时任顺德区政协主席梁国章持不同意见，他说：“修地铁是重大项目，需要广泛征求意见，但佛山地铁3号线都准备动工了，我们还是‘蒙查查’。佛山地铁3号线和广州地铁7号线这两条线中，我们强烈要求先动7号线，先和广州对接。如果没有这个7号线，我们就没办法和广州南站对接了。”说到激动处，梁国章索性站起来，把酒店会议室的墙壁当做黑板，给各位委员比比画画，详细分析地铁走向利弊。

梁国章当然不是即兴发挥，而是带着顺德区委的意见来的。此前召开的顺德区委全会提出了“开放引领创新驱动”发展战略，主战场是顺德北部三镇：北滘、陈村、乐从。顺德喊出一句很响亮的口号：顺德从这里走向世界，世界从这里走进顺德。开放顺德，之所以是北部先行，主要基于两个考虑：第一，顺德北部是珠三角的地理中心，最靠近广州南站和广州中心城区；第二，顺德北部是顺德制造的核心地带，是顺德制造迭代升级的希望之地。对接广州地铁7号线被确定为2015年顺德的工作重点以及北部开放战略的主要抓手。

4

广州7号线西延顺德，广州的态度至关重要。如果没有广州背书，7号线西延顺德就不是“西延”的问题，而是另外一个工程，没有三年五载，肯定审批不了。好在顺德区委书记曾经在南海主政多年，不仅和广州打过多年交道，还和时任广州地铁的老总联手在南海千灯湖愉快合作，打造了佛山第一个TOD站点——佛山地铁金融城。看到老朋友一出任顺德区委书记就带队到广州谈7号线西延顺德的事情，广州也大为感动，双方决定再续前缘。

从感动到行动也不是那么容易的，广州也在看顺德是不是“识做”。广州地铁7号线既然是西延顺德，那就意味着很多工作需要双方一起做，有些费用需要广州、顺德共同分担。广州本着亲兄弟明算账的态度拟出了建一个停车场彼此需要承担的费用清单。在双方举行的联席会上，与会的广州和顺德官员事先都以为这是一场讨价还价、艰苦博弈的“马拉松”，没想到区邦敏拿起单子一看，当即表态：这些费用不用讨论，我们顺德全包了。原定一个半小时的会议十五分钟就结束了。看到顺德的决心和诚意，广州亮出态度：我们一定全力以赴，把顺德的事情当成广州的事情来做。

广州之后是北京。那段时间，顺德官员是广州—北京航班上的常客。有一次飞机延误，他们凌晨四点才抵达北京，稍事休息，早上九点就精神抖擞地走进有关部委的会议室汇报。这样的事情不是一次，而是常事。

广州地铁7号线西延顺德段2015年4月启动，当年10月就拿到了国家发改委的批复，这是前所未有的速度。从广州到北京，一路“绿灯”，因为大家都看到顺德制造的实力和地位，都欣赏顺德、佛山的眼光和决策、魄力和担当。

国家发改委主管地铁审批的官员发问：“广州把脚伸进顺德的被窝里了，你们怎么还这么高兴？”顺德人乐呵呵地回答：“广州把脚伸进来，我们顺德就抱住广州的大腿。”

天时地利人和，顺德顺风顺水。

5

修地铁很花钱，而且是花大钱。在7号线西延顺德段即将动工的时候，不少顺德人担心这条地铁所需要的近80亿投资会让顺德财政掏空家底、不堪重负。那时的顺德有一场“口水战”，上上下下都感到压力巨大。顺德政府能够拿出来的启动资金也就是一个亿，其余的要靠市场融资，但市场能够有多大程度的响应，大家心里没底。

7号线西延顺德段正式动工的第四天，顺德试探性在北滘出让两块商用地，没想到多家房地产公司为此展开激烈争夺，成交价40亿，楼面价破万——只比佛山最贵的南海桂城少300元。顺德楼面价第一次破万，市场用资本为地铁、为顺德投下了一张信任票。顺德喜出望外，网上有人惊呼：半条地铁的钱回来了！顺德一位老干部感叹：顺德又发出了男人的声音！

更大的惊喜在后面：2018年初夏，陈村出让12.7万平方米地块，拍卖现场有美的地产、万科、碧桂园参加角逐。上午10点竞拍开始，万科和碧桂园快速竞价，只用了2分钟，价格从8亿元上升到10亿元，一个半小时后碧桂园以40亿元将其收入囊中。业界议论纷纷：世界地产史上从未有人这么干过。碧桂园为什么这样干？答案只有一个：力挺家乡，为广州地铁7号线西延顺德投赞成票。“嚟顺德，一定得！”

世界机器人巨头德国库卡当年之所以决定在顺德北部建工业机器人工厂，不是因为库卡被美的并购，而是因为担心招不到人才的库卡得知北滘将有一条直通广州大学城的地铁，这比什么都重要。

火车一响，黄金万两。有人做过统计，广州地铁7号线西延顺德段从开工到开通的四年时间里，顺德在地铁沿线500米范围内的卖地收入已经超过400亿。

顺德赚大了！顺德的地为什么卖得这么好？秘密在于项目动工之前，顺德花两千多万请香港地铁公司为7号线西延顺德段全线按TOD理念做规划设计，这是佛山历史上第一次这样干。

这一仗打下来，顺德收获了三条深刻的启示和经验：凡事要看长远、要算大账；小道理要服从大道理；经营地铁就是经营城市。

6

2016年6月23日，广州地铁7号线西延顺德段正式开工。顺德区政协委员叶中平同一时间在报纸上发表文章，说他是顺德北部一体化战略的坚定支持者。这位企业家认为，这条连通广州与顺德的地铁有着跨时代的意义，因为它象征着顺德城市战略的一次历史性回归。

为什么是“历史性回归”？叶中平说：顺德的发展一直与广州联系紧密，回顾历史，在晚清、民国时期，顺德的丝绸等产品通过广州口岸运往外界，造就了顺德的富裕。20世纪70年代，顺德一批企业依靠给广州企业做配套发展壮大，美的就是一个典型。顺德与广州的密切关系，自20世纪80年代中期开始出现变化。当时，很多港澳乡亲回到顺德投资办厂，带来了比广州更先进的技术和管理方式，他们拥有的海外渠道也优于广州。从那时开始，顺德就绕开广州紧跟香港。30年过去，形势发生了很大的变化，一是顺德制造业面临转型升级，二是广州的人才资源优势越来越明显。地铁时代的顺德，必须思考如何与广州发生新的化学反应。叶中平大声疾呼：顺德北部的下一步就是“抢人”！

其实，这样的历史、这样的道理顺德也在认真审视，围绕7号线西延顺德后的各种布局也在悄然展开。最为人知的是谋划把广州科学城—大学城—顺德北部片区这一线打造成“科技创新走廊”，将顺德北部片区打造成产业主题鲜明、高端人才荟集的广州大学城卫星城。

这个极富创造力的动议得到了广东省政府的肯定和支持。广州大学城卫星城启动仪式当天，主管教育的广东省副省长亲临顺德，还带来了几乎所有广州知名大学的校长。广州大学城卫星城启动仪式现场不远处就是美的集团，总部大楼的展厅里有一座醒目的雕塑：这是20世纪80年代广州的“星期六工程师”骑自行车来帮助顺德技术改造的场景再现，它是难忘的历史纪念，也是顺德的深情谢意。因为有广州力量的策应，顺德成为举世闻名的制造业重镇，北滘这个弹丸之地上诞生了两家世界五百强企业。这样的顺德现象就是放眼全球也熠熠生辉。

那天，时任顺德区委书记在致辞中特意播放了“星期六工程师”从广州骑自行车到顺德的雕塑照片，他说：以前的人才是骑脚踏车来顺德，未来的人才将坐地铁来顺德。一条地铁将制造和智慧联通，从骑单车到坐地铁，这是沧桑巨变的历史性跨越，更是广佛同城高歌猛进的时代华章。

“企业宁愿少赚一百万，也不能流失一个人才。”这句出自美的集团创始人何享健的话，而今成了顺德人的共识和行动。

7

2021年10月28日举行的顺德区第十四次党代会上，顺德区委做出一个划时代的决定：推动大良、容桂、伦教深度融合，打造对接深港珠澳、面向2050的南部都会中心；支持陈村、北滘、乐从协同发展，打造辐射广佛重点城区、综合实力强劲、富有活力和带动力的北部都会中心。北部都会中心的首要命题是要做活做旺佛山新城，依托广佛高质量发展融合试验区先导区，带动陈村、北滘、乐从深度融入大湾区广佛极点。

之所以“划时代”，一是因为一个县域经济体搞“双中心”在顺德历史上从未有过，全国也没有先例；二是因为它很好地解决或者说平衡了悬而未决的“顺德矛盾”。2015年顺德区委决定让北部片区充当创新发展的龙头，集中人力、财力来建设北部。但顺德内部的争议不小，因为大良、容桂所在的南部片区长期是顺德的城市中心和情感中心，北部战略很容易被理解为只做佛山新城、忽视顺德新城区，一些顺德人心里难以接受。

鉴于经费紧张和争议太大，顺德区委于2017年9月做出调整：将主要资源向顺德新城集聚。这样的决策当然不是对北部战略的否定，但资源和力量的分散也在客观上导致了北部顺德发展速度的延缓，而顺德发展又不允许这样的情况发生，毕竟南部代表顺德的现在，北部才是顺德的未来。如果说南部是顺德的政治文化中心，那北部很可能就是顺德的科技创新中心，支点和亮点就在北滘。顺德区委党代会报告中有一句话：当今世界正经历百年未有之大变局。在新一轮科技革命、产业变革中，顺德如何从传统产业中催生新经济、开辟新赛道？这是我们必须回答好的“时代之问”。这就是顺德区委下定决心推出“双中心”战略的逻辑和背景。尽管难度极大，但顺德义无反顾。

8

顺德“双中心”战略推出之后，最先响应的是北滘。

2022年1月12日，美的集团董事长、总裁方洪波向全球16万美的员工发表题为《坚定生长　海阔天高》的演讲，他说创新和求变是美的的最大增量，美的要朝着伟大的世界级科技集团全力奔跑。相隔不远的碧桂园总部也传出杨国强的强音：现在的潮流是什么？就是科技，2022 年是碧桂园科技智慧建造全面落地的一年。北滘镇委、镇政府也随后对外宣告：打造现代化科技都会中心。

今天的北滘有一个最新的外号，叫宇宙最牛小镇。这当然有点夸张，因为巴菲特的老家、美国内布拉斯加州奥马哈小镇有 5 家世界 500 强企业总部。但在中国，北滘可谓独领风骚：一个镇的工业产值比海南、青海还高，也超过不少省会城市，两个世界级千亿产业集群正在北滘加速形成。今天的顺德北部，佛山新城、北滘新城、陈村新城“三城联动”发展，这是顺德也是佛山最具活力的协同创新共同体。顺德向北，佛山向南，这样的态势因广州地铁 7 号线西延顺德段的开通而更加生动、更加迅猛。

方洪波一直有一个念想和呼唤：北滘需要有一个像佛山创意产业园这样的地方来吸引年轻人。其实，这个被佛山人习惯性地简称为“创产”的地方之所以成为佛山最热闹的青春集散地，就是因为“集聚”形成了特殊的“气场”。顺德北部现在最缺的就是这样的地气。广州地铁 7 号线西延顺德段开通之后，如何实现“集聚”，无疑是顺德北部都会的首要命题。

最新的消息说：继乐从之后，陈村、北滘也将纳入佛山中心城区的范围，这显然是佛山对顺德“双中心”战略的策应和推动。在当今中国的很多地方都在实施“强省会战略”的背景下，决意成为地级市高质量发展领头羊的佛山非常清楚：不是省会城市的佛山要捍卫自己的江湖地位，就必须缔造更多像北滘这样的制造业重镇、科技都会中心。

一座城市的主政者如何谋篇布局，顺德提供了很好的案例。

广州地铁 7 号线西延顺德段即将正式开通的前夜，几位当年推动这条地铁建设的功臣相约顺德，他们从兰花盛开的陈村乘地铁来到龙舟竞渡的北滘。走出北滘公园站，万家灯火，皓月当空，这是一种预示：明天必定有一轮冉冉升起的红日。

（原载《南方日报》2022 年 5 月 6 日）

佛山：有一种精神叫陶瓷

1

2021 佛山潭洲陶瓷展已经闭幕几天，但它的热烈、盛大、圆满仍然被人们津津乐道。这场亚洲最大规模的陶瓷展会所产生的震撼效果正在从佛山向外扩散，业界达成一个共识：潭洲陶瓷会展和世界顶级陶瓷会展的距离也许只有最后的“一公里”了。

潭洲陶瓷会展很大程度是佛山的表演，无论参展企业数量、布展水平还是品牌影响，佛山是当仁不让的主角。受疫情影响，这次展会一波三折，开幕那天，佛山又大雨如注，但无论多大的曲折，最终都没能阻挡佛山陶瓷人风雨兼程的脚步。为期五天的展览，潭洲会展中心可谓品牌尽出、群贤毕至、客商云集，最引人瞩目的风景是佛山陶瓷精英携手登台、整齐亮相——正是因为这样的精诚团结，潭洲陶瓷会展才有了无限风光。

佛山制造的门类很多，但提起佛山时人们首先会想起陶瓷，或者说人们提起陶瓷时，必然会想起佛山。在中国大大小小的建材市场上，凡是标有“佛山瓷砖”的卖场，尽管价格比别的产品要高，但人流量肯定比别的地方要旺。陶瓷和一座城市的关系如此紧密，放眼全球，也找不到一座可以和佛山比肩的城市。

佛山成为世界级陶瓷重镇的时间已经不短了，但陶瓷世界的西方国家始终防范甚至围堵佛山，从意大利博洛尼亚陶瓷展到西班牙瓦伦西亚陶瓷展，让佛山陶瓷人难堪的事情屡屡发生。西方人的傲慢很大程度建立在这样的优越感上——中国人办不了这样的陶瓷展会。

很多年前，佛山就开始奋起反击，先后举办一系列陶瓷会展，佛山逐渐从全国最重要的陶瓷生产基地向最具知名度和影响力的陶瓷展贸集散地转变。真正的转折是潭洲会展中心的出现。这座规模雄伟的展馆让佛山陶瓷历史性地拥有了鹰击长空的舞台，以此为主场的潭洲陶瓷会展拉开了佛山陶瓷会展从战略防御、战略相持到战略反攻的磅礴大幕。2021 佛山潭洲陶瓷展是一场意义深远的决战，历史一定会记住：世界陶瓷会展的变局在这里发生、格局在这里改写。

2

佛山是一座低调的城市，有好事不喜欢张扬。这座城市有太多的富豪，他们共同的特点是不喜欢抛头露面。但事情总有例外：魁奇路上有一座天桥，上面有四个非常醒目的大字——“南国陶都”。

这是掩饰不住的家底，这是不加粉饰的自豪。

佛山的历史很长，但明朝之前的佛山基本上没有在中国历史典籍上留下什么记载。到了清朝时期，突然有了“石湾瓦，甲天下”的美名，凭借技艺精良、享誉神州的日用陶瓷制品，佛山拿到了“南国陶都”的封号。从那时开始，这面迎风招展的旗帜一直飘扬到今天。陶瓷是佛山制造的源头，这座制造业名城就是从石湾熊熊的火光中启程的。

佛山陶瓷行业是一个很大的江湖，既有桃园结义的传说，也有剑拔弩张的恩怨。太多的利益矛盾、太重的心结纠缠，让为数众多的佛山陶瓷老板很难聚在一起喝早茶。但我注意到一个现象：凡是南风古灶有重大活动，佛山的陶瓷大佬都会前往捧场，南风古灶是佛山陶瓷的“祖庙”，这种地位大家都认，这份敬畏大家都有。

南风古灶五百多年圣火不灭，是当今世界上仍在使用的最古老的龙窑，它见证了佛山陶瓷筚路蓝缕的风雨历程。这座明朝正德年间兴建的龙窑边上有一棵高大雄伟的榕树，站在一千度高温的环境里，它依然枝繁叶茂、器宇轩昂。说它是一棵神树，不如说它是佛山陶瓷的象征，有着不可想象的强大生命力。

因为陶瓷，世界开始关注佛山。南风古灶的火焰，不仅点燃了佛山陶瓷的历史，也带来了佛山铸造的历史性出场：佛山铁锅漂洋过海、名满天下；佛山大炮镇守中国的万里海疆……著名学者罗一星最近出版了一本写明清佛山的畅销书，书名就叫《帝国铁都》。

陶瓷业、铸造业的兴旺发达，让佛山跻身明清时期中国“四大名镇”行列，与北京、苏州、汉口并称为当时中国商业最繁华的“天下四聚”。所谓“四大名镇”“天下四聚”，其实就是明清时期中国的一线城市，相当于今天的北京、上海、广州、深圳。

佛山，祖上也是很阔的。

3

南风古灶旁边有一座苍老的建筑，它曾经是佛山陶瓷集团的总部。这家曾经威风八面的国有企业尽管已经雨打风吹去，但它对世界建筑陶瓷的杰出贡献必将彪炳史册、光耀千秋。

佛陶集团是中国陶瓷行业第一家企业集团，也是全国最大的建陶生产企业，是佛山乃至中国现代陶瓷工业的摇篮。佛山第一件陶瓷卫生洁具、第一片釉面砖、第一片彩釉砖、第一片耐磨砖、第一片抛光砖、第一块马赛克、第一片外墙砖、第一片广场砖……无一不是佛陶集团最先研制生产出来的。20 世纪 80 年代处于鼎盛时期的佛陶集团是佛山制造最亮丽的名片，是全国建陶企业奉若神明的标兵和典范。

佛陶集团是佛山建筑陶瓷的“黄埔军校”，培养了一大批专业人才，也直接或间接扶持了一大批民营建陶企业，今日佛山有影响力的陶瓷企业，它们的掌门人大多拥有佛陶集团的背景。佛陶集团点燃了很多人的创业梦想，当小小的石湾无法容纳更多的企业，众多心怀建陶梦想的人们将目光投向一河之隔的南庄，纷纷在那里投资建厂。寂寂无闻的南庄借此异军突起，登上“世界建陶第一镇”的宝座。

曾经执掌佛陶集团很长时间的周棣华是中国建陶行业的一个标志性人物。1981 年他率领 8 名由工人、技术员、管理层组成的考察团奔赴意大利、西班牙。在为期一个月的考察中，他们白天参观，晚上在旅馆凭记忆将工艺路线、草图绘制记录下来。这次刻骨铭心的考察，让周棣华看到了中国陶瓷工业与国际先进同行的巨大差距，也激起了他对标世界、奋力追赶的巨大决心。1982 年，周棣华带着两吨石湾使用的陶瓷原料再次来到意大利，把本地原料放进意大利的生产线上实验，结果生产出来的彩釉砖很成功。周棣华下定决心：从意大利引进中国内地首条彩釉砖自动生产线。207 万美元的巨额外费从哪里来？周棣华想出了一个主意：由港商为生产线付钱，石湾用生产出来的产品还债——这就是补偿贸易。

1984 年 10 月，我国首条从国外引进的彩釉砖生产线在石湾点火试产成功，中国建陶工业从佛山翻开了新的一页。1993 年，中国建陶产量首次超过意大利、西班牙，坐上了世界建陶产量的头把交椅，并牢牢地占据着这个席位。现在可以这样说了：如果没有昔日的佛陶集团，就不会有今日如此强盛的中国建陶大业。

周棣华早已功成身退，今天他走进哪家陶瓷企业，都享有座上宾的待遇，“后浪”们见到他，都会恭恭敬敬地叫一声“老板”或者“师傅”……

4

作为佛山制造的鼻祖，佛山陶瓷走过最长的路，也受过最多的苦。但风雨之中，他们始终砥砺奋进、昂首前行，有一股特别的劲。

和很多行业一样，佛山陶瓷的黄金时代很大程度是靠引进国外先进生产线迎来的。放眼全国更是如此，中国各大陶瓷产区每年都要花大量外汇进口国外的陶瓷机械设备。面对西方列强在中国建陶市场上的“横行霸道”，中国建陶企业根本没有讨价还价的能力，国产陶瓷机械企业也只能吃到一点残羹剩菜。

被掐脖子的滋味不好受。中国陶瓷机械装备制造的反击战率先从佛山打响：佛陶集团的属下公司力泰公司率先发力，瞄准建陶生产最为关键的设备——全自动液压压砖机进行一系列技术攻关，最终攻克了这一壁垒。雄姿英发的科达机械紧随其后，于 1993 年自主研制出中国第一台陶瓷磨边机、第一台抛光机，一直被国外垄断的抛光生产线全面实现国产化。1998 年，科达更是出彩，开发生产出国内最大吨位的全自动液压压砖机，一举终结了“洋压机”独步市场的历史，中国建陶装备从此进入了全面国产化时代。2002 年，科达机电成功上市，成为中国陶机装备领域的龙头企业。与此同时，从科达独立出来的奔朗公司迅猛发展，成为世界陶瓷模具领域的佼佼者。今天的佛山，已经是中国最大的陶机装备生产基地，有一条世界级的产业链条。

2001 年，中国加入 WTO，中国建陶行业发展走到了“风口”上。在随后的四年时间里，中国建陶出口量一路攀升，先后超越巴西、土耳其、西班牙、意大利，2005 年跃居建筑陶瓷出口量世界第一，从此确立了世界建陶制造中心和出口大国的地位。居功至伟的当然是佛山。

格局的改变，引发剧烈的震荡。2001 年，印度对中国打响建筑陶瓷反倾销第一枪，首要目标就是佛山。韩国、泰国、欧盟、墨西哥、沙特阿拉伯、美国共计 40 个国家随后同时行动，枪口无一例外地瞄准了佛山。

那时的中国还没有应对反倾销调查的经验，是佛山企业边学边打，沉着应战，走过了一个又一个难关。佛山陶瓷已经出现全球布局的态势，在“走出去”的中国陶瓷企业中，科达又一次走在前面，陆续在肯尼亚、加纳、坦桑尼亚、塞内加尔、赞比亚等国合资建设陶瓷厂，在非洲大陆上有超过 3000 个销售网点。

两岸猿声啼不住，轻舟已过万重山。

5

一本叫《大匠初心》的书写得很精彩，说的是蒙娜丽莎集团掌门人萧华的故事。

佛山最早的名字叫忠义乡，佛山企业家对乡土家园和实体经济的忠诚和信仰，很好地诠释了这个地名。萧华就是一个杰出代表。

萧华是靠做窑炉起家的，曾经有“窑炉大王”的美誉。20 世纪 80 年代初期，佛山率先引进国外陶瓷生产设备，高昂的费用让很多厂家苦不堪言。时任一家五金厂厂长的萧华决定投身国产窑炉的自主研发与改造之中。很多人都以为这是异想天开的事情，等着看萧华的笑话。没想到萧华居然把不可能变成了可能：经历了一年多的反复试验，萧华和他的团队终于研制出国内第一台新型辊道窑炉，引发巨大轰动。

2007 年 4 月，蒙娜丽莎在北京人民大会堂宣告建成国内第一条陶瓷薄板生产线，中国陶瓷的薄板革命从此一发不可收拾。2019 年 12 月，蒙娜丽莎又一次走进北京人民大会堂发布新产品，业界公认蒙娜丽莎是国际陶瓷大板的领跑者。

萧华说：“创新是我们的性格。”经济学家周其仁教授非常欣赏这样的萧华：产品质量上从不打折扣，宁愿少赚钱、不赚钱，也要坚守质量的红线。他把蒙娜丽莎的质量追求提炼为佛山制造一条很重要的“战法”：让价不让质。

2017 年 6 月 19 日，佛山市委、市政府授予一批企业家“佛山•大城企业家”荣誉称号，其中就有萧华。那一天，佛山也正式宣告：要让企业家精神与工匠精神交相辉映、相得益彰、深度融合，共同成为照亮佛山现代工业文明之路的“双子灯塔”。如此旗帜鲜明的价值主张，不就是这座以制造业为根和魂的城市在呼唤更多的“萧华”吗？

6

石湾有一座“中国陶瓷城”，这是佛山唯一以“中国”冠名的卖场。佛山还有中国陶瓷行业唯一公开发行的报纸《陶城报》，它是观察中国陶瓷产业发展动向的风向标和晴雨表。佛山是中国最大的陶瓷基地、有全国最多的陶瓷品牌、有全国最丰富的陶瓷发展资讯，也输出中国一流的陶瓷商业思想理论，只是后者鲜为人知。

佛山陶瓷思想理论的代表人物是鲍杰军，他也是佛山“大城企业家”之一。

1992 年，鲍杰军从瓷都景德镇来到陶都佛山，从一位大学教师转型为广东佛陶集团的工程师。他和同伴白手起家，打造了中国陶瓷装备界第一家上市的龙头企业——科达机电；独立设计了中国第一台磨边机、第一台抛光机、第一台大吨位压机。鲍杰军既是一位有突出贡献的技术专家，也是一位有广泛影响力的佛山企业家，更是一位功力深厚的陶瓷思想家。

鲍杰军善于立功，也善于立言。他一边工作，一边读书，先读清华大学的 MBA，再读北京大学光华管理学院的 EMBA，2009 年又获武汉理工大学管理学博士学位。凭借丰富的企业经验、扎实的学术功底，他写下多本反响很大的学术著作。著名经济学家厉以宁先生说，鲍杰军是中国建陶行业中“最具创新思维的企业家之一”。在给鲍杰军的学术专著《中国智式》作序的时候，厉以宁认为这是“一部行业研究的开山之作”。作为中国经济学领域的泰斗级人物，厉以宁先生的评价是很有分量的。

2016 年 10 月，鲍杰军在佛山创办了归然书院，他的全部动机是帮助老板成为企业家，持正念、走正道，“求真固本，立诚守正”。周其仁教授说佛山很需要基于企业家的教授，鲍杰军全力以赴做好这件大事。以民营经济、实体经济闻名全国的佛山，完全可以拥有一所具有全国影响力、基于企业家教育的书院，而鲍杰军的努力也让我们看到了这种前景：来自全国 11 个省市的学员纷至沓来，他们中大多是慕名而来的陶瓷行业老板，归然书院正在从佛山的书院蜕变为全国性书院。

在佛山，比鲍杰军有钱的企业家很多，但像鲍杰军这样著书立说、传道解惑的企业家不多。有这样的“鲍杰军现象”，不能不说是佛山陶瓷领域给佛山作出的又一个重要贡献。有人说务实的佛山“只会生孩子、不会起名字”，有人说佛山人“有脚踏实地的本事、缺少仰望星空的能力”。在鲍杰军面前，这样的传言将不攻自破。

7

2021 佛山潭洲陶瓷展有一场特别的活动：景德镇陶瓷大学佛山校友会之夜。这是一所大学对一座城市的深情，也是一座城市对一所大学的谢意。

景德镇陶瓷大学在佛山有一万多名校友，涌现出一大批优秀企业家、工程师、管理者。任何一家佛山陶瓷企业，几乎都有景德镇陶瓷大学的校友；佛山陶瓷行业的著名企业家中，景德镇陶瓷大学毕业的校友最多，比如卢勤、鲍杰军、尹虹、徐平、谢岳荣、何乾、李志林、李强、黄建起……他们几乎占据了佛山陶瓷的半壁江山，深刻地影响了佛山陶瓷产业的昨天和今天，也在塑造佛山陶瓷产业的远方和未来。从影响佛山陶瓷产业发展这个角度而言，没有一所大学的贡献可以和景德镇陶瓷大学比肩。

这是一个让瓷都和陶都水乳交融的夜晚，我为一所大学和一座城市的互动感动。置身那样的场景，我看到佛山陶瓷发展壮大的底层逻辑，也感悟出一座万亿城市从胜利走向胜利的秘密：这是一座没有围墙的城市，海纳百川，有容乃大。

走近佛山，陶瓷是一条最近的路。

（原载《南方日报》2021 年 7 月 30 日）

凉山作证：佛山兑现了庄严的承诺

中国的脱贫攻坚已经进入收官阶段，世界在关注凉山，也在关注“凉山上的佛山”。有句话说：人和人可以相遇，山和山不能重逢。佛山和凉山走到一起，联手攻克深度贫困的堡垒，这彰显出一个国家的体制和制度优势。

2016年8月，佛山市委书记鲁毅带队奔赴凉山，接下一个光荣而艰巨的任务：接棒珠海，帮扶凉山。鲁毅在凉山作出两个承诺：义不容辞，把凉山的事情当作佛山自己的事情来做；全力以赴，谱写新时代的彝海结盟。

一年后的2017年6月，专程到凉山考察的国务院扶贫办主任刘永富作出评价：佛山、凉山结对帮扶，广东很主动、四川不被动，特别是佛山很主动，在全国应是动作最快的。他同时希望把对口凉山扶贫协作做成全国样板。

四年过去了，凉山作证：佛山做到了！

1

凉山很大：北起大渡河，南临金沙江，面积6万平方公里，相当于15个佛山市。佛山离凉山很远，大多数人知道西昌，知道邛海、泸沽湖和西昌卫星发射中心。去过西昌的佛山人都很纳闷：这么宽阔的坝子、如此充沛的阳光，这地方怎么会穷呢？

他们见到的是安宁河谷地带，是仅次于成都平原的四川省第二大平原，也是凉山彝族自治州最富饶的地方，但它只是凉山州很小的一部分。安宁平原以东，就是苍凉、粗粝而又贫瘠的群山，犹如大海上凝固的巨浪。这是大西南横断山脉地区，山高谷深、寒风呼啸；这是中国最大的彝族聚居区，千百年来悬崖峭壁是最常见的风景，贫穷落后是绕不过的标签。

“三区三州”是中国脱贫攻坚战最难打的地方，相比之下，凉山州的情况更为特殊：一是人居环境恶劣，贫困人口众多。二是历史欠账巨大。20世纪50年代，凉山彝族从奴隶社会一步跨入社会主义社会，这是一步跨千年的历史变局。没有经过封建社会的凉山彝族，既缺乏儒教文明的注入，也缺少商业思想的发育，更少有耕读传家的传统。三是长期的与世隔绝让凉山彝族对贫困有着惊人的忍耐和适应，穷则思变的内生动力先天不足。如此种种，让凉山彝族自治州的脱贫攻坚变得异常艰难。

佛山就是在这个背景下挺进凉山的。

2

群峰嵯峨，四时多寒。这是“凉山”这个名字的由来。如何让“凉山”不凉，佛山的帮扶态度掷地有声：拿出真金白银、派出精兵强将，一个基本原则是“凉山所需，佛山所能”。

在中国贫困地区的版图上，几乎都有佛山伸出的援手，与在西藏、新疆的扶贫相比，对口凉山，也许是佛山历史上最具有意义的硬仗。

凉山有 17 个县市，佛山对口帮扶 11 个深度贫困县。佛山帮扶凉山工作组第一任组长是葛承书，这位农村出来的干部连续奔波，用一周时间跑完了 11 个贫困县。所见所闻让他用“震撼”和“不可想象”来表达凉山的贫困。第二任组长是毛永天，这位曾经在新疆扶贫三年多的佛山干部，也同样用“震撼”和“不可想象”来形容自己对凉山的印象。

什么才是最紧要的“凉山所需”？作为佛山在凉山的前线总指挥，葛承书提出当务之急是修房子。这个思路一经确立，佛山财政迅速划拨资金，想尽一切办法让贫困群众早日住上好房子。

四年时间，佛山投入了 24.43 亿元财政资金，建成 10314 套房子，让无数长期人畜混居的彝族同胞过上了做梦都想不到的新生活。

在禅城帮扶的昭觉县，谷莫村与紫南村签约结对，成为两地村村结对的先行者。来自禅城的发展经验，更让谷莫村受益良多。村民在发展种养殖业的基础上，利用佛山援建新居发展旅游业，成为远近闻名的“先进村”，获得“2018 中国最美村镇”精准扶贫典范奖。

凉山腹地，“佛山新村”星罗棋布，每一座新村都书写着彝族同胞的感激：精准扶贫瓦吉瓦，佛山人民卡莎莎（彝语：精准扶贫好得很，谢谢佛山人民）！

凉山不“凉”，这是那片土地的肺腑之言。

3

有房住，还要有活儿干。劳务输出是凉山战贫最立竿见影的方式。佛山需要工人，凉山有充足的劳力，但谁也没有想到在凉山搞劳务输出是那么艰难。

佛山帮扶凉山第一年，先后组织 77 家企业到凉山举办了 8 场招聘会，通过各种渠道广泛宣传发动，还用汉语和彝语拍摄微电影《我要去佛山》，但响应者不多。

2018 年 5 月，佛山拿出 1200 万元专门用于凉山与佛山的劳务输出工作，而且全程提供“保姆”服务：给他们买衣服并提供路上的零用钱。因为启程前往佛山的时候，他们中的很多人身上没有一分钱，也没带换洗的衣服。

佛山给前方工作组发出指令：11 个贫困县，每个县每年必须输送 500 人到佛山务工。完成这个任务，其中的巨大付出是难以想象的。2018 年彝族年后的一天，九辆大巴车鱼贯驶出金阳县城，满载 452 人前往佛山务工。为组织这批南下的队伍，在金阳挂任县委常委、副县长的佛山干部南策炳走村串户，用半个月做了 40 场宣讲，宣讲时长超 60 个小时，现场解决了一个又一个具体的问题……

精诚所至，金石为开，凉山的“冻土”终于被佛山的温暖融化了。一人务工，全家脱贫。今天的佛山，云集着近 4 万名来自凉山的务工人员，他们的背后也许就是 4 万个得以摆脱贫困的彝族人家。

4

在凉山，“南策炳”不是一个，而是一批。

一座海拔 2000 多米的大山上，一座现代化、规模化的蛋鸡养殖场拔地而起。这是佛山帮扶美姑最大的项目，总投资 2500 万元。在山高谷深的美姑建一座 50 亩的工厂很不容易，在这里监工的顺德住建局干部陈树荣上山一个多月，皮肤晒得黝黑，从佛山人变成了凉山人。

2018 年 5 月，年过五旬的高明区委常委胡安泉担任木里县委常委、副县长，成为佛山派驻凉山州年纪最大的扶贫干部。当地群众都喜欢这样称呼他：“我们家的胡常委。”这是藏民对胡安泉的赞美，也是他们对佛山的谢意。

凉山州政协副主席、雷波县委书记王荣华这样评价佛山顺德驻县扶贫工作组组长，雷波县委常委、副县长黄海：有才华、有能力、有担当，从工作思路到落地执行都表现出很高的水平，给雷波带来了“顺德思维”。

从西昌到成都，从四川到北京，谈起佛山对凉山的帮扶，一个共同的评价是“舍得”：舍得投入资金、舍得派出最得力的干部。

政府舍得，企业也同样舍得。美的、碧桂园、海天、格兰仕、新明珠、雄峰等一大批佛山龙头企业发挥了示范带头作用，作出了重要贡献。84 家企业落地凉山、65 亿元投资、400 多个帮扶项目，这是改变凉山的佛山力量。

5

要挖掉凉山的穷根，消除代代相传的贫困，最好的办法是教育。

以出产味道甜美的“丑苹果”而闻名的盐源县有一个同样出名的“佛山班”——从高一年级开始，所有任教老师均来自佛山。佛山班的老师到学校附近的小卖部买东西，店主认出他们都会主动算便宜一点，感谢他们将孩子教得这么好。

盐源是三水对口帮扶的贫困县。担任盐源县委常委、副县长的三水干部廖流波发现三水和盐源的历史渊源：一百年前，三水历史上第一位进士梁鸿翥曾在盐源县担任知县，做了很多好事，成为被盐源历史所铭记的好官。百年后的三水人踏着先辈的足迹，做着先辈做的事情。唯一的区别是时代不同了，今天的中国、今天的三水能量远远比过去强大，先辈做不到的事情现在可以做到了。

洛俄依甘乡大桥初级中学是美姑县最偏远、环境最差的学校，现在一跃成为全县设施最好的学校。教育部、国家民委、四川省领导也前来参观考察，并给予高度评价。巨大的变迁，是因为得到了顺德的援手。漂亮的体育场和学生浴室，即使在沿海发达地区也不多见。这所学校90%是彝族学生，校长是土生土长的彝族人，他说：有了操场和浴室，以前不喜欢读书的孩子现在很喜欢学校。过去孩子们不太注意个人卫生，现在天天洗澡、干干净净。

接替葛承书出征凉山的毛永天干劲十足，佛山的帮扶在“加码”，凉山正规划一个职业教育园区。发展职业教育，这是凉山所需，也是佛山所长。当年帮扶新疆，毛永天就在伽师打造了一所全日制寄宿制中等职业学校，在校生达到5000多人，为南疆地区输送了大量的专业人才。

天穹之顶，有苍鹰在盘旋。教室里、操场上，孩子们亮晶晶的眼眸犹如一道道霞光。这是未来、这是希望！

6

去最高的山，走最难的路，啃最硬的骨头，这是佛山立下的军令状。四年时间，佛山交出了一张优秀的答卷。

全国东西部扶贫协作考核中，佛山2017年在东部13个城市中排名第二，2018年排名第一。2019年10月，佛山帮扶工作组又作为全国东西部扶贫协作工作组唯一代表，荣获2019年全国脱贫攻坚奖组织创新奖。

这是难能可贵的佛山殊荣。和西部贫困地区结对的10多个东部城市，要钱有钱，要人有人，实力雄厚，佛山能够“杀出重围”，谈何容易！

中国脱贫攻坚已经进入凉山时间。佛山帮扶的11个贫困县中已有4个顺利“摘帽”，剩下的7个县也将于今年12月中旬完成全部退出程序。这是四川省乃至全国决战脱贫攻坚最后、最难的战场，我们有足够的理由相信：索玛花开的日子一定会如期到来！

（原载《南方日报》2020年10月16日）

新疆都说佛山好

有句话这么说：不到新疆不知中国之大，不到南疆不算真正到过新疆。南疆的喀什是维吾尔的文化中心，也是中国通往中亚的要冲，这里没有麻烦，新疆的安宁差不多就有了保障。

全国支援新疆，中央把最多的资源、最强的力量投放南疆，其中广东、上海、山东等支援喀什，佛山对口伽师县。伽师面积很大，有40多万人口，维吾尔族占九成以上。佛山对口支援的地方很多，但对伽师的投入力度可能是最大的。

从10年前毛永天最早带队进入伽师，到现在以黄昌建为首的佛山援疆工作组，一批又一批佛山干部背井离乡来到伽师，留下了很好的口碑。佛山现有17名干部常驻伽师，其中7名分别担任县委、县政府以及县直机关的领导，10名担任乡镇党委副书记、副镇长。

伽师每年的财政收入不足4亿元，而佛山帮扶伽师的资金每年不低于6亿元。这6亿元不包括各种赞助和捐款，比如南海桂城街道办事处每年资助60万元给伽师县卧里托格拉克镇作为办公经费。

伽师有新疆最好的馕、最好的羊、最好的瓜、最好的新梅、最好的蔬菜。除了帮助伽师找销路以外，佛山还帮助伽师建了一个很有特色的馕文化展示馆，几位国家领导参观后都高度赞赏。馕是新疆人的干粮，也叫“胡饼”。新疆最好吃的馕是怎么做出来的？维吾尔族资深师傅教我做了一个，烤出来的味道还不错。馕文化展示馆旁边，佛山还做了一个充满岭南特色的园林景观，坐在那里吃馕，是一份特别的享受。

最让我震撼的是佛山援建的粤伽新梅产业园，占地面积300多亩，巍然屹立在伽师大地上。伽师是全国新梅的主产地，全县新梅种植总面积达43万亩，产量超10万吨。粤伽新梅产业园打造以新梅为主的集交易、分拣、保鲜、冷藏、包装、物流、研发和培训为一体的全产业链园区。目前已引进京东、百果园、金安达等知名企业，建成塑料包装厂、特色林果分拣包装生产线、冷库保鲜库等，整个园区带动2000人以上就业，年产值超6亿元。这个项目是广东援疆2021年重点工程，也是伽师县委、县政府2021年头号工程，项目从开工建设到企业投产仅用了 3 个月时间，充分体现了佛山速度和伽师速度。

带我走进这个即将投产的园区，黄昌建笑得灿烂。事实上，为了这个园区的落成，他和佛山援疆干部曾经愁眉苦脸，走过多少艰辛、克服多少困难……好在新疆是个好地方，他们最终办成了这件大事，伽师的新梅产业将迎来一个历史性时刻。

佛山援疆工作组既做大事，也做小事。他们帮助很多贫困家庭解决了很多具体问题。我们到夏普吐勒镇的一个村庄，得知我们来自佛山，孩子说要向佛山人致敬，这是新疆对佛山的深情。

我多次来过新疆，走了很多地方，一直想到红其拉甫看看。那里是世界上海拔最高的口岸，也是中国最西端的国门，肯定是必去的地方。因大雪封山和疫情防控，红其拉甫口岸已经关闭，外人一律不准进入。得知我们是从广东佛山远道而来的造访者，值勤的武警战士请示领导后，居然破例满足了我们的心愿。守卫在那里的军人说我们是近期唯一的一批外来游客。

站在国门下面，那时的红其拉甫正是漫天飞雪。万山堆积雪、积雪压万山的壮美让人感慨万千、心旷神怡。尽管天气寒冷，但我心里很热：千里奔波，我没有与红其拉甫风景失之交臂，一切都是因为新疆和佛山的情谊。

2021 年 10 月 20 日

该是亮出佛山功夫的时候了

武林江湖有句话说：习武者当立志，人无志事不成。历史上名师辈出、2004年被国家授予中国第一个“功夫之城”美誉的佛山立下一个很大的志向：在7月6日召开的佛山市委十三届六次全会上，市委书记郑轲在报告中提出一个目标：用十年时间再造一个新佛山。

听到这个消息，我第一感觉是激动人心。2022年佛山的经济总量是1.27万亿元，10年以后再造一个新佛山，也就意味着10年以后佛山的经济总量将达到2.5万亿元以上，相当于现在的苏州、成都、广州的经济总量。第二感觉是千斤重担。作为一个地级市，佛山以全国万分之四的土地，创造了近百分之一的生产总值，这已经是中国传奇了，传奇之上再写传奇，这个挑战非常巨大。10年之后要再造一个新佛山，每年要有百分之七以上的增长，也就是每年要增长1270亿元。去年三水区的经济总量是1472亿元，10年后要再造一个新佛山，也就意味着佛山差不多每年要再造一个新三水。这个难度可想而知。

今年上半年，全国经济比较发达的城市我几乎都走了一遍，发现大家都在发宏愿、立大志。比如无锡在现有万亿级机械产业集群基础上，2025年要再造一个万亿级的新一代信息技术产业集群；宁波提出要再造一个宁波汽车产业；苏州提出开放再出发、要再造一个苏州工业园。我查了一下，全国现有24个万亿级城市中，提出10年之后要翻一番的城市目前只有佛山。

这么难的事情佛山为什么要做？因为使命和担当。2022年8月26日，广东省委、省政府发布一份文件，给佛山定下目标：到2035年，经济总量力争达到2.5万亿元以上。今年春节之后的第一个工作日，广东召开了举国关注的高质量发展大会，提出要再造一个新广东。佛山在会议上郑重表态：要做一只奔跑兔。广东召开高质量发展大会之后的第五天，广东省委主要领导就来佛山调研，他希望佛山勇挑大梁、奋勇争先，在高质量发展上干出业绩、闯出新路。这是重托，也是信任。

现在佛山提出用十年时间再造一个新佛山，就是要用行动做出响亮的回答。

佛山为什么有这样的底气？这次全会报告列举了佛山的六大优势：一是产

业基础雄厚、二是城乡发展均衡、三是区位条件优越、四是文化包容发展、五是内源动力强大、六是营商环境优良。报告有四句话让我特别印象深刻：第一句——一个城市是否志存高远，决定其发展走势，也影响干部的精神状态；第二句——佛山能够创造一个又一个奇迹，其中一个重要因素是不服输，有着取乎其上、追求卓越的斗志；第三句——佛山人的务实，不是在言语中，而是在骨子里，很多来佛山交流的外地同志都对此赞叹有加；第四句——要敢于想象、敢闯敢试，破除体制机制障碍，铲除影响佛山高质量发展的“绊脚石”，再造走在前列的新优势。

这四句话，我认为很好地概括了佛山的精气神。这样的佛山，当然值得人才和资本的信任和奔赴。这几年，佛山的人口增量在全国城市中名列前茅，投奔佛山的大多是年轻人，被青春追逐的地方就是希望之地；最近佛山出让了几块地，价格都很好，让人喜出望外。这是资本对佛山的未来投下的信任票。很让人鼓舞。

再现佛山功夫大师叶问风采的著名电影《一代宗师》里边有一句台词：一念既出，万山无阻。我们的前方是雄关漫道、山重水复，该是亮出佛山功夫的时候了。

2023 年 7 月 7 日

第二辑

虎虎生威

禅城为啥要打造铁军

在佛山这么多年，我发现一个现象：顺德和南海彼此很关注对方在干什么，但对禅城发生的事情不是很在乎。高明和三水这两个难兄难弟自称为准备冲刺高考的“高三班”，他们认顺德和南海为大哥，也不太在乎禅城是怎么想的。但是最近情况有一些变化：我到顺德、南海、高明、三水走访，从机关干部到企业老板，好多人都问我同一个问题——禅城为什么提出要打造“禅城铁军”？这是一个很有意思的问题。

2022 年 8 月 28 日，禅城召开锻造“禅城铁军”动员大会，提出用三年时间，以六大行动，全面锻造一支信念铁、政治铁、担当铁、能力铁、作风铁的“禅城铁军”。佛山最早提出打造铁军的地方是顺德，2018 年顺德区党代会报告就有这句话：“培养造就一支具有铁一般信仰、铁一般信念、铁一般纪律、铁一般担当的新时代顺德铁军。”但禅城不仅出台了系列文件，有时间表、有路线图，而且还成立锻造“禅城铁军”指挥部，由区委书记担任总指挥，这些动作都是顺德没有的。顺德提出要打造顺德铁军，是因为村级工业园改造是一场必须打而且必须打赢的攻坚战。那么，锻造禅城铁军是为什么呢？

我看有这么几条：第一是师出有名。禅城是英雄儿女陈铁军的家乡，禅城有铁军公园、有陈铁军的塑像。英雄的家乡必须有英雄的精神、英雄的样子。第二是义不容辞。佛山的城市发展战略最重要的一条是“强中心”，佛山产业发展格局最关键部位是“中部强核”，禅城不强，强中心、中部强核就是一句空话，甚至是笑话。第三是时不我待。2021 年禅城的经济规模突破两千亿，2025 年要突破三千亿。任务很重、时间很紧。顺德是 2012 年突破两千亿，2017 年突破三千亿，花了 5 年时间；南海是 2013 年突破两千亿，2019 年突破三千亿，花了 6 年时间。与顺德、南海相比，禅城面积相对狭小、开发强度很高，可以容纳大型项目的空间几乎没有了，未来5年要实现一千亿的增长，挑战极大，没有一支铁军，就很难实现这个目标。第四是有历史旧账要补。禅城区以前是和市里一锅吃饭的，分灶吃饭的历史不长。因为有市里统筹话事，禅城不用去想很多、做很多，只要老老实实服从安排就可以了。在这样的背景下，禅城的狼性不足，想象力、创造力不够，谋事、造势、来事的能力相对就弱一些。现在提出锻造“禅城铁军”，就是要补历史旧账，培育和塑造一种全新的禅城力量。

禅城是佛山的中心城区，在很大程度上定义了佛山的城市形象。禅城铁军什么时候被认可，我觉得有一个重要的人气指数：看南海、顺德、高明、三水什么时候心服口服地把禅城叫作“铁哥们”。

2022 年 9 月 6 日

重返制造业主战场：禅城铁军铁了心

今天佛山最值得关注的一件大事是2023年禅城区城市招商合伙人大会盛大举行。这个招商大会传出来的最大信息是禅城铁军铁了心要做一件事情，就是重返制造业主战场，而且要以最好的资源、最大的诚意、最重磅的政策支持制造业。除了一系列优惠政策之外，禅城还准备了3000亩工业用地。在寸土寸金的禅城，这样的举措足以证明禅城重返制造业主战场的决心坚如磐石。

回头看看历史就可以发现，禅城原来就是靠制造业起家的。“石湾瓦，甲天下”，这是佛山制造赢得的第一个封号；“南国陶都”，这是佛山拿到的第一个城市荣誉。我认为佛山制造的威名就是从南风古灶启程的。南风古灶的“窑变”，不仅烧出了佛山陶瓷的惊艳和传奇，也塑造了一座城市的特性。石湾窑是民窑而不是官窑，石湾陶瓷以民间日用品为主，它的市场定位是满足老百姓的日常需求。今天的佛山之所以呈现以民营经济为主、以实体经济为主、以家居产业为主的城市经济结构，源头就在这里，“模具”就在禅城。一口窑影响一座城市，这样的现象在全世界也不多见。改革开放之后，禅城也是靠制造也当家的，石湾和南庄建陶、张槎的针织、环市的童装、澜石的不锈钢，这些都是响当当的全国性品牌，禅城的地盘上有中国建陶第一镇、中国不锈钢名镇、中国针织名镇、中国童装名镇，海天味业、佛山照明、新明珠、日丰管、兴发铝业等名企也是从禅城走向世界的。环顾今天的中国，享有这种荣誉的县域经济体真的不多。

明天的禅城靠什么发家？重返制造业主战场就是禅城的回答。禅城决心打造都市制造中心、产业服务中心、商业消费中心和岭南文化中心，排在第一的是都市制造中心，重中之重是做优做强传统优势产业。我们看到禅城铁军已经分头行动，比如张槎要打造中国高端针织智能总部基地，南庄开建高端精密智造产业园。

禅城区区长盘石说：禅城重返制造业主战场，拼的不是规模和堆头，拼的是质量、效益、特色、创新力和竞争力，为全市都市工业高质量发展提供样本和示范。禅城区委书记严冰认为，只有抓紧抓实赋能制造业当家这条主线，禅城才能筑牢经济高质量发展的底盘。在严冰书记看来，禅城所制定的目标都是“跳起来够得着”的目标，只要全区上下充分调动积极性、保持进取精神，就一定能够完成。从这个角度而言，禅城拼经济也好、重返制造业主战场也好，就是拼干部队伍的担当作为，就是要拼“禅城铁军”的“铁”。我的观察发现，禅城这两年的最大变化就是干部队伍的精气神焕然一新。状态决定成败，我们为重返制造业主战场的禅城投一张信任票。

2023 年 3 月 13 日

这家昆山台资企业为什么选择佛山

前几天我去了一趟江苏的昆山。昆山有一个很有名的历史人物叫顾炎武，他有一句传世名言叫“天下兴亡，匹夫有责”。这些年，昆山一直是中国县域经济的领头羊，是中国第一个生产总值突破5000亿元的县级市。昆山的经济体量超过国内很多地级市和省会城市，走出了一条大放光彩的“昆山之路”。昆山经济之所以强，一个很重要的支撑点是台资企业很多。就台商的数量而言，昆山是目前全国最多的。在昆山的餐馆，我听到很多“台湾腔”；在昆山的夜市，我闻到浓浓的台湾味道。

昆山变化很大，从产业升级到城市更新，所到之处，我都很震撼、很兴奋。我到昆山访问的第一站是一家叫星谊精密陶瓷科技公司的台资企业，业界都知道这是一家做陶瓷釉料的著名高科技企业，产品畅销全球。星谊公司董事长蔡国桢先生很热情，他也是台商协会的会长，威望很高、影响很大。蔡先生是台湾陶瓷发展史上的功勋人物，1998年来到大陆发展，又为大陆陶瓷走向世界做出了突出贡献。

我之所以要去拜访这家企业，去见蔡先生，是因为这家企业准备把总部基地、研发中心、销售中心搬到佛山禅城区的南庄。这个选择在业界震动很大。这家台资企业为什么要到佛山禅城来？第一是因为总部在禅城的中扬新材前不久成为星谊公司的合作伙伴。中扬新材是一家集研发、生产、销售、技术服务于一体的陶瓷釉料高科技企业，1988年始创于台湾。2022年7月，中扬新材和昆山星谊合资成立一家新公司，并决定把总部落户禅城。这样的强强联合，被陶瓷行业高度看好，当然也受到禅城的欢迎和礼遇。

其实，昆山星谊公司十几年前就有来佛山禅城的打算，毕竟佛山是世界级的陶瓷重镇，有全国最多的陶瓷品牌。星谊公司心动但没有行动，是因为公司的高管们大多来自台湾，他们觉得那时的南庄环境不好、污染很重，禅城的各种配套也跟不上，离开上海附近的昆山到广州附近的佛山，会导致生活品质下降。他们没有想到，十年之后的南庄居然发生了天翻地覆的变化，生态环境、营商环境已经今非昔比，各种配套设施非常优越。在昆山，凡是来过佛山的台商都对我说：“这些年，佛山的变化很大，佛山的气候很适合台湾人居住。”

说一千，道一万，一个地方的营商环境好不好，要资本投票才算。我听说今年禅城的招商成绩很不错，项目落地率、开工率都很高，走在了佛山全市的最前列。这个成绩的背后，既是禅城铁军努力拼搏的结果，也是禅城打造“佛山之心”、奔赴“六最”现代化禅城的能量释放。禅城的状态越来越好，禅城的美誉度越来越高。前两天，有权威机构发布《2023 年中国中小城市高质量发展指数研究成果》，禅城的表现不错，综合实力进入了全国百强区前 20 强，排名第 16 位。在 2023 年全国投资潜力百强区的榜单上，禅城排名第 11 位，比往年上升了 2 位。这样的禅城，必将更加受到人才和资本的拥戴，迎来更多更好的企业。年底就要到了，我相信会有越来越多大的数据来证明禅城的出色和出彩。

2023 年 12 月 5 日

盛产隐形冠军的南海必将升起太阳和月亮

中国正在发生一些显著的变化，“隐形冠军”正为越来越多的人熟知。自国家工业和信息化部发布“全国制造业单项冠军企业和单项冠军产品名单”之后，多个地方政府高调宣布启动“隐形冠军”企业培育工程，2018年上海市政府工作报告中首次提出，上海要聚集更多的“隐形冠军”。我们看到一种趋势：从高速发展进入高质量发展的中国很可能进入盛产“隐形冠军”的时代。

这样的节点，该是我们重新发现南海的时候。

1

7月12日下午，佛山市南海区迎宾馆高朋满座，几十家企业负责人被请来和南海区的领导们座谈，这些南海企业有一个共同的头衔——“隐形冠军”。被高规格礼遇的，大多是参加“南海制造业全国‘隐形冠军’德国交流活动”归来的企业家们。

感谢赫尔曼•西蒙。这位德国学者为那些不为大众所熟知，但在各自细分领域和产业链条中有着极高认可度、市场占有率、顾客满意度的领跑者取了通俗易懂的名字——“隐形冠军”。

西蒙的发现，让人们找到另外一种解释世界的方式。德国、美国、日本三个雄踞世界制造业最顶端的国家，正好是世界“隐形冠军”最多的国度。

提起德国制造，人们就想到大众、奔驰、宝马、博世、西门子，普遍认为是这些行业巨头支撑了德国工业强国的地位。让人意想不到的是，在全球500强企业中，德国企业只有29家，大量的中小企业才是德国经济的脊梁。在全球3000多家“隐形冠军”中，德国占了将近一半。正是凭借这个家底，德国在经济状况普遍低迷的欧洲风景独好、巍然屹立。

西蒙绘制了德国历史上第一张“隐形冠军”分布图，它非常精准地揭示一个事实：“隐形冠军”扎堆的地方，就是德国经济最强大的区域，比如巴伐利亚州、北威州、黑森州……

2017年11月6日，被誉为“隐形冠军”之父的赫尔曼•西蒙来到中小企业铺天盖地的佛山。谈及佛山“隐形冠军”如何壮大时，西蒙给出的建议是：先尝试在本土市场做到最好，随后向全球市场扩张而非向其他产业扩展。

那时的佛山还不知道自己的“隐形冠军”分布在哪些地方。西蒙离开佛山整整一个月后，南海推出了佛山历史上第一份“隐形冠军”名单，南海或许也是中国第一个挖掘和盘点“隐形冠军”的县域经济体。

2

评选南海制造业“隐形冠军”的动议出自几位身为南海区政协委员的企业家，他们最初的想法是：南海制造业企业数量众多，很多企业在行业内处于领先的地位。这些企业低调务实、不显山露水，希望通过政府部门的支持，发掘一批行业龙头企业，组建“隐形冠军”联盟。

他们万万没有想到，从提案变成现实仅仅花了半年时间。这样的“南海速度”，得益于南海区委主要领导的直接推动。

2017 年 12 月 5 日，首批 70 家南海制造业全国“隐形冠军”企业诞生，南海也于同一天成立了全国首个制造业“隐形冠军”联盟。这个联盟的成员几乎是南海支柱产业的骨干，尽管它们的名字让公众感到陌生，但在业界人士耳里却是响当当的：比如佛山市中研非晶科技股份有限公司是全球最大的磁性器材及元器件生产商；华兴玻璃有限公司的日用玻璃生产规模位居全球第三；粤海汽车有限公司的清障车全国第一，产品远销美国、加拿大、日本等 20 个国家和地区；美国哈雷、英国凯旋、德国奔驰、日本雅马哈所用的轮毂是在中南铝车轮的压铸车间生产的……

这是南海精锐之师的集结，也是南海力量的检阅。南海获得一种自信：“隐形冠军”是南海最大的骄傲。

3

南海与顺德的角逐也许是中国县域经济体中最为激烈的，他们之间的竞争和互动也是佛山最绚丽的风景。在过去的中国百强县评比中，冠亚军经常在顺德、南海之间产生，而今的全国中小城市百强区排行榜上，顺德、南海牢牢占据着冠军和亚军的位置。

与顺德相比，南海是有一点憋屈的。因为大企业众多，且有美的、碧桂园这两家世界 500 强巨头，顺德让人高看一眼。而说到南海，包括很多著名学者在内都习惯这种口气：“满天星斗，缺乏一轮明月。”这样的评价，逐渐偏离了客观和理性。

“村村点火、户户冒烟”——南海的工业化进程的确是这样起步的，缔造了南海的财富传奇。20世纪80年代初期，《人民日报》曾经连续两年在头版头条以社论的方式礼赞南海，就是因为荣登全国首富县的南海以最快的速度和方式找到了适合自己的致富道路。是“洗脚上田”的南海率先打开了中国市场经济的闸门，奔腾出一泻千里的洪流。没有超6万多家工业企业，南海凭什么冒出这么多“隐形冠军”？

走过四十个年头，如果因为“缺乏一轮明月”而小看南海，那是对历史的不敬，更是对草根经济的伤害。

其实，大企业顶天立地的顺德、小企业铺天盖地的南海，就是佛山最精彩的错位，也是中国县域经济发展两个最经典的版本。70个南海“隐形冠军”出场亮相的日子，就是我们重新发现、重新评价“南海样本”的时候。中国之大，能够一次性推出70个全国“隐形冠军”的地方又有几个？

4

南海是一个富有产业故事的地方。

150年前，发出实业救国呼声的中国大地，率先行动的中国人中有不少是南海人。陈启沅、邹伯奇、詹天佑等南海先贤从科技方向谋求中国振兴，康有为试图从体制上为多灾多难的中国寻找一条出路。这些南海人的努力，推动了文明的演进、历史的转型。

40年前，中国改革开放发出第一声枪响，南海人又是最早的出发者之一，用种田养鱼的双手，魔术般变幻出大沥铝型材、盐步内衣、西樵纺织、丹灶小五金、罗村光电等一个个产业集群，在中国专业镇经济的版图上，“一镇一品”的南海现象熠熠生辉、威名远扬。

制造业是南海经济的优势和根本所在。以佛山为龙头打造“珠江西岸先进装备产业带”，很大程度是基于南海这个“底盘”：陶瓷机械、塑料机械、包装印刷机械处于全国领先地位，有一批行业细分领域的领头羊。

南海和德国非常相似：德国很多产业都集中在某一个固定地区，比如索林根的刀具、施韦因富特的轴承、纽伦堡的铅笔、维尔泰姆的保温容器和德国北部的风能产业等几十个产业群。差距在于：南海的“隐形冠军”是中国的，德国的“隐形冠军”是世界的。南海一直在努力。

5

南海是一个很有情怀的地方。

2009年11月，大众中国宣布了将布局中国南方的时候，为了获得这个巨大的“蛋糕”，浙江的宁波和杭州萧山区，江苏的南京，广东的佛山、东莞、珠海和广州的增城区、花都区、番禺区、南沙区都加入了激烈的角逐。相比之下，土地资源稀缺、缺乏大幅连片土地的南海并没有明显的优势。南海最终夺魁，据说与一个细节有关：2010 年 2 月，气温时暖时冷，一汽大众考察团来到南海狮山看地。当天出门时还比较暖和，但中午却突然冷起来，考察团一行都有点受不了。就在这时，南海主要官员指挥现场车辆围成一个圈，让包括一汽大众考察团成员在内的现场人员都躲进来保暖。同时派人到附近临时采购了一批保暖外衣，让一汽大众考察人员感动不已。

我曾经当面请教故事中提到的南海主官：南海花这么大的力气引进一汽大众，是不是因为南海急需一个大项目来缓解“缺乏一轮明月”的压力？他目视窗外，饱含深情地说道：南海有这么多汽车零配件企业，如果能够给一汽大众做配套，南海很多中小企业就会长大、发达，这才是南海所想的。

许多年后想起这段对话，我才恍然大悟：这样的南海，或许就是盛产“隐形冠军”的沃土。这样的情怀，或许就是南海“传承品质、成就品牌”的逻辑起点。

6

2018 年 6 月 24 日，29 位南海企业家从深圳起飞，开启南海制造业全国“隐形冠军”德国交流活动。8 天时间，走过柏林、沃尔夫斯堡、多特蒙德、杜塞尔多夫、慕尼黑，我见证了这个意义巨大的过程：出访德国的中国企业家多如牛毛，但以中国“隐形冠军”身份拜访世界“隐形冠军”最多的国家，这是南海开创的先例。

从评选“隐形冠军”到组建“隐形冠军”联盟，再到第一次以中国“隐形冠军”的名义走进德国，这是南海自我发现之后的自信：不出去走走，家就是你的世界；走了出来，世界就是你的家。

今年是中国改革开放 40 周年，南海应该从“隐形冠军”的视角重新定位自己，南海可以自豪地告诉世界：这里是盛产“隐形冠军”的沃土。未来会有这么一天：想到南海就想起“隐形冠军”，想起“隐形冠军”就想到南海。

满天星斗，这是南海的美丽。太阳必将升起，月亮也会出来。一个盛产“隐形冠军”的南海，应当赢得世界更多的瞩目。

（原载《南方日报》2018 年 7 月 13 日）

广东为什么让南海打前锋

南海无海，但风景独好。

2019 年 7 月 31 日，南海被赋予重任：中共广东省委全面深化改革委员会正式批复同意佛山市南海区建设广东省城乡融合发展改革创新实验区。这个实验区的任务是什么？批复说得很明确：第一要率先探索建立都市圈城郊经济发达地区城乡融合发展体制机制和政策体系；第二要为全省城乡高质量融合发展提供新鲜经验；第三要在城乡全面融合、乡村全面振兴、全体人民共同富裕上走在全国前列。

肩负这一特殊使命的实验区，南海是广东唯一一个，全国好像也没有第二个。这是大事，也是难事。责任重大，使命光荣。顾耀辉区长代表南海郑重表态：南海要拿出一以贯之的改革锐气和勇气，大胆试、大胆闯，交上一份让大家都满意的答卷。

这一次，南海戴的是广东的帽子，干的是国家的活儿。

鲁迅先生在《故乡》中写道："……苍黄的天底下，远近横着几个萧索的荒村，没有一些活气。"这是中国近代乡村衰落的生动写照。

20 世纪 90 年代以来，中国农村经历了一场激烈的变化：数以亿计的青壮年农民工进城务工，深刻地改变了农村的社会结构。他们在创造巨大物质财富和人间奇迹的同时，也让他们身后的家乡沦为空巢村、老人村、贫困村、留守儿童村……

尽管这样的现象在中西部地区表现得更加明显，但全国经济第一大省的广东也并不例外，城乡区域发展不平衡是广东高质量发展的最大短板。

2002 年，党的十六大提出统筹城乡发展；2007 年，党的十七大提出城乡一体化；2012 年，党的十八大以后，城乡发展一体化成为全国各地的发展热点；2017 年，党的十九大明确提出建立健全城乡融合发展的体制机制和政策体系。从统筹城乡发展，到城乡发展一体化，再到城乡融合发展，本质上是一脉相承的。继乡村振兴战略提出之后，中共中央、国务院今年 5 月又发布关于建立健全城乡融合发展体制机制和政策体系的意见，为新时代的城乡融合发展描绘了路线图、确立了时间表。这个重大决策部署传递一个强烈信号：中国要下定决心解决这个难题了。

沧海横流，方显英雄本色。雄关漫道，谁敢横刀立马？南海就是在这个大背景下出场的。

所谓“批复”，也就意味着“广东省城乡融合发展改革创新实验区”这块牌子是南海主动争取来的。

是南海的痛点让南海必须选择行动。

南海是综合实力百强区亚军，城市比较漂亮、农村比较富裕，日子过得滋润，还入选过“中国最具幸福感城市”。尽管不是一枝独秀，但这些年到南海参观考察的人可谓络绎不绝。每次接待，南海都喜欢安排客人登上友邦保险大厦，先在广东金融高新区展示厅看一个短片，然后徐徐打开帘幕。美轮美奂、气象万千的千灯湖景色尽收眼底、一览无遗。不用说，那种震撼是很难抵挡的。

笔者曾经陪同贵州老家一位领导看过这样的场景，他如此感慨、感叹：南海这招太厉害了！

从视野和场面而言，友邦保险大厦对面的魁星阁更适合让客人参观，但南海很少这样安排，为啥？魁星阁上登高望远，正前方是南海最漂亮的地方，但如果左顾右盼，就会发现城中村和村级工业园像牛皮癣一样长在千灯湖周边的肌肤上，站在友邦保险大厦，是看不到这样的景象的。

鸟瞰南海大地，情况又是怎样？5年前笔者乘直升机航拍佛山，俯瞰南海，锦绣大地上有太多“破洞”：星罗棋布的村级工业园严重损伤了南海的城乡形态……走进南海内部就会发现，桂城、大沥这样发达的地方，看起来城市化程度很高，但管理的地方依然有不少是农村；金融高新区过了桂江河就是全然不同的两个世界……

城不像城，村不像村——这不是南海的瑕疵，而是南海的心伤。

中国有两个著名水乡，一是江南水乡，二是岭南水乡。有比较就有伤害：号称岭南最美水乡的南海里水、顺德杏坛，与江浙的周庄、乌镇相比，差距很大。南海知道这种差距，也一直在寻找缩短这种差距的路径和方式。

2018年5月，南海组织大队人马奔赴浙江考察，3天时间走了4个县市，11个村庄。干净整洁的村容村貌、整齐划一的农家房舍、花繁树绿的村前屋后、水清岸绿的河涌水塘……所见所闻，给南海干部的冲击是巨大的。九江镇党委书记徐永强有一个很好的比喻：浙江的乡村振兴已经从“盆景”到“风景”，到现在已经是“全景”了。

南海考察团去过的地方笔者大多去过，无论财政实力、百姓收入还是城市建设，南海一点不输浙江的同类地区，最大的差距在农村。关于浙江农村，笔者有三点感受：一是浙江农村很有秩序感，政府的规划介入很有章法；二是浙江良好的村容村貌背后，是深厚的文化底蕴支撑，是历史积淀使然；三是浙江农村发展的均衡性已然成为普遍性，探索出了一些有益的经验。

对标浙江，南海坦率承认：城乡发展不平衡不协调的问题日益突出，这已成为制约南海高质量发展的最大短板。最突出的表现是“城不城、乡不乡”：一方面，南海的城市“都市味”不浓，城市功能不够强，城市形态不够美，城市对乡村发展的辐射带动作用不够明显。另一方面，南海的乡村“田园味”也不浓，规划建设水平还比较滞后，住宅和工业区混杂，建筑密度很大，缺少岭南水乡特色。

浙江归来，南海就着手谋划实验区创建工作。经过半年多的调研、思考，南海形成了比较系统的工作思路和申报材料，最终得到广东省委的认可。

为什么是南海？给予这样的重托，这当然是对南海的信任。

40 年前，南海的改革开放率先从农村启动，后成为我国第一个农民人均收入过万元的县域，《人民日报》当年曾经连续两次在头版头条以“消息 + 评论”的方式报道南海，号召全国《像南海那样把农村搞活变富》《像南海这样坚定前进》。这样的“待遇”和殊荣至今没有第二个。正是南海这种放手发动群众的手段和方法，催生了南海从桑基鱼塘到全球制造业重镇的壮丽转型。

作为中国县域经济的先锋，南海 40 年改革历程多和农村有关，贡献了很多弥足珍贵的鲜活经验。作为佛山改革的标签和佛山经济的地标，顺德的强项在企业，南海的长处在农村。南海农业银行全国最强、南海的农村集体资产全国数一数二，这样的实力至少说明一点：解决农村问题，南海人是很有办法的。

南海承担着一个国家任务：农村土地制度改革三项试点。南海的经验和做法，获得了国家有关部门的高度评价。自然资源部如此评价：南海区集体土地整备制度效果明显，是集体经营性建设用地入市的新途径，是统筹推进入市和征地改革的好经验。

在粤港澳大湾区战略中，广州、佛山要发挥极点带动作用。打开地图就会发现，如果夹在广佛中间的南海继续“农村不像农村、城市不像城市”，问题可就大了。这也是省委明确要求南海率先探索建立都市圈城郊经济发达地区城乡融合发展体制机制和政策体系的原因。

南海当然存在很多问题。广东省委之所以把南海作为唯一的城乡融合发展改革创新实验区，就是希望南海挺在前面，为全省做一个样板和示范。南海也可以凭借实验区争取到的特殊政策资源，把很多原来啃不了的“硬骨头”啃掉。

实验区怎么建？南海还需要时间拿出完整的行动方案。在目前公开的信息中，“让城市更城市、乡村更乡村”很让人振奋。它昭示了南海的选择和承诺：城乡融合发展的改革创新，不是用城市形态改造乡村形态，不是用城市文明覆盖乡村文明。

城市是乡村的产物，也是乡村的发展。乡村的沃土是南海传统文化的原乡，乡村振兴亟须城市的资本与技术、思想和智慧。城乡融合发展关键在一个“融”字，南海必须找到一种方法：释放城市对乡村的辐射而不是虹吸，形成乡村对城市的依靠而不是依赖。而落实这个方法，就要看南海的功夫了。

人往高处走是社会规律，个体的感受是判断社会发展的最好诠释。城乡融合发展改革创新实验区有很多考量指标，但愿意向农村转移的城市居民人数多少、舒适程度高低和时间长短，自然可以成为判断城乡融合度高低的显性标志。

相信南海会给出答案。

在广东省委批复的四个改革创新实验区中，佛山占了两个。这也表明佛山改革走在前列，改革再出发是一种担当，而不是一种表态或者一句口号。

顺德的抓手是村级工业园改造，南海的主攻方向是城乡融合发展。他们共同的指向都是高质量发展。

从高速增长到高质量发展，这是国家的战略抉择。历史的转折点上，顺德和南海又一次挺身而出。顺德和南海的实验，就是要再立新功、再创辉煌，为高质量发展的中国贡献最新的“顺德样板”“南海样板”。一路走来，顺德和南海都非常明白：没有“舍我其谁”的精神和血性，高质量发展就不可能杀出一条“血路”。

一旦出发，必须到达。除了胜利，别无选择！

（原载《南方日报》2019 年 8 月 20 日）

南海：有一种功夫叫日本

一年一度的日商新年会1月8日在南海举行。与往年相比，今年的规格明显提高：过去由南海区经济促进局主办，现在由南海区政府主办。这样的升格，是南海区区长顾耀辉的提议。

面对新老朋友，顾耀辉真诚地表达南海的心情："每当听到日企在南海成长壮大的故事时，我们都激动不已。"南海日商友谊会会长牧保博回应："我能感受到在外资企业中，顾区长非常重视日本企业的这份心意。"

日本国驻广州总领事馆总领事石塚英树坦诚相告："我任职日本驻广州总领事馆一年多时间，已经听闻无数日企说得到南海区政府的强大支持。说实话，几乎从来没有一个政府可以得到如此多的赞誉。"

双方说的都是心里话，而不是场面上的客套话。如果说日本企业有一种情结叫南海，那么，作为一代宗师黄飞鸿、叶问的故乡，除无影脚、咏春拳之外，南海也有一种功夫叫日本。

1

也许可以这样定义南海：一个让日本企业扎堆的地方。

截至2019年年底，在南海的日资企业已有115家，总投资超过50亿美元。这一数字，也意味着南海已经成为中国大陆日企最密集的县域经济体之一。一个可喜的态势是，入驻南海的日本企业数字每年都在刷新。

其实，20年前的南海与日本关系不大。那时，被视为投资热土的南海少有日本企业的影子。改变因广州成为中国汽车生产基地而发生。

2000年前后，本田、丰田、日产等日系车企相继在广州落户，一大批日本汽车零配件企业也伺机而动。这个巨大商机让众多珠三角城市心跳加速，几乎每个地方都渴望从中分到一杯羹，激烈的角逐由此展开。

南海并不是最早的竞争者，但却是最大的赢家。近水楼台先得月。这是天时地利人和的结果。

扎堆南海的日本企业，已从最初的汽车零部件产业延伸到装备制造、机械、新材料、养老等诸多领域。蜂拥而至的日本企业，不仅带来了先进的生产力，也给南海新增了 20 多家税收超千万元的“纳税大户”。可以说，经济南海有显著的东洋印记，高质量发展的南海有日本力量的策应。

佛山要感谢南海，她所导入的“日本制造”强化了佛山作为一座制造大市的能量和分量。日本是我们的近邻，从产品质量而言，日本是离“佛山制造”最近的老师。

这样的南海是怎样炼成的？

2

南海是靠民营经济起家的。从 20 世纪 80 年代开始，许多农民纷纷“洗脚上岸”，开办工厂。这种发展模式造就了一大批民营企业，在铝型材、纺织、陶瓷、五金等行业具有全国领先地位。南海也与顺德、东莞、中山一道，并称广东“四小虎”。

时过境迁，以劳动密集型、资源密集型的传统产业为主的南海模式出现了一系列问题：南海的土地、环境资源已经无法承载这些产业的继续扩张，必须引进资金密集型、技术密集型、环境友好型的新兴产业来推动区域经济、环境的持续协调发展。

2003 年，南海推出“双轮驱动”战略：一手引进大型外企，提升整个产业链；一手推行“雄鹰计划”，扶持民营企业的升级调整。

去哪里找另外一个“轮”？日本三大汽车巨头落地广州让南海抓住机会打造“广州整车、南海汽配”的产业格局。日本也因此成为南海招商的首选地。

从 2004 年开始，南海区委、区政府主要领导每年都要到日本招商，广泛接触日本各界朋友。尽管南海的领导频繁更换，但这个制度一直没有变过。因为有这样的接力和韧性，南海才有了这样的风景：外资企业以日资企业为主，他们大多是世界 500 强企业和“隐形冠军”企业。

在实施“双轮驱动”战略之前，南海也有招商，但招商对象大多是港澳企业，其中大多是南海乡亲。

从找“老乡”到招“老外”，这是一个新课题。

时任南海区委书记李贻伟提出一个问题：一个好的项目，就像一个美女，必然有众多的追求者，如何才能抱得美人归？李贻伟的看法是：招商谈判不是谁的条件好就跟谁，不然岂不是全世界最好的女朋友都被富人找去了？

李贻伟说：招商要以情动人，如果大家有感情，就算谈判的条件低一点，他都会选我们的。他对南海干部们说：要使对方“一见钟情，相见恨晚，不见不散”，不断提升自身修养和拓宽自身知识面非常重要，要善于找到共同话题，引起共鸣。

南海有一套情感招商的方法论。这一招对日本企业特别管用。

3

佛山流行一句话：招商就是搬大树、追靓女。这句话最早是从南海传出来的。

这些年，南海有不少干部先后走上了重要的领导岗位，他们的主要政绩之一就是招商引资有成效，搬来了大树、追到了靓女。

刘铭恩感受很深。在出任佛山市工业和信息化局局长之前，他在南海长时间从事对日招商工作，去了50多次日本。谈起日本，他两眼放光，四个体会娓娓道来——

第一，要正确认识日本、日本企业、日本企业家；第二，对日招商，要找合适的人做合适的事；第三，要有一支稳定的招商队伍，并持之以恒地开展工作；第四，要广泛结交日本朋友，尤其是日本企业的领导，不要光盯着项目，要和中介机构、金融机构多走动。评价中国地方的投资环境、招商政策，日本企业首先是听这些机构怎么说，然后才听我们这边的地方政府是怎么介绍的。

刘铭恩说，尽管他现在已经离开南海了，但日本朋友来到南海他都会见见。日本是一个很讲究交情的国家，招商引资，感情和信任很重要。在南海，像刘铭恩这样的“知日派”不是一个，而是一批。刘铭恩说，在南海，去日本次数比他多的人多得是。

南海有一支精通日语、熟悉日本国情的招商队伍，他们堪称佛山招商战线的精锐之师。前不久，南海区一名副区长带队到日本招商，到了日本才发现整个代表团中只有他一个人不懂日语。

4

在中国版图上，日资企业最多的地方是长三角。2016年，南海在上海设立投资促进代表处，目的在于加强与日本企业中国总部的联系。

早在2010年，南海就专门为日本企业打造了一个产业载体——南海日本中小企业工业园，这是南海与日本经济合作进入新阶段的标志。凡是进驻的日资企业都有一个共同的体会：选择南海太对了！

现在的南海又在谋划一个“日本科技园”，作为南海日本中小企业工业园的升级版。南海提出一个目标：让南海成为日资企业在粤港澳大湾区投资的首站。

这样的“加码”，是顾耀辉主导的。

2017 年 3 月，顾耀辉出任南海区区长，此前他担任佛山市国土资源和城乡规划局局长，几乎没有接触招商工作，更无对日招商经验。到南海任职，他第一次外出招商去的是欧美，但成果很不理想。原因在哪？顾耀辉有两个发现：第一是文化差异太大，谈合作很难；第二是打交道的基本是华人圈子，很难接触到人家的核心团队。

那时，南海正在和日本的新材料巨头东丽集团谈合作。在与日本企业接触的过程中，顾耀辉感觉中日文化相近，大家容易交朋友，事情好办很多。

南海的对外招商也确立了一个基调：放眼欧美，紧盯日韩。

每年开春，顾耀辉都要去一次日本，他要求南海每个镇街的主官们每年都要去日本走走，交朋友、寻商机。2019 年 4 月，南海在东京设立了驻日投资促进代表处。

日本人喜欢喝酒。在南海投资的日本企业有一个说法：先成酒友，后成朋友，最后成为战友。

顾耀辉是宁夏人，日本朋友很喜欢喝他的家乡酒——宁夏红。在日本人眼里，顾耀辉古道热肠、说话算数，凡是答应的事情一定会办到。

东丽集团感受最深：他们落户九江，企业扩张需要土地，顾耀辉排除万难，按时提供。提起这位南海区区长，日本朋友说得最多的是感谢和感动，他们很高兴、也很愿意与这样的南海人成为战友。

刚刚过去的 2019 年，又有 8 家日资企业落户南海。

5

南海正在转型，主要发力点是“两高四新”产业：高端制造业、高品质服务业、新一代电子信息产业、新型生物医药产业、新能源汽车和新材料产业。在产业合作重心方面，南海将瞄准更高更新的领域，比如新材料、节能环保、生物医药、智能制造……

众所周知，日本在新材料、节能环保、生物医药、智能制造等方面领先全球，掌握着全球许多生产环节上的尖端技术。这是日本的强项，当然更是南海招商的优先方向。南海希望通过引入日本高端的制造业来优化产业结构和提升产业发展水平，尤其是引入龙头企业来打造产业链的集聚。

日本企业对外投资也在发生变化。

一度热衷转移到东南亚国家的日本企业，从 2018 年开始加大了对中国的投资，原因在于三点：其一是东南亚国家虽然有人口红利、成本优势，但基础设施、产业配套跟不上，加上消费能力不强，市场需求不旺；其二是中国市场太大，而且增长很快，放眼全球，找不到可以替代中国的地方；其三是中国营商环境进一步改善。中国政府坚持扩大开放，出台了有关外商投资的相关政策，给日本企业带来了政策上的强大支持和投资信心。

日本企业最新一波“中国热”有几个显著特点：对华直接投资主要以制造业为主、以“隐形冠军”企业为主、以高新技术企业为主，广泛看好中国新能源汽车市场。

南海注意到这种变化，也有意识地加大了主场招商的力度。招商重点从汽配转移到氢能产业。

在南海举办的智能制造和节能环保产业推介会、国际氢能产业大会，日本企业积极响应，其中包括佳能、日立、发那科这样的世界级企业。

南海的“日本功夫”越练越精了。

6

南海是高手，但南海也有很多对手。

改革开放再出发的中国，很多地方加大了对日招商的力度。除了与日本交流合作一向比较紧密的山东、江苏，一大批“新军”也在乘势而上。比如长沙近日就召开了规格很高、规模很大的对日招商环境推介会。长沙与日本企业的合作呈现出多领域、深层次、高水平的态势。因有德国企业扎堆而享有“德企之乡”美誉的江苏太仓，对日招商也开始发力，成果非常显著。

以中小企业、草根经济为根和魂的南海，急需百年老店、工匠精神。这又是日本人的强项。

日本150岁以上的企业多达2万多家，连欧美国家也难以相比。日本长寿企业几乎全部是家族企业，这些企业都有着流传千百年的祖规、家训。里面不乏“诚信、踏实、勤勉、忍耐、仁爱”等字眼，闪耀着中国儒家文化的影子。秉承这种价值信仰，日本企业不会轻易受利益驱动而跨界经营，而是向行业技能“更精更专”冲刺，这既保证了源源不断的技术创新，也锻造了日本独特的工匠精神。

南海的“日本功夫”还需要精益求精、出神入化。天下武功，唯快不破。我们希望南海有更快的速度。

（原载《南方日报》2020年1月10日）

南海和荔湾为什么走到一起来了

该来的总会来，而且已经来了。

历史也许会记住这个日子：2020 年 9 月 25 日，广州市荔湾区、佛山市南海区签署合作协议，携手共建广佛新城。这是广佛全域同城化的最新进展，更是广佛高质量融合发展的行动体现，无疑也是粤港澳大湾区建设的一大亮点。

广佛新城位于南海和荔湾的交界地，规划面积约 70 平方公里，规划范围涵盖南海的海北、黄岐、盐步、映月湖片区，面积共 42 平方公里；荔湾的滘口、大坦沙、海龙围片区，面积共 28 平方公里，两个片区有上百万常住人口。

消息一出，民间反响强烈，更是引发了南海盐步、黄岐一带的居民海啸般的热议。从网上喧嚣的言论可以感知一个巨大的民意：这一天，他们期待已久。

1

广佛新城不是在新地方建新城市，而是在人口稠密、犬牙交错的广佛接合部重塑新的城市形态、新的产业形态和新的环境形态，让“老地方”焕发新活力、释放新能量。它的目标是要构筑“广佛之心、湾区极点”，从而引领、加持粤港澳大湾区西岸先进制造产业带发展。

南海、荔湾的合作基础是什么？双方的看法是一致的。南海区区长顾耀辉的表述是：南海和荔湾地缘相近、人缘相亲、文缘相同，自古以来交流频繁、来往密切。荔湾区区长毕锐明的说法是：荔湾和南海地域相连、历史相承、文化同源、产业互补。

如何看待广佛新城？双方的态度也同样清晰而坚决：南海说要与荔湾区共同携手，举全区之力高水平打造广佛融合示范区，切实加大资金投入力度，高标准建设一批交通、环保、水利基础设施，为片区开发建设营造最好的环境、创造最好的条件；荔湾表示要和南海进一步深化合作，在广佛高质量融合发展试验区的基础上，通过“市级共建”达到“区级融合”，在生产、产业、交通、服务等方面探索全线、全面融合发展，力争成为广佛全域同城化的合作典范。

好雨知时节，当春乃发生。为了一个共同的革命目标，南海和荔湾走到一起来了。

2

广佛新城是华南理工大学袁奇峰教授提出来的一个新概念。最近20多年里，他一直是广佛同城的研究者、倡导者和推动者，广州和佛山能够像今天这样联手，他的贡献是很大的。

早在2000年的时候，袁奇峰就在荔湾和南海之间奔走游说，苦口婆心地动员、撮合两地政府在双方的交界地联手做几件大事。与此同时，清华大学的学者也提出建议：广州未来的城市发展不能只盯着自己的地盘，还要考虑与珠江三角洲其他城市特别是和佛山的协同配合。那个时候还没有“广佛同城”这个说法，广州和佛山也没有这样的共识。

那时的广州以“北优南拓、东进西联”为城市发展战略，从用词和排序可以看出，“西联”并不是广州的优先方向和重点选择，实际行动也是如此。在东南西北四个方向中，广州在西边的动静最少、也最为冷清。

广州不急，佛山也同样不急。那时的佛山认为，如果与广州联系太过于紧密，有可能损伤佛山城市的自主性。2002年12月，南海、顺德、高明、三水撤市设区，完成整合之后的佛山确立了组团式发展的城市格局，兴修了佛山一环、谋划了东平新城，很少考虑怎么连接广州的问题。

2003年年底，时任广州市委常委、宣传部部长陈建华组织一批广州学者来到佛山，在市政府小礼堂和佛山学者座谈，探讨广佛合作的可能和前景。2004年夏天，时任佛山市委常委、宣传部部长刘海带领一批佛山学者回访广州，继续探讨广佛话题，座谈地点就在荔湾区政府。现在回过头去看，尽管当时双方的来往只是普通的学术交流，没有达成什么具体共识，事情最后也不了了之，但这样的探讨为日后的“广佛同城”提供了必要的思想准备。

3

广佛同城取得突破性进展是在2008年，这一步是南海率先迈出来的。

时任南海区委书记李贻伟主动提出：南海单边向广州开放边界道路收费站、开放自来水和电讯市场的“小三通”行动。南海这样的姿态得到了佛山市政府的鼎力支持和积极介入，通过广东省人大提案，并在广东省政府的协调下，佛山和广州于当年10月1日实现机动车年票互认，同城化终于获得实质性推动。

2008年12月，国务院出台《珠江三角洲地区改革发展规划纲要（2008—2020年）》，其中有这么一段话：强化广州佛山同城效应，携领珠江三角洲地区打造布局合理、功能完善、联系紧密的城市群。以广州佛山同城化为示范，以交通基础设施一体化为切入点，积极稳妥地构建城市规划统筹协调、基础设施共建共享、产业发展合作共赢、公共事务协作管理的一体化发展格局，提升整体竞争力。

广佛同城从此进入国家视野，有了“尚方宝剑”。

2009 年 4 月 16 日，广佛同城化第一次市长联席会议在广州大厦召开，会议达成两个重要共识：一是启动《广佛同城化发展规划》的编制工作，二是把广佛市长联席会议作为制度性安排，双方轮流做东。

时任广州市市长张广宁说：这样的会议形式，在两市的历史上没有先例。以往广佛之间的合作不是不积极，但取得的成效确实不大，而通过这次会议，两地解决了一些多年来没能解决的老大难问题，接下来的关键是要抓落实。时任佛山市市长陈云贤表示：佛山将认真落实好联席会议通过的各项工作，向社会兑现承诺。

开弓没有回头箭，广佛同城由此好戏连台。

4

2010 年 11 月 3 日，广佛地铁开通，这是中国大陆首条跨越地级行政区的地铁线路。曾经有人担心广佛地铁会放大广州的“虹吸效应”，成为广州吸纳佛山资源的“抽水机”，但事实证明它是广佛的“联合收割机”。最大的受益者是南海，千灯湖片区有今天这样的繁荣景象，广佛地铁功不可没。受此启发，顺德随后也主动出击、想尽一切办法将广州地铁 7 号线引入顺德。

2019 年 2 月，中共中央、国务院发布《粤港澳大湾区发展规划纲要》。粤港澳大湾区与纽约湾区、旧金山湾区、东京湾区并称为世界四大湾区，不仅要建成充满活力的世界级城市群、国际科技创新中心，还要打造成宜居宜业宜游的优质生活圈，成为高质量发展的典范。这个规划纲要明确提出粤港澳大湾区的空间布局要建立三个都市圈，形成三个极点带动：一个是香港—深圳极点，一个是广州—佛山极点，还有一个则是澳门—珠海极点。

广佛如何才能成为极点？这是必须落实的国家战略，也是必须完成的政治任务，广佛全域同城化就是在这个背景下提出来的。一个显著的变化是，广佛市长联席会议升格为广佛同城化党政联席会议，广州佛山两市的书记、市长坐在一起，同聚一条心、同绘一张图、同使一股劲，全力推进全域同城化高质量发展。方法和路径都已经明确：一是共建大平台，加快推进广佛高质量发展融合试验区建设，带动广佛全域高标准融合发展；二是共建大产业，共同做大做强先进装备制造、汽车、新一代信息技术、生物医药与健康等产业集群，构建具有国际竞争力的现代产业体系；三是共建大交通，加快广佛环城际、跨界市政路等项目建设和对接，加快实现交通全面衔接、无缝对接；四是共建大生态，推进广佛跨界河涌系统治理，加快万里碧道建设，打造高品质城市环境；五是共建大服务，加强营商环境、文化、教育、医疗等深度合作，强化高水平城市协同治理。

这是广佛同城的又一个里程碑。

5

广佛情缘源远流长。

南海盐步有一条古老得让人难以置信的老龙舟，生于明朝宣德七年（1432年），至今已经588岁了，是全国现存最古老的龙舟。传说明朝万历二十五年（1597年）的端午节，一百艘龙舟齐集于珠江河上举行龙舟竞渡，南海盐步与荔湾泮塘的龙舟把其他龙舟抛在身后，不相伯仲。后来这两条鹤立鸡群的龙舟干脆结拜为亲，按照“年纪”大小，泮塘龙舟认盐步龙舟为“契爷”，也就是“干爹”，盐步龙舟则认泮塘龙舟为“契仔”，也就是“干儿子”。每年端午相互探亲，两地的老百姓也高高兴兴团聚在一起，吃一顿丰盛的龙舟饭。这样的特殊交往代代相传，延续至今。据说慈禧太后得知这样的龙舟结义很是感动，赐盐步龙舟“盐步老龙”之名。

和龙舟情谊一样，南海与荔湾的关系自古以来就“剪不断、理还乱”。1933年之前，南海的县衙就一直设在今天荔湾的地盘上。荔湾是老广州的记忆，那些保存尚好的街道和骑楼，时刻让人想起“千年商都”不同凡响的过去。

乾隆二十二年（1757年），清廷关闭福建、浙江、江苏三个海关，只留广州作为全国唯一的对外贸易窗口。中国乃至世界各地的商人们纷至沓来，在广州寻找兴旺发达的机会，这就是历史上赫赫有名的“走广”。

蔚为大观的“走广”催生了著名的“十三行”，它还有两个别称：一个叫外洋行，一个叫南海行。伍秉鉴是十三行的巨富，也是当时中国的首富。在后来的历史典籍中，有的把伍秉鉴写成广州人，有的说是南海人，这两种说法都对。

一口通商的广州让南海近水楼台先得月，大批南海人涌入广州开茶楼、做买卖。那时，广州最好的茶楼、最好的食肆几乎都是南海人开的。一个叫颜时瑛的南海富豪在广州修了一座“甲于全城”的庭园——磊园，另一个叫陈撷芳的南海文人写了一首题为《磊园》的长诗，详尽描述这座庭园的豪华与气派。

可以这样说，是广州激活了南海人的商业禀赋，谱写了惊心动魄的财富神话。也可以反过来说，在千年商都的成长史上，南海人贡献巨大。

6

黄岐、盐步是南海改革开放最先富起来的地方，一个很重要的因素就是靠近广州，最先承接大城市的外溢效应。大批广州人到南海置业安家，在广州人的心目中，黄岐就是广州的“中山九路”。那时候，很多南海人也喜欢去黄岐、盐步买房居住，接待客人也往往带去广州吃饭，享受大都市的绚丽和繁华，宾主尽欢，感觉很有面子。

广州人在黄岐、盐步扎堆，南海人热衷到广州消费，这一现象后来被学者们称为广佛同城 1.0 版本，其特点是市场自发的结果。广佛同城的 2.0 版本以广州、佛山两市政府对接与合作为标志，以项目为载体，以联席会议为核心，以交通对接、服务共享、环境共治为支撑，最大的成果是广佛地铁的修建和运营。粤港澳大湾区战略的出台，将广佛同城推向了 3.0 版本：广佛两地政府探索合作的机制体制，重点是整合存量，形成增量。最大的标志是广佛双方商定：以广州南站为核心，建设广佛合作试验区，共同打造一个类似深港科技创新特别合作区、粤澳（横琴）深度合作区这样的一体化战略平台。

被寄予厚望的佛山三龙湾变得热火朝天，人们普遍认为离广州南站最近的三龙湾南海三山片区是广佛全域同城的重点和热点。当南海和荔湾提出共建广佛新城的时候，有不少人纳闷：抛出这个概念，是不是意味着重心南移的南海要调转枪口、挥师北上了？

作为广佛新城的倡议者，袁奇峰教授认为：在粤港澳大湾区三个极点中，深港有前海、珠澳有横琴，唯独广佛没有这样的国家级合作平台。仅仅依靠广州南站—佛山三龙湾片区，难以承担广佛融合高质量发展试验区的使命，广佛“超级城市”的打造必须把南海荔湾结合部、广佛公路沿线的商贸区纳入其中，让佛山三龙湾、广州白鹅潭、南海千灯湖三位一体，抱团发展，成为广州主城区、佛山主城区之后的广佛第三极。要实现这样的构想，南海盐步、黄岐一带的提升和改造就必须尽早提上议事日程。

7

南海和荔湾下决心共建广佛新城还有一个非常重要的原因：作为广佛同城 1.0 版本的广佛公路沿线地区，已经从当初的价值高地变成了价值洼地，甚至成为广佛全域同城的“肠梗阻”以及“盲肠地带”，表现为用地混杂、交通断裂、生态破碎、产业低端。

从佛山的角度来看，这个片区地处广佛黄金走廊带，开发较早，当初也没有好好规划，属于典型的“野蛮生长”。2005 年黄岐、盐步并入大沥后，对这个片区投入不足、重视不够，以致演变成佛山城市形态最差、道路交通最堵、百姓怨言最多的区域，迫切需要通过二次开发进行产业再造、城市再造、环境再造和服务再造，否则会拖累南海的发展，甚至造成难以承受的伤害。

从广州的角度而言，荔湾要打造以白鹅潭为中心的中央商务区，构筑一条沿江总部经济带，需要有足够的回旋空间和战略腹地，向东显然不行，西进是唯一的出路。广州提出这样的思路：以多点合作为突破，沿边界线推进荔湾—南海四个组团对接。其中，大坦沙—海北片区、滘口—黄岐片区重点推进生活深度同城，打造全新的广佛商贸黄金走廊；东沙与三山北片区以城市更新为抓手，共同打造智能制造研发区和国际科技创新信息港；海龙科技创新产业区与佛山金融高新区 C 区东扩区，建设高品质的湾区中小企业总部基地及粤港澳青年创客平台。

这样的构想，是广州从“西联”转向“西链”的标志。

回眸一笑百媚生。南海向东看，荔湾往西走，南海荔湾终于对上眼了，从眉目传情到谈婚论嫁，彼此不再心猿意马，而是心领神会，犹如奔赴一场期待已久的约会。

但这绝不意味着广佛新城的建设是一条坦途，要做成这件事情，南海荔湾必须有砥砺前行的勇气和智慧、百折不挠的定力和韧性，需要有应对最复杂、最困难局面的战略和战术准备，毕竟老地方形成和积淀的老问题显然不是老办法可以解决的。二次开发如同装修房子，第二次远远比第一次麻烦。

全域、全线、全面融合发展，这是南海和荔湾的选择和承诺。能否做到，需要他们双方在时间和实践中做出回答。贡献一个现代版的“十三行”，这是大家对南海和荔湾的期待和祝愿，我们时刻都会关注来自南海和荔湾的消息。

（原载《南方日报》2020 年 9 月 26 日）

顺德南海　大哥风范

顺德和南海是佛山经济的中流砥柱。未来五年这两个带头大哥怎么走，这是佛山最大的看点之一。我看了顺德和南海两个区的政府工作报告，有两个最突出的印象：顺德有大气魄、南海有大手笔。

先说顺德。顺德提出到 2025 年经济总量要达到 5000 亿，2020 年顺德的经济总量接近 3600 亿，这也意味着顺德未来五年的经济增长每年要达到 300 亿左右，这个难度很大，但顺德的气魄更大。让人耳目一新的是，顺德提出了要在五个方面做出顺德示范：第一是经济高质量发展的顺德示范，第二是高品质城市的顺德示范，第三是岭南水乡的顺德示范，第四是共同富裕的顺德示范，第五是政府治理的顺德示范。所谓示范，就是做榜样和典范，让别的地方学习借鉴。历史上的顺德为全省、全国做了很多示范，但我刚才说到的五个示范是顺德历史上第一次提出来的。这就是顺德的大气。

再看看南海。2020 年南海的经济总量突破 3000 亿大关，比顺德少 500 亿左右。2025 年经济总量要达到多少，南海没有说。但未来五年要在哪些地方花大钱，南海说得很清楚，而且是大手笔。比如：未来 5 年内投入 600 亿元支持教育事业；投入 500 亿元支持先进制造业发展，壮大现代产业集群；投入 300 亿元财政资金推动全区水环境质量根本好转；投入 180 亿元支持科技创新和人才发展。未来 3 年内财政投入 65 亿元支持企业开展制造业数字化、智能化转型。

我算了一下，光上面说的几笔账，南海未来五年就要花 1645 亿。这是南海的底气，更是南海的豪气。大家都知道南海的教育非常不错，每年中考、高考的成绩都是佛山第一。有一年我到美国斯坦福大学参加一个中国留学生座谈会，20 多个人里边南海学生就占了将近一半，他们告诉我光是石门中学的校友就可以组建一支足球队。南海教育为什么这么牛，最大的经验就是舍得投入。南海党代会报告有一句话“思想再解放，改革再出发”，从南海花钱的方向和力度，我们就知道什么是再解放、什么叫再出发。

我曾经说过一句话：顺德和南海的互动，基本决定了佛山的生动。此时此刻，我还要对顺德南海说一句话：大哥，你好！

2021 年 11 月 10 日

顺德要打赢一场势在必行的攻坚战

1月8日举行的中共佛山市顺德区第十三届代表大会第三次会议备受瞩目，原因在于两点：其一是顺德区委书记3个月前刚刚调整，大家很想知道接替区邦敏执掌顺德的郭文海有怎样的思路和谋略；其二是顺德的经济总量不仅位居佛山第一，也是全国城市百强区的冠军，顺德的动向对整个佛山发展有举足轻重的影响。

一般而言，一个地方的主官变动之后，人们对初来乍到的接任者有三个考量：厚不厚道、看出什么门道、有什么料道。所谓厚道，是指怎么对待前任留下的摊子；所谓门道，是指如何审视一个地方的优势和劣势；所谓料道，就指开什么药、出什么招。

现在，顺德的答案出来了。

01

顺德的面积不大，但顺德的能量很大。806平方公里土地上，有2个超两千亿级的产业集群、2家世界500强企业、39家规模超10亿元的民营骨干企业、有一批在全国乃至世界都有影响力的“隐形冠军”企业、有包括“中国家电之都”在内的28个国家级品牌。

2017年，顺德交出了一张漂亮的成绩单：经济总量首次突破3000亿大关。可以肯定地说，顺德这个业绩在全国县域经济体中是数一数二的，也是很多地级市想都不敢想的。

这样的顺德是改革开放40年的成果，也是顺德历届班子持续发力的产物。曾经有一种说法：最近20年顺德的主要领导变动过于频繁，不利于顺德发展所需要的稳定性和持续性。这样的说法其实经不起推敲。事实和真相应该是：顺德的主官不管从哪里来、又怎么变，他们做的是接力赛，而不是拳击赛——把前面的摊子和路子推翻。

最新的例证是，郭文海所做的顺德区委党代会报告，开宗明义地表示：坚定不移传承开放引领、创新驱动战略。在确立引领顺德创新驱动发展的三大平台时，势头强劲的中德工业服务区被置于首位，报告所用的措辞是：坚定不移将北部片区打造成顺德对接广深科技创新走廊的先锋。

坚定不移——这是顺德的厚道，也是顺德的传统。

02

让人出乎意料的是，在铺排顺德下一步的工作重点时，村级工业园改造被列为顺德的头号工程。熟悉顺德情况的人都知道：这是最难办的一件事。

顺德有 204 个村（居），有 249 个村级工业园，遍布 10 个镇（街）。这是当年“村村点火、呼呼冒烟”的产物。它曾经是顺德工业的“产床”，今天却演变成顺德环境的“盲肠”，有的甚至变成无法治愈的“毒瘤”、碧水蓝天的“头号杀手”。

乱七八糟、藏污纳垢、无牌无证经营、安全隐患丛生……每每遇到环保督查、安全生产检查，上上下下都为问题成堆的村级工业园胆战心惊。

顺德有 77 平方公里的村级工业园区，占全区投产工业区用地的 67%，但经济产值贡献仅为 27%。村级工业园所产生的效益、给村民带来的收益已经极为有限。顺德党委、政府之所以迟迟没有下手，就是因为村级工业园异常复杂、非常棘手，涉及利益、政策、稳定等方方面面。在“马蜂窝”面前，很多人望而却步。

区邦敏主政顺德时曾经尖锐地指出：在珠三角大家庭里，顺德是做“客厅”还是做“厕所”，关键看村级工业园的改造。

接任的郭文海发出掷地有声的回答：顺德不能拖着低端的村级工业园进入新时代。这场仗一定要打，而且一定要打赢！

03

这是一场势在必行的攻坚战。

顺德的开发强度已经超过 50%，工业重镇容桂已经达到惊人的 70%。走到这个地步，也就意味着顺德的产业布局只能在存量上打主意，村级工业园的改造变得迫在眉睫、刻不容缓。

按理说，村级工业园改造如此棘手，顺德应该先找几个地方试点，有成熟的经验之后再推开。但顺德区委、区政府毫不犹豫地选择全面开花、全线出击，这样的果敢和坚定，不是因为想清楚、想明白了，而是表达一种意志和定力：无论遇到多大的困难、付出怎样的代价，顺德都必须攻克这个堡垒！

为确保头号工程的顺利实施，顺德祭出两招：把为企业发展造环境、造空间作为第一要务；培养造就一支具有铁一般信仰、铁一般信念、铁一般纪律、铁一般担当的新时代顺德铁军。

顺德铁军——这将是顺德攻坚克难的特种兵、新一代“可怕的顺德人”。以前我们为顺德捏把汗，现在我们为顺德加把油！

打赢村级工业园改造之战，顺德就大不一样了。

04

顺德人做事从来都很大气。

村级工业园改造的攻坚战，立意不局限于环境整治、产业提升、空间拓展。这场战役指向一个目标，也就是顺德区委党代会报告的标题：积极践行新发展理念、凝心聚力向现代化顺德迈进。

现代化顺德——这个说法并不新鲜，几乎从改革开放开始，顺德就一直这么说。但说了这么久，都没有说清楚什么是现代化顺德，现在第一次做出清晰的界定，那就是科技顺德、文明顺德、美丽顺德、和谐顺德、富裕顺德。

在顺德的字典里，“科技顺德”是第一次出现。这样的雄心已经得到企业的响应：去年 3 月，美的集团首次对外宣布，要从家电巨头转型成为科技集团，要在作为企业最核心能力的科技创新体系方面，在全球范围内整合中国、美国、欧美、日韩等尖端技术人才和队伍，让美的站在世界中心构建科技新引擎。

德国库卡、深圳大疆、德国弗劳恩霍夫工业自动化研究所、佛山机器人学院……这些大名鼎鼎的行业巨头的到来，将支撑和带动“科技顺德”的成型，也必将成为禅城—南海—顺德创新集聚区最大的亮点和支点。

05

顺德区委党代会有一个细节：大良、容桂代表团第一次坐在同一间会议室里讨论。他们之间既是对话，也是对接。这样的安排，在于呼应区委党代会报告所提出的行动方案：启动一河两岸建设，大良、容桂联手打造顺德城市强中心。

这是顺德人的心愿，也是几任顺德主官想做而没有做成的事情。顺德铺开了一个很大的摊子，现在要做的是开动脑子、撸起袖子、迈开步子。开弓没有回头箭，顺德人不会再失望了。

顺德有很多光环，也许唯有一个现代化顺德才是真正的王者荣耀。

（原载《南方日报》2018 年 1 月 9 日）

顺德为什么说要提升鉴赏力

佛山各个区的政府工作报告都已经出来了，大家都提出要建设高效政府。

如何建设高效政府，五个区都有自己的答案，但顺德的提法很特别：就是把鉴赏力和思考力、创新力、执行力一起作为顺德政府系统四种能力建设之一。我查了一下，把鉴赏力作为政府能力建设之一在政府工作报告中提出来，这在顺德历史上是第一次，在佛山历史上也是第一次。

说到鉴赏力，很多人就会想到美学、文艺学意义上的鉴赏力，但我认为顺德提出的鉴赏力更多的是政府干部的洞察力、判断力、发现力和想象力，这四种能力在一定程度上又决定了干部的创新力。

顺德为什么要把鉴赏力作为政府系统能力建设之一？这个问题如果放在顺德未来五年面临的形势和任务这个背景下考量，大概就有了一个比较靠谱的答案。

未来五年，顺德有很多任务，其中有两个是全新的时代命题：第一是打造"双中心、多组团"的城市空间格局。所谓双中心，就是南边的容桂、大良、伦教组成一个中心，另外一个是北部的佛山新城这个中心。在中国县域经济体中，提出建"双中心"的地方只有顺德一个，"双中心"怎么建？如何做出高品质城市的顺德示范？这当然需要很高的鉴赏力，否则就做不出品质和品味。第二个全新的任务就是打造岭南水乡的顺德示范。我们知道中国有两个著名的水乡，一个是江南水乡，一个是岭南水乡。说起江南水乡，我们马上就想到周庄、乌镇、西塘这样有代表性的地方，但提起岭南水乡，我们却说不出哪里是典型和代表。顺德提出要打造岭南水乡的顺德示范，在我看来就是要填补这个遗憾，代言岭南水乡的美丽和文明。如果没有足够的鉴赏力，顺德就不可能有相应的创造力。

我曾经很多次和顺德干部外出考察，在总结发言的时候，我发现有的干部说话的含金量不高。表面看是不善言辞，但本质上是鉴赏力不高、发现力不强、格局视野不大。尽管这个现象很多地方都有，但顺德率先把问题提出来了。亡羊补牢，为时未晚。当顺德把鉴赏力作为政府能力建设的时候，一个全新的顺德就会历史性出场。

2021 年 11 月 9 日

猛虎下山的高明要奔向哪里

1

未来5年怎么走？这是佛山五区在换届年集中思考的大问题。当各区的方略陆续出台之后，很多人感到惊讶：没想到高明这么出招！

在近日召开的高明区第十三次党代会上，区委书记杨永泰所作的报告标题是《猛虎下山　追赶超越　争当全市高质量发展新引擎》，报告引用毛泽东主席的名言：敢教日月换新天。

凭什么来担当佛山高质量发展的新引擎？高明提出了三个“新”：湾区枢纽新门户、临空经济新中心、田园城市新样本。东部要建设高品质的山水田园城市、西部要建设高水平的临空产业新城、中部要建设高品位的乡村振兴示范带。未来五年，高明要力争在经济总量、人口总量、固定资产投资、大型企业和高新技术企业总量、地方财政、农民收入等六个方面实现“六个翻一番”。如此布局，耳目一新；如此气魄，高明史上未有。也因此有人担心：是不是快了一些、急了一点？

古诗云：好雨知时节，当春乃发生。这一天，高明等了很久，也憋了很久。

2

佛山五区，高明的经济体量最小。有人把顺德、南海叫虎，把高明视为猫，一些高明人也认为自己是佛山的“西伯利亚”，多少有些自卑。

高明人的胸膛其实可以自豪地挺起来。

1958年11月16日，鹤山县与高明县合并，称高鹤县，1981年12月16日，鹤山、高明分家，鹤山划归江门，高明隶属佛山。那年，大部分家底留在了鹤山，没有一寸柏油路的高明拿着10万元的“分手费”开启了筚路蓝缕的创业征程。高明用10年时间赶上鹤山之后，就开始以加速度超越。40年后的今天，鹤山的经济总量已不及高明的一半。几任江门市委书记都提醒鹤山要好好研究这样的“高明现象”。

与此同时，几任佛山市委书记也提醒高明要有自信：在全国一千多个县域经济体中，高明的综合实力位居前 50 名以内——这样的高明如果都没有自信，那别的地方情何以堪？

必须承认，高明是比较“亏”的。因偏居一隅，孤悬西江西岸，远离佛山中心城区，佛山的重大项目安排也很少布局高明，“革命老区”的高明不仅没有享受到多少优待，有时反而成了“被爱情遗忘的角落”。当顺德、南海的经济总量突破 3000 亿大关的时候，汗流浃背的高明还在努力奔向 1000 亿的路上。

走得慢的高明也因“祸”得福：空间大、环境好，山水林田湖样样都不缺，乡村形态保持完好，环境生态几乎没有什么历史欠账。今天的顺德、南海开发强度已经超过 50%，高明还不到 14%。这次高明党代会报告很自豪、很有底气地喊出了一句话：山水之间，最是高明。

失之东隅，收之桑榆——还是古人说得好啊！

3

后发优势的理论高明当然很懂，但怎么“后发”，高明人一直在上下求索。这 20 多年里，高明先是借顺德龙江的地盘竖起一块巨大的广告牌——“选择高明　高明选择”，但选择高明的人不是很多。一招不灵再出一招，“广佛后花园”之后，高明定位自己为“山林水都”，但“疗效”依然不是很显著。

互联网上，高明网友焦急地追问：中医、西医、军医都用过了，到底哪种“药”才管用？高明何位、高明何为？ 2019 年 1 月，高明区委做出一个抉择：重塑高明区域发展新优势，点燃高明跨越发展新动能，其路线图是把高明区第十二次党代会提出的“建设珠西先进制造高地、打造岭南田园美丽新城”两大发展定位，丰富深化为打造“湾区西部综合交通枢纽、珠西先进制造的新高地、岭南田园城市的新样本”。这三大定位最近又一次得到深化和提升：“湾区枢纽新门户、临空经济新中心、田园城市新样本”。

高明的“接力赛”之所以有这样的跑法，是因为一个千载难逢的机遇来了，那就是珠三角枢纽机场已经选址高明。

4

广东有一条经验：要想富，先修路；富上加富，还是修路。20 年前，我在一次采访中听到这个的新版本：要开放，修机场；要想强，上民航。那时的高明想的是怎么修路连接佛山中心城区，至于机场，高明知道天上不会掉馅饼。得知高明地盘上要兴修大型机场，一位高明网友惊呼：范进中举了！幸福怎么来得这么突然？

大型机场可以改变高明吗？我说一切皆有可能。

一座大型机场对区域经济的影响，学术界给出四个层次：一是原生效应、二是次生效应，三是衍生效应，四是永久效应。国内外案例太多，我只说我去过的两座机场。第一个是孟菲斯机场，它是美国田纳西州最大的经济引擎，孟菲斯超过一半的商业活动与机场有关。以孟菲斯机场为核心，形成了典型的空港经济区，包括轻工业区、办公商务区、高档零售区、商务酒店、娱乐休闲等等。另一个是德国的法兰克福机场，它以高水平的物流中心、贸易中心、会展中心闻名于世。机场每年举行 30 多场国际会展，吸引 200 多万观众，为德国贡献 3 万多个就业岗位、近 6 亿欧元的税收。中国的中部崛起有一个“郑州现象”，最出彩的地方就是谋划和布局了空港经济区，成为全国第一个上升为国家战略的航空港经济试验区。

高明人算过一笔账：一个相当于广州白云机场的大型枢纽机场落户高明，机场建设和配套设施将带来超过 2000 亿投资。这样的机遇不仅将彻底改写高明的区域价值，也会让高明迎来百年未有之变局，迎来革命性变化。佛山市委主要领导也说过一句话：佛山发展看高明。

问题是机会来临的时候，高明抓得住吗？临空经济新中心，高明做得到吗？如何在高明大地上镌刻属于这一代人的光荣印记？

高明党代会报告有两句话很重要：一句是“高明虽然拥有极其难得的发展机遇，但在树底下睡觉是等不来苹果的。如果不主动拼抢，就会错失发展良机，成为高明的历史罪人”；另外一句是“将发展机遇变现为发展成果不是敲锣打鼓、一蹴而就的事，未来五年将是高明最艰苦的创业建设关键期”。

5

既然是迎来了极其难得的发展机遇，怎么又说未来五年是高明最艰苦的时期呢？这不是矛盾吗？

不。高明有难得的清醒，也深知形势的严峻。

摊开地图，珠三角枢纽机场所在的地方处于佛山、肇庆、江门三个市交界地，这也意味着这样的发展机遇不是佛山，更不是高明独有。机场选址确定以后，周边地区抢抓机场机遇的妙招狠招叠出，各种布局陆续展开，还有很多“暗器”没有拿出来，高明如果没有“高明”的招数，很可能摘不到“果子”。

下围棋的人都知道，要把优势转化为胜势很不容易，需要很好的功力。兴建一座大型机场，需要做的事情太多，征地拆迁的任务很重，有很多硬仗要打，其难度系数很高，在高明史上从未有过。未来五年，是珠三角枢纽机场的建设期，还不是机场的收获期，高明自己起码需要投入100亿以上，这笔钱从哪里来？高明区委也把最棘手的问题毫不隐晦地说出来了：高明干部队伍大发展、大建设锤炼经历少，惯性思维、封闭思维、小富即安、小进即止心态普遍，谋划发展、破解难题本领不强。

高明区委也掷地有声地警醒和告诫：一定要有自我革新、自我进化的勇气和胸怀，自觉跳出条条框框的限制，克服部门利益掣肘，在思想观念、机制体制、方式方法上大胆改、大胆闯、大胆试，谋划具有全局性、基础性、引领性的新举措，形成一批真招实招硬招好招。我们允许改革有失误，但绝不允许不改革。这些话的潜台词就是：高明发展要迎来革命性变化，首先需要有一场触及灵魂的自我革命，需要有猛虎下山的精气神，需要有饿虎扑食的方法论。

高明何位、高明何为？我们为猛虎下山的高明行一个注目礼。中流击水、鹰击长空、气吞山河又稳如泰山——我们相信高明将无愧于她的名字。

（原载《南方日报》2021年11月1日）

这就是高明虎军的气魄和担当

7 月 11 日举行的佛山市高明区委全会上，佛山市人大常委会副主任、高明区委书记杨永泰所做的全会报告中有这么一段话："站在千亿新的历史起点上，肩负'走在前列'的历史重任，身处高质量发展的历史方位，迫切要求我们激活竞标争先的新动能、焕发热烈升腾的新气象、塑造猛虎下山的新优势，以凤凰涅槃的胆气魄力'再造一个新高明'。"

前不久召开的佛山市委全会提出佛山要走在前列、敢争上游、赶超先进、干出业绩、闯出新路。佛山五区迅速做出反应：之前禅城表态要再造一个强中心，现在是高明亮剑"再造一个新高明"。今年上半年我走了不少国内经济比较发达的城市，发现很多地方都提出"再造"。比如无锡提出在现有万亿级机械产业集群基础上，在 2025 年再造一个万亿级的新一代信息技术产业集群；宁波提出要再造一个宁波汽车产业；苏州提出开放再出发、要再造一个苏州工业园；福建省经济实力最强的县级市晋江提出十年之内要再造一个新晋江。再造一个新高明，当然不能像过去那样拼土地、拼价格、拼劳动力，而是高质量发展的再造。佛山市委要求高明到 2025、2030、2035 年，生产总值占全市比重分别提高到 9%、11.5%、14%。杨永泰说：这既是新征程高明必须肩负的历史重任，更是光荣使命、奋进号角。

2022 年，高明的经济总量突破千亿元大关，实现历史性跨越。在全国综合实力百强区排名中，高明区位列第四十名，稳居全国县域经济发展第一方阵。今年年初，高明提出要锻造虎虎生威的高明虎军，奋力打造中国式现代化县域样本。现在提出"再造一个新高明"，这就是高明打造中国式现代化县域样本的路线图。

高明之所以有这样的底气，是因为高明正在迎来前所未有的发展机遇，其中最重大、最关键、最直接的就是珠三角枢纽机场规划建设，直接牵引带动超千亿规模的重大交通设施项目落地以及大湾区高端发展要素资源聚集，这将成为高明区最大的发展增量、发展优势、发展胜势。杨永泰很自豪地说：十四五期间，能拿出超千亿元做基础设施的，佛山五区中只有高明。高明区区长姜岳新已经宣布：要高起点、高标准谋划建设六个制造业“万亩千亿”主题产业园，重点发展两个超千亿级、四个超五百亿的产业集群，加快构建高明现代制造业体系。

要把优势转化为胜势当然不是那么容易，虎虎生威的精气神至关重要。毛泽东主席有一句名言：历史的经验值得注意。高明之所以能从一穷二白的农业小县发展成为今天的千亿强区，靠的是“敢闯敢试、拼搏奋进”的进取精神。再造一个新高明，是更为艰辛的“二次创业”，更加需要大力弘扬这种精神，才能迎来高质量发展的风光无限。

佛山市委书记郑轲说过：一个城市是否志存高远，决定其发展走势，也影响干部的精神状态。“再造一个新高明”，必将激发和调动高明虎军的想象力和创造力，找到再造一个新高明的新本领、新方法。杨永泰有两个很重要的表态：第一，要对“敢为派”“改革派”干部在职务职级晋升上大力倾斜；第二，没有条件创造条件也要干，把“不可能”变成可能。这就是高明的担当，这就是虎军的气魄。高明虎军，我们看好你！

2023 年 7 月 12 日

城市三水是追求高质量发展的宣言书

3月5日，春暖花开。三水区委、区政府召开的城市三水发展大会奏响了2018年三水工作的旋律，它不是序曲，而是主调。总投资800多亿元的76个高质量项目即将铺开，代表资本市场对城市三水投下的赞成票和信任票。而佛山市委书记鲁毅亲自到场见证，那是因为城市三水的提出和推进，意味着三水的发展正在迎来历史性的转折。

1

城市三水不是一句口号，而是三水的抉择和宣言。既是对历史的继承和创新，更是从时代高度的站位和把握。

从佛山范围来看，三水的经济总量与走在前面的顺德、南海尚有不小的差距，她的主要任务是追赶；从全国范围而言，步入千亿时代的三水走在中国县域经济的前列，她要体现出引领和示范。二者之间，三水做出了一个高明选择：以城市三水为取向，探索一条追求高质量发展的路子。

高质量发展，这恰恰是国家创新的急所、转型中国的主张。格局决定选择，选择就是担当。三水的目标是星辰大海，而不是复制别人走过的路。

2

三水因水而名，因水而兴。西江、北江、绥江在三水汇流，不仅提高了三水的水位，也奠定了三水的地位。至今保存完好的百年海关、百年邮局、百年铁路，就是处于农耕文明时代的三水向城市文明出发的铁证。

这一路走得艰辛，走得坚决。

早在几百年前，水运发达的三水芦苞就有“小广州”的美誉，这个荣耀不是因为三江之水流广州，而是“广州”意味着城市、意味着繁荣、意味着未来。

三水曾经盛产水泥，一度是三水经济的支柱。10多年前，三水以壮士断腕的意志果断炸掉了水泥厂。表面上是出于环保，实质上是奔向城市。三水人知道：要奋斗，总会有牺牲。

3

最近几年，三水最抢眼的地方是三水新城和北江新区的崛起。这两个以点状分布的新城俨然两朵盛开的鲜花，但还不足以代表一个春天的来临。

真正的拐点是今年初召开的三水区委全会，城市三水成为农业三水、工业三水之后的选择。区委书记黄福洪在报告中揭示出台城市三水发展的两个背景：三水发展到今天，拼土地、拼资源的传统高速增长模式已经难以为继，三水必须加快转向高质量发展；粤港澳大湾区世界级城市群建设正重构区域城市格局，三水必须加速提升城市综合竞争力，从“以工业化推动发展”向“以城市引领高质量发展”转变。

从中国到世界都呈现一个特征：城市之间的竞争已经成为区域和国家之间竞争的主战场，城市引领着这个世界的创造和文明。没有高水平的城市，就难有高质量的经济，也不会有话语权的掌握。

一个人、一个地方，也许可以拒绝时尚，但不能阻挡潮流。城市三水发展要警惕和防范在日趋激烈的竞争中落伍。

4

佛山是一个典型的组团城市，三水是这个组团的重要支撑，在珠三角与大西南之间，发挥着承东启西的重要作用。这样的使命，也决定了三水的城市发展必须全方位、全领域推进。因为只有城市才具备带动和辐射的力量。

农业时代的三水是广东的粮仓，工业时代的三水排在全国工业百强区第15位。三水的“痛点”在于：新兴产业体量小，严重依赖陶瓷、食品饮料、铝型材等传统产业。要改变工业三水的结构和素质，必须构建和释放城市三水的力量。之所以把城市三水定义为历史性转折，是因为三水的发展将从产业催生城市迈向城市引领产业的新时代。

5

三水是珠三角之源，更是粤港澳大湾区的重要成员。中国有湾区的地方远远不止一个，“粤港澳大湾区”之所以率先成为国家战略，不是因为大湾区本身，而是这个湾区有一个世界级的城市群。灿若星辰的城市以及城市之间的互动和互补，让粤港澳大湾区成为中国最生动的地方，成为最具创新活力的希望之地。

城市的力量来自人，人气是三水发展的最大变量。与过去相比，我们发现一个巨大的变化：那些蜂拥而来的年轻人中，不再是当年提着蛇皮口袋、找一个地方谋生的“打工仔”，而是拖着拉杆箱、找一个地方生活的知识青年。尽管这两代人都是选择城市，但新生代对城市环境、城市机会变得更加挑剔。

城市三水就是要成为一个可以安顿青春的地方。拥有青年，就是拥有未来。城市三水的魅力，就是无处不青春、无处不奔腾。

6

城市让生活更美好。

城市三水要把三水塑造成什么样的城市？在千城一面的当下，这是三水必须面对的重大考验和问题。

佛山市委书记鲁毅曾表示，三水城在山中、城在水中、城在绿中。一座好的城市，应兼具风度、温度、厚度，看上去赏心悦目，走进来温暖如春，品味起来质感厚重。城市三水的特质在哪？三水区区长胡学骏回答：彰显独特城市格局、对标世界一流持续提高城市发展水平、让生活更美好。

在这简约而通俗的回答背后，三水有太多的事情要做。首先，三水需要有一批对城市三水有深刻理解、有强大执行力的干部队伍。他们不光要擅长城市硬环境的打造，更要具备建立城市软环境的智慧和勇气。

人才和资本的聚集，才是城市三水成功的标志。

7

水是三水的灵魂和根脉，它涵养了三水的物产和人文。

三水之水由上游的三十六条江汇集而成。清代，三水人在三江汇流处兴修了一座建筑，名为三十六江楼。古人登斯楼察水势、观天下、看世界，三水人的视野和格局也因水而成。当年那些为新加坡这座国际城市的崛起立下了汗马功劳的“红头巾”们，就是从这里顺江而下、漂洋过海的。

历史已经远走，三十六江楼也已经不在江边矗立，但精神上的“三十六江楼”仍然在三水人中挺立着。这是城市三水出发的逻辑，也是我们相信城市三水的理由。

（原载《南方日报》2018 年 3 月 5 日）

推动高质量发展的三水逻辑

1

风起湾区，潮涌三江。

5 月 23 日，规模盛大的“扬帆湾区、勇立潮头——城市三水高质量发展大会”召开。类似这样规模的会议是黄福洪出任区委书记、胡学骏出任区长之后连续第三次召开：第一次的主题是发展实体经济；第二次是发出城市三水动员令；第三次是吹响高质量发展号角。虽然每次大会的背景和侧重点各有不同，但立意和目标一样，那就要塑造三水的走向。

这次大会专门请来三水乡贤、曾经担任香港特区政府商务及经济发展局局长的苏锦樑为家乡出谋献策、加油打气。与前三次大会相比，一个最显著的变化是，粤港澳大湾区这个背景被前所未有地强化，三水明确了自己在国家重大战略布局中的价值定位。黄福洪用三句话来表述：三水地段、湾区价值；三水服务、湾区效率；三水生态、湾区生活。

三点构成面。遵从这样的几何逻辑，我们似乎可以发现主政三水已有三年时间的黄福洪、胡学骏的三水逻辑。

2

2018 年三水的生产总值是 1267.73 亿元，增长 7.5%。在佛山五区中，经济三水的“块头”比超 3000 亿元的顺德、接近 3000 亿元的南海要小，紧跟禅城，排行老四。放在全省，三水超过 5 个地级市。放眼中国，三水位居全国综合实力百强区第 34 位、中国工业百强区第 11 位。在中国大陆现有的 2800 多个县域经济体中，三水的生产总值排名在 50 强以内。这是很牛的！

水稻、水泥、魔水曾经是三水的三张名片。随着三水发展不断转型，而今水稻已经很少，水泥也差不多没有了，一度占据三水税收半壁江山的健力宝历经波折后，正稳步发展。

三水凭什么还这么牛呢？最大的秘诀在于，曾经是广东“四大粮仓”之一、珠三角最大“菜篮子”的三水，已经从“农业三水”迈入“工业三水”。当今三水的经济盘子中，工业经济接近八成。“工业三水”存在两个问题：一是依赖陶瓷、食品饮料、铝型材等传统产业，新兴产业体量过小，还没有形成气候；二是给生态环境带来巨大压力，继续走下去，可能是一场“自残”。

“工业三水”向何处去？这是三水发展面临的首要问题。

3

2016 年 5 月，黄福洪出任三水区委书记；2016 年 11 月，胡学骏担任三水区区长。此前，黄福洪是佛山市财政局局长、胡学骏是佛山市科技局局长。主政三水，民间把他们的组合说成是“金融 + 科技”。

走马上任，黄福洪最担心的是三水干部的状态，一是怕他们瞻前顾后、斗志不佳；二是怕他们办法不多，有路径依赖。

2017 年初春，三水区委、区政府召开促进实体经济发展大会，出台了力度空前的支持实体经济发展的“20 条新政”。黄福洪说了三句让与会者印象深刻的话：

——企业家是三水最为珍贵的资源，是三水发展最为倚重的力量。

——今天的三水，就是要以千亿俱乐部会员的身份，迈上珠三角湾区世界级城市群的舞台，企业扎根三水，就是站到了中国最好的区域经济舞台上面。

——这里能干成的事，别的地方不一定能干成；这里干不成的事，在别的地方也难干成。

一个让人感动的细节是，三水区纪委、法院、检察院在大会上分别发言表态：支持和保护三水民营企业家放心、放胆、放手去发展实体经济。应该说，这次大会是在民营经济面临“倒春寒”这一特殊背景下召开的，三水区委、区政府拿出的是“定心丸”。

下一盘大棋，棋手是需要深思熟虑的。

4

2018 年 3 月 5 日，春暖花开，靴子落地。

这一天召开的“城市三水发展大会”，不仅奏响了三水 2018 年工作的主旋律，而且确定了三水未来的发展走向。三水区委、区政府郑重宣告：三水不再以农业大县、工业强区的身份来参与竞争，而是以城市的姿态引领高质量发展。

三水为什么选择“城市”？黄福洪在此前的三水区委全会上作出解释：三水发展到今天，拼土地、拼资源的传统高速增长方式已经难以为继，三水必须加快转向高质量发展；粤港澳大湾区世界级城市群建设正重构区域城市格局，三水必须加速提升城市综合竞争力，从“以工业化推动发展”向“以城市引领高质量发展”转变。

那天，佛山市委书记鲁毅出席了三水的会议，他到场不仅是为三水站台，还是向外界表明佛山市委、市政府对“城市三水”发展思路高度肯定、大力支持。

把“城市三水”的提出和推进视为三水发展的历史性转折，绝不是夸大其词。

三水新城是城市三水的主战场，其中与三水北站比邻的“佛山双子星城”是城市三水的引爆点：两栋 180 米超高层“双子塔”，打造集商务办公、研发设计、金融服务、购物娱乐等为一体的城市核心启动区，这是未来三水的新地标、新名片。

5

在大湾区视野下，三水加快了对新城轨道交通的谋划和布局，因为三水区委、区政府重新发现了三水北站的价值和能量：离这不远就是佛山西站、广州南站，绑定这两大高铁枢纽站，就是绑定了粤港澳大湾区。在未来广佛超级城市格局中，三水新城就会让三水的分量更重。

初到三水，黄福洪就坦诚相告：三水的问题是名气和人气不够，背后是城市的形态和品质不高。西南是三水的老城区，可以腾挪的空间不大，况且被高速、铁路切割得非常厉害，唯一的出路是做一座新城。

新城要干什么？当然是聚集人才和资本，特别是吸引年轻人。经济总量高达 5000 多亿的深圳南山区就是最好的标本，那里资本云集、青春绽放，上下班时间到处是行色匆匆的年轻人，这道风景线演绎着城市的活力、能量的释放。依托三水北站，三水新城就可以快速链接广州、深圳的人才和资本。

在佛山，有一点深圳南山影子的地方就是南海千灯湖，近 10 万青年在那里扎堆，工作语言是粤语、英语和普通话。千灯湖片区是佛山最成功的新城，也是近年来最精彩的“佛山故事”。在南海工作多年的黄福洪曾经是千灯湖传奇重要的参与者、推动者。

君自故乡来，应知故乡事。

南海千灯湖是三水新城最好的老师、最近的榜样。三水新城如果能打造成另外一个千灯湖，佛山的城市形态就大不一样了。三水应该有这样的雄心和抱负。

6

高质量发展，三水任重道远。

胡学骏说得最多的一句话是：经济发展要坚持项目为王，城市三水的高质量发展要有高质量项目支撑。

这是痛定思痛、有感而发。

在城市三水高质量发展大会上，2018 年的纳税大户获得了表彰，在 193 家被表彰的纳税大户中，纳税超过 5 亿元的企业只有两家、超过 2 亿元的也只有 5 家。这样的现实，也决定了城市三水的使命和方向，那就是要大力提升三水经济的发展质量。

黄福洪正在推动三件大事：一是提升大湾区的三水价值。20 世纪 90 年代的工业入园不仅让三水保留了从高速发展到高质量发展的广阔空间，也让三水形成了一条对接广深港澳科技创新走廊、佛山“一环创新圈”的新经济走廊。随着大湾区一小时经济、生活、生态、交通圈的形成，“湾区孵化、三水转化”的格局是很可能实现的。二是用三水服务换资源。三水发展，动力在创新，资源在湾区。从出台保障民营企业家权益“20 条”，到拿出 530 多套住房给人才，拿出 3 万平方高端载体给产业，新增 12000 多个优质学位、两家三甲医院。这样的出手，无论纵向横向比较，都是非常阔绰大气的。三是用三水生态塑造另外一种湾区生活。

城市三水的生态指向是城在山中、城在水中、城在绿中。作为全省唯一的县区级乡村振兴综合改革试点县，三水比谁都懂得乡村、田园在大湾区都市中的价值和意义。可以说，区位、空间和个性政策，是城市三水走高质量发展的筹码和底气所在。

在“城市三水”的产业布局中，出现了很多“工业三水”词典中从未有过的产业和词汇，这也预示着“城市三水”必将引发一场波澜壮阔的产业革命。

7

小荷才露尖尖角，早有蜻蜓立上头。

这是曾经路过三水的宋代大文豪杨万里写下的千古名句，它是生动无比的田园画面，更是生机勃勃的生命力量。今天的三水就是这样的景象。

高质量发展是一条山重水复的长路。我们不祈求立竿见影的效果，但三水有滴水穿石的韧性。扬帆湾区、勇立潮头，一个致力成为粤港澳大湾区新兴之城、活力之区的新三水，必将水到渠成、应运而生。

（原载《南方日报》2019 年 5 月 28 日）

第三辑

镇镇有词

全国四个千亿镇为何两个在佛山

从虎年走进兔年的佛山有两个全国关注的消息：第一个是高明区的经济总量突破千亿，佛山从而成为广东省第一个所辖行政区生产总值全部过千亿的地级市，从全国地级市的情况看，目前只有江苏无锡、南通市享有这个殊荣；第二个是顺德北滘镇的经济规模突破千亿，成为全国第四个生产总值过千亿的镇域经济体。这四个全国最牛镇分别是江苏苏州的玉山镇、贵州遵义的茅台镇、广东佛山的狮山镇和北滘镇。全国四个千亿镇，其中两个在佛山，这是佛山的骄傲，也是广东的自豪。

江苏的玉山镇、贵州的茅台镇我几乎每年都去看。玉山的发达主要是因为靠近上海，以强大的外资、外企为支撑。玉山镇是昆山市的主城区，集万千宠爱于一身，它坐拥昆山经济技术开发区和昆山国家高新技术产业开发区两大国家级的开发园区，光外来的世界 500 强企业就有 26 家，这样的优势全国独一无二。遵义的茅台镇更是如此，是茅台酒成就了茅台镇，仅茅台酒的市值，就超过贵州全省的生产总值。我看到网上有不少人发问：全国四个千亿镇，为何两个在佛山呢？

从我的长期观察来看，我觉得有这么几个原因：第一，这是制造业当家的胜利。狮山和北滘能成为千亿大镇，厥功至伟、贡献最大的是制造业。说实话，做制造业利润很薄，也很辛苦，赚的是汗水钱。但狮山、北滘的制造企业一直咬牙坚持做制造业不动摇，不走捷径、不赚快钱。是制造业当家，让产业佛山有了坚挺的脊梁。佛山企业家扎根实业、扎根本土的钉钉子精神，永远值得我们尊敬。第二，这是专业主义的胜利。狮山、北滘的制造企业很多，它们都有一个共同的特点，那就是做一行、爱一行、精一行，很少有那种什么赚钱做什么的“游击队企业”。狮山和北滘有很多，“隐形冠军”企业、专精特新企业，无论从数量还是从质量而言，我估计狮山和北滘都是全国镇域经济体中最多、最强的地方之一。第三，这是产业集群的胜利。狮山不是南海的主城区，北滘也不是顺德的城中心，但它们分别是南海、顺德的工业中心，最突出的特点是有强大的产业集群。这一点北滘表现最为明显。北滘是全国规模最大的空调、电饭煲、微波炉、电风扇生产基地，既有美的集团这棵顶天立地的大树，也有铺天盖地的中小企业。独木不成林，是超过900家产业链配套企业织成的供应链网络，让北滘形成了一条全国乃至全球规模最大、品类最齐全的家电配件产业链。第四，这是营商环境的胜利。每年来狮山、北滘招商的外地干部很多，但效果不是很好。不是因为佛山老板迷恋佛山的美食，而是因为佛山的营商环境不错。我问过很多走南闯北的佛山老板，他们的感受是一样的：外面风大雨大，还是留在佛山好。江西安义县是著名的“中国门窗之乡”，我最近发现安义很多做门窗的老板来到狮山发展。我问他们为什么选择狮山，他们说有两个原因：产业配套好，营商环境好。

中国学界有一个著名的“佛山之问”：不是省会城市、不是特区城市、不是计划单列市、甚至不是沿海港口城市的佛山，为什么工业规模可以做到全国第五，成为举世闻名的世界级制造业重镇？我说只要读懂狮山和北滘，就能找到问题的答案。

2023年2月1日

千年古镇奔赴千亿：祖庙出招了

今年 7 月 6 日召开的佛山市委十三届六次全会正式提出要积极建设“千亿镇街”，这是佛山发展史上第一次把“千亿镇街”作为战略性目标来设定。佛山现在拥有南海狮山、顺德北滘两个千亿大镇，南海桂城、禅城祖庙、顺德大良、高明荷城被点名作为第一梯队用 3 到 4 年时间冲击千亿镇街目标。这个动员令发出之后，禅城祖庙街道今天推出“千日千亿”高质量发展行动方案，明确提出到 2026 年经济总量要突破千亿。祖庙是继南海桂城之后，佛山第二个宣示冲击千亿的雄心和方案的镇街。

在佛山 32 个镇街中，祖庙是面积最小的一个，也是经济密度最高的一个。祖庙的面积是 20.86 万平方公里，政区划面积占佛山全市的 1/180。2022 年，小小的祖庙却为万亿佛山贡献了 745.19 亿的生产总值。这个成绩非常了不起。2023 年，祖庙的目标是突破 800 亿。

祖庙是佛山中心城区的中心，地盘很小，开发强度已经很高，要实现千亿目标，无异于“螺蛳壳里做道场”，难度很大。有不少人议论和担心：小小的祖庙，能不能挑起这么重的担子？

我专门到祖庙走访，很认真地研究了祖庙制定的行动方案。我看到了祖庙的信心，也看到了祖庙的方法。“产业”“空间”“格调”和“服务”，是祖庙“千日千亿”高质量发展行动方案中的四个关键词，也是祖庙精心选择的四条路径。让我眼前一亮的是“格调”这个词。在此之前，我还没有看到佛山有哪个地方把“格调”作为目标定位，听到最多的是“品质”“品味”。祖庙要的“格调”是什么呢？第一是产业祖庙高精尖，第二是文化祖庙高格调，第三是城市祖庙高大上。我的理解就是要全面提升祖庙的市值、价值、颜值。“格调”的背后是祖庙的使命和担当。

在佛山冲击千亿的镇街中，祖庙的优势非常明显，简单来说就是四个千：千亿产业的支撑、千亩空间的平台、千年古镇的底蕴和千企万商的集聚。这是祖庙最突出的基础和底气。一个千亿祖庙不仅是经济规模的壮大，还是城市功能的蝶变。祖庙宣告要做佛山的“四个中心”：商业消费中心、资本赋能中心、高端服务中心、文旅体验中心，成为名副其实的佛山“第一商圈”。我们都知道禅城的目标是从中心城区迈向城市中心，最佛山、最便捷、最中心、最活力、最平安、最幸福。但凡来佛山的外地人，都要去祖庙看一看，那是佛山的历史文化地标。作为禅城的中心和千年古镇，祖庙街道“千日千亿”高质量发展行动方案就是要为“六最禅城”提供祖庙方案、祖庙支撑和祖庙贡献。“古镇新浪漫”，祖庙要给佛山带来惊喜。

全国现有四个千亿大镇中，佛山占了两个。我查了一下：全国所有地级市的中心城区，还没有哪个街道办事处的经济规模突破千亿，祖庙会不会成为全国第一个？这是我们的期待和祝愿。祖庙和南海桂城紧密相连，这两个街道协同冲击千亿，不仅演绎“兄弟连”的精彩，它们的实力和魅力也必将催生佛山城市格局的历史性变化。

千亿镇街，这是今年佛山媒体上出现最多的关键词之一，也是佛山发展进入一个新阶段的标志。在全国经济规模排前 20 位的城市中，佛山的经济格局很特别，那就是镇街是佛山经济的主战场。可以这么说，在过去的 40 多年里，就是凭借数量众多、实力雄厚的专业镇，佛山才拥有今天的江湖地位，中国经济专业镇的“佛山现象”早已被学术界公认。正是因为有这个背景，佛山才有底气把建设更多的千亿镇街作为近期目标来确立。我有一个乐观的预测：未来 5 年，佛山很可能要为中国贡献千亿镇街的“佛山现象”。

2023 年 9 月 12 日

佛山有一种精神叫石湾

佛山在做的大项目很多，我特别关注禅城美陶湾项目的进展。因为这个地方对禅城强中心、对佛山城市界面和城市品位的提升非常重要。去年这个时候，石湾召开“魅力陶都、活力石湾”三年行动誓师大会，那天石湾镇街道党工委书记黄超在会上郑重表态：石湾要瞄准文化创意产业新赛道，探索一条属于石湾的文化复兴之路，打造“中国的美陶湾、世界的美陶湾”。

大家都知道：有南国陶都美誉的石湾是中国建陶产业的“黄埔军校”，这里诞生了全国最多的陶瓷品牌和全国最多的陶瓷企业老板，随着产业转移，这里留下了大量的厂房、仓库，看起来很破旧。怎么收拾这些东西？好多房地产商都盯着。禅城也好、石湾也好，其实也可以交给开发商来做，既省事，又来钱。但禅城和石湾偏偏选择了一条最难走的路，通过全面改造提升，把美陶湾文化创意产业聚集区打造成国家级文化产业示范园区、国家 5A 级旅游景区。禅城的理念是：对历史遗存最好的保护是再利用，对城市记忆最好的守护就是让它以全新的方式物尽其用、“活”得更好。

前几天我专门到美陶湾几个节点工程走访，看了红卫岗、七号仓、八号艺术码头、美陶之窗、佛山左岸和陶联社，石湾行动之快、美陶湾变化之大，远远超出我的意料。我得到一组数据：石湾已经完成 510 亩土地整备；美陶湾已有 1242 家企业入驻，其中文化类企业 728 家；美陶湾举办的几场大型活动都很火爆；美陶湾现在正在建设的项目有 10 个，正在改造的物业有 26 万平方米。这些工程的难度很大，没想到石湾排除万难的干劲更大，所取得的进展真是让人喜出望外。

如火如荼的建设、日新月异的变迁，让全社会对美陶湾充满期待、充满信心。我接触到的艺术家、设计师、企业家、青年创客，都纷纷给老石湾的变化点赞。美陶湾的名声已经走出佛山，引起了包括景德镇在内全国很多陶瓷产区的高度关注。今年 3 月初，国家文旅部专门派人来看，评价非常高，主动提出要把美陶湾纳入全国文化赋能城市更新的 20 个案例和样本之一。今年 4 月，国家发改委等十多个部委在景德镇召开国家陶瓷文化传承创新试验区建设现场交流会，专门邀请了时任佛山市副市长周紫霄就美陶湾的建设作交流发言，反响很好。

短短一年时间，老石湾就发生这么大的变化，这是怎么做到的？第一是组织的力量。有禅城区委区政府的坚强领导和鼎力支持，禅城区委书记严冰亲自担任美陶湾建设的指挥长。第二是相信的力量。眼光有多远，梦想就有多近，无论遇到什么困难，石湾始终相信美陶湾的梦想一定会实现，这是石湾坚定不移的信仰。第三是行动的力量。世界上只有两种人，一种因为相信而看见，另一种是因看见才相信。这一年，石湾的干部以强烈的使命感、责任感、创造力、执行力，争分夺秒拼命干出让社会看得见的变化，用实实在在的变化来赢得更多的支持和信任。我特别欣赏这样的石湾精神，比如：把现场当考场、把工地当阵地、把园区当战区、把定位干成地位，把优势干成胜势，把态度干成速度。过去的一年，石湾每个季度打一次擂台赛，先是街道办领导讲自己干了什么、接着各部门一把手说自己干得怎么样，然后由班子成员、中层干部、村居书记打分，并现场公布分数，作为年底考核指标。像石湾这样干活的地方，现在不是很多。石湾努力干活的样子真的很让人感动。这样的石湾、这样的石湾精神，无疑是佛山的底气和骄傲。我们可以这样说：佛山，有一种精神叫石湾。

2023 年 7 月 18 日

当年的污染重镇为什么有今天的底气

7 月 21 日，“魅力水乡·中国南庄”品牌发布会在南庄镇绿岛湖畔盛大举行。

南庄镇品牌定位和规划的发布，是这场活动的焦点和亮点，未来几年，南庄将投入超 445 亿打造万亿佛山城市中心的“魅力水乡”。这是禅城打造“佛山之心”所推出的又一个重大举措。具体的内容很多媒体都做了很充分、很详细的报道，我就不去展开了，我想借这个机会说说我的南庄印象。提起南庄，很多人都知道这是中国建陶第一镇，高峰时期，南庄生产了全国四分之一的建筑陶瓷。这个荣耀给南庄带来巨大财富的同时，也造成了很多问题，最严重的就是环境污染。

从 2006 年开始，南庄以壮士断腕的决心开展了一轮又一轮的产业结构调整。2008 年又进行了力度空前的腾笼换鸟，75 家陶瓷生产企业只剩下 11 家，这是中国所有陶瓷产区中来势最猛、力度最大的环保治理和生态修复。当时很多人担心南庄会不会出现产业空心化的问题，没想到这 10 年来，南庄不仅没有出现产业空心化，经济规模反而翻了一番。曾经的污染重镇蝶变为碧水蓝天的生态之城。佛山全市有 32 个镇街，如果要说这 10 多年哪里的变化最大，我认为就是南庄。10 年前，禅城提出禅心新城这个概念，南庄也纳入佛山“强中心”战略的版图中，超过百亿的基础设施资金投向南庄，成为禅城的发展热土，南庄越来越强。10 年后的今天，禅城提出要从中心城区迈向城市中心，成为名副其实的“佛山之心”。

这个战略的核心之一就是禅西中心化，也就是推动禅西成为佛山城市中心的重要组成部分，南庄也因此站在了佛山发展的舞台中央。南庄作为禅西中心化的主战场，具备成为万亿佛山西部城市中心的潜力，实现从中心水乡到城市中心的跨越。南庄占了禅城面积的一半，也是支撑佛山中心城区今后发展的“最大空间”所在。正是因为有这个优势，南庄在整个佛山发展格局中被赋予非常关键的使命，最重要的一项任务就是建设佛山南庄高端精密智造产业园，佛山所规划建设的 10 大特色制造业园区中，排在第一位的就是南庄这个园区。在珠三角，提出打造岭南水乡的地方很多，但南庄肯定是独一无二的一个。为什么这么说呢？南庄除了有高端制造园区以外，还有广州美术学院佛山校区、佛山市第二人民医院，有地铁通达，是万亿佛山的中心水乡和都市田园。这些都是其他岭南水乡不可比拟的优势，也是区别于其他岭南水乡的特点和亮点。南庄正在迎来前所未有的发展机遇，南庄正在承担前所未有的光荣使命。我注意到南庄镇的书记镇长曾经底气十足地对媒体表态："我们准备好了！"岭南水乡，中国南庄。这是一种底气，也是一个目标。中国有两个著名水乡，一个是江南水乡，一个是岭南水乡。提起江南水乡，我们就会想起周庄、乌镇这样的地方，但提到岭南水乡，大多数人都不知道哪里才是岭南水乡的代表。"魅力水乡·中国南庄"品牌发布会，就是向世界宣告：佛山南庄，代言岭南水乡；要看岭南水乡，请来佛山南庄。沧海横流，方显英雄本色。佛山确实需要南庄发力了。

2023 年 7 月 27 日

桂城凭什么是佛山首富

佛山有32个镇和街道办事处，是哪个镇街最有钱呢？是南海桂城。2020年，桂城的税收达160多亿，位居全市镇街榜首。这个税收，比国内很多县市的生产总值还多。

没有什么大企业的桂城为什么这么富？因为它的亿元楼多。所谓亿元楼就是一栋楼的税收超过一亿元。

现在很流行“楼宇经济”这个说法。我第一次听到这个词是在美国纽约，那是2007年，我和一个美国朋友在纽约街头散步。我说在纽约看不到什么工厂，全是高楼大厦。朋友就说：纽约的经济实力不在工厂里，而在这些大楼里。这些大楼几乎都是亿元楼，每年的税收高达上亿、甚至几十亿美元，是典型的楼宇经济。听朋友这么一说，我才知道原来可以这么看城市。

在我们国家，亿元楼最集中的地方是上海陆家嘴，有102栋亿元楼。我们广东亿元楼最多的地方在广州天河，有60多栋。我们佛山现在有30多栋亿元楼，其中有23栋在南海桂城，大部分集中在千灯湖片区。如果没有这个支撑，南海桂城肯定干不过有两家世界500强企业的顺德北滘。

亿元楼集聚的地方，就是经济活跃的地方，也是人才集聚的地方。上下班时间到千灯湖看看，你会发现那是一道年轻人的风景线。好多楼宇是用粤语、普通话、英语三种语言工作的。判断一个地方的营商环境好不好，亿元楼是一个很好的角度。全国很多城市都在盘点自己的亿元楼，这是一个很好的宣传点。如果佛山多几个像桂城那样有那么多的亿元楼的地方，我们这座城市就不得了啦。

2021年7月10日

桂城率先吹响千亿大镇冲锋号

有经济学家说：中国区域经济的竞争热点和评价指标已经不是万亿城市、百强县，而是千亿镇的数量和质量。甚至有人断言：中国即将进入千亿镇时代。

全国目前有四个千亿镇，一个是江苏昆山的玉山镇，一个是贵州仁怀的茅台镇，另外两个在广东佛山，分别是南海的狮山镇和顺德的北滘镇。“百千万工程”是广东推动高质量发展的头号工程，我发现广东很多地方都把打造千亿镇作为推进“百千万工程”的主要抓手。今年7月初，佛山市委提出要实行“一镇一策”支持桂城、祖庙、大良、荷城冲刺“千亿镇街”。镇街一直是佛山经济发展的主战场，但明确提出把打造“千亿镇街”作为发展目标，这是佛山历史上第一次。狮山、北滘之后，谁最有可能成为佛山第三个千亿镇街？我想应该是南海桂城。2022年桂城街道的生产总值超过780亿，比745亿的祖庙、733亿的大良、718亿的荷城更接近千亿目标。

我注意到，把佛山追得很紧的东莞已经明确提出，2024年长安镇要进入中国千亿镇行列，从而结束东莞还没有千亿镇的历史，2027年东莞的千亿镇要扩大到4个。那么，佛山离千亿镇最近的南海桂城什么时候才能成为佛山第三个千亿镇街呢？

今天的桂城街道正式公布了挺进千亿镇街行动计划：到2026年，生产总值突破1000亿。桂城是佛山第一个确定冲击千亿时间表的镇街。2026年要过千亿，也就意味着桂城要在未来几年里至少要增加200亿的生产总值，这个压力很大，但比压力更大的是桂城的决心。桂城制定和启动了三年行动计划，以三大行为为方向、以三区联动为蓝图、以三张名片为支点，敢闯敢拼、争先出彩，挺进千亿镇街。我很认真研究了桂城冲击千亿镇街的路线图和方法论，我的感觉是桂城信心满满、底气十足，从战略到战术都想得很清楚了。

今年端午节，精彩绝伦的桂城叠滘龙船飘移火爆出圈、震撼全国。桂城街道的领导有一个很精彩的解读：深厚的龙船文化和惊心动魄的龙船飘移为桂城冲击千亿镇街提供了三大启示，第一，立足禀赋，找准定位；第二，突出特点，体现差异；第三，敢闯敢拼，争先出彩。在佛山32个镇街中，桂城的最大特点和最大优势是金融、科技和产业的深度融合。楼宇经济发达的桂城提出一个很有桂城特色的目标，到2026年要培育40栋亿元以上高产出楼宇。这样的目标，别的地方恐怕是不敢说的。桂城有一个雄心：城市化水平赶上湾区一线城市中心区标准，公园城市建设成为全国的示范标杆。

桂城吹响千亿镇街冲锋号，不仅可以为佛山贡献第三个千亿镇街，还将给跟在后面的祖庙、大良、荷城冲击千亿镇街带来巨大的启示和鼓舞。更为重要的是，桂城一旦如期进入千亿镇街行列，也将为佛山提供另外一种发展范式。已经成为千亿大镇的南海狮山和顺德北滘，主要是依托强大的制造业，两个镇都不是中心城区。而桂城是南海的主城区，没有狮山、北滘那样的工业规模，要冲击千亿，自然要寻求一条与狮山、北滘不同的路子。这是桂城的使命，也是桂城的价值。我们已经见识过桂城龙船飘移的精彩，我们还将见证桂城挺进千亿镇街的磅礴进程，这必将是一场气壮山河的社会经济发展的龙船飘移。2026年，我们肯定可以自豪地说：千亿镇街，有一种模式叫桂城。

2023年8月24日

广东第一大镇的清醒和自省

从国土面积和经济体量而言，狮山是南海雄狮中的狮子王。狮山是广东第一镇，2022 年的经济规模 1300 多亿元，规上工业企业突破 1800 家，其中专精特新企业超 240 家、高新技术企业超过 1500 家。这几个数据，远远超过国内许多地级市。狮山已经连续两年位居中国镇域高质量发展 500 强第 1 位。在农历兔年新春广东省委、省政府召开的高质量发展大会上，狮山作为佛山唯一的镇街，向全省分享高质量发展经验。按理说，身上有很多光环的狮山完全可以大声说话、牛气哄哄，但是，南海这头狮子王却有着非常难得的清醒和低调。

在 2 月 15 日召开的狮山镇高质量发展大会上，狮山镇委副书记、镇长麦满良在作主旨演讲的时候，用很大篇幅来自揭狮山的“短板”。比如：狮山全镇百亿级制造业企业只有三家，没有五百亿、千亿级企业，缺乏带动力强的龙头企业。与昆山的玉山镇相比，狮山的高科技领域的产业竞争力、产值贡献明显不如人家。狮山土地利用效率低下，每平方公里生产总值产值不到 4 亿元，只有玉山镇的 1/3。狮山制造业一家独大，但生产性服务业和生活性服务业却严重滞后，不仅无法为狮山的制造业技术水平、产业竞争力、产品附加值提供有力支撑，还严重制约了城市狮山的发展。狮山有 7 所高职院校，但留在狮山工作的毕业生很少。

我很欣赏狮山有这样的清醒和自省。能够正视自己的问题，是一种自信，背后是格局和视野、情怀和担当。狮山的危机感很强，麦满良认为：这种危机感，就是鞭策狮山高质量发展迈向更高水平的不竭动力。狮山高质量发展大会开了一天，上午是大会，下午是参观。主要领导亲自带队到顺德、禅城考察学习，专门去了季华实验室、库卡机器人、美的灯塔工厂。这样的安排，在南海所有镇街中与众不同、用心良苦。

坚持问题导向，是我们党重要的思想方法和工作方法。狮山这场大会，让我们看到狮山的问题，更是让我们看到狮山的希望：他们保持清醒头脑和敏锐眼光，敢于正视问题、善于发现问题。狮山出台的高质量发展举措，都是瞄着问题去、迎着问题上，在发现问题和解决问题中推进狮山的高质量发展。这种不回避、不躲闪，在危机中育新机、于变局中开新局的精神，颇有威震八方的气势。有一点我要特别说的，北滘破千亿，全国四大千亿镇佛山占两个的消息一出来之后，还有很多人老调重弹说狮山的千亿是并出来的，这是对今日狮山的严重误解。今天的狮山已经有了强大的集聚效应，一个全新的狮山已经诞生。当狮山宣告要从第一“大”迈向第一“强”的时候。我们必须以全新的眼光来瞩目南海的狮子王。

2023 年 2 月 16 日

狮山要挺起南海产业的创新脊梁

关注南海和佛山的发展，不能不关注狮山。南海有一句话，狮山感冒，南海吃药，这是因为狮山是南海的底盘，对南海的发展具有决定性影响，尽管最终的数据还没有出来，但事实上 2021 年的经济规模应该可以突破 1200 亿，不仅是妥妥的广东第一镇，在全国也是数一数二的。在南海经济盘子中，狮山的经济总量差不多占了 1/3，制造业更是占了半壁江山。

这个千亿大镇下一步怎么走？南海区委给狮山的任务是在千亿经济体量基础上高位进发，高标准提升城市服务功能，挺起南海的产业创新脊梁，为南海高质量发展作出更大的贡献。

最近一段时间，狮山先后进行了 5 场关于“思想再解放，改革再出发”的大讨论，我观摩了其中几场，可谓雷鸣电闪，汹涌激荡，狮山的干部群众都在找差距、找短板、找挑战，可以说这是狮山史上最热烈、最深入的思想大讨论。

也许有人会问这样大规模的讨论，最后有没有共识呢？有，这个共识集中体现在两个方面：第一是狮山的产业大而不强，制造业转型升级压力巨大；第二是狮山的城市功能不足，无法支撑制造业的高质量发展。

城市和产业是狮山的两大痛点，那么找到问题以后打算怎么干呢？狮山提出了“2+2”战略，也就是要为南海扛起两面大旗，为南海提供两个有力支撑。第一个“2”是指狮山扛起战略性新兴产业和现代服务业发展两面大旗，为南海制造业迈向中高端提供有力支撑。第二个“2”是指狮山要扛起城市狮山和打造佛山副中心大旗，为建设佛北战新产业园提供有力支撑。这就是狮山的格局和担当。

无论产业升级还是城市升级，做起来都很不容易，但狮山坚定不移。我注意到南海区委书记顾耀辉最近有两个表态：第一是相信狮山一定会杀出一条血路；第二是整个南海的资源要与狮山更好的结合，让城市狮山真正落地，更好的支持产业发展。

我们说红旗要飘起来必须有风，这就是风，狮山是浓缩的佛山。佛山制造最大的短板在于规模大，但质量不高，砥砺前行的狮山不仅为南海扛旗，也是为佛山开路。既然已经亮出旗帜，也就意味着狮山已经没有退路。南海是龙狮之乡，狮山的名字注定它必须是南海的狮子。电影《狮子王》有一句经典台词：这是我的家园，我不为它战斗，谁为呢？

2022 年 1 月 17 日

大沥铁军为什么能

今天要祝贺南海大沥，他们又做了一件很难做到的事情，为广东交通发展打通了关键节点。作为全省铁路建设一号工程的广湛高铁工程，目前正在加紧推进。该工程横穿大沥 12.5 公里，途经 10 个社区，位于广佛交界的东秀、黄岐社区是其中的关键节点，也是最大难点，难度不在于施工，而在于征地拆迁难办，群众工作难做。

这两个社区除了广湛高铁，广州站至广州南站联络线的铁路工程也从这里穿过，导致土地的碎片化严重，难以持续发展，事前大家都估计到大沥会有一场苦战、大战要打，大沥能不能打赢，很多人为大沥捏了一把汗。没想到大沥干得非常漂亮，仅仅用了一个月的时间就完成了广湛高铁大沥段沿线集体土地征收表决工作。其中东秀、黄岐成片回迁征地项目仅 9 天，实现征地表决支持率 99.4%，这也意味着广湛高铁、广南联络线这两大项目已经取得突破性进展。

大沥铁军是一支雷厉风行抓落实、用心用情办实事的队伍，大沥是佛山的名镇，也是南海历史遗留问题突出的地方之一。去年换届以后，大沥镇党委政府决心锻造一支大沥铁军，勇敢面对和解决一批历史遗留的难题。2021 年 11 月 23 日上午，大沥河西“闪电战”打响，南海区委书记顾耀辉把“南海雄狮大沥铁军”旗帜授予大沥，这是大沥铁军正式亮相的日子。也是从这一天开始，我就一直追踪观察大沥铁军的表现。

在过去的半年多时间里，大沥铁军可以说是攻坚克难，捷报频传，创造了很多奇迹，完成了很多看似不可能完成的任务，很让人感动和佩服。从河西、沥北、泌冲等 8 个社区改造项目腾挪出 5000 多亩土地，到环球水产品工贸一体、五金全球采购中心等 4 个商流型经济标杆项目的落地，从督促 39 个专业市场自拆 53 万平方米消防通道违建顶棚，到江河两岸沿路两边高架桥下景观的提升，大沥铁军的速度和力度有口皆碑。

我还特别注意到一条新闻，大力铁军还为 300 多名农民工追回 1200 多万元欠薪。

半年多时间大沥铁军做出的事情，足以让我们得出三个结论。第一，大沥铁军不仅有破的本事，更有立的功夫。第二，大沥铁军不是一支“方面军”，而是一支“集团军”，其攻坚克难的能力是系统性的、全方位的。第三，在整个南海发展格局中，大沥实现从痛点多到亮点多的历史性转换，大沥铁军，威名远扬。大沥铁军，为什么行？媒体普遍充分报道过大沥铁军的三大法宝：坚持党的领导，坚持走好群众路线，广泛动员各方参与。

除了有好的方法论之外，我认为大沥铁军还有一个好的领导班子，每次作战领导班子都能靠前指挥，一线工作，与全体队伍甘苦与共，打成一片。领导干部从给我上到跟我上，群众从要我做变成我要做，这样一支有胆有魂、有勇有谋的大沥铁军，值得我们学习。

2022 年 8 月 4 日

中心大沥历史性出场

这段时间南海非常热闹，各个镇街可以说是高手出招、好戏连台。今天上午，南海大沥有一个很大的活动，叫广佛湾重点项目启动仪式。广佛湾是广州荔湾区和佛山南海区联手打造的广佛新城，核心区有23平方公里。媒体对这个项目评价很高，认为其不仅是南海大沥“过河进湾”的里程碑，还是广佛同城进入3.0时代的标志。

最让我感兴趣的不是这个活动本身，而是南海区委常委、大沥镇委书记岑灼雄借这个活动抛出的一个很重要的论断：中心大沥。在南海，凡是说起中心，我们通常会想起中心城区的桂城，其他地方很难和中心联系在一起。我很好奇，岑灼雄为什么有胆量在这样大的场合抛出“中心大沥”这个定位。什么是中心大沥？岑灼雄是从六个维度来界定的：广佛同城中心、佛山城市中心、都市产业中心、商流经济中心、时尚消费中心和人才活力中心。仔细看了岑灼雄的演绎，我不得不说这是一个全新的发现，要为这样全新的大沥观点一个赞。

打开粤港澳大湾区地图，我们就会发现处于地理几何中心的大沥有太多“中心”的支撑要素和现实基础。大沥是南海改革开放的先行地之一，发展到今天遇到了很多问题。大家都知道大沥在发展中遇到的问题必须用发展来解决，但大沥要往哪个方向发展，大家的看法还没有统一。一个核心问题是没有确立大沥的定位。有人说大沥的希望在于靠广州的辐射，有人说大沥的明天要等千灯湖北延。这两种观点都有一个共同的逻辑：大沥需要被动等待。我很喜欢苏东坡的两句诗：横看成岭侧成峰，远近高低各不同。它告诉我们看待问题，如果能换个角度、转变思路，从原有的思维观念中跳出来，结果可能就会大不相同。发展是一个不断解题的过程，换个角度看问题，是破题解题的关键之一。遇到困难挑战，如果学会从不同角度看问题，多方位地思考问题，我们就会发现一个问题会有多个答案和解决方法，就能看到困难背后所蕴含的机遇，从而迎难而上，攻克难关，不断超越自我、突破自我。

中心大沥就是站在广佛同城这个大局中的全新思考、全新发现。大沥往哪里去？这个问题一下就变得豁然开朗了。这是跳出大沥看大沥的结果。中心大沥是大沥的全新定位，也是大沥的全新方向。大沥的优势在于处于广佛同城的核心区，下围棋的人都知道，要把优势转化为胜势，需要处理好很多关键细节和重要关节。所以，岑灼雄在抛出“中心大沥”之后，特别强调一个“拼”字，也就是说中心大沥不是说是就是，而是“拼”出来的。中心大沥不仅是大沥的全新定位，而且是大沥高质量发展的方法论和路线图。

从这个角度而言，中心大沥的确立和出场，是大沥发展史上一个具有里程碑意义的时刻。

2023 年 2 月 23 日

广东专业镇转型升级的“丹灶现象”

1

2020年已经进入尾声。回首这一年，南海丹灶的表现可圈可点。这一年，丹灶的招商做得特别漂亮，在众多涌入丹灶的项目中，很多是实力强劲、影响巨大的头部企业，比如徐工集团、美国百事公司、日本米思米。今年年初，南海区提出要引进工业项目超百亿元，战略性支柱产业、战略性新兴产业项目超百个的“双百”目标，面积不大的丹灶为实现这个目标作出了很大贡献。

2020年是“十三五”的收官之年，过去的五年，是丹灶发展最快、变化最大的五年。长期的跟踪观察，我看到一组可喜的“丹灶现象”：第一，丹灶的高新技术企业从2015年的26家猛增到现在的280家；第二，丹灶的税收从2015年的14.7亿元上升到现在的30亿元，五年翻了一番；第三，丹灶是粤港澳大湾区里日本中小企业最集聚的地方；第四，丹灶成为中国氢能产业的高地，走在中国氢能产业的最前列；第五，丹灶是中国安全产业的聚集地，成为这一领域的“超级明星”；第六，丹灶是佛山地区院士项目最多的地方。

新环境、新产业、新优势、新格局。今天的丹灶不仅是南海高质量发展的标杆，也是广东专业镇转型升级的代表和缩影。

2

珠三角之所以成为中国经济的发动机之一，有两个重要因素：一是有广州、深圳两个一线城市的引领和带动，二是有星罗棋布的专业镇做支撑。佛山是广东省拥有省级专业镇数量最多的地级市。专业镇经济总量对佛山经济总量的贡献率保持在80%以上，这一比例在全省也是排名第一。北滘家电、乐从家具、大沥铝材、南庄陶瓷、西樵纺织、盐步内衣、陈村花卉……争奇斗艳。从某种意义上看，佛山经济就是专业镇经济。

专业镇的兴起源于20世纪80年代初期，政策的放开促成这一海阔天空的局面：以家庭为单位、以家族为基础的中小企业竞相涌现。它们从少到多、由小到大、由弱到强，不断裂变、不断扩张，催生了蔚为壮观的“专业镇现象”：以某种专业产品为主导，以某个区域为聚集地，资源、技术、信息相对集中，形成较强的产业优势。

专业镇不是广东的发明，而是世界经济一体化浪潮在中国的反响。这种“簇群经济”在发达国家由来已久。日本20世纪50年代就出现“一村一品”的专业化区域生产组织形式，法国、意大利早已出现皮革制品、服装、酿酒等名牌专业城镇。

南海西樵是广东第一个省级专业镇。高峰时期，西樵的纺织作坊多达2000多家，几乎每家每户都靠摇着纺车过上了丰衣足食的好日子。到了90年代初，西樵成为全国最大的化纤布匹市场。但好景不长，进入新世纪之后，西樵纺织日渐式微，风光不再。

这样的“西樵”不是个案，而是珠三角专业镇的普遍现象。珠三角的专业镇经济属于典型的“草根经济”，优点是根植性好，缺点是产业层次低下、创新能力不强、无序竞争严重、环保问题突出。

从2011年开始，广东省委、省政府把加快专业镇转型升级作为全省加快转变经济发展方式的重要举措，摆在全省战略的高度：专业镇的转型升级，就是广东省的转型升级。

在这个背景下审视，“丹灶现象”的价值更具意义。

3

成为专业镇难，专业镇的转型升级更难。丹灶是怎么“炼丹”的？

丹灶的家底是五金行业，历史悠久，根深叶茂。21世纪初，全镇共有2500多家五金企业，从业人员超6万人，年产值超200亿元，占全镇工业产值75%以上。丹灶的五金产业在国内行业市场占有率超过20%。2004年8月，丹灶镇荣获“中国日用五金之都”称号。然而，这个耀眼的光环背后，丹灶付出了沉重的环保代价。

如何转型升级？丹灶谋划了三条路：一是全面升级传统产业，二是引进高品质产业项目，三是重塑生态环境。

丹灶抓住了一个很好的机遇：广州发展汽车产业，日本三大汽车制造商布局华南，丹灶借势借力引进了众多日本汽车零配件制造企业。那时，瞄准这一商机的地方很多，竞争非常激烈，但丹灶获益最多。这不是丹灶的运气，而是丹灶的底气，是区位优势和产业基础让丹灶成了赢家。丹灶是赫赫有名的日用五金专业镇，那里有肥沃的制造业土壤、经验丰富的能工巧匠。

丹灶政府每年都要请日资企业负责人座谈，得知日资企业最大的抱怨是年轻人缺少谈恋爱的地方，丹灶政府马上行动，开公交、修步道连接仙湖。而漂亮的仙湖可能是佛山最适合谈恋爱的地方，那里碧波荡漾、花香鸟鸣、天高云淡，我所见过的欧美发达国家的一流景观也不过如此。

在上海日本米思米中国总部，董事长金谷知树对我说：米思米布局华南之所以首选丹灶，是因为在丹灶集聚的日本汽配企业已经证明丹灶是可以信赖的。

汇芯高端半导体芯片产业化项目是香饽饽，很多地方都在抢。他们到丹灶一看就决定不看其他地方了，理由很简单：仙湖的环境太像美国硅谷了。

丹灶演绎了一个逻辑：有什么样的环境就有什么样人才，有什么样的人才就有什么样的产业。

4

水有源，树有根。丹灶走到今天绝不是偶然。丹灶是康有为的家乡，丹灶的推介语是：维新思想，有为丹灶。

康有为思想很重要的一条就是“制造”。提出这个主张的时候，康有为尚未游历欧美，没有见过多少世面。在康有为出生之前，丹灶人陈澹浦研制出中国第一台机器缫丝机，不远处的西樵山下，从越南归来的陈启沅开办了中国第一家民族纺织厂，两人双双成为广东近代工业的先驱。那时的佛山凭借发达的制造业成为名扬天下的“四大名镇”之首。生长在这样的佛山，康有为目睹了制造的力量。

专业镇的转型升级，也是一种维新。在谋划丹灶转型升级的时候，丹灶政府和企业始终坚守一条底线，从未背叛制造业这个方向。这是对先贤的尊重，更是对历史的接纳。

从“日用五金之都”到“珠三角制造业创新小镇”，这是丹灶的抉择，更是丹灶作为专业镇转型升级的方式和路径。

丹灶的今天非常生动，既有机械、五金、汽配作为存量，又有氢能、智能安全、生命电子作为增量。在丹灶的土地上，有一批奋力“炼丹”的“现代葛洪”，比如张清杰等七位院士领衔的仙湖实验室、周成虎院士领衔的5G网联无人机自驾系统、邓玉林院士领衔的医用冷箱、郭瑞•弗拉基米尔院士的增材修复与再制造、吴开明院士领衔的先进金属基复合材料、白勇院士领衔的车载高压储氢瓶……

一大批年轻的创业者也选择丹灶。曾超峰带领原点智能成功研发了国内第一台五轴联动的数控机床，成为日本三大汽车主机厂一级供应商。

这是最新的丹灶故事，也是最新的南海虎威。这样的丹灶，是佛山打造面向全球的制造业创新中心的强大支点；这样的丹灶让我们找到一种自信：专业镇不再是一只“病猫”，而是一头英姿飒爽的雄狮。

5

丹灶有一个谭家村，清朝末年这里出过一个很有名的谭宗浚。从南海到北京，一生酷爱珍馐美味，亦好客酬友的谭宗浚将广东菜和北方菜熔于一炉，最终形成了独具一格、声名卓著的谭家菜。20 世纪三四十年代，政界、军界、商界、文化界的名流政要，都以用“谭家菜”宴客为荣。民间有“食界无口不夸谭”之誉，历史有“人类饮食文明，到此为一顶峰”之赞。

谭家菜是中国最著名的官府菜之一，特点是“选料精、下料狠、做功细、火候足、口味纯”，其中的燕窝和鱼翅堪称美食极品。时至今日，谭家菜旗帜不倒，它依然是北京饭店贵宾楼的招牌菜，让人心驰神往、念念不忘。

广东人会吃，民间最热闹的是吃大盆菜，盆里有鸡、鸭、鱼、蚝、腐竹、萝卜、香菇、猪肉等十几种食材，重重叠叠、活色生香。一桌子食客只吃一盆菜，大家手持筷子，在盆中不停地翻找，越是在盆深处的菜，味道越是鲜美。这样的乡土气息虽然情趣盎然、其乐融融，但总感觉是大排档性质，上不了档次。

吃谭家菜就不一样：所用器皿精致精美、古色古香；所在环境有花梨紫檀、名人字画，其优雅舒适绝非一般餐馆可比拟。

这或许是最恰当的比喻：从“日用五金之都”到“珠三角制造业创新小镇”，丹灶的转型升级，就是从“大盆菜”向“谭家菜”过渡。

6

机会从来都是给有准备的人准备的。“丹灶现象”的发生，是丹灶人未雨绸缪的产物，也是一张蓝图绘到底的结晶。

有鲜明的产业主题，一切围绕制造业来做；有足够的政策力度，并且持续发力；有坚定的战略定力，咬定青山不放松；有强大的执行力，踏石有印、抓铁有痕，久久为功；有友好的营商环境，让生产、生活、生态融为一体。这是丹灶的逻辑，也是“丹灶现象”留给我们的启示。

“大盆菜”的历史已经结束，丹灶为南海端出了一桌“谭家菜”，它的品质、味道、价值、环境足以让人赏心悦目、拍案叫绝。

丹灶因葛洪炼丹而得名。在佛山地图上，丹灶也处于“丹田”位置上。气沉丹田，能量无边。有“谭家菜”的丹灶，必将高朋满座、前途无量。

佛山要准备迎接一个新丹灶的诞生。

（原载《南方日报》2020 年 12 月 22 日）

一个全新的西樵大饼就要出锅了

2022 年 3 月 28 日上午西樵向社会各界公布了一个很宏伟的“樵山康谷”计划，要拿出 1.2 万亩土地，打造西樵山大健康高新技术产业园。很多媒体说这是西樵走上新赛道的标志。我想有一个问题很关键，西樵为什么要走大健康产业这条新赛道？

要回答这个问题，我想首先要从一个更大的背景来做分析。说起西樵的产业，我们首先想到的是纺织和陶瓷，这两个传统产业在西樵占的比重很大，根据我的观察，这 20 年来西樵一直在寻找新的产业主题，但是一直没有找到。这里边原因很多，最重要的一条是缺少产业空间、土地不连片的问题没有得到很好的解决。去年西樵终于下定决心破解这个难题，通过空间再造来实现产业重塑。西樵很清楚，如果不尽快确立新的产业主题，未来发展会越来越被动。

经过深入调研，慎重思考之后，西樵做出了选择，就是进军大健康产业。在佛山 32 个镇街中，西樵是第一个提出以大健康产业作为主题产业来打造的地方，但从全国的情况来看，很多地方都在搞大健康产业，竞争非常激烈，那么西樵为什么还要凑热闹呢？

我是这么理解的，第一，大健康产业前景很好，市场规模在 10 万元亿以上，佛山和南海都提出要搞大健康产业，现在的西樵做了很好很坚决的响应，我们甚至可以这样认为，西樵是代表佛山去争夺大健康产业这个蛋糕的。第二是西樵有很好的环境，首先是自然环境，其次是产业环境。西樵有好山好水，站在西樵山上看，可以看到上万亩的桑基鱼塘。和西樵相连的九江是中国最擅长养鱼的地方，西樵所在的佛山又是世界美食之都，这些都是西樵选择大健康产业的底气。第三是西樵有自己的主攻方向，比如预制菜，现在的人都很忙，没有时间做菜做饭，老吃外卖也不行，所以都喜欢那种拿来稍微加工加热就可以吃的美食，这就是预制菜风行的原因。

有人把这个现象称为“懒人经济”，西樵的“樵山康谷”完全可以让懒人享福。一个非常好的消息是海天集团已经决定投资 50 亿到西樵布局大健康产业，海天是全球最大的酱油生产商，这是它为西樵走上新赛道投下的信任票。我们看好西樵，我们相信西樵。一个全新的西樵大饼就要出锅了。

2022 年 3 月 29 日

世界到了重新发现九江的时候

1

沧海一声笑，滔滔两岸潮。

即将走进牛年的南海九江今天迎来一个重要日子：源林商业大厦破土动工。这座由九江著名乡贤投资兴建的南海西部第一高楼的奠基，无疑是2021年九江最响亮的“开山炮”。这个重大项目的背后隐藏着三个重大标志：九江城市形态的再塑造、九江商业文化的再振兴、九江资本和九江乡亲对家乡的再投票。从这三个维度审视，源林商业大厦不仅是九江新年的冲锋号，也是九江发展的转折点。

九江镇委书记徐永强把九江比喻为一只老鹰，用15年时间换掉退化的喙、爪和羽毛。这个比喻形象而传神——世间万物，最惊心动魄的事情可能就是老鹰的蜕变：先用喙不停地撞击岩石，让喙完全脱落，等待新的喙长出来；然后再用新喙将自己的羽毛一根一根拔掉，等待新的羽毛重新生长；最后还要把自己的爪子一根一根拔掉，等待新的爪子生长……

九江就是这样的一只“老鹰”：忍受滴血的煎熬、沉重的压力低空盘旋，很多人以为它就要飞不动了……这个艰难而痛苦的过程已经完成，涅槃重生的九江之鹰今天再度起飞。明媚的南海天空，有一道耀眼的九江风景。

2

九江因水而名，也因水而兴。

往南向海的西江、北江从这里流过，九江也因此成为南海人“放眼向洋看世界”的出发地，可以这样认为：一个走向世界的南海最早是由九江人带路的。早在明清时期，九江就有“小广州”的美誉。通江达海的区位，成就了水运时代九江呼风唤雨的历史地位。

自古商贾云集的九江，不仅催生了博大精深的九江商业文化，也塑造了九江人闯荡世界的冒险性格。今天的九江是中国著名侨乡，有20多万九江乡亲分布在全球60多个国家和地区。无论身在何处，他们都以家乡为荣，时刻怀有绿叶对根的情意。

九江出好酒，让无数人醉倒在家门口。众多海外华人华侨，想家的时候就喝上一口“九江双蒸”——这是他们的乡愁。在遥远的古巴首都哈瓦那，我见过一群说起九江米酒就热泪盈眶的九江人。他们讲述的这个故事让我震撼：一个旅居古巴的九江老人弥留之际，嘴唇老是颤动，人们都以为他想讲什么话、做什么最后交代，几天几夜依然如此。后来有人用棉签蘸了一点家乡米酒涂抹在他的嘴唇上，这位老人很快面带微笑、永远地睡着了……

这个世界，有九江人的地方，就有这样的九江情结：千江万江，不如南海九江！

3

九江人很聪明，就读书而论，今天的南海，最能读书的是九江人。南海初中升高中考试，九江的上线率已拿下“十六连冠”。这样的情形很像世界龙舟大赛，只要九江队出场，冠军的归属就基本没有悬念，因为很少有人比九江人划得更快。

九江是“儒林之乡”，是南海的重要文脉，朱次琦厥功至伟。

在美国旧金山九江会馆，神龛上站着的是朱次琦塑像，旁边才是孙中山、康有为的题字。这是九江人对“朱九江先生”的敬重和礼遇。

41岁才考取进士的朱次琦官位不高，但他对家乡的贡献很大。从外省回到家乡，朱次琦在九江讲学20多年，带出了康有为、梁启超、简朝亮、黄杰、梁耀枢、黄鲁逸这样的徒弟，形成了彪炳史册、影响深远的“九江学派”。

九江学派的特点是经世致用、反对空谈，推动中国的学术风气从心学转向实学。这是岭南文化史上重要的里程碑，它让九江名扬天下，也让佛山成为“气标两广的人文之邦”。

先贤远去，历史也已经远走，但主张实学的朱次琦和九江学派塑造和奠定了九江人的精神气质和商业信仰：实在、实干、实业、实体。

九江的每一次爆发，都是这样的文化闪电。

4

九江是一个地名，也是一个地标。

历史上曾经有过“九江不认南”的说法，这倒不是九江人有“独立”倾向，而是九江人报籍贯不需要讲“南海九江”，只要讲“九江”就行了。可见九江在海内外的知名度之大。

2020年岁末，佛山桑园围正式入选2020年度世界灌溉工程遗产，九江全境，都在桑园围内。翻开九江地方志，百年前的五月都有“桑园围溃决”的记载，每一次溃决都意味着众多九江人的生命财产在滔天巨浪中消失。

桑园围是中国古代最大的基围水利工程之一。这个世界级传奇的背后站着一个巨大牺牲、伟大付出的英雄九江。

九江是南海改革开放的先行地，也是最早富裕起来的地方。从“农业南海”到“工业南海”的历史性变迁中，九江创造了许多“第一”，贡献了很多宝贵经验。

香港有很多九江人，九江是南海最早有客轮直通香港的地方。20世纪80年代，九江人是最时尚的南海人，从穿着打扮、言谈举止，到思维方式都引领南海的潮流，定义南海的时髦，掌握南海的风向。小小的兰昌村以做易拉罐日进金斗、一鸣惊人，成为当时南海最富裕的村庄。

1987年1月，著名散文作家秦牧先生从广州到九江住了三天，写了一篇著名散文《一个镇的纷繁色彩》。秦牧说：江西有个九江，它是庐山脚下著名的地级市；广东也有一个九江，它只是一个县属下的镇，两个地方我都到过，若论市面的繁荣程度，后者是不逊于前者的。

一个镇媲美一个地级市，这是九江的光荣和传奇。

5

九江起步很好，但后来走了弯路。

水路时代的九江风生水起，这让习惯“走水路”的九江不知道怎么“走旱路”，心也因此变得纠结而慌乱，导致“病急乱投医”的现象屡屡发生。一些人热衷走捷径、赚快钱，损害了九江经济的健康发展，也让九江付出了沉重代价：从南海的“前锋”沦落为南海的“后卫”。前路何在？九江陷入了茫然……

这些年，九江频频换将，一波又一波南海干部被派到九江，目的只有一个：重振九江雄风。

九江的问题在哪？佛山市委常委、南海区委书记闫昊波直言不讳：城镇发展不聚焦、产业体系不完善。这话一针见血。南海区区长顾耀辉更是多次奔赴九江，和九江干部一起想办法、寻出路、找资源。

南海是广东省城乡融合发展改革创新实验区，九江自告奋勇充当南海区城乡融合发展先行区。怎么当好这个先行区？九江的第一个答案是产业先行——打造全国最具影响力的医卫用产业集聚高地、全国性的“泛家居”产业集群基地、“中国淡水鱼种业名镇”和“粤港澳大湾区高品质水产养殖示范区”；其次是环境先行——九江要成为南海区环境最干净整洁、河涌水网最干净美丽的地方，为南海城乡生态融合做出示范和表率。

这是九江的表态和定位，更是九江的选择和行动。

6

村级工业园升级改造是南海的“头号工程”，一个引人瞩目的示范项目是九江金属材料市场的升级改造，它是九江的“一号工程”。

这个金属材料市场是2008年启动的，当时的构想是依托九江码头做一个全国性的钢铁物流市场，也和顺德乐从钢铁市场的老板们达成了默契。眼看这只“煮熟的鸭子”要飞了，顺德当然不干，于是出手阻击，结果九江的好事黄了。说好的钢铁物流市场最后变成了存放金属材料的仓库，税收微不足道，道路却被重型卡车碾压得支离破碎。

在南海区政府的大力支持下，九江祭出狠招，将这个产业低端、环境恶劣的金属材料市场连片改造为“九江国际产业社区”，全力打造高端医卫用产品、新材料、先进装备制造、绿色智能家居、大健康五大主题园区。现在林氏木业智慧调度中心、日本东丽纺粘无纺布、东丽水处理膜已经进驻，美国联合矿产、金三发高端医卫用等多个优质项目也将相继落户。这个总面积8000亩的连片产业平台是南海高质量发展的重要支点，它的“国际”故事眼看就要讲成了。

这是九江之变的缩影，也是九江远航的标志。

7

九江酒厂一直是九江的第一纳税大户，这个位置最近被必得福取代了。九江之所以成为2020年南海税收唯一实现正增长的镇街，必得福功不可没。

一场突如其来的疫情让生产口罩、防护服的必得福赚得盆满钵满。与其说必得福运气好，不如说必得福有眼光。机会从来都是留给有准备的人的。

必得福的老板是九江沙头两位农民出身的企业家，当年进入这个行业就是凭借他们对市场前景的判断。最初他们做得很苦，也没有赚到什么大钱，期间有很多改行赚钱的机会和诱惑，但他们心无旁骛、不为所动。直到2003年暴发“非典”，默默无闻的必得福才引起人们的注意。

2020年初春，武汉保卫战打响，国家第一时间想到了必得福：三天之内提供2000套防护服驰援武汉，必得福如期完成了这个十万火急的任务。从那以后，必得福日夜加班，产品从中国走向世界。

必得福对九江的最大贡献也许不是税收，而是为九江锻造了一条强大的无纺布产业链条。这些年，九江组建了一支朝气蓬勃、坚强有力的招商团队，游说和争取国内外上下游产业向九江集聚。今天的九江已经是国家级无纺布重镇，九江打造全国最具影响力的医卫用产业集聚高地，不是突发奇想，而是水到渠成。

人类注定将与疫情作战。关键时刻，九江是可以救命的。

8

九江的面积不算小，但剔除水域部分，九江应该算是南海土地面积最少的镇。要以这个空间搞很多的高科技企业肯定是不现实的，九江的资源支撑不了这样的理想和蓝图。

九江很实在，也很实干，最大的表现是坚持做好家具、养好鱼，他们的做法是在继承的基础上创新。

在中国家具制造的版图上，佛山分量举足轻重，最重要的支点是南海九江与顺德龙江、乐从构成的。放眼全球，这个被称为“九龙乐”的家具产业带也是世界级的。作为“九龙乐”的主要成员，九江不会放弃家具这个传统优势产业，更不会自废武功。

养鱼是九江人代代相传的强项，也是九江不曾沦落的传奇。九江鱼种全国最好、供不应求。不说广东，就是今天的北京市场上，三分之一的淡水鱼都来自九江。九江人善于养鱼，也很会吃鱼，九江鱼生是粤菜精品，九江人捞鱼、杀鱼、吃鱼都很有仪式感，一看就知道是祖传的。

中国人的饭碗任何时候都要牢牢端在自己手上。如果中国人的饭碗里任何时候都有九江鱼，这样的中国一定是幸福的。

做好家具、养好鱼，这是九江的承诺，也是九江的定力。以捍卫历史来创造历史，这样的九江是中国所需要的。

9

靠水吃水。守住生态，保护水质，九江做得很出色。

九江东迎北江、西拥西江。今天的九江周围有五个取水口，供应粤港澳大湾区。把一江清水送出去，这是九江巨大的区位责任。今天的九江之所以成为南海唯一没有黑臭水体的镇街，是因为九江是南海截污力度最大、态度最坚决、行动最彻底的。

九江是水，随水而湾、万折而东是她的性格；九江是鹰，展翅翱翔、穿云破雾是她的能量。一个远航的九江，没有什么可以阻挡。举杯向月，世界在迎接一个风光无限的九江。

天下武功，唯快不破。我们希望“九江龙舟”划得更快一些。

（原载《南方日报》2021 年 1 月 21 日）

南海九江：风帆正举破浪时

享誉世界的奥地利老牌工业巨头安德里茨集团将于今天正式落户南海九江，这是南海的大事，也是佛山的大事。这样的项目越多，佛山成为面向世界的制造业创新中心的可能性越大。

在安德里茨之前，日本黑田公司也已经落户九江，并于今年 4 月 16 日开业投产。这家以生产新能源汽车零部件闻名的企业是日本丰田汽车、本田汽车、日产汽车最重要的战略合作伙伴，拥有日本最尖端的新能源汽车核心新材料技术。作为九江引入的第一个日资新能源汽车项目，黑田公司的到来必将广泛带动新能源汽车领域全产业链的引入，让南海九江成为现代新能源汽车及关键零部件产业基地的前景越来越光明了。

值得注意的是，安德里茨、黑田新能源汽车零部件都落户同一个地方——临港国际产业社区。从破旧的金属材料市场到千亩级高水准现代产业平台，这样的华丽转身是九江村级工业园改造的重大成果，也是南海“腾笼换鸟”的经典华章。没有壮士断腕的决绝，九江绝不可能腾出这样的产业空间。缺少这样的载体，也就不会有“国际产业社区”的出现。山重水复疑无路，柳暗花明又一村。除日本黑田和安德里茨外，九江临港国际产业社区已开工建设及确认落户美国联合矿产新材料等 11 个重大项目，涉及投资总额超 50 亿元。这条路九江走对了，也走通了。

今天的九江云集着一支先进制造业“多国部队”，它们与本土已经声名卓著的高端医卫用非织造布、工程塑料、电子铜材等行业一起，为九江现代产业体系的成形提供了强大的支撑，名扬天下的“佛山制造”矩阵中，“九江军团”很快就要出场了！

在佛山版图上，南海的九江和顺德的容桂最为相似，它们因水而兴，分别是“南海制造”和“顺德制造”的出发地。九江是一个具有 800 多年历史的古商埠，素有“小广州”的美誉。今天的九江是中国著名侨乡，在旅居海外的南海人中，九江人数最多、实力最强。最典型的是美国旧金山，在所有华侨社团组织中，九江侨团的影响力是数一数二的。这不仅仅因为九江通江达海、交通便捷，更大的因素是九江人有钱。一百多年前从香港到美国西海岸的一张船票最少要 50 美元，加上漫长航程中的一路开销，那是一笔很大的费用，一般人承受不起。今天的美国旧金山之所以有这么多九江人，就是因为他们背后有“九江制造”。

历史上的九江有三样“绝活”：鱼苗、煎堆、米酒，这是最早的“九江制造”，这样的九江传奇也从来没有消失过。今天的九江是“中国淡水鱼种业名镇”、“粤港澳大湾区高品质水产养殖示范区”、全国最大的米酒基地。煎堆更不用说了，走进九江，在大街小巷就可能闻到一股特别的香味……历史上的“九江制造”不仅让九江人买得起漂洋过海的船票，也让九江人深深懂得——实业、实体才是发家致富的王道。这就是为什么九江诞生了南海第一家“三来一补”企业、生产出中国第一批牛仔裤，并率先成为南海改革开放的“带头大哥”……

毋庸讳言，曾经“抄近路”“赚快钱”的思路一度让“九江制造”迷失。痛定思痛之后，九江重新确立了“产业立镇”战略，发力工业制造业，逐步形成了家具制造、金属制品、塑料制品、电子铜材、特种车加工、港口物流、服装家纺、米酒酿造等一批优势支柱产业。本土企业家也相向而行，拥抱实业、扎根实体。以必得福为代表的一批无纺布企业悄然成长，成为全球顶尖医卫用无纺布产能最密集的区域之一，为中国乃至世界抗击疫情作出了突出贡献。人们惊讶地发现，“九江制造”可以在雨天到来的时候，为大家撑起一把雨伞。

依托南海、佛山这片制造业发展沃土，作为老牌工业镇的九江在夯实坚固可靠的产业基础之后，审时度势地推出了“产业兴镇”战略。从“产业立镇”到“产业兴镇”，是九江制造从“日积跬步”到“积木成林”的蜕变和升级，它彰显一种自信：该是重树九江制造业大旗的时候了。

2019 年 7 月，南海区成为广东省城乡融合发展改革创新实验区，九江主动请缨，披上“南海区城乡融合发展先行区”的战袍勇敢出征，一个标志性成果是在“全国百强镇”排行榜上的位次节节攀升。

在南海的经济版图上，九江的体量虽然不是很大，但态势好、韧性强、动能足，2020 年全镇地区生产总值增速在南海所有镇街中位居第三。九江为什么行？关键是毫不动摇地坚守制造业兴镇这条底线，方法是“构筑大平台、引入大项目、培育大产业、推动大发展”。九江毫不掩饰自己的雄心和抱负：高质量发展、后发而先至。

20 世纪 80 年代，曾经有一首唱响大江南北的粤语歌曲《有酒今朝醉》，传颂的就是九江双蒸。今天的九江正在发力三件大事：壮大新兴产业发展集群、焕发传统产业发展活力、凸显水产养殖业区域优势。明天的九江一定会为南海贡献更多的“隐形冠军”。

九江为什么能？不能不说是因为有一支功力深厚的九江雄师，他们以卓越的服务展现了九江的营商环境。凡是落户九江的企业都感受到这样的九江诚意——镇主要领导带头研究谋划招商引资工作，带队拜访目标企业，协调解决项目从洽谈到落地全过程涉及的重大问题。

“提供最优质、最便捷、最高效的服务”——九江兑现了自己的承诺。安德里茨、黑田公司都公开表示，高效优质的政府服务是他们选择九江的重要原因。

“百舸争流，奋楫者先。”

西江浩渺，九江风帆正举、好戏连台。一个在世界级龙舟大赛中屡屡夺冠的九江值得我们骄傲和信赖。

（原载《南方日报》2021 年 5 月 28 日）

中国第一个千亿大镇的追山赶月

2023 年 3 月 23 日上午顺德容桂举行制造业当家、高质量发展大会，我在现场看到的情景让我感触很深：第一是场面盛大，容桂大剧院来了 600 多位企业家，他们都是规上企业的老板。

中国第一个千亿大镇果然名不虚传。能够组织如此鼎盛、如此豪华阵容的小镇，除了容桂，全国估计没有第二个。容桂老板数量之多、企业实力之强，无疑是容桂最让全国各地羡慕的一笔财富。第二是仪式很特别，几位容桂著名企业家出场的时候，耀眼的追光打在他们身上，全场掌声热烈，因为他们是容桂人的偶像，他们领导的企业是容桂经济的脊梁。在这个大会上，容桂街道党工委、办事处决定命名四位企业家为“容桂制造业当家领军人物”，他们分别是格兰仕集团董事长兼总裁梁昭贤，万和创始人卢础其，海信集团控股股份有限公司党委书记、董事长、总裁贾少谦，科顺防水科技股份有限公司董事长陈伟忠。容桂这个做法为制造业大市的佛山树立了一个榜样。第三是容桂企业家对制造业的情怀。我想不到年过七十的万和创始人卢础其先生也亲自来到现场，并发表一番激情洋溢的演讲，他说容桂很多企业面临二代接班，希望接班的二代们不是富二代，而是高质量发展的创二代，希望他们坚守制造业，让容桂制造红旗不倒。卢础其是我很尊敬的顺德企业家，他创办的万和让中国迎来了燃气热水器革命，也为全世界贡献了一个了不起的品牌。容桂面积不大，80 平方公里土地上，竟然有 7 个中国驰名商标、27 个广东省著名商标、34 个广东省名牌产品，是全国唯一一个“品牌名镇”。容桂有这样的辉煌和威名，就有因为有卢础其这样心无旁骛、专心专注制造业的企业家。他们是容桂制造业当家、高质量发展的标本和榜样。

容桂的问题在于开发强度很高，产业空间载体受限，导致不少企业外迁。前不久我到中山北部几个镇走了一趟，发现当地很多企业的老板是容桂过去的。现在的容桂经过大规模的村级工业园改造，已经有足够的空间容纳本土企业的增资扩产。因为有这个底气，容桂才实施了企业“回家工程”。在容桂制造业当家、高质量发展大会上，顺德区委副书记、容桂街道党工委书记吴磊以“追风赶月莫停留，平芜尽处拓春山”为容桂的企业家们加油打气。这句话出自明代《华夏说》这篇文章，翻译成现代汉语就是：一路追风赶月，不要停下脚步，因为长满草木的平原尽头，矗立着一座座繁茂的春山。吴磊书记改了一个字，把“是春山”改为“拓春山”。这个字改得好，高质量发展就是开拓。容桂要做什么、容桂怎么做、有什么政策支持和资金配套，吴磊书记讲得很清晰、很实在。坐在我旁边的一位企业家说：这样的容桂，让我们更有信心了。

我很荣幸应邀到会演讲，我的题目是《打一场高质量发展的容桂保卫战》。我说容桂是中国高速发展的楷模，也应该有信心做中国高质量发展的先锋。从高速发展到高质量发展，容桂保卫战要保卫四种品质：第一，保卫中国第一个千亿大镇的威名；第二，保卫制造业当家的传统；第三，保卫“重质量、重品牌”的“容桂现象”；第四，保卫格兰仕创始人梁庆德的企业家精神。这四个“保卫”，是我对容桂高质量发展的一点建议。

2023 年 3 月 24 日

容桂值得我们信任

全国各地都在“拼经济”。怎么拼、拿什么拼？各个地方都在推出各种各样的举措，最常见的做法要么是走出去招商引资，要么是就地举办各种项目推介会。6月9日下午，顺德容桂举行了一个规模很大的活动，叫顺德容桂城市推介会。我全程参加了这个活动，给大家分享我的感受和感想。

我之所以关注容桂，不仅仅因为容桂是全国第一个工业产值超千亿的经济大镇，也不仅仅因为容桂是全国唯一的品牌名镇，还因为容桂在全国范围内有两个非常重要的风向标意义：第一，以传统制造业为主的容桂如何转型升级、实现高质量发展？第二，容桂的城市发展如何从实力容桂到品质容桂跨越？

看城市容桂最好的地方就是海骏达大厦43楼，无论从哪个方向看，展现在眼前的容桂都非常壮观。中国的地级市我去过一半以上，从城市形态和城市实力来看，容桂街道和很多地级市相比一点也不差的。在容桂城市推介会上，顺德区委副书记、容桂街道党工委书记吴磊在演讲中用了一个词来推介容桂——“揾食”，这是一个很地道的粤语，它一语双关，既是找吃的，也有谋生的意思。

吴磊说，认识一座城市，先从美食开始。顺德是世界美食之都，而顺德的容桂又是中华美食名镇。来容桂找吃的，只有你想不到，没有容桂人做不到。容桂好吃的多，赚钱的机会也多。容桂在粤港澳大湾区所处的位置正是妥妥的C位，这样的区位就是地位和机会。也许有人会问：容桂的开发强度已经超过70%，容桂还有地吗？

我和很多顺德企业家有比较深入的接触，谈起容桂，他们有两个担忧：第一是没有产业发展空间，第二是城市环境跟不上时代的发展。在容桂城市推介会上，容桂街道办事处主任欧胜军回应：容桂有地。容桂已经把1500亩商住、商业用地调整为产业发展用地，把2300亩商住、商业用地调整为公园绿地、公共设施。这是什么概念？按照商住地一千多万一亩来算，这3800亩地变更用地性质后，相当于容桂拿出了近400亿土地价值来支持制造业当家、来美化容桂的人居环境。昨天容桂还推出了一个很贴心的小程序，它是为希望了解容桂的投资者专门开发的，名字也起得好，叫“容易揾”。这是容桂公有资源的推介平台，很方便、很实用，公平、公正、公开。顺德有一个很响亮的城市口号：打造最友好的制造业强区，可以说容桂表现出了最大的决心和诚意。

今天的容桂是 2000 年由桂洲镇、容奇镇合并而成的，今天的容桂城市形态很大程度上是产业引领城市发展的结果，产业作为决定性力量，主导着容桂城市的布局和展开。6 月 9 日的活动，容桂以“城市”的名义推介自己。这是容桂的自信和底气，更是容桂的方向和路径：容桂的发展已经进入以城市引领产业，在城市和产业的关系史上，前者历史性地成为主导和支配力量。城市容桂的核心就是要以完善的城市功能和优美的城市环境感召产业、资本和人才，成为一个既可以安放青春、也可以安顿子孙的地方。

当今世界经济实力最强的三个湾区分别是旧金山湾区、东京湾区和纽约湾区。这三个湾区有三座城市的区位和容桂在粤港澳大湾区中的区位很相似：纽约湾的曼哈顿、旧金山湾的奥克兰和东京湾的大田。所以投资容桂，就是拥抱大湾区的蓝海、就是投资大湾区的未来。如果要问为什么容桂是一个充满希望的地方，我说答案很简单：因为容桂从来没有让世界失望。

2023 年 6 月 10 日

“千亿大镇”的国际范

2023年9月4日，顺德北滘镇的一宗土地拍卖引起广泛关注。大家为什么关注？我想有两个原因：第一，这块地的得主是广东邦华集团，这是一家民营企业。这块地的使用性质是文化设施兼容商业、商务用地，而不是纯粹的房地产。这是民营企业对北滘、对顺德、对佛山发展前景有信心的标志。现在大家都很关注民营企业和民营企业家的信心问题。我刚刚从欧洲回来，这次出去，我发现海外媒体也很关注中国民营企业的信心问题。我想，北滘这宗土地拍卖的结果，就是一个很好的信号和回答。也是在同一天，有一条消息传遍世界：国家发改委宣布成立民营经济发展局，这是中国历史上第一次在国家层面成立一个促进民营经济发展壮大的专门工作机构。

大家关注北滘这宗土地拍卖的第二个原因是北滘这个千亿大镇的国际范。我注意到：北滘在设定这宗地的竞卖条件中有一条很特别，此前我还没有发现别的地方有这样的条件，那就是要求竞得人“需聘请获得普利兹克奖的国际级建筑大师及其团队作为项目建筑方案的设计主创”，这充分反映出一个千亿大镇的雄心和抱负，这就是真正的国际范。

这次拍卖的土地是用来建设北滘新的艺术中心的，离这个中心不到两公里的地方，有一座名声很大的“和”美术馆，这是普利兹克奖获得者安藤忠雄的得意之作。北滘新艺术中心落成之后，北滘新城将拥有两个普利兹克奖得主的作品，成为本地文化地标的“双子星”，这样的国际范，放在全国来看都是一件值得关注的大事情。

回顾过去几年，北滘的各类国际化设施呈现出加速聚集之势。除“和”美术馆、北滘新艺术中心外，和佑国际医院、潭洲国际会展中心、合泰康养中心、君兰国际高尔夫球场、ALSO……每一个都能与国际接轨，每一个都有响当当的行业地位。这些设施不仅深刻改写了北滘的发展历史、重构了北滘的城市内涵，也打开了未来的想象空间。美的集团创始人何享健曾经有一句很出名的话：美的60年代用北滘人，70年代用顺德人，80年代用广东人，90年代用中国人，21世纪要用全世界的人才。这也是今天北滘的真实写照。这个小镇不仅拥有两家世界 500 强企业，而且还拥有一大批国际化企业。佛山全市有近一半的高层次人才在北滘生活，数千名境外人才扎根北滘发展。能否留住并源源不断地吸引来自全世界的优秀人才，是企业最关心的问题，也事关未来北滘的长远发展。我们高兴地看到：北滘很好地解答了这一难题。生活在北滘的各类人才可以享受到一流的文化社群生活，子女可以上一流国际学校，父母也可以安享国际化的医疗康养服务。这样的好地方、好环境，全国真的不多。

现在大家都在谈国际化的营商环境，都在谈如何扶持民营经济发展壮大，我知道很多地方也都在学习北滘的成功之道。我想，真正的成功经验就是隐藏在这样的工作态度和细节里面：政府只有明晰自身的角色定位，不断打开视野和格局，真正与企业同频共振，高标准地做好每一件实事，才能创造出最有吸引力、最有竞争力的营商环境。北滘值得我们关注，北滘的国际范才刚刚开始，好戏在后头。

2023 年 9 月 5 日

世界属于你，因为你年轻

鲜花盛开的五月，青年节如期而至。今年五四青年节最值得关注的一件事情就是顺德区北滘镇青年研究院成立。据我所知，这是全国第一个镇级青年研究院。这个第一之所以出现在北滘，因为一个传奇的北滘就是青春的传奇。

北滘镇镇长王德华有一个很精彩的演讲，他说：北滘是一个小镇，但“小小的身体”却蕴藏着巨大的能量，拥有世界级的家电产业集群，有美的和碧桂园两家世界500强企业，是全国仅有的四个生产总值超千亿的经济大镇之一。回首当年：26岁的何享健创办了后来的美的，同样年轻的杨国强组建建筑工程队，这才有了后来的碧桂园。那时候的他们，除了年轻和相信未来，可谓是“一无所有”。那时的北滘政府，有以冯润胜为代表的一批有理想、有激情的年轻干部，他们以青春的创造，创造了青春的北滘。

我研究过美的的成长史，一条非常突出的主线其实就是青春的接力。30多年前，美的引进了从华南理工大学博士毕业的马军，这是全国乡镇企业引进的第一个博士。2012年，何享健把千亿美的的帅旗交给了年轻的方洪波，接棒10年，方洪波带出了一个营收超过三千亿的美的。离美的不远的地方，一个名字叫蔡铁强的20岁青年在北滘创业，从一家小型电商企业做起，做成了现在的上市企业德尔玛。

今天的北滘，是一个朝气蓬勃、活力四射的北滘。这里聚集了2000多名博士、1万多名硕士、近9万名本科生。位于北滘的广东工业设计城有超过8000名设计师，他们几乎都是年轻人。走进环境优美、有1万多名年轻人聚集的美的全球创新中心，那些青春的面孔就是青春北滘的表情。今天的美的拥有海外员工超过3万人，分布在21个国家和地区，美的的内部会议就是国际会议，需要汉语、英语、日语、德语等多种语言同声传译，实现了创始人何享健“21世纪用全世界人才”的期许。这样一个北滘，不说在佛山，就是在全国也屈指可数。

全球工业机器人巨头库卡在北滘的生产基地也即将全面投产。我几次去过德国奥格斯堡库卡总部，我发现顺德库卡比它的德国总部还要漂亮。在顺德库卡周边，一群科技企业也在加速崛起。这就意味着北滘将云集更多的青年才俊。

有两件事很有意思：五四青年节前几天，美的为年轻人打造的文化综合体落成，专门请当年很出名的校园歌手老狼搞一场点燃青春的演唱会，何享健、方洪波也来到现场观看。北滘青年研究院成立仪式上，北滘政府专门邀请了包括北京大学、清华大学在内20多所著名高校佛山校友会的代表，这是北滘通过他们呼唤“同桌的你”“睡在我上铺的兄弟”来北滘捞世界。来顺德，一定得。

得青年者得天下，得青年者得未来。我要对北滘说：世界属于你，因为你年轻。

2023年5月8日

陈村“进城”是顺德高质量发展的大事件

1

2021年7月的最后一天，顺德有一场备受关注的大活动：陈村镇投资推介会暨中集智城启动仪式。无论是地点选择，还是推介方式、签约项目，都表明陈村走到了一个异乎寻常的历史性时刻。

这场活动在花卉世界展览中心举行，这座建筑曾经是中国第五届花卉博览会的主会场，它是岭南花乡的华表、农业陈村的丰碑。选择在这里宣告一座“智城”的启动，就是要释放一个很重大的信号：陈村“进城”了！

参加这场活动的嘉宾都得到一本收录陈村过去一百年历史影像的精美画册，书名叫《回首百年路　奋进新征程》。序言中有一句话：“胸怀千秋伟业，恰是百年风华。传奇岭南古镇，续写极点荣光。”这本画册其实就是陈村的表白：庄严的回望，是为了壮美的出发。

这是陈村的大活动，也是顺德的大事件。

2

陈村何往？黄志捷的表达简洁而清晰：湾区极点，无界智城。这不是陈村的激情和灵感，而是陈村遵从和响应一个普通的逻辑：行政有疆，市场无界。粤港澳大湾区战略的出台，就是宣告珠江三角洲城市群已经步入去边界化时代，陈村要做的事情就是顺势而为、乘势而上。

黄志捷是陈村镇党委书记，他在推介陈村的时候先用一幅图片将人们代入历史上的陈村。这是一幅长卷，由作者根据一位老人少年时代的记忆绘制而成，画面是络绎不绝的商船、两岸林立的商铺、琳琅满目的商品、川流不息的街市……

这是陈村版的“清明上河图”，它记录了一段让陈村人引以为傲的历史。

遥远的水运时代，凭借水网交错、码头林立的地理区位优势，“陈村谷埠”应运而生，成为华南地区盛极一时的鲜花和大米交易市场，与广州、佛山、石龙并称为广东四大名镇。历史记载：清末民初，陈村有超过14万人口，商贾云集，车水马龙，以至于后来发生这样的事情：侵华日军的战机把流光溢彩、楼宇成群的陈村误认为是广州，从而展开一轮又一轮地毯式轰炸……

历史上的陈村有“小广州”的美誉。频繁的战乱和河道的淤塞导致了陈村的衰落，但“千年花乡”的基因尚存，开放、包容、亲商爱商的精神还在，这样的文化土壤为陈村“一花引来百花开”“给点阳光就灿烂”提供了实现的可能。

3

黄志捷讲了两个精彩的陈村故事。

第一个故事是港铁智慧铁路研发中心项目选择陈村。香港地铁是国际上首屈一指的“铁老大”，更是轨道TOD综合开发模式最成功的地铁公司。2017年，当黄志捷第一次见到金泽培的时候，没想到这位大名鼎鼎的港铁总裁早已悄悄“进村”进行了大半年的考察，这样的微服私访让他对陈村了如指掌，也下定决心和陈村一起“进城”。黄志捷问金泽培为什么选择陈村，得到的答案是：在大的轨道交通枢纽附近3—5公里的地方，建设效果才是最好的。太近了寸草不生，太远了草也长不起来，而陈村刚刚好。金泽培说了一句很有远见的话：选择陈村就是选择了未来。

第二个故事是日本川崎机器人项目落地陈村。今年4月，川崎机器人与陈村本地的隆深机器人共同投资成立广东隆崎机器人有限公司。作为全球五大机器人公司之一，川崎绝对是行走世界、不可能被忽悠的“老江湖”，他们是在对粤港澳大湾区进行全方位、长时间调研，反复比较之后才最终选择落户陈村的。川崎机器人董事长说，选择陈村出于两种考虑：一是陈村得天独厚的环境，二是顺德有强大的产业链和市场配套。

港铁和川崎的到来至少说明一点：陈村是珠三角一个地名，更是大湾区一个地标。

4

在顺德10个镇街中，陈村的面积很小，经济体量不大。在以大良为中心的时代，陈村处于边缘地带、扮演“后卫”角色。今天的陈村已经时来运转、脱胎换骨，成为顺德融入大湾区、实现高质量发展的前锋。

陈村是佛山唯一全域纳入三龙湾高端创新集聚区的镇街，各种优惠政策在这里叠加，集万千宠爱于一身。好雨知时节，当春乃发生。陈村宣布：发展总部经济，最高奖励5000万元；培育战略性新兴产业，最高奖励1亿元。什么时候除草、什么时候施肥，花乡陈村自然有丰富的经验，但底气如此充足、出手如此阔绰，无疑开启了陈村百年未有之变局。

在港铁智慧铁路研发中心项目、日本川崎机器人项目入驻陈村的时候，300多亿资金、数十个优质项目也蜂拥而至，中集智城、莱茵工业园、华工科技园、昇辉控股、中奥到家等一大批项目的落地，不仅有力支撑和塑造了陈村全新的产业形态，也给陈村的今天和明天投下了赞成票和信任票。

历时三年多时间的村级工业园升级改造，让陈村腾出了近万亩极为宝贵的发展新空间。依托新环境、新载体，陈村把数字化发展作为“进城”的主干道，重点引进和培育先进装备制造、人工智能、数字经济等战略性新兴产业，精心打造三龙湾总部经济集聚区、先进制造业创新集聚地，为高质量发展的大湾区贡献一个熠熠生辉的陈村品牌。

5

四个独一无二的优势让陈村变得风生水起、气势如虹——

陈村是离广州南站最近的地方。广州南站是中国客流量最大的高铁枢纽。轨道一开通，陈村就是广州南站下一站。陈村距南站只有 5 公里，只要 5 分钟就能抵达。陈村是佛山轨道站点最密集的地方。3 条轨道今年通车，实现与广州轨道交通一张网。未来将有 6 条轨道、12 个站点，轨道站点密度足以赶上北上广深等一线城市。陈村是顺德与广州对接最紧密的地方。陈村和广州一河之隔、一衣带水，有着“浓得化不开”的交情。除了顺德车牌，陈村最多的就是广州车牌。很多广州人在陈村居住生活，许多广州企业将陈村作为投资首选地。陈村是佛山到深圳、香港最快的地方。从陈村出发，通过广州南站 29 分钟可以抵达深圳、48 分钟可抵达香港，1 小时可以到达大湾区任何一座城市。

陈村变了，巨变的陈村是顺德高质量发展的缩影。如果从空中鸟瞰，从花卉世界到广州南站方向，那就是陈村从花乡到智城的演变、是农村到城市的跨越，这是顺德一条惊心动魄的亮丽轴线。如果将这条轴线描绘成一幅画卷，那必将是顺德最新最美的“清明上河图”。

条条大路通罗马，陈村找到最近的一条。

6

因为有广州南站，顺德 2015 年启动了以北部片区为龙头的开放战略，主题是开放思想、开放城市、开放市场，最大的标志是引入了广州地铁 7 号线。陈村是这一战略的最大受益者，如果没有这条路，陈村很可能还找不到“进城”的门。巨变的陈村再次证明一个逻辑：区位决定地位，布局决定结局。

有人会问：陈村进的是什么样的“城”？答案是“一城”“一芯”“三片区”。所谓“一城”，就是陈村新城区，它以打造中央商务区和总部集聚区为己任；“一芯”就是三龙湾万亩绿芯，卫士一样守护“半城半绿”“花田水乡”的生态家底，筑起三龙湾高端创新集聚区的“城央花园”；“三片区”这样铺排：东部是粤港澳大湾区科技转化示范区、北部是三龙湾高端创新集聚区启动区、西部是三龙湾潭洲国际创新城示范区。

因为开放，所以绽放。从岭南花乡到高品质的岭南水乡之城、从传统乡镇到轨道上的现代都市，惊心动魄的历史性跨越正在陈村大地上轰轰烈烈地发生。

黄志捷在推介陈村之“城”的时候，全程脱稿，面带微笑。这是陈村的表情，也是陈村的自信。陈村已经找到打开“城门”的钥匙，他们的使命就是把事情做到极致、把心界彻底打开，他们坚信“湾区极点，无界智城”必将如期到来。

陈村的汉语拼音是C开头，她已经从Countryside（农村）走向City（城市），这两个英语单词也是以C开头，这样的偶然是一种必然：陈村必将走到粤港澳大湾区时代的C位。

陈村年橘陈村粉，鲜花和美食没有敌人。陈村的空间已经打开，属于陈村的时间正在到来。陈村“进城”，是奔赴一场万紫千红、春色无边的约会。

我们都看好陈村！

（原载《南方日报》2021年8月3日）

陈村：一个伪装成花乡的制造业名镇

3月16日上午，顺德区陈村镇制造业高质量发展大会在花卉世界盛大举行，我很荣幸应邀担任这个大会的主持人。这个大会的重头戏是陈村镇长梁锦棠的推介，她的角度很新、演绎得很出彩。她说陈村是一个打扮成花乡的制造业名镇，这个说法让大家耳目一新。整个会场安安静静，大家听得很认真，与会企业家们的反响也非常好，认为这个大会很震撼、很有意义。我参加过很多的招商推介会，说实话，有陈村这种效果的确实不多。怎么生动有趣地推介一个地方，陈村做出了一个很好的示范。

一位在场的企业家对我说：他知道以后怎么给别人介绍陈村了，一个打扮成花乡的制造业名镇。我说我也知道以后怎么说陈村了，不过我的说法更狠一点：陈村，一个伪装成花乡的制造业名镇。我读过不少写陈村的文章和书籍，几乎都以“千年花乡”“岭南花乡”来界定陈村，外界都以为陈村是一个“卖花姑娘”，靠卖花卉发财，其实根本不是这样。在陈村的产业结构中，农业的占比是2%，工业占比是64%，第三产业占比是34%，也就是说陈村最大、最鲜艳的一朵花是工业，尤其是制造业。很少有人知道，陈村也是靠制造业起家的。陈村是近代广东“四大名镇”之一，商贸业很发达。

顺德第一个海关、第一个邮局、第一个电话所、第一个民营银号都是在陈村诞生的。

顺德是著名的南国丝都，500多家工场大部分在陈村。1920年在陈村成立的岭南织造厂，是广东四大机器丝织厂之一，也是全国率先使用自动化纺织机的企业之一。改革开放初期，陈村的华英风扇厂是广东第一家产值过亿元的乡镇企业，是当时全国十大乡镇企业之一。1991年，华英风扇厂率先开发出全国首条机器人生产线，平均6秒生产一台吊扇，这是当时的国际先进水平。可以这样说，中国企业的“机器换人”，陈村是喝“头啖汤”的那一批。现在的陈村有不少著名企业，比如建筑陶瓷机械做到亚洲第一、全球第二的科达，全国金刚石细分领域的隐形冠军奔朗，国家特种空调领军企业申菱等，他们都是从陈村走向世界的。最能体现陈村制造实力的地方是被称为世纪工程的港珠澳大桥，最关键的施工设备打桩机是科达和力源共同研制的，让全球最牛的企业都刮目相看，他们之前根本想不到中国企业会搞出这样的尖端设备。港珠澳大桥的人工岛里面的特种空调也是陈村造的，从大桥通往人工岛的沥青路也是陈村企业用 10 个小时铺设的，其速度和质量被广泛赞誉。一个小镇能够为一项工程做这么大的贡献，我相信陈村之外，很难找到第二个。这是佛山制造的光荣。梁锦棠镇长说，陈村要做时间的朋友、做企业家的护花使者、做这条街最 in 的仔、做全球的生意。这四个“做”很新颖、也很有陈村特色。陈村靠制造业起家，现在靠制造业当家。我说陈村是一个伪装成花乡的制造业名镇应该是成立的。

在顺德，陈村是面积最小的一个镇，但陈村是顺德离广州最近、离广州南站最近、轨道交通最密集、去港澳最便捷的一个镇，这样的区位优势让很多地方羡慕不已。在顺德、在南海，我都听到有人议论，说陈村的书记、镇长压力最小，只要卖花、卖地就可以躺赢。在 3 月 16 日举行的陈村镇制造业高质量发展大会上，陈村镇委书记霍茂昌透露一个信息：今年陈村将出让工业用地超 700 亩，这是陈村近 10 年来的最高纪录，其中近 300 亩是由商业用地调整为工业用地的。陈村要把靓地留给真正的实业家。霍茂昌掷地有声地表态：陈村的未来要靠制造业发家，把制造业发展当成头等大事，而且要做顺德区打造最友好的制造业强区的主阵地。这样的表态意味着陈村主动选择了一条最难走、也是最有价值的路。这是陈村的自信和底气，也是陈村的担当和承诺。

我和陈村几位著名企业家有很多接触，发现他们对陈村都有很深的感情。科达制造董事长边程招待客人吃饭，一定要上香煎陈村粽子，还把陈村粽子作为礼物送给客人。这是边程对陈村之爱的一种特别的表达。边程说他去陈村镇政府办事屈指可数，但是镇政府领导到科达帮办事太多了。边程还说，科达搬到陈村以后一直顺风顺水。全球化是科达已经走过和未来要走的路，但科达从来没想过离开陈村，科达始终以陈村为总部为原点向外辐射。奔朗老板尹育航既是一位企业家，也是一位科学家，他的企业去年成功上市，从递交资料到上市敲钟，仅仅用了 173 天，创造了佛山企业上市的最快纪录。他很感谢政府的全力支持，启动了容缺机制，否则就没有办法成功上市。有一个县的主要领导连续五六年给尹育航拜年，就是希望奔朗搬到原材料很丰富的那个县去，但尹育航不为所动，念的就是陈村的这份情、陈村的营商环境。申菱环境董事长崔颖琦是陈村最有名的本地企业家，他说自己是陈村改革开放 40 多年的见证者，更是获益者。他现在有三个基地，其中两个在家乡陈村。崔总说他要争取在 3 年内再造一个申菱。这就是陈村企业家的底气和豪气。这种底气和豪气，来自花乡陈村的一种特别的养分和用心用情的护花使者。陈村的环境吸引了很多有梦想的人。

2021 年 7 月，中集智城项目在陈村启动，一年半后的今天，已经招商签约超过二十五万平方米，80% 的企业都来自佛山以外，而且大多是电子信息和先进制造企业。3 月 16 日，陈村百亿园区、多个企业增资扩产项目集中启动，这些项目将为陈村带来 200 亿元的年产值。霍茂昌书记说：陈村不踩刹车，多踩油门；不设路障，多设路标，全心全意为企业提供一流服务。嚟顺德，一定得；来陈村，梦成真。陈村说：无论你来自哪里，我们一起从陈村出发！

2023 年 3 月 19 日

顺德大良：世界美食之都第一站

五一黄金周已经到来，很多人在考虑去哪里吃喝玩乐。我推荐大家去顺德大良。这几天顺德大良正在举办中法文化之春•顺德音乐日活动，非常盛大、非常精彩。

中法文化之春是法国在海外最大的文化节，也是中国最大的外国文化节。从2006年到现在已经举办了16届。2011年，中法文化之春第一次进入顺德大良，至今已经举办了8届，每一届都很热闹，成为佛山和周边地区最有影响力的国际文化交流活动之一。今年是第九届。

中法文化之春一般都是在大都市举办，顺德是中法文化交流活动中全国唯一的非一线城市举办地。之所以选择顺德，是因为顺德的实力和魅力。大家都知道一句话："食在广州，厨出凤城。"凤城就是大良。2023中法文化之春•顺德音乐日的主题叫"法式粤生活"，主办单位就是顺德大良街道。一个街道办事处主办这么大的国际文化交流活动，这本身就是新闻。

这几年，大良的变化很大，从空间格局到城市形态，大良的变化让人耳目一新。在顺德的版图上，大良有两个不可替代的优势：第一是中心城区的区位优势，第二是丰富的文旅资源优势，比如顺德华侨城、顺峰山公园、清晖园等。旧城区和新城区和谐相融、交相辉映，看得见蝶变，留得住乡愁，这是大良特有的光芒和魅力。

大良街道党工委、办事处以地铁开通为契机，着力打造近悦远来的文旅重镇，比如举办马拉松、龙舟赛等系列体育活动，激发城市活力，谋划系列文化活动来展示城市底蕴，比如龙舟文化节、国庆文旅周、美食文化周、西山庙会等特色活动；谋划三大地铁文旅高潮区、五大美食聚集区。如果说大良驹荣北路TOD、钟楼站TOD项目刷新了大良城市的界面，那么，欢乐海岸PLUS（二期）的动工，让大良乃至顺德有了新的城市封面。可以说，在城市品质打造、城市环境整治、城市管理提升方面，大良这几年是拿出了绣花功夫。正是因为这样的努力，大良的烟火气很浓、人情味很重，成为网红打卡地。大家周末去看看，大良街头川流不息，繁荣兴旺。这样的大良越来越受到商家和资本的信任和认同，一个最好的证明就是大良最近的餐饮市场主体的增长非常快，今年第一季度与去年同期相比增幅高达 54%。

大良是顺德的行政中心、文化中心，也是顺德的美食中心，大良双皮奶很出名，顺德所有的美食在大良都可以吃到。粤语有句话说“出处不如聚处”，大良就是一个典型的聚处，吃喝玩乐代表顺德的最高水平。顺便预告一下：“5·19 中国旅游日”广东省主会场活动也将在顺德大良举行。现在的大良到处是美食的味道，这样的大良时光，大家千万不要错过。

2023 年 5 月 8 日

顺德准备迎接一个新杏坛的诞生

风生水起的顺德正在出现一个“杏坛机会”。

11 月 28 日举行的 2019 顺德（杏坛）新材料暨智能装备产业峰会就很能说明问题，那种盛大热烈的场面可以用高朋满座、群贤毕至来形容。如此之多的业界大咖蜂拥而至，当然不是因为杏坛热情，而是出于杏坛机会。嗅觉灵敏的他们看到了杏坛巨变的前夜，听到了机会就要降临的胎音。有人说：杏坛吹响了打造顺德新经济增长极的集结号。

现在，也该是我们瞩目杏坛的时候了。

1

杏坛，一个很儒雅的名字，原指孔子讲学的地方，现在指教书育人的场所。

杏坛，一个很有文化的地名，全国以此作为镇名的只有顺德一地。人杰地灵、文风鼎盛的杏坛很对得起这个名字：中国科举史上，广东 9 个文状元中杏坛就占了两个——明朝有黄仕俊，清代有梁耀枢。

杏坛是典型的岭南水乡，大名鼎鼎的逢简水乡被誉为“广东周庄”，让无数人心驰神往。在 2019 年度全国综合实力千强镇排名中，杏坛镇排名第 52 位，是顺德入选榜单的 4 个镇之一。从全国范围来看，杏坛是一个让人羡慕的经济强镇。但在很多顺德人眼里，杏坛却是顺德的“西伯利亚”。

10 年前有人在网上发帖——

①杏坛地理位置先天不足。没有容桂那样的港口，没有龙江、乐从那样的商业道路，杏坛只能陪容桂、龙江、乐从这些太子仔读书。②顺德老母好偏心容桂的家电、均安的牛仔、陈村的花卉、乐从的家私，不喜欢这个捡垃圾的杏坛女儿。③杏坛嫁错郎，嫁给一个捡垃圾的塑料行业。污染大、收入低，没有人气。④有钱人都去大良、容桂等地方消费，杏坛资金大量流失，而政府的招商引资力度不够，又进一步加速我大杏坛的沉沦……

应该说，这样的言辞在一定程度上代表了民间的怨气。这些年，杏坛镇的党政主官多次调整，之所以如此，顺德区委主要领导有一个说法：杏坛是顺德面积最大的一个镇，今后要担当顺德制造的产业重心；杏坛有一些农村问题急需解决。因此，需要有一个熟悉基层、愿意下基层、有办法有思路的主官。

那么，杏坛变了吗？

2

顺德的亮点太多，以至于杏坛的变化大多数顺德人并不是很清楚。最直观的是环境之变。

杏坛境内河网纵横，总长度达530多公里，占顺德内河涌总长度约1/2。2012年，我曾经带外地朋友慕名前往顺德新十景之一的逢简水乡，见到的景象令人失望：河水浑浊、垃圾遍地、管理混乱，相见不如怀念。

7年之后再去，我看到一个不一样的杏坛——

充满历史韵味的“梁公馆”焕然一新，入选广东首批十大“最美民宿”；通过村容村貌的整治、道路的修建、夜景的打造、特色购物街的改建，逢简水乡已然成为国家3A级景区、国家级生态村，是佛山唯一入选全国首批乡村旅游重点村的乡村，虽然逢简极少宣传自己，但每年仍吸引了100多万来自全国各地的游客。

杏坛30个村居中，24个是生态村。环境的巨大变化，让越来越多的村民回流开办民宿，热衷于做家门口的生意。众人拾柴火焰高，杏坛民宿已经成为一个品牌。2019佛山市民宿发展现场推进会选择在逢简水乡召开，也就意味着这里的民宿代表了佛山民宿的档次和水平。

《远方的客人请你留下来》，这是一首几十年传唱不衰的老歌，作曲者就是杏坛人、知名作曲家麦丁。今天的杏坛有这个底气和自信了。

杏坛的目标是要建设粤港澳大湾区经济圈的梦里水乡，他们已经在路上。

3

“农业大镇，交通孤岛”，有人这样描述过去的杏坛。不得不说，落后的交通是制约杏坛发展的主要因素之一。

今天的杏坛已经“天堑变通途”。从内部连接来看，高赞大桥开通，从杏坛镇中心到容桂街道主要商圈的时间由原来的30分钟缩短为15分钟；甘竹滩大桥开通，从杏坛镇政府到龙江镇政府的车程，也从原本的30分钟缩短为15分钟；新涌大桥经过改造和扩建后，从大良开车进入杏坛腹地只需要25分钟。

从外部沟通而言，5个高速公路的出入口让杏坛与珠三角实现了开放对接；2015年建成通车的江顺大桥，打开了杏坛通往江门乃至粤西各城市的“西大门”。

作为引领杏坛经济发展的超级平台，顺德高新区的路网建设变化更大：在顺业路、德康路、德富路建成通车，初步形成“两纵四横”的路网格局基础上，高新区正积极谋划推进德美路、顺晓路、顺盈路东段延长线、南国西路龙海路二环路南延线等周边路网建设，逐步构建5分钟接驳大湾区交通干线、15分钟通达中心城区的立体交通圈，大大增强了高新区与深圳、香港、澳门等大湾区核心城市的人才、信息和物流沟通。

与此同时，位于杏坛西江水道的顺德新港已经建成。这是顺德最大的港口，更是杏坛通江达海、连通世界的希望之地。港珠澳大桥的全线贯通、南沙大桥的建成通车、深中通道的加紧建设，让杏坛迎来前所未有的历史机遇。

交通瓶颈的打破，是杏坛从边缘地带成为核心区域的宣告。

4

产业之变，是杏坛最磅礴的发展方式之变。从旧塑料加工到新材料制造的“就地升级”，这是杏坛谋定而后动的选择，更是杏坛涅槃重生的大决战。

20世纪80年代开始，“洗脚上田”的杏坛冒出了许多村级工业园，云集众多的再生塑料企业，巅峰时期达到了3000多家。杏坛也因此被称为“全球废塑料的华尔街”“世界最大的进口废塑料集散地”。坊间有一个形象的说法：塑料包围农村，塑料包围生活。

杏坛塑料行业的规模之大，在世界都具有一定的影响。它所带来的环境污染让杏坛居民反感，也严重影响了杏坛的形象。

是声势浩大的顺德村级工业园改造，让杏坛焕发出壮士断腕的勇气和决心。光华村就是一个缩影：狭窄的村道两旁曾经密密麻麻地分布着上百家低端塑料厂。如今，随着村级工业园改造带来的淘汰停产，它们有的人去楼空，有的被夷为平地，正等待着涅槃重生。按照规划，这里将打造成以新材料产业为核心的产业集聚区。

从传统制造到新兴产业，杏坛是有底气跨越这道坎的。

经过30多年的发展，杏坛已经成为我国最大的保护膜生产基地之一，产量和技术处于国内领先地位。拥有薄膜及相关产业企业近100家，其中23家为高新技术企业。涌现了以德冠、达美、东立、华丽宝、保特信等为首的薄膜领域的龙头企业。同时，形成一批以顺炎、信隆、顺威、永恒为代表的改性工程塑料生产骨干企业。数据显示，2018年，杏坛新材料产业的销售收入超100亿元。

顺德高新区是推动杏坛产业转型升级的“主战场”，已进驻企业共107家，涵盖机械装备、智能制造、工业机器人、新材料、工业气体等领域，成为新兴产业聚集高地。

新材料则是中国新一代制造的“敲门砖”，也是全球新工业革命的突破口。杏坛正谋划打造全国种类最齐全、功能最完善的新材料生产服务基地。中国新材料领域正在出现“杏坛军团”，这是新杏坛产业脱胎换骨的标志，也是顺德高质量发展的铁证。

这样的时刻到来，那是很激动人心的。

5

产业、城市、人一直都是一座城市发展的辩证法。

杏坛的处理方法是“一核三片”：一核为城市发展核，三片分别为智能制造片、薄膜新材料片、旅游文创片。

杏坛要以怎样的城市形态留住人、吸引人？杏坛几任领导班子都在持续谋划这件大事。

三年前，顺德党政代表团到华东“取经”，最大的收获之一是发现华东几座城市都在通过环境营造来驱动制造业升级。

华东归来，杏坛决定启动杏韵湖片区的规划建设。杏韵湖片区总用地 3000 亩，东北侧临近岭南明珠逢简水乡，南侧毗邻杏坛老城，它既是杏坛镇城区北扩的重要区域，也是衔接城区与北部七乡的重要节点，更是塑造杏坛未来城市形态的重中之重。

全球范围内征集优秀规划设计方案——这是杏坛历史上从未有过的创举，也是城市杏坛走进新时代的标志性事件。

杏韵湖的面纱正在一点点揭开，世界一定会感叹她的惊艳。

佛山市委副书记、顺德区委书记郭文海说：杏坛未来发展充满机遇，充满机会。

杏坛正在爆发一场革命，顺德要准备迎接一个新杏坛的诞生。

（原载《南方日报》2019 年 12 月 2 日）

云东海：为佛山开辟一个新赛道

这段时间，佛山的三水区很热闹，除佛山西甲之外，三水还有一件盛事值得大家好好关注，那就是正在云东海街道举行的首届佛山和美乡村文化节。从8月11日开始，和美乡村发展论坛、稻草人音乐节、云东海篮球超级联赛、星空露营节等活动轮番上演，首届佛山“和美乡村”文化节高潮迭起、精彩不断。大家可能会问：首届佛山和美乡村文化节为什么在云东海举行？在我看来有两层思考：一是响应产业转型升级带来的“新需求”，二是承接巨大发展机遇和变革的“新战略”。

云东海最突出的地方在于有万亩连片可开发土地空间、万亩森林公园、万亩湿地公园，这三个万亩让云东海在佛山发展的战略版图上越来越重要。2008年成立的云东海街道办事处，是佛山32个镇街中最年轻的一个。成立云东海街道的目的就是保护好、利用好这片珠三角、大湾区不可多得的风水宝地。这些年，我接触到的佛山历任领导、三水历届领导以及云东海的历任主官，他们都对云东海充满感情，一直小心翼翼地呵护和谋划这片生态宝地的发展。

大家都知道今天的佛山主要是靠传统制造业吃饭，未来的佛山必须靠战略性新兴产业做依托。在谋划新的产业赛道的时候，佛山选择把“医药健康”“生物制造”作为重点培育的新兴产业。这样的选择是基于两个背景：第一，“医药健康”“生物制造”是产业风口，是广东正加快培育壮大的产业集群之一；第二，佛山在生物医药和健康产业上有比较丰厚的“家底”，有460多亿的产业规模，有冯了性、一方制药、德众等全国有名的大型龙头企业。选择云东海作为佛山“医药健康”“生物制造”的主战场，打造万亩千亿产业园区，这是佛山推进产业集聚和高质量发展的关键部署。佛山云东海生物医药产业园，是佛山重磅打造的“十大创新引领型特色制造业园区”之一，也是佛山乃至广东对云东海的期许和托付。云东海的回答很让人鼓舞：不仅要建好生物医药产业园，而且要探索生产、生活、生态“三生融合”的高质量发展新路径。

云东海生物医药产业园的区位最优、面积最大，是粤港澳大湾区唯一可开发用地超万亩的生物医药产业园区，也是广东省唯一的生物医药产业公共服务中心所在地，立足广东，辐射全国。云东海是“粤港澳大湾区最大最美的生物医药产业谷”，有成为佛山战新产业“第一园”的底气。广东省的领导说：“期待佛山生物医药和健康产业成为大湾区新兴产业集群中的璀璨明珠。”

每次到云东海，我都有一种心旷神怡的感觉。秦汉时期这个地方就叫云东海湖，现在仍然如诗如画。随着乡村旅游、特色民宿、户外休闲、非遗体验等项目的加速集聚，“两园一谷”——佛山云东海生物医药产业园、佛高区云东海电子信息产业园、云东海智造谷的加速崛起，一条云东海环湖乡村振兴示范带已经开始成型。我有一个很乐观的判断：从目前的态势和趋势来看，云东海不仅是佛山发展战略性新兴产业的突破点，也可以为广东的“百千万工程”做出示范，为全国的乡村振兴树立一个样板。我们期待云东海越来越精彩，我们相信云东海一定会越来越浩瀚。

2023 年 8 月 15 日

第四辑

品质革命

筑牢制造业，佛山可以为全国做示范

今天上午，佛山市召开企业家大会，规格和规模都很让人振奋，会上出台的一系列优化民营企业发展环境、鼓励和支持民营经济和民营企业发展壮大的政策举措，放在全国来看都是领先的。我在北京很认真阅读了佛山市委书记郑轲的讲话稿，最大的感受是这不是讲话，而是他在和佛山企业家们做一次推心置腹、情真意切的谈话。关于民营经济的定位和发展问题，郑轲书记说了四个观点：贡献在那里，不容抹杀；地位在那里，不容置疑；感情在那里，不容冷落；使命在那里，不容缺位。这样的态度、这样的表述，无疑代表了佛山对民营经济认识的高度和深度。

郑轲对佛山的企业家们说：你们顶风行船、搏击商海、一路打拼，很不容易，也很了不起。我们承诺，将一如既往尊重企业家、呵护企业家、激励企业家，当好企业发展的最强后盾、做好企业发展的最佳拍档，用“最暖心”的服务换企业“最舒心”的发展，让每一位企业家都能在佛山专心创业、放心投资、安心经营！我电话采访了几位企业家朋友，他们都说：很给力，很感动。

当今中国24座经济规模超万亿的城市中，佛山是民营经济和制造业占比最高的城市之一。在全国各种各样的城市排位中，佛山最靠前的一个排名是工业规模全国第六，仅次于上海、深圳、苏州、重庆、广州。佛山能够有这样的地位，佛山民营企业家厥功至伟。这次到北京参加全国两会的代表和委员中，有两位优秀的佛山民营企业家，一位是全国人大代表、广东邦普循环科技有限公司董事长李长东，另一位是全国政协委员、佛山维尚家具制造有限公司董事长李连柱。这样的安排，既是佛山制造业当家的底气，当然也是国家对佛山制造业实力和贡献的肯定和嘉奖。

任何时候中国都不能缺少制造业，这是今年全国两会上最响亮的声音之一，今天的佛山企业家大会，也是对这句话做出的响应。这是佛山的态度，也是佛山的速度。

制造业是一个国家的底盘，其发展水平也是衡量一个国家综合实力的重要维度。人类历史上发生的工业革命，很大程度上就是制造业革命。中国制造业仍在由“大”向“强”，由产业链中低端向高端爬坡的过程中，全力推进制造业向高端跃升，事关高质量发展大局，大到国家的综合竞争力，小到每个人的就业、收入等都与其息息相关，是应该做、也必须做好的大事。佛山是全国唯一的制造业转型升级综合改革试点城市，承担为全国筑牢在制造业做示范、出样板的重任。

在今年全国两会召开前夕，佛山泛家居产业的多个品牌以“有家就有佛山造”的产业 IP 统一亮相，在北京大兴国际机场、北京南站、广州白云国际机场等交通枢纽。这是产品广告，更是一座制造业城市的自信。它和今天召开的佛山企业家大会一样宣告：筑牢制造业，请看佛山功夫。

2023 年 3 月 10 日

佛山：一座以品质成就地位的城市

1

佛山是一座被关注和追问的城市。

在刚刚落幕的亚布力中国企业家论坛2018夏季高峰会上，“佛山样本”成为大会的中心议题，引发全国关注。

佛山在东方亮，在西方也亮。包括《金融时报》《经济学人》在内的西方主流媒体都说：佛山是中国改革研究样本。中外学者有一个共识：懂佛山就懂中国。

环顾中国，佛山经济实力在338个地级以上城市中位居第15位，按照世界银行的高收入标准，佛山早已迈入全球高收入城市行列。对标世界，2017年佛山的经济总量相当于1700亿美元，相当于科威特、匈牙利的经济总量；人均生产总值为2万美元，比肩欧洲中等发达国家葡萄牙、捷克和希腊。

从学界到政界、从中国到外国，人们关注佛山的最大理由在于：佛山不是特区、不是省会城市、不是计划单列市、不是港口城市，为何成了一座了不起的城市？

2

伟大始于制造。

在中国经济版图上，佛山能成为一个不可忽视的存在，强大的制造业居功至伟。在去年推出的“中国工业百强区”排行榜上，佛山五区全部上榜，在全国城市中独一无二，其中顺德、南海高居全国第三、第五位。

城市面积不大的佛山有很多世界之最：陶瓷产量世界第一、电风扇产量世界第一、微波炉产量世界第一、冰箱产量世界第一、空调产量世界第一、铝型材产量世界第一、消毒碗柜产量世界第一、热水器产量世界第一、酱油产量世界第一……

民间流行的三句话道出了佛山制造的江湖地位：有家就有佛山家电、有建筑工地就有佛山建材、有厨房就有佛山酱油。

佛山制造走到今天，得益于中国市场的巨大和贸易全球化，但市场选择佛山，不是因为佛山制造门类多、产量大，而是因为佛山制造的历史一直有一条清晰的主线，那就是对品质的追求。如果不是这样，人们凭什么买“佛山制造”？

品质成就命运，这是佛山的城市密码。

3

《西游记》里有一个精彩的细节：孙悟空钻进妖魔的肚子里大喊：“我拿广锅把你这妖魔煮成杂碎！”这个能把妖怪煮成杂碎的“广锅”就是地地道道的佛山制造。

知道“广锅”厉害的不是孙大圣，而是吴承恩。这位明朝作家是江苏淮安人，能把“广锅”写进小说，那是因为生活在京杭大运河边上的吴承恩，无数次看到满载广锅的货船源源北上的盛况，那时的佛山铁锅是品质最高的中国制造之一。

大英博物馆收藏有一册清代佛山铸造铁锅的组画，分别以十个场景呈现出佛山铁锅的制作工序。英国人把这组画珍藏在大英博物馆里，不是出于作品的艺术性，而是因为那时的佛山铁锅是一个世界性品牌。

佛山之冶遍天下。高品质的佛山铁锅让全国各地竞相追捧，也让众多海外客商纷至沓来买买买。郑和下西洋把佛山铁锅带到了东南亚，出国谋生的华侨把广锅带到了欧美国家。那时的日本人对佛山铁锅的追捧，超过今天中国人对日本马桶的迷信。佛山铁锅供不应求，雍正九年（1731年），朝廷颁布“限购令”——铁锅禁止出洋。

必须追问的是：一个不产铁的佛山何以成为中国的铸造中心，生产出天下闻名的“广锅”？

4

应该铭记石湾升起的那一把火。佛山制造蜚声天下的品质是从南风古灶熊熊的火光中启程的。

“石湾陶，景德瓷”构成了中国陶瓷的精髓，这个格局至今还没有被打破，或者说这样的历史得到了很好的传承。

“石湾瓦，甲天下”，陶瓷是佛山制造品质被认可和接纳的第一个标志；“南国陶都”是佛山获得的第一个全国性城市荣誉。我们无法想象，如果没有石湾陶瓷，佛山打造知名度、美誉度需要付出多少时光？

历史有窑冶一体之说，大凡窑火旺盛的地方，铸造业也会发达。南风古灶的“窑变”，不仅烧出了佛山陶瓷的惊艳和传奇，也塑造了一座城市的特性。

石湾窑是民窑而不是官窑，石湾陶瓷以民间日用品为主，它的市场定位是满足一般老百姓的日常需求。今天的佛山之所以呈现以民营经济为主、以实体经济为主、以家居产业为主的城市经济结构，源头就在这里，“模具”就在石湾。

5

“汾江船满客匆匆，若个西来若个东。”这是一幅怎样的佛山“清明上河图”？作为明清时期最主要的民生日用品生产基地，佛山输出的精美广货极大地满足了国内及海外的多样性产品需求，吸引了十八省商人和五湖四海来谋生的手工业者，“走广”成为时尚和潮流。

史书记载：1830 年，佛山镇的人口接近 60 万，商贾云集、百业竞秀、百货充盈。那时的佛山，被西方人称为“中国的伯明翰”。

学者有更大的发现。

中国社会科学院首批学部委员杨义说：佛山既不是政治中心，也不是军事重镇，它的崛起打破了“郡县城市”的旧模式，开启了中国传统工商城市发展的新路径。它以“工商城市”的模式，丰富了中国城市学的内涵。

从汉代的洛阳到唐代的长安；从北宋的开封到南宋的杭州，中国长期由单一中心城市一统天下。明清时期，随着一批工商业城镇的崛起，这个的格局被彻底打破。

著名岭南历史文化学者罗一星认为，从公元 1600 年到 1900 年整整三百年间，佛山同时扮演了三个著名的中心城市角色：一是以手工制造业的发达与汉口、景德、朱仙并称“天下四大镇”；二是以商业和物流业的鼎盛与苏州、汉口、京师共享“天下四大聚”的美誉；三是和广州错位发展，形成以手工制造业为支柱的岭南中心城市，世人谓之“广佛”。

品质决定地位。佛山就是一个铁证。

6

潮起潮落，大浪淘沙。一个值得思考的现象是，曾经与佛山一起扮演“四大镇”“四大聚”的城市后来都不同程度地蜕变了，河南的朱仙镇甚至被雨打风吹去。唯有佛山初心不改、秉性不变。

明清时期的佛山以冶铁、陶瓷、纺织、中医药四大行业为主干，发展出 300 多个上下游关联产业，4000 多个手工作坊。这样的集聚，让佛山成为享誉全国、闻名海外的制造业名镇。改革开放之后，佛山很快形成了备受全国瞩目的“一镇一品”专业镇现象。北滘家电、陈村花卉、乐从家具、盐步内衣、张槎针织、南庄陶瓷、大沥铝型材……在佛山大地上，41个专业镇熠熠生辉，构成了光芒耀眼的佛山经济版图。佛山专业镇的数量和影响可谓独步全国、声名远扬。

今天的佛山是全球闻名遐迩的制造业基地，在家电、家具、建材等行业，拥有一大批全国和全球知名品牌，多达十几类产品的产量位居全国第一和世界第一。佛山制造的威名，既是数量的奇迹，也是质量的胜利。如果不是这样，联塑集团生产的塑料管材凭什么市场占有率全国第一？全球440米以上十大超高建筑中，凭什么有5栋玻璃幕墙选用坚美铝型材？笑傲全球的意大利陶瓷企业为什么愿意为佛山的蒙娜丽莎贴牌？

7

有比较就有发现。

在全国经济前20强城市中，经济总量位居第16位、工业规模位居第6位的佛山有两个第一：制造业比重最高、民营经济贡献率最大。这是佛山的特色，也是佛山最坚挺的脊梁。

纵向比较，改革开放四十年，佛山的经济总量天翻地覆，成就巨大。横向比较，佛山也让人荡气回肠。

上海是中国经济第一城，是国家重点打造的国际航运中心、金融中心，但让佛山人惊喜的是：“魔都”上海与“草根”佛山的距离不是在拉大，而是在缩小。

1978年的佛山，生产总值仅有13亿元人民币，相当于同期上海的4.8%，也就是说要20个佛山才能顶得上一个上海。走过40年，佛山经济总量逼近万亿大关，是当今上海的32%。也就是说，佛山在四十年时间里，把自己和上海的距离缩短了6.6倍。

这是何等壮丽的征程！

推动佛山一路浩荡、一路辉煌的神奇力量究竟来自哪里？

8

忠义乡是佛山的旧名。这里的沃野良田本来应该成为佛山最动情的集体记忆，但奇怪的是，乾隆年间成书的《佛山忠义乡志》却这样记载：“乡人多富饶，但其人率无田业。”那时候佛山的民间资本都投到哪里去了呢？

历史学者考证发现，佛山人通过手工业致富后，更愿意把利润投入到资本积累和扩大化再生产上，没有发现一例把全部资本转买田地的案例。这就说明，早在几百年前的农耕时代，佛山人就确立了一个认知——做工好过种田，这样的理念深刻地影响和支配着佛山人的行为选择。

佛山人知道，要靠手工业吃饭，手上的活不好，是不可能活下去的。征战江湖，质量是最好的武器。对品质的崇尚浸透在佛山人的骨头和血液里。当今佛山企业家圈子里，谈论最多的是谁家的技术更好，谁家出的活更漂亮。品质不好的企业家一定会被同行笑话。

扎根实业、扎根本土、不熟不做，这是佛山企业家代代传承的“钉子精神”。佛山人对制造业、对实体经济的钟爱与坚守穿越千百年。佛山经济在任何时候都没有“脱实向虚”，就在于佛山企业家群体任何时候都没有动摇“实业为本”的信念，即便日子过得再苦，他们也咬紧牙关，坚守制造业，心甘情愿赚慢钱、辛苦钱……

9

有人说：国与国、地区与地区之间，10 年比的是经济，50 年比的是制度，100 年比的是文化。所谓文化，最简单的定义就是人类生存和繁衍的模式。对一个社会的成功起决定作用的是文化，而不是其他。

坚嘢、识做、搞掂是顺德人的“可怕”；敢为人先、精益求精、追求卓越是佛山的城市性格。这样的工匠精神是佛山最宝贵的精神资源，也是佛山最强大的文化力量。

文化是一种气质，也是一种气场。它时刻在塑造佛山的作为和走向。

两百年前，佛山改写了中国的城市格局；一百年前，佛山涌现了陈启沅、简氏兄弟、卫省轩、薛广森等一批中国近代工业的重要先驱；改革开放之后，佛山又诞生了何享健、杨国强、梁庆德、钟信才、庞康等一个个在全国闻名遐迩的产业巨子。

咬定青山不放松的氛围，既是佛山的底气，也是佛山的自信。这是一座为传统骄傲的城市，尽管这座城市的主政者来来去去，但佛山历届党委、政府的声音始终如一：

——没有落后的产业，只有落后的技术，传统产业完全可以通过转型升级获得新生；

——有市场需求，适合人民群众生活需求的产品是不会过时的，决不能轻易将传统产业丢弃；

——既要引进和培育战略性新兴产业，也要非常注重传统产业就地转型升级。

企业和政府形成共振，让佛山的脚步铿锵有力。

10

21世纪是质量的世纪，质量将成为占有市场最有效的武器，成为社会发展的强大驱动力。这是世界著名质量管理专家约瑟夫•朱兰的断言。

打造“中国制造业最高品质”。这是佛山最新的城市宣告。

从“南国陶都”“南国丝都”“广东银行”到“家电王国”“品牌之都”，佛山的历史就是一条惊心动魄的品质之旅。

在解决“有没有”之后，中国制造面临“好不好”的挑战和难题。大国崛起，民族复兴，很大程度上取决于中国制造品质的飞跃和涅槃。打造“中国制造业最高品质”，也就意味着佛山将挺在前列，为中国制造业攻坚克难、打开一条通道。

这又是一场深刻的革命，它会比以往的品质之旅更为艰难。

凡是过去，皆为序章。时间已经开始，有为就会有位。佛山，希望你像过去那样搞掂！

（原载《南方日报》2018年9月5日）

佛山是中国氢能产业的先行者

2018 年已经进入尾声，回望走过的日子，佛山有哪些让我们荡气回肠的事情？我以为是氢能产业领域所爆发的佛山力量。佛山在这一领域线所表现出来的格局和意识、境界和担当、执着和坚韧，是我们这座城市的自豪，也赢得了全国的瞩目和敬意。

现在该是从氢能产业的角度来打量佛山的时候了。

1

氢能是一个大多数人不熟悉、不关注的专业术语，但它离芸芸众生很近，而且正在以难以想象的速度改变和塑造人类文明的进程：一个叫“氢生活”的时代已经启幕了。在所有化学元素中，氢的重量最轻，但在人类未来的生活中，氢能的分量或许会变得最重。

什么是氢能？它将怎样介入人类的生活？三言两语无法说清，我们只需要记住并相信权威科学家做出的重要判断：氢能是 21 世纪最具发展潜力的清洁能源，是人类的战略能源发展方向。美国《时代周刊》把氢燃料电池列为 21 世纪高科技之首。未来的日子，它将扮演我们生活中的“芯片”。

一个万亿级的氢能产业即将诞生，谁都会动心。

从 20 世纪 70 年代开始，世界上许多国家和地区就广泛开展了氢能研究。而今一场波澜壮阔的进击和竞争已经在全球展开，大家都清楚：谁在这场世纪大战中抢到先机，谁就是世界的玩家。

中国没有缺席。全国目前已有 20 多个城市开始布局以氢能为主导产业的园区，河北、湖北、上海、山东、海南等省市已出台各种扶持政策，集中优势资源发展氢能产业。中原逐鹿，风起云涌。

尽管美国、日本、德国、加拿大等西方发达国家走在氢能研究、开发的前面，但并没有把奋力追赶的中国甩得太远，后来居上的可能性一直存在。

佛山几乎是在没人关注、更没人看好的情况下悄然出场的，时间是 2010 年，标志性事件是先后举办了两次高峰论坛，这是佛山布局氢能产业的发端。应该说，佛山氢能产业的启程仪式“雷声小、雨点更小”。翻阅那时的媒体报道，只有举办论坛的消息，至于佛山会怎么做却语焉不详，或许是因为那时只有想法、还没有找到办法。

2

八年之后的今天，佛山大不一样了。审视中国氢能产业的格局和态势，我们可能要承认一个事实：佛山已经走在中国氢能产业的最前列。

这不是自吹自擂。支持这个判断的理由至少有几个方面：

第一，佛山在全国率先建立了氢能全产业链条，从制氢、储氢、加氢、氢发动机及零部件，到整车制造、商业化示范，佛山的系统推进速度成效显著，风景独好。

第二，佛山整合建设了氢能产业“铁三角”：位于南海的广东新能源汽车产业基地、位于高明的现代氢能有轨电车修造基地、位于云浮的氢能产业研发生产基地。三大氢能产业基地齐头并进、交相辉映，这样的布局放眼全国也是最生动的。

第三，佛山（云浮）产业转移工业园和中国标准化研究院合作，建设全国首个国家级氢能及燃料电池实验室，很可能成为中国第一个氢能产业质检中心。佛山市政府及其对口帮扶云浮指挥部还与中国标准化研究院共同组建佛山绿色研究院和首个国家氢能实验室。

第四，佛山本地化首列氢能源现代有轨电车已经下线，全国首条以氢能源为动力的有轨电车示范线也已经在高明开建，明年就可以试运行了。

第五，国内首座商业化运营的加氢站在佛山建成，而且率先探索建立了国内首个商用加氢站审批、建设流程。

第六，佛山已经专门设立 10 亿元氢能产业股权投资基金和 30 亿元的氢能产业发展基金。这两个数字虽然不算很大，但采取这样的举措来推动氢能产业的发展，佛山是领先的。

3

佛山氢能产业之所以能够挺在最前列，是因为有两个强大的支点和亮点，一个是南海，另一个是佛山（云浮）产业转移工业园，他们走的是两种不同的技术线路，彼此之间是互补而不是竞争。

花开两朵，各表一枝。先来看看南海。

布局新经济，凝聚新动能——这是南海发展的重大方略，其中的重头戏是新能源汽车及氢能产业。南海以此为发力点，打造南海经济发展的新增长点，进而抢占未来产业发展和竞争的制高点。

2017年9月，投资超百亿的长江氢动力（佛山）研发中心及整车项目已经落户南海，这是继一汽大众等整车生产项目落地后，南海在汽车制造领域的又一项里程碑式的突破。与以往的大型汽车制造项目不同的是，该项目直指氢燃料电池汽车的研发制造，把氢能作为新能源汽车产业的支撑点。

南海有一个明确的目标：成为国内领先的氢燃料电池汽车研发生产基地。

2017年被称为中国氢能产业发展的元年。南海做了三件让全国瞩目的大事：一是拿出8000亩土地，专门用来建设广东新能源汽车产业基地。二是对加氢站建设补贴力度全国最大。未来4年，南海将有22座加氢站，南海也将成为全国加氢站最密集的地方。南海之所以这么舍得投入，是基于一个道理——没有加氢站网络，再好的氢能汽车都是一堆废铁。三是举办全国第一个“氢能周”——请全球高手来南海“灯湖论剑”，也为即将到来的“氢生活”鸣锣开道。

南海深深知道：氢能汽车产业要发展，载体建设是基础，加氢站建设是关键。2018年，南海加快步伐，一系列标志性的“大动作”接踵而至，集聚国内外氢能产业领先力量，全方位、多层次打造全国领先的氢能产业集群。南海相关扶持政策出台速度之快、力度之大领先全国。

4

全国第二个“氢能周”已经登场，地点还是在南海。与第一个“氢能周”相比，规格和规模、形式和内容又上了一个台阶。今年的最大亮点是“仙湖氢谷”规划的推出，它是第二届中国（佛山）国际氢能与燃料电池技术及产品推介会主题馆的核心内容。

“仙湖氢谷”在南海丹灶，那里承载着南海氢能产业的光荣与梦想。

丹灶是历史名人康有为的家乡，以“中国日用五金之都”闻名于世。2010年开始转型升级之旅，广顺新能源动力科技公司的入驻，是丹灶氢能产业启程的标志。2014年5月，广东省新能源汽车产业基地在南海丹灶挂牌，成为广东省唯一的燃料电池和氢能技术核心部件产业基地。2017年9月，长江氢动力研发及新能源汽车整车项目的落户，是丹灶氢能产业发生重大转折的历史性节点。

八年奋进，丹灶逐步发展成为广东氢能产业的核心，吸引众多科研机构、生产厂家落户。可以这样说，丹灶就是观察广东氢能产业发展的风向标。

规划面积约47.3平方公里的“仙湖氢谷”位于丹灶仙湖片区，这个依托仙湖生态核心、以新能源为主题的“氢谷”一旦从纸上落实到地上，佛山在全国氢能产业版图上的地位和能量会更加不同凡响。

丹灶，这个过去传说中以葛洪炼丹之地而得名的古老名镇，注定将以氢产业而再次扬名天下并名副其实。

5

佛山氢能产业另外一个爆发点在佛山（云浮）产业转移工业园。

今年年初召开的广东省十三届人大一次会议上，云浮市市长很自豪地宣告：经过两年多的努力，云浮市初步形成了研发、孵化、生产的氢能产业链，成为全国氢能源产业基础最好、发展最快、集聚度最高的地区之一。

最近两年到云浮考察的广东和中央领导都会去一个叫思劳的小镇，看的就是佛山（云浮）产业转移工业园，那里吸引了上中下游的氢能源产业项目，集聚了近20家氢能核心企业，投资总额超60亿元，成为国内具有重要影响力的氢能产业发展高地，也被视为中国氢能产业的突破点。

这个由佛山主导的园区有五个“最”：全国最早以氢能为主导产业的专业化园区、全球规模最大的氢燃料电池电堆生产基地、全球规模最大的氢能汽车整车生产基地、全国最早投入商业运营加氢量最大的加氢站、全国最早开通的氢能公交车运营线路。

2014年之前，那里还是一片荒山，巨大的改变来自佛山和云浮的联手。佛山（云浮）产业转移工业园既是中国氢能产业发展的兴奋点，也是全国对口帮扶工作少有的典范。大家公认：佛山为云浮建了一个产业的“红旗渠”，开全国高科技产业扶贫之先河，未来的爆发力巨大。

这个小小的思劳园区，不经意间承载着中国年轻的氢能研发团队一个自豪的概括：这里是中国氢能产业研发的“延安根据地”。

五年帮扶磨一剑。今年3月20日，中国市场监督总局正式批准佛山（云浮）产业转移工业园与南海一起，筹建国家级氢能产业标准创新基地，这又是一个中国第一，而且是唯一。

6

最新的消息是：佛山氢能产业规划即将出台，2019年中国氢能产业大会不久将在佛山横空出世。

佛山的努力和奋斗，已经让佛山取得氢能产业发展的优势，要将优势转化为胜势，佛山还要付出艰巨的努力。

习近平总书记视察广东时再次强调：粤港澳大湾区要建设国际一流湾区、

世界级城市群、世界先进制造业产业集群。地处大湾区腹地的佛山已经意识到一点：与旧金山湾区、纽约湾区、东京湾区相比，氢能产业是粤港澳大湾区最突出的“短板”之一，这是佛山的机会，也是佛山的使命。

挺在中国氢能产业最前列的佛山必须“氢风习习”“氢车熟路”，以更大的视野、更大的力度、更好的条件让许国们“氢”装上阵、激浊扬“氢”、“氢”风劲吹。

创新需要冒险，需要一点赌性。历史已经证明：敢为人先的佛山不缺这样的“狼性”，也不缺勇敢担当的血性；历史将继续证明：会有那么一天——佛山因“氢”而重，“氢”傲江湖。

（原载《南方日报》2018 年 11 月 5 日）

学习美的好榜样

2023 年 5 月 30 日是一个大日子：美的集团三喜临门——美的集团数字科技产业园、美的集团创新科技园正式动工，美的库卡智能制造科技园二期正式投产。佛山市委、市政府，顺德区委、区政府的主要领导都亲自前往北滘祝贺。这种不同寻常的场面、规格和隆重，传递出一个响亮的号召：学习美的好榜样。

美的是一家企业，也是一种精神。这些年，我和美的接触比较多。我所看到的美的精神主要体现在三个方面：第一，扎根佛山，放眼全球。美的是一家跨国企业，好多佛山人担心：美的会不会走？2020 年 11 月 10 日，美的集团投资 30 亿元在顺德杏坛打造世界级灯塔工厂，那天本来没有安排发言环节，是方洪波主动提出要发言的。他专门说到美的继续深耕顺德的原因，最重要的一句话是：扎根顺德，志在全球，是美的发展的坚定方向！我认为这是方洪波借这个机会来回应社会关切。后来方洪波又在一个大会上郑重表态：扎根佛山，走向全球。方洪波这样说，美的也是这样做的。从 2020 年到现在，美的在佛山的新增投资已经超过 200 亿。这是佛山所有本土企业中投资本土最多的企业。美的固然在很多地方有投资，但最大的手笔是投资佛山。美的到外面投资是基于市场规律的全球布局，顺德领导也好，佛山领导也好，大家都充分理解和支持。这种开明、开放的姿态背后，是佛山的格局和境界。

美的精神第二条是拥抱变革。方洪波喜欢说一句话：美的每天都在变，唯一不变的就是变。有一个日子需要记住：那就是 2017 年 3 月 8 日，那天美的集团在上海浦东香格里拉酒店举行“智启未来”战略发布会，在这个上千人出席的活动上，美的正式宣告从一家中国家电企业向全球化科技集团转变。这是美的集团站在互联网时代变革的风口期，转型力度最大、态度最坚决的一次。这些年，美的一直在寻找家电之外业绩增长的第二跑道，从大规模低成本生产的商业模式改变为以科技创新驱动的商业模式。这是今天开工的美的家用空调研究院效果图，非常漂亮，投资 13 个亿，建成以后将是全球顶级的家电研究院。这个研究院和已经建成的美的全球创新中心、美的总部，美的光在北滘上班的员工就达到 2.3 万人，其中很大一部分是高层次人才。在美的高层有一个共识：

其他事业部有可能裁员，但全球创新中心的研发人员上不封顶，凡是有料的人才都要。这些事情都足以说明美的在扎扎实实、坚定不移地向科技公司迈进。

美的精神的第三条是低调务实。一路走来，美的遇到很多诋毁、抹黑，但美的从来不去回应，而是踏踏实实做好自己的事情。2017 年 4 月 25 日，发现顺德全球路演在德国汉诺威举行，大家都没想到将近 80 岁高龄的美的集团创始人何享健先生会亲自飞往德国为顺德站台。我是那次顺德全球路演的主持人，何先生不让我报他的名字，也不让媒体报道他的到来，非常低调。创始人的性格塑造了美的的性格。北滘缺少高端医院，何享健出资超百亿建和祐国际医院，最近又出资 30 亿设立何享健科学基金。美的总部周边的商业配套不太好，美的自己出钱建了一个非常高端的文化综合体。美的还做了一件很有意义的事情：帮助顺德政府把华东师范大学附属第二中学引进北滘，不光是高中，还有小学和初中。华东师大附属二中非常有名，拿过 30 多块奥林匹克竞赛金牌。这所名校第一次走出上海是到海南，第二次选择顺德北滘，这当然有方洪波的巨大努力，华东师大是他的母校。这就是顺德人说的“识做”。

今天这么多佛山领导出席美的的活动，也在传达佛山的承诺：不会辜负美的对佛山的厚爱和信任。北滘也好、顺德也好、佛山也好，都会全力以赴服务好美的的发展。美的好，佛山好；佛山好，美的会更好。纵情向前繁星满天——这是美的集团董事长兼总裁方洪波今年开年的演讲标题，也是我们对美的集团的美好祝愿。

2023 年 5 月 30 日

蒙娜丽莎为什么行为什么火

今天给大家说说蒙娜丽莎，这是我们佛山一家著名的陶瓷企业，最近一段时间到这家企业参观学习的人很多，前几天我也去了，走进车间一看这已经不是我熟悉的蒙娜丽莎了，三个字不得了。我以前对陶瓷企业的印象是工人多、灰尘多、噪音多，这一次蒙娜丽莎彻底颠覆了我的看法。

我曾经去意大利、西班牙，看过几家号称是全世界最现代化的陶瓷生产线，现在的蒙娜丽莎和他们相比可以说是有过之而无不及。

蒙娜丽莎代言中国陶瓷产业的巨大进步，这是我们佛山制造的骄傲。制造业是我们佛山的根和魂，数字化改造是佛山制造业转型升级的必由之路。在前不久召开的佛山市制造业数字化智能化转型发展大会上，市委书记郑轲说了这么一句话，佛山的命运与企业的命运都系于数字化智能化转型。

之所以把话说得这么狠，是因为数字化智能化转型对佛山太重要了，这是一场波澜壮阔、惊心动魄的革命，凡是革命都需要有一批敢于横刀立马冲锋陷阵的先行者，我认为蒙娜丽莎就扮演了这样的角色。我看到这个车间是当今中国智能化数字化水平最高的岩板生产线，也是我们佛山企业数字化改造的一个缩影，花了 6 个亿，产值达到了 16 个亿，投入大、成效更大，这样的改造成效，会让我们的佛山企业家树立数字化改造的信心，看到数字化改造的前景。

去年下半年我跑了 50 多家佛山企业调研，重点是看数字化转型，听到一种说法——不转是等死，转可能是找死。很多人都对数字化转型犹豫不决，第一是不知道要花多少钱才能转型。第二是担心花钱没有效果。我认为这样的担心并不奇怪，因为我们佛山企业家最务实，所谓务实就是相信眼见为实，赚到钱才是硬道理。

现在蒙娜丽莎是很好的数字化转型发展的成功案例，它是冬天里的一把火，这个世界有人是因为看见而相信，有人是因为相信而看见，敢于创新且能够引领潮流的往往是那些因为相信而看见的人。

蒙娜丽莎为什么行？

2008 年佛山曾经有过一场空前猛烈的环保风暴，全市 400 多家陶瓷企业最后只剩下40多家，很多人认为陶瓷企业一定就是污染企业，恨不得斩尽杀绝，关键时刻是蒙娜丽莎站了出来。2008年8月时任佛山市委书记林元和主持召开一个座谈会，佛山几家著名的陶瓷企业负责人都参加了，参加座谈的蒙娜丽莎集团董事张旗康当场邀请林元和到蒙娜丽莎看看。张旗康说我们的车间是可以穿西装打领带上班的，林元和当时还半信半疑。

林元和不久果然带了很多部门领导和媒体记者来到蒙娜丽莎，看到确实可以穿西装打领带上班的陶瓷生产车间，大家都很高兴，蒙娜丽莎确实行。

我见过一个场景，2019年11月5日人民大会堂东大厅，华灯璀璨，高朋满座，蒙娜丽莎新产品发布会在那里隆重举行，这一天标志着蒙娜丽莎成为国际陶瓷大板的领跑者，威望很高的中国轻工业联合会名誉会长杨志海很是激动。他在发言中说，蒙娜丽莎推出的新产品可以说是当今世界最具技术含量的一块大板，也是一块让全体中国人感到自豪的陶瓷大板，因为它让中国陶瓷产业占到了全球陶瓷产业技术创新的最前沿。

在当今中国企业中，蒙娜丽莎的规模其实不算很大，但这家企业总能够别出心裁，另辟蹊径，不断创造出诸多行业第一，秘诀何在？杨志海一语道破。最为重要的是蒙娜丽莎集团有一位敢于创新、善于创新的好老板萧华董事长。

这些年我和萧华董事长走了不少地方，还一起到牛津大学学习过，我印象最深的是他说的一句话："创新是我们的性格。"佛山最早的名字叫忠义乡，佛山企业家对乡土家园和实体经济的忠诚和信仰，很好地诠释了这个地名。萧华就是一个杰出代表，我们佛山有一个宣告，要让企业家精神和工匠精神共同成为照亮佛山现代工业文明之路的双子灯塔。如此旗帜鲜明的价值主张，就是一座以制造业为根和魂的城市呼唤更多的萧华，期待更多的蒙娜丽莎。

2022年1月9日

坚美：佛山制造品质革命的一面旗帜

1

这是佛山制造又一个高光时刻。

12 月 22 日，冬至。温暖的阳光和聚光灯一起打在坚美集团创始人的脸上。以“中国企业全球竞争力”为主题的第十八届中国经济论坛在北京举行，这位来自佛山的民营企业家应邀做了一场底气十足、语惊四座的主旨演讲。他所代表的不是一家铝型材企业，而是一个具有全球竞争力和影响力的中国行业。业界有这么一句话：世界铝业看中国，中国铝业看广东，广东铝业看佛山。

在佛山，人们喜欢称呼坚美集团创始人为“阿曹”，亲切而温暖。

从佛山来到北京，阿曹的背后是一座砥砺奋进的制造业城市。在中国经济 20 强城市中，阿曹所在佛山有两个鲜明的属性：一是制造业比重最高，二是草根经济特征最明显。如果要表达这座城市的速度与激情、光荣与梦想，最合适的词汇就是“品质革命”。

阿曹所在的佛山铝材行业可谓江湖浩瀚、高手如云，机会之所以属于这位年过六十的企业家，是因为他和他的坚美走在佛山制造品质革命的最前列。

2

阿曹发表演讲的地方是位于北京金台西路的人民日报社报告厅，从那里向南不远就是长安街。

2007 年发生的一个真实故事：“中国驰名商标”评选进入白热化，国内很多参选的铝型材企业都说自己是最好的。坚美决定用事实说话——请有关专家和领导上一辆中巴车沿长安街走一趟。边走边告诉他们，中央电视台新楼、国家博物馆、人民大会堂、中国石油大厦、中国工商银行总行、钓鱼台国宾馆、军事博物馆……这条闻名世界的大街上的许多地标建筑用的就是坚美铝材。

眼见为实，耳听为虚。坚美这一招果然灵验。一位专家用一句流行歌词表达自己的感受：就这样被你征服。

那一年，已经两次获得中国名牌产品的坚美，又顺利拿下“中国驰名商标”称号，成为中国铝型材行业第一家获得这个荣誉的企业。

从那以后，坚美走得顺风顺水、走得荡气回肠。一个最显著的变化是，当年用中巴车游说的坚美，现在是用世界地图说话：全国 49 座 300 米以上超高建筑幕墙中有 17 座用坚美铝材、全球 10 座 440 米以上的摩天大楼幕墙有 5 座用坚美铝材。

从 10 年前开始，坚美就陆续参加了行业标准、国家标准、国际标准的制定。作为一家参与标准制定最多的中国民营企业，坚美做出了两大贡献：一是打破了国家标准制定由国有企业一统天下的局面，二是终结了欧美发达国家长期垄断技术标准的历史，不仅为中国铝型材工业赢得了国际话语权，也为中国铝材产品打入欧美市场开辟了道路。

一流企业卖标准，二流企业卖品牌，三流企业卖产品。遵从这个逻辑和共识，坚美应该就是一流的。

在北京的演讲中，阿曹告诉大家：坚美已经成为华为 5G 基站高端铝合金产品的主要供应商。阿曹没有说的是，华为是他创业以来遇到的最挑剔、对质量要求最高的客户。牵手华为，当然也是坚美集团最欣慰的事。

这是品质革命的硕果。

3

被誉为“中国铝材第一镇”的南海大沥是坚美的诞生地。

这是一方怎样的水土呢？

大沥比邻广州，这样的地缘优势让大沥从明清时期就是著名的商贸重镇，这样的商脉又涵养并锤炼了大沥人与生俱来的商业禀赋。今天的南海，大沥商帮人数最多、实力最强，原因就在这里。

金属深加工是大沥的强项，历史悠久，功夫深厚。从广州到香港，这个行当很早就是大沥人的天下。20 世纪 80 年代中期，大沥一些从事废旧五金回收和熔铸的民营企业向下游延伸，开始从事铝型材加工。一间间简陋的小作坊如雨后春笋般崛起，大沥很快成为中国铝型材行业最兴旺的地方。

那时，大沥最高档、最旺的酒楼叫欢乐城。每天早上，大沥最有钱的老板们都聚在那里喝茶，每个人拿着一个大哥大，说的全是铝型材生意。这样的景观成为津津乐道的江湖美谈，这样的生活让很多人羡慕不已。

那时，曹氏兄弟还在做食品贸易。1981 年弟弟从部队退伍回乡，就跟着哥哥在大沥做生意，9 年之后觉得办工厂更有发展前景，于是转行做起了一家小五金厂，这就是坚美铝材的前身。

1993 年 5 月，曹氏兄弟决定进军铝型材行业：筹集 120 万买了一台熔铸机、一台挤压机，带领 42 名员工在一间小作坊里开干。做出这个选择，理由很简单：铝型材生意太供不应求了！至于怎么赚钱，曹氏兄弟也把套路摸得一清二楚了。起名“坚美”是弟弟的创意，道理也很简单：铝型材嘛，第一就是要“坚嘢”，广东话的“坚嘢”就是质量过硬；美，就是要漂亮、美誉度高。在大沥，曹氏兄弟不是铝材行业的先行者，但他们用 20 年时间完成了从追兵到标兵的跨越。这样的“坚美现象”是如何发生的？

4

坚美刚刚起步的时候，铝型材行业属于卖方市场。只要有产品，无论质量好坏，根本不愁卖。不少企业投机取巧，以次充好，牟取暴利。曹氏兄弟坚决不搞这一套，他们给坚美设定了一条底线：靠质量赢得客户。

1994 年年初，坚美有一批在质量上存在瑕疵的产品，说它合格也行，说它不合格也行。有员工说，反正用户看不出问题，对工程质量也不会产生根本性影响，不如直接交货。如果将产品回炉，要加班加点生产不说，直接经济损失就超过 10 万元。但阿曹果断拍板：全部回炉！

公司上下震动很大。曹氏兄弟以此为契机发动一场质量意识大讨论，确立了“有缺陷的产品就是废品”“不生产合格产品就是不合格员工”的质量理念，进而制定了一套严格的质量运行和监督体系。

品质革命总是从观念开始。

走进坚美，能看到很多标语。有人统计过：坚美车间的 92 条标语中，涉及质量的有 59 条。“没有质量就没有品牌，没有品牌就没有市场”“质量是企业的生命，今天的质量就是明天的市场”“生产没有质量的产品，等于制造无用的垃圾”……这样的质量金句在坚美厂区随处可见，成为所有坚美人的集体意识和自我约束。

一路走来，坚美花钱最多的第一是设备，第二就是质量。阿曹有一句口头禅：“在质量面前，人人都是总经理。”

在坚美公司，收入最高、晋升最快的一定是在产品质量上有突出贡献的人。质量决定前途——这样的“质量文化”如血液般流淌在坚美的肌体、如电流般驱动着坚美的每台机器。

当下的中国铝型材行业日子不是很好过，人们发现赚钱越来越难、生意越来越不好做了。坚美风景独好：创办 26 年来，现在是订单最多的时候，接单量和人均生产率达到有史以来的最高峰。鲜为人知的是，坚美的铝材产品是当今中国卖得最贵的。

这是市场对品质革命的回报。

5

世界上没有无缘无故的成功，只有莫名其妙的失败。从一家名不见经传的小作坊到中国铝型材行业的龙头企业，坚美的秘密就是在正确的时间做出了正确的选择。最关键的几招是什么？

第一是坚决不用废铝。铝型材生产的原材料可以用纯铝锭，也可用废旧杂铝。前者质量好，但成本高；后者可大大降低原材料的成本，但质量基础不可靠。坚美选择的是坚守质量，坚决不用一斤废铝。

第二是购买最好的设备。18 年前，坚美花 8000 多万从日本引进一条现代化的表面处理生产线，成为中国第一家敢于这样砸钱的民营企业。那时，这样的生产线全国只有两条。是这条世界一流的先进设备让坚美铝材迅速拉开了与众多同行的距离。

第三是严格执行国家标准，不做薄料。当曹氏兄弟作出这个决定的时候，公司上下很多人反对，就连经销商也大为不解：人家都做薄料，你为啥求厚度？阿曹的回答掷地有声：“人家是人家，坚美是坚美。我们是制定国家标准的参与者，理所当然要做国家标准的模范执行者。必须理直气壮地告诉消费者——买坚美，没薄料。”

这句话效果极好，市场反响出乎意料。

2011 年，行业内发生“薄料事件”，一些企业制造及销售壁厚不达标的“薄料”产品，很快在国家相关部门的监管中受到严惩，不少企业停产整顿，客户订单纷纷涌向“没有薄料”的坚美。回首坚美走过的 26 年，这是一个巨大的转折点。

第四是选择最好的生产辅料。坚美坚持全球采购生产辅料，质量是世界上最好的。

第五是全球招揽人才。坚美现有 5000 名员工，有一支国际化的产品研发团队和营销团队，他们来自日本、欧洲、美国、东南亚、中国台湾等国家和地区。坚美走到今天，一直有世界力量相伴。

品质革命需要巨大的投入。坚美告诉我们：创新是从花钱开始的。

6

2013 年 8 月，坚美入选首届中国质量奖提名奖公示。消息传来，正在牛津大学学习的阿曹说：“我的目标是要做中国铝型材第一品牌、世界知名品牌。”

创业难，守业更难。阿曹说创新是最好的防守。在牛津大学的课堂讨论中，他透露说，坚美的创新主要从两个方向展开：一是从单纯的建筑材料转向工业、高铁、地铁和军工材料领域；二是从半成品转向成品，而且是高质量的环保产品。

阿曹在牛津这所世界一流学府研修学习的时候，他所领导的坚美公司也从执行国家标准悄然转向执行国际标准。这样的率先，基于这样一个理由：衡量产品质量水平的高低不能只靠行标和国标，而应该敢于与国际接轨。要想成为一家国际化企业，坚美就应当执行国际标准。

什么叫中国企业的全球竞争力？在曹氏兄弟看来，标准就是三条：国际标准制定你参加了没有？国际行业会议上有没有你说话的资格？对质量要求最苛刻的高端市场你进入了没有？

坚美的产业升级怎么做？

曹氏兄弟做出决策：坚美要由生产好铝材转向做出好门窗，从输出铝材到输出门窗设计、标准、服务和解决方案。坚美先后投入上千万元更新实验设备，经过数千次的试验、测试之后，坚美于 2015 年推出自己的门窗系统。这套以全新思维打造的系统备受关注、好评如潮，媒体视之为佛山在供给侧结构性改革领域的案例和样板。

2016 年，坚美在获得广东省政府质量奖之后，又荣获中国质量奖提名奖。无论是全省还是全国，坚美都是唯一一家上榜的铝型材企业。

坚美是中国铝型材第一品牌，这个说法是成立的。德国、日本是全球铝型材的霸主，从产品质量而言，今天的坚美铝材完全可以和领跑者并跑了。最大的差距在于品牌影响力，曹氏兄弟知道，消灭这种差距还需要一些时间。

7

当今世界，铝无处不在。铝材正在重新塑造这个世界。未来的世界，很可能就是铝的世界。

从高速发展到高质量发展的佛山，需要铝型材行业品质革命来支撑；从铝材大国向铝材强国迈进的中国，需要更多坚美这样的品质企业。

品质革命，坚美永远在路上。在北京演讲时，阿曹说：“这是坚美的选择，更是坚美的承诺。”

面对媒体采访，阿曹一再表示："多说坚美少说我，不要提我们兄弟俩的名字，更不要用我们的照片。"这是典型佛山，革命者都很低调。他们不事张扬，很少显山露水。曹氏兄弟的理想是：世界都知道坚美，他们可以随便去路边的大排档喝粥、吃煲仔饭，没有人认出他们是谁。

世界是铝的，铝的世界属于品质革命者的。

（原载《南方日报》2019 年 12 月 27 日）

佛山创意产业园值得我们高看一眼

时间过得真快，一转眼，佛山创意产业园已走过了11个年头。这是有意思的11年，也是大有作为、可圈可点的11年。

佛山创意产业园是佛山第一个、广东省第一批文化创意产业园。在过去的11年里，她先后获得四个国家级、十个省级荣誉称号，其间还作为“三旧”改造优秀案例入选上海世博会。11年时间，她从一片破败的厂房蜕变为繁华的街区，2017年的纳税额近1.8亿元。这样的变化是我们始料未及的，把她视为佛山荣耀也是完全可以的。

现在的佛山创意产业园旺，白天夜晚都在“卖钱”，3000多个停车位也依然供不应求，这样的“佛山现象”已经引发全国性关注。

最新数据显示，全国各地的创意产业园已有3000多家，但像佛山创意产业园“活得”这么滋润的园区的确没有多少。这些年，我先后看过上百家有一定知名度的文化创意产业园，还很少发现可以和佛山创意产业园比旺的园区。

是因为城市吗？不是。杭州、南京、武汉、沈阳、成都、重庆，这些城市的影响力都在佛山之上，但他们也很难拿出一个可以和佛山比旺的创意产业园。

是因为地段吗？也不是。到长沙、南昌、合肥、郑州、济南、贵阳、南宁等省会城市看看，身处闹市区的创意产业园比比皆是，但多数效益平平。

很多人不解：地级市的佛山，为什么做得这么成功？

在已经走过的11年里，佛山创意产业园先后接待了2000多批次来自全国各地的访客，他们中有政府、有企业、有主官、有老板，尽管身份不一，但目的一样，都是来取经的。

佛山创意产业园面积不大，占地13万平方米，建筑面积不过25万平方米，但它创造的数据不小：入驻企业1100多家、就业人数2.5万人；车流日均1.8万辆，日均消费人流超3.5万人；有17家上市企业，小微型企业占比98%。

佛山创意产业园隐藏着不少鲜为人知的佛山荣耀，比如全国首家运动主题弹力空间；再比如世界排名第91位的音乐酒吧，不仅佛山年轻人追捧，广州、深圳的人也跑来消费，这样的夜场，放眼全国也是不多的。有业界人士评价：

佛山创意产业园是珠三角体量最大的不夜城。不要小看这样的赞誉，佛山创意产业园在一定程度上改变了一座制造业城市的夜晚，为佛山的城市消费升级作出了贡献。

一个有意思的现象是，佛山创意产业园影响很大，争议也大。5 年前，我曾经在一篇文章中写到——

在佛山众多园区中，佛山创意产业园应该属于出生最晚的一批，但不能不说它是人气最旺的一个：曾经的旧工厂被装点一新，昔日的凋敝被如今的车水马龙、人流如织所取代，无论白天还是夜晚，那里都散发出一股活力的味道。如此景象，在佛山其他园区是很难看到的。即使是一个没有商业头脑的人都可以得出一个靠谱的结论：这是一个成功的项目。但一个奇怪的现象是，当众多中小企业争相入驻佛山创意产业园的时候，关于这个园区的争论也如潮水般一浪高过一浪，而所有的争议都聚焦于一个问题：这是创意产业园吗？

又一个 5 年过去了，这样的质疑似乎还没有消停。

说到创意产业园，不能不说北京的 798，它是全国的标杆和典范。

当年的 798 聚集了众多文化、设计、会展、广告等创意企业和创意人才，这些业态和人才的聚集，不仅塑造了人们对创意产业的认知，也无形中定义了中国创意产业园的性质和呈现方式。但今天的 798 已经不是当年的模样：大量的创意人才和创意企业不断告退，他们付不起年年上涨的租金。一大批工作室相继关门，取而代之的是各种餐饮店和商店……

上海也一样。曾经名噪一时的 8 号桥、田子坊也已经“走样”，上海人的说法是创意园沦为“收租园”。

面对变迁，北京人接受了，上海人也接受了。大家都明白：理想很丰满，现实很骨感。活着比什么都重要。

这样说，不是为佛山创意产业园开脱。但它确实有点“冤”。

在佛山创意产业园 1167 家入园企业中，餐饮企业也不过 82 家，占的比例并不大。之所以给人“美食园”的印象，主要是因为这些餐饮企业集中在一楼，且位置和招牌都比较显眼。加上餐饮业的口碑不错，很多人找吃饭的地方都想到了创意产业园。久而久之，也就强化了“美食园”的标签。

如果从一楼高看一眼，那又是另外一番景象：大大小小的办公楼里，聚集着 100 多家科技企业、300 多家电商企业、200 多家陶瓷行业产业链企业、200 多家文化创意企业，还有几十家金融企业，各类设计师超过 4000 人……

佛山创意产业园集聚了大量的年轻人，可以说是佛山最大的众创空间。正是因为如此，它才先后获得了“国家级科技孵化器”“国家级众创空间”“广东省电子商务示范基地”等诸多荣誉。这些牌子不是随随便便就可以拿到的。

只有高看一眼，我们才能真正发现佛山创意产业园的价值。如果仅仅是“美食园”，它不会这么旺，也不可能有近1.8亿元的纳税。高看一眼，我们就会看到产业，看到创意；高看一眼，我们就会为佛山创意产业园的今天高兴。

佛山最近推出了一本很受读者欢迎的书——《佛山“饭”本》。

佛山创意产业园有那么多来自全国各地的年轻人，他们愿意在那里扎堆，一个很重要的原因是生活配套完善，不出园区就可以吃到全国各地的味道。一个吃饭都成问题的地方，肯定没有人气。

美食没有敌人。

法国人有一句话：要征服法国，首先要征服法国人的胃。我参观过巴黎几个著名的文化街区，最触目的风景是那些林林总总的美食。德国的鲁尔工业区有大量废弃厂房，后来被改造为被联合国评定为典范的文化产业园区。我两次前往考察，发现最精彩的地方就是那些车间被改造为风情万种的酒吧和餐饮店，印象最深的是啤酒和咸猪手。

另一个收获是对佛山创意产业园多了一分理解。佛山也需要这样的包容。

前不久去上海参观著名的环球港，那是阿拉们的购物天堂。主人在介绍时说到一个细节：环球港的开发商、运营商——月星集团老板每天都会走上一圈，密切关注环球港建设的每一个细节，以及人流变化情况，然后提出自己的改进意见。这种每天差不多20公里的巡查他坚持了整整两年，这样的付出换来了今天的兴旺。

佛山创意产业园的老板也是如此。在过往的11年时间里，他几乎每天在园区漫步，随时发现问题所在。一个成功的园区背后，肯定有一个优秀的园区运营商。天上不会掉馅饼。没有专注和匠心，就不会有奇迹发生。

佛山创意产业园是一个巨大的存在，也存在巨大的争议。因为它目前还是一个不完美的存在。这家园区的运营商也说：如果以100分为满分，目前只能给45分。面对这样的坦诚，我们是不是需要给它一点时间、给它一些宽容呢？

（原载《南方日报》2018年10月15日）

以顺德美食精神打造佛山民宿精品

好雨知时节，当春乃发生。

佛山市旅游局昨天下午举行新闻发布会，向社会公布促进全域旅游发展的若干办法，其中的最大亮点是一系列推动民宿经济发展举措的出台。它传递出两个重大的积极信号：其一是朱伟市长去年在政府工作报告中首次提出的“发展民宿经济”已经从构想转化为行动；其二是佛山发展民宿经济有了“指南针”和“定心丸”。

1

旅游是一个很赚钱的行业，也是当今世界最大的产业。从全国范围来看，佛山算得上一个旅游大市，但佛山旅游有两个显著特点：一是出去游的多，进来游的少；二是来吃的多，住下来的少。

佛山一直在努力寻求改变。

2018 年 11 月，市政府在高明召开旅游工作会议，确立一个目标：2020 年，佛山旅游产业总收入突破 1000 亿元，全年接待游客超过 6000 万人次，其中过夜游客 1750 万人次。别看这几个数字不是很大，但要两年内完成这个任务，难度挺大的。

这个目标的实现过程，就是佛山旅游消费升级过程。佛山要回答两个问题：有什么新东西给人看？凭什么让人愿意住下来？

这些年，佛山在旅游方面做了不少卓有成效的事情，从城市形态、旅游景区的改造升级，到佛山旅游专线、佛山精品旅游线路的推出，再到以《佛山情书》、《佛山“饭”本》、佛山旅游专线巴士在香港市区穿梭为标志的旅游资源和产品推介，都无一例外地冲着“旅游升级”而来。

近期出台的发展全域旅游促进投资和消费实施方案、促进全域旅游发展扶持办法有很高的“含金量”，最让人振奋的消息莫过于佛山的宣示：民宿是佛山旅游升级的战略抓手。媒体也乐观预测：佛山民宿将迎来“井喷”。

2

第一次听说“民宿”是在英国伦敦，一名中国留学生告诉我：伦敦的“家庭旅馆”非常火。我大致了解过它的历史脉络：第二次世界大战结束时，云集在英国的美国士兵在等待回国的间隙纷纷走出军营，游览异国风情。而经历战火洗礼、基础设施遭到严重破坏的英国根本没有合适的酒店来接待这些美国大兵。于是，一些英国家庭主妇将自家住宅内的部分房间收拾出来，简单布置，并为这些美国大兵提供餐饮服务，有些英国人还引领身着军装的士兵在当地游玩，美国人则为这些服务付费。随着“家庭生意”在英国各地兴起，无意中催生了一种有别于酒店业服务模式的诞生——这就是“民宿”。

有数据说，当今的英国已有 3 万多家民宿，年营业额超 20 亿英镑，成为支撑英国旅游业的重要组成部分。

第一次住民宿是在日本，“民宿”这个词也是日本人发明的。日本学者说日本民宿源远流长，早在 15 世纪前就有了，目的是给来往城市间的人们提供方便，类似于中国古代的客栈。

10 年前，我在日本住的民宿位于京都的农村，花香鸟鸣，环境优美。那种穿和服、吃料理、睡榻榻米的体验至今难忘。我有一个发现：所谓民宿，其实就是贩卖一种生活方式。一个皓月当空的夜晚，我和几个朋友一边喝着清酒，一边谈论我们下榻的日本民宿，都以为中国离民宿时代还很遥远。

没想到 10 年之后，一个“民宿中国”就已经向我们走来。

3

最深的感受是在贵阳：一位朋友在市区开的几间民宿来客不断、生意极好。她的推广并不复杂：把“托尼民宿”的照片和文字介绍往中介平台上推送，客人就一波接一波来了。钱就这么好赚，这几乎就是贵阳城市民宿的代表。如果是夏天，“爽爽的贵阳”让民宿火爆我不奇怪，可寒冷的冬天也照样生意兴隆，这不能不是一个时代的到来。

看看周边的年轻人，他们出行都是奔民宿而去。我们可以拒绝时尚，但不能阻挡潮流。忽视青年人的选择和行动，就是与时代脱节。

从贵阳归来，我参加去年 12 月 18 日在南海丹灶举行的佛山民宿产业大会，150 多位来自全国各地的知名民宿品牌创始人、投资人和业界专家汇聚一堂，最大的发现是他们都看好佛山民宿的发展前景。

那天的会议有一幅醒目的标语：发展民宿产业，推动乡村振兴。这是佛山历史上第一次民宿大会，也是“民宿佛山”的历史性出场。一个有趣的细节是：南海区制作的民宿扶持政策短片用的是童声配音。这样的配音，暗含一个严肃的诘问：刚刚起步的佛山民宿应该以怎样的方式成长？有数据显示：2017年中国国内旅游人数达50亿人次，超过50%是乡村游、古镇游。其中，民宿消费规模达200亿元。换句话说：佛山民宿如何才能分食这个“蛋糕”？

4

必须承认，佛山民宿喝的不是“头啖汤”，与江浙一带的民宿产业态势相比，我们是落后了。以莫干山为代表的客栈民宿集群，是当今中国内地最成熟的典型范例。佛山乃至整个岭南都还没有出现这样的民宿集群。

但这样的落后绝不意味着佛山民宿只能吃“剩菜剩饭”，业界人士之所以看好佛山民宿的发展前景，无外乎基于这么几个判断：

一是区位优势。佛山地处珠三角地理中心、粤港澳大湾区腹地，这是中国最发达的区域之一，也是中国消费能力最强、消费需求最旺盛的地区之一。

二是佛山有雄厚的民间资本和强大的投资能力。经过改革开放四十年的历练，佛山资本练就了不会放过任何机会的敏感和能力。

三是佛山乃岭南文化的代表性城市，具备打造“岭南民宿”风范和气派的潜质，像“广东四小虎”那样，为“民宿中国”贡献“顺德模式”“南海模式”。

佛山已经有了成功案例：顺德杏坛逢简水乡的“梁公馆”入选广东首批十大“最美民宿”之一，只是这样的精品民宿佛山还没有形成规模效应。好消息是，南海里水已经决定连片开发，打造乡村民宿群落。随着政策的明朗和壁垒的消除，佛山民宿的春天必将到来。

佛山优势很多，但要把优势转化为胜势，还需要有独到的佛山功夫。

5

民宿的异军突起，所诠释的就是个性、自由、随性的生活态度，有自由的感觉，又享受家的温暖。民宿贵在一个“鲜”字：有新鲜的呈现、给人新鲜的体验。

我想到顺德美食，其精髓就在一个“鲜”字。顺德是世界美食之都，顺德菜的最大特点在于“以鲜为美”，且能根据季节时令变化衍生出“春则清之，夏则凉之，秋则润之，冬则温之”的美食逻辑。

顺德人做鱼天下一绝，名曰“风生水起”的顺德鱼生最为经典：新鲜的食材、独特的清洁处理，加上不同凡响的刀工，顺德鱼生“轻可吹起、薄如蝉翼”，入口鲜爽滑嫩，让人心情愉悦。

顺德是一个把美食作为信仰的地方，无数身怀绝技的“厨房佬”，成就了顺德“中国厨师之乡”的美名，也积淀了“博采众长、精雕细琢、精益求精”的顺德美食精神。

以顺德美食精神做民宿，民宿佛山一定可以风生水起。

6

民宿是风口，是一门大生意。民宿佛山既是一种新业态，也是城市升级的新呼唤。

建设“岭南风韵突出，城市形象鲜明”的文化导向型城市，这是佛山最响亮的城市主张。民宿佛山的打造是一个强大的支点和亮点。作为制造业大市的佛山，随着产业升级转型，数目庞大的产业大军也将发生结构性变化：高素质的劳动者将逐渐取代我们熟悉的“打工仔”“打工妹”，更加追求生活品质、品位的他们肯定会远离潮湿、阴暗的出租屋。这也意味着佛山工厂周边的出租屋将出现大量空置，周边居民以“出租屋”为主要收入来源的经营模式将不可持续。这样的趋势，将迫使大量“出租屋”的转型，做民宿或许是最好的出路。任务繁重的佛山村级工业园改造，应该考虑民宿的植入。如果有一大批精品民宿的出现，佛山城市形态的改变、美丽乡村的建设将迎来历史性变迁。

我们有一种期待：民宿佛山可以成为中国工业城市高质量发展的标志和样板。

（原载《南方日报》2019 年 1 月 8 日）

佛山最慷慨的老板是他

2023 年 5 月 27 日上午从顺德北滘传出好消息：和祐国际医院质子重离子中心项目举行封顶仪式，这是和祐国际医院建设取得的重大突破性进展的标志。这个中心建成之后，将让和祐国际医院成为粤港澳大湾区首家、国内第二家同时拥有质子、重离子两种放疗技术的治疗机构，也将极大提升华南地区的肿瘤精准治疗水平。80 多岁高龄的何享健先生亲自到场参加封顶仪式，这是他期待已久的一天。

何享健先生既是一位功勋卓著的企业家，也是一位美名远扬的慈善家。有钱人很多，但何享健很少。有这样的企业家，是佛山的光荣和骄傲。如果推举“佛山先生”，何享健名副其实。

这两年我到国内很多地方交流访问，得知我来自佛山，对方就主动打听：“听说美的集团创始人何享健出资百亿办一家医院，现在怎么样了？”我问他们为什么关注这件事情，得到的回答是：出资上百亿建医院的中国企业家，何先生是第一个。

说实话，建一所高水平的国际医院难度很大，既要有一流的设备，更要有一流的人才。为什么要选择建医院这件非常艰难的事？我记得何享健先生 2020 年 8 月 22 日在顺德华桂园说过这么一番话：“我很清楚建医院很难，也很清楚建高水平的非营利性医院需要投入很大，但我更深知优质的医疗资源全世界都缺，群众找好医生、好医院难。下决心建医院，我真的不是为名，也不是为利，而是希望为群众做一点事、为家乡出一分力。建设一所对顺德、对佛山、对粤港澳大湾区都非常有意义的高水平医院。”先生的话，让所有在场的人都很感动。那雷鸣般的掌声我记忆犹新。

和祐医院现在已经集聚了好多位知名专家，他们有的是来自国内顶尖机构的名医，有的是加拿大、美国、瑞典等国回来的学者。我听说何享健先生给和祐医院画了两条红线：不准从本地医院挖人、不准诋毁同行。这就是先生的做人做事的操守和格局。

何享健退休以后，最先捐了 80 多亿，建立了一个慈善基金会。2020 年又捐出 100 亿，在老家顺德建立和祐国际医院。2023 年 5 月 21 日，何享健又决定个人出资 30 亿元人民币，以个人名义成立“何享健科学基金”，旨在奖励对基础研究有突破性贡献的优秀科学家，推动原创性、前沿性的基础研究和相关成果转化。这一次，何老先生没有亲自露面，而是通过事先录制好的视频来表达自己的心声：“国家强大起来，繁荣经济发展，离不开科技发展。我会坚持尽社会责任做点事情，去贡献自己的一点点，也是我的本分。”

何享健先生说，他自己和家人都很感恩国家、社会和这个时代。国家的经济繁荣、企业的发展离不开科技，离开科技的发展是空话。我注意到：美的集团董事长兼总裁方洪波在转发视频的时候，写了一句话——不仅是情怀，更富有远见。这个评论很到位。从实业报国到科学报国，我们向有情怀、更有远见的何享健先生敬礼。

2023 年 5 月 28 日

佛山最年轻的上市企业老板是他

总部在顺德北滘的广东德尔玛科技股份有限公司今天正在深圳敲钟上市，这是佛山今年第一家上市企业，也是顺德第38家、佛山第77家上市公司。德尔玛的老板叫蔡铁强，大家都叫他阿强。今年37岁的阿强也成为佛山最年轻的上市公司老板，今天的钟声，是一曲荡气回肠的青春之歌。

1987年出生的阿强是梅州五华客家人，小时候随父母来到顺德生活，一开始条件不错，后来父亲生意破产，全家搬到三水在马路边开一间小卖部维持生活。2003年，15岁的阿强到深圳打工，吃了太多太多难以言说的苦，大病一场之后又回到三水在一家文具店打工。有一位开印刷厂的老板发现阿强聪明、勤奋，做事认真，就让阿强跟着他干。2007年，20岁的阿强带着几位工友出来创业，成立了佛山市飞鱼广告策划设计有限公司，主要做画册、海报、宣传单张等设计业务。为什么叫飞鱼？因为阿强有一天开车给别人送货的时候，看到前面一辆车上，有一条鱼从鱼缸里飞了出来，这神奇的一幕让阿强很震撼，他决定以飞鱼作为公司的名字。2010年年底，中山一家企业拖欠飞鱼几百万货款，就用产品来抵债。那一年的11月11日，淘宝举办光棍节促销活动，阿强把这批产品拿到网上销售，没想到生意极好，很快就销售一空。这个光棍节他卖了2000多万元。看到这个商机，阿强果断做出一个重大决策：卖掉广告公司，全面转型成为一家电商企业。2013年年底，飞鱼公司从容桂搬到北滘，业务飞速发展，2014年做到15亿、2015年做到30亿、2016年做到50亿、2017年做到100亿。四年时间，飞鱼从顺德第一做到全国第一，创造了中国电商领域的“飞鱼奇迹”。2018年，著名跨国企业飞利浦全球招标，要卖掉水健康业务。当时全球有十几家企业竞标，除了飞鱼之外，其余都是上市公司。但飞利浦最终选择了飞鱼，他们看重的是阿强身上那股强烈的决心、信心和恒心，坚信飞鱼是一个值得信赖的合作伙伴。飞鱼以5亿元收购飞利浦水健康之后，阿强又做出一个重大决定：飞鱼从电商企业转型为实体企业，从做生意转型为有实体做支撑的做事业。这就是今天成功上市的德尔玛科技股份有限公司。

我是10多年前认识阿强的，那时的他是一个腼腆、讲话结结巴巴的小伙子，哪怕在公司开会都要念稿子。现在的阿强已经历练成一个可以在各种场合侃侃而谈的青年企业家，这是青春的绽放，这是成长的自信，这是强者的歌唱。

常言道：大树底下不长草。很多人很好奇：在有美的这样的大企业雄霸天下的顺德北滘，为什么还有蔡铁强和德尔玛做家电的成长空间？一路走来，阿强很感谢顺德、感谢北滘。这里的产业生态好、政府服务好。2013 年，顺德北滘政府出钱开通北滘到广州大学城的往返大巴，让大学生免费坐车到顺德北滘来看看，飞鱼也因此招到了年轻的大学生，今天的德尔玛员工平均年龄不到 25 岁，这是一支朝气蓬勃的青春队伍；因为企业用地问题，德尔玛曾经准备搬到江门的鹤山，合作协议签了，《江门日报》头版也报道了，顺德区主要领导得知消息后，马上来到德尔玛，当场表态一个月内解决用地问题。这样的“马上办”感动了蔡铁强、留住了德尔玛。今天从深圳传出的钟声告诉世界：在顺德、在佛山，只要有梦想、有坚持，青春就有机会成为一条可以飞翔的鱼。

2023 年 5 月 18 日

他们是佛山的荣耀和骄傲

2023年5月10日是第七个“中国品牌日”，这一天，佛山召开品牌建设大会，推出了“佛山市十大品牌人物”。他们分别是美的集团方洪波、新明珠集团叶德林、万和新电气叶远璋、科达制造边程、凤铝铝业吴小源、维尚家居李连柱、海天食品庞康、格兰仕梁昭贤、蒙娜丽莎萧华、华昌集团潘伟深。这十个对佛山制造品牌建设作出重大贡献、具有重大品牌影响力和行业推动力的品牌人物都是民营企业的掌门人，而且都是从事制造业的优秀企业家。佛山不是第一次评选优秀企业家，却是第一次推出十大品牌人物。这样的第一传递了佛山最坚定的三个态度：第一，以实体经济为本、坚持制造业当家，佛山毫不动摇；第二，倍加珍惜爱护优秀企业家，佛山走在前列；第三，建设企业家“安心经营、放心发展、用心创新”的社会生态系统，佛山坚定不移。

优秀的企业家是社会稀缺资源，这次推选出来的十大品牌人物是佛山的荣耀和骄傲。这一点，我感受很深：前不久我随佛山企业家考察团到华东参观考察了九家有名的制造企业，所到之处，都是“一把手”亲自陪同、招待吃饭，的确是高规格礼遇。这些企业我以前也和其他访问团去过，但没有一次见到企业的老板。这次能够见到，当然是出于对方对佛山制造的尊重，更是出于对佛山优秀企业家的礼遇。因为带队的是佛山企业家协会会长、科达制造董事长边程，在装备制造领域，边程口碑很好、影响很大，是一个妥妥的品牌人物。有品牌才会有地位。

大家可能没有注意到：5月5日召开的二十届中央财经委员会第一次会议指出，要大力建设世界一流企业，倍加珍惜爱护优秀企业家，大力培养大国工匠。其中“倍加珍惜爱护优秀企业家”这句话是第一次出现，它充分体现出中央对企业家群体的高度重视和关注。

我认真梳理了中央高层关于企业家的提法，最早是“激发企业家精神”，后来是“保护企业家精神”和“弘扬企业家精神”，前不久说的是“弘扬优秀企业家精神”，现在是“倍加珍惜爱护优秀企业家”。不难发现，这次新提法的特殊在于企业家必须优秀，才能被倍加珍惜爱护。那么，什么样的企业家才算是优秀企业家？最高领导人专门做了界定：一是要爱国敬业，二是要勇于创新，三是要诚信守法，四是承担社会责任。

千军易得，一将难求。建设世界一流企业，核心是培育优秀的企业家领军人才。从制造业大国到制造强国，中国需要一大批优秀的企业家来承担重任；高质量发展，制造业当家，优秀企业家具有举足轻重的作用，是"关键少数"和特殊人才。企业家最需要的是良好的发展环境，尊重企业家的价值、提升企业家的声望应该成为我们的常态和习惯。作为中国制造业大市，佛山要为全国作出示范。

2023 年 5 月 10 日

中国建陶行业第一家百亿企业在佛山诞生

最近几天，政府和企业都在忙着季度盘点，大家可能留意到科达制造前不久发布的报告：2022 年营收 111.57 亿元，但没有去想这个数字意味着什么。今天我要说这个事：第一，就全国而言，中国建陶行业有了第一家百亿企业，科达制造创造了历史，这是佛山的光荣；第二，顺德又多了一家百亿企业。顺德百亿以上企业的数量已经达到 14 家，其中制造业企业有 9 家，这是顺德的底气；第三，百亿科达，让科达所在的陈村镇结束了没有百亿企业的历史，这是陈村的自豪。

百亿科达，来自海外市场的贡献超过一半，这个了不起的成绩背后，是科达从一家小作坊起步，30 年筚路蓝缕，完成了从佛山民营企业到国际化企业的蜕变。2022 年 12 月 8 日，科达度过了自己的 30 岁生日，百亿科达是最好的纪念，更是科达三十而立的标志。今天的科达，已成长为我国乃至世界陶瓷机械行业的龙头企业，综合实力亚洲第一、全球第二，正在向世界第一的位置发起挑战，实现这个目标的日子一定不会很远。

2022 年秋天，我用了将近 3 个月时间走了 10 个国家，深度调研科达的全球布局，所见所闻，我感触很深。讲一个故事：2022 年 9 月 29 日，我到罗密欧与朱丽叶的故乡——意大利名城维罗纳参观全球最有影响力的国际石材展，在全球石材生产和加工设备的领导者——意大利百利通集团的展厅，我拿出手机照相，工作人员看见我穿的衣服上写有科达的英文名字，马上就出来挡住我的镜头。我问为什么？得到的解释是：百利通以前靠生产磨边机起家，利润很丰厚、活得很滋润。自从科达研制出中国第一台磨边机之后，磨边机的价格直线下降，百利通的日子越来越难过，最后只好改做石材生产和加工设备。现在科达也开始进入这个行当，如果追上来，百利通未来还会有利吗，还有路可走吗？这个细节让我明白：维罗纳既有伟大的爱情，也有深深的纠结和恐惧。这样的纠结和恐惧，几乎就是今天欧洲人面对中国的心态。

在非洲的加纳和肯尼亚，我看到的是另外一种景象：当地很欢迎科达这样的中国企业，让谋求住房革命的非洲大陆能够用上价廉物美的瓷砖和洁具；我接触到的黑人员工都很感谢和珍惜科达的到来，让他们有了洗脚上田、走进工厂的机会。科达已经在肯尼亚、加纳、坦桑尼亚、塞内加尔、赞比亚五个国家建了 6 家陶瓷厂，一共有 14 条生产线。科达在非洲有很好的业绩，也有很好的口碑。科达成为一家全球化企业的背后，有一批背井离乡、从陈村走向世界的科达人，没有他们巨大的努力和难以言表的艰辛，百亿科达肯定不会这么快到来。此时此刻，我要向奋战在世界各地的科达人致敬。

2023 年 5 月 2 日

打造全国工业会展第一品牌

佛山的上空每天都有很多航班飞过，天气好的时候，佛山的城市面貌尽收眼底。从空中看佛山，体量庞大的潭洲国际会展中心是一座醒目的地标建筑，这是一个巨大的存在，也给佛山提出了一个巨大的问题：佛山该有怎么样的会展认知？

前两天，我到潭洲国际会展中心参加潭洲会展行动计划的通气会，这个行动计划的核心是落实佛山市第十三次党代会提出的任务——打造全国工业会展第一品牌。大家可能没有留意到，佛山市第十三次党代会报告明确提出要成为全国第一的就是这句话——依托潭洲国际会展中心，整合全市会展资源，打造全国工业会展第一品牌。

潭洲国际会展中心的面积不算很大，但却是世界上最好的工业展览馆之一，具备了打造全国工业会展第一品牌的硬件基础。佛山的工业产值位居全国第六，有几个产业集群做到了世界第一，是响当当的世界级制造业重镇。

必须指出的是佛山以中小企业为主，他们大多没有能力来张罗全国全球性展会，希望就寄托在潭洲国际会展中心身上。现在潭洲国际会展中心，以行动来打造全国工业会展第一品牌，就是表达一座城市的情怀，佛山不能辜负企业和企业家对这片土地的忠诚和信任。全国各大城市都在想方设法做大会展经济，投入重金兴建或者扩建展馆。

佛山既然有了这么一个高标准的展馆，就必须思考如何把它的价值发挥到极致。我认为佛山首先必须调整心态，禅城、南海、高明、山水，要把潭洲国际会展中心当成是自己的，而不是顺德的。潭洲国际会展中心已经在地理上存在，也必须在佛山人的心理上扎根，不能把潭洲国际会展中心当成顺德自己的战斗，这是潭洲国际会展中心打造全国工业会展第一品牌最基本、最重要的底层逻辑。

佛山市委、市政府将潭洲会展中心交由三龙湾，代表市里统筹运营，用意也是在这里。在中国会展业版图上，作为初生牛犊的潭洲会展中心，异军突起，备受瞩目，也让人看到了佛山三龙湾团队的志气和奋力。比如已经连续举办了四届的陶瓷展，已经做到了全球第二、亚洲第一，背后的主要原因，就是佛山的陶瓷龙头企业抱团克服重重困难，坚持办展。如果认为他们办展仅仅是为了促进销售，那就太低估了佛山企业家的智慧和远见了。多有这样的企业家，多有这样的心胸和气度、格局和视野，潭洲国际会展中心一定可以打造全国工业会展第一品牌，也更能为佛山发挥更大的贡献。

2022 年 2 月 19 日

有家就有佛山造

2023 年 3 月 20 日是国际幸福日，那天佛山举办了一个很盛大的活动。在活动上，“有家就有佛山造”产业 IP 隆重启动。我之所以用“隆重”这个词，是因为这个启动仪式规格很高，声势很大，反响很好。市长到场，佛山五个区的区长也来了，佛山泛家居产业的领军人物几乎全部参加。这样的场面很可能是佛山泛家居产业发展史上第一次出现。

事情虽然已经过去几天了，但社会各界还在热议，企业高兴、媒体关注、老百姓热议，可以说是皆大欢喜。选择国际幸福日来启动“有家就有佛山造”城市产业 IP，是佛山在底气十足地宣告：有一种幸福叫佛山。佛山的泛家居产业集群实力强大、笑傲江湖，这个万亿规模产业集群和另外一个万亿规模的装备制造业产业集群构成了佛山制造的基本盘。相比之下，佛山泛家居产业的知名度更大。来佛山工作 20 多年，先后参加过无数次在佛山举办的论坛，我发现一个有趣的现象：凡是第一次到佛山的外地嘉宾，政府官员也好、业界精英也好、专家学者也好、网红大咖也好，他们在论坛上讲话都喜欢这样开头：我虽然是第一次来到佛山，但我对佛山并不陌生，而且有很好的印象，因为我家里的家电、家具和地板都是佛山产品。

可以说，佛山制造的知名度和美誉度，很大程度上是由佛山泛家居产品塑造的。但是，这么多年我们没有用好这个超级产业 IP，其实，“有家就有佛山造”这句话早就有了，但是我们没有大张旗鼓地传播，这次果断采用这句话为城市品牌代言，我认为是一个很正确、很及时的决策。这个决策的背后，是佛山自我审视之后的发现与自信。“有家就有佛山造”听起来很普通，但当今中国有底气喊出这句话的城市可能找不到第二个。佛山的产品广告有一个共同特点，那就是通俗易懂，直截了当，比如碧桂园的广告是“给你一个五星级的家”、美的的广告是“原来生活可以更美的”、万家乐的广告是“万家乐乐万家”、海天酱油的广告是“生活多美味”、格兰仕的广告是“格兰仕，让世界更精彩”，这些听起来朴实无华的广告语，就是“有家就有佛山造”最有力的支撑。佛山泛家居产业之所以红旗不倒，是因为它一直在兑现自己的承诺：人民对幸福生活的向往就是我们的奋斗目标。

独行快，众行远。“有家就有佛山造”产业IP的确立和启动，不是在经济下行压力较大的时候抱团取暖，而是在高质量发展道路上齐心协力、开拓进取。无论前方有多大的困难和挑战，佛山始终坚信：人心齐，泰山移。

2023年3月25日

天下家居看南海

有句话说世界上唯一不变的就是变，只是很多变化是在不经意间发生的。比如佛山的家具制造版图这些年发生了很大的变化，以前说起家具行业只提顺德的龙江和乐从，但现在不能不说南海的九江。九江、龙江、乐从组成了闻名全国的九龙乐家具产业区域组团，其中九江家具占生产制造的比例高达50%，是佛山市乃至广东省家具生产的中坚力量。

南海现有家具生产企业3000多家，2021年实现规模以上工业总产值超200亿元，形成了非常完整的全家具产业链。家具制造业已经成为南海区的重点产业和优势传统产业。南海现在能底气十足地喊出一句口号“天下家居看南海”。南海最让人瞩目的地方就是形成了一个强大的品牌矩阵，比如联邦家私、唯尚家具、林氏木业、宜奥科技、迪奥比家具、西昊家具、耀东华装饰材料、源田床、雅柏博家具、澳舒健家具、新达高梵办公家具、甜蜜蜜寝具等。南海区家具协会的会员中有3个中国驰名商标、15家广东省著名商标、8家全国“隐形冠军”，19家佛山市专精特新企业、38家国家高新技术企业，这个阵容放在全国也是一流的。

现在南海家具企业一半以上做的是出口业务，南海家具已经走向世界，家具质量一点不比国外品牌差，就差知名度和影响力，南海家具急需打响区域品牌。今年南海九江在打响区域品牌上实现了重要突破——正式向中国轻工业联合会和中国家具行业协会申请以九江镇为核心区，建设佛山市南海区中国家具电商高质量发展集聚区。这是九江立足家具电商优势和电商发展风口作出的重大决定，也是全面提升九江家具行业影响力的头炮。

前不久南海区专门举办了家具产业链协同发展沙龙活动，目的在于推动南海家具产业数字化、智能化、智慧化发展。南海区区长王勇做了一个很精彩、让在座的家具企业家很受鼓舞的演讲，南海政府也出台了一系列政策举措，加强南海家具产业链协作，提升南海家具区域品牌。作为南海家具产业链最集聚最成熟的区域，九江镇政府与南海区家具行业协会签订了共建千亩家具特色产业园协议，重点打造集研发、生产、销售为一体的高端家具产业集聚区，推动

举办的 2023 中国健康睡眠（佛山•九江）产业高峰论坛传递出一个强烈的信号：九江床垫，就是要为解决国人睡眠问题作出更大的贡献。佛山是一个以制造业当家的城市，两个万亿产业集群中，排在第一位的就是泛家居产业。这是佛山的家底，也是佛山的自豪。有家就有佛山造，九江让人睡得好。国家领导人说，中国人要把碗端在自己手上。我说，进入小康社会的中国人要安稳地睡在好睡的床垫上。幸福莫过睡九江。要想睡得香，最好找九江。

2023 年 3 月 22 日

佛山陶瓷永远值得信任

今天佛山最大的新闻是亚洲规模最大的陶瓷展——佛山潭洲陶瓷展在顺德潭洲会展中心盛大开幕。这是陶瓷行业的风向标，也是佛山拼经济的主力军之一。

参加这次展览的600多家参展商来自世界各地，采购商、观众也来自五湖四海。预计客流量将超过10万人次。这几天佛山酒店爆满、万商云集。到底是什么力量，吸引那么多人来到佛山、来到佛山潭洲陶瓷展？

第一是因为佛山陶瓷的巨大影响力。当今世界有两个建陶产业中心，一个在西方的意大利萨索洛，另一个就在东方的中国佛山。全球只有这两个地方可以输出陶瓷制造的整线设备。因此，在佛山办陶瓷展，就是优势产业在家门口办展，得天时地利。

第二是因为佛山有强大的办展力量。和其他展览公司不同，佛山潭洲陶瓷展主办机构股权结构非常独特。它是由行业龙头企业新明珠陶瓷集团、宏宇、蒙娜丽莎、马可波罗、科达制造发起，并由佛山国际商会、佛山市陶瓷行业协会、广东陶瓷协会、广东省建材行业协会、陶城报等组成，没有大股东。这种典型的抱团发展，让世界看到佛山陶瓷展的魅力和潜力。

共融共生，你中有我，我中有你，这已经成为世界陶瓷产业发展的潮流。事实上，只有不断走出去，才能获得更大的市场空间。佛山潭洲陶瓷展，正是这样的一个平台：世界陶瓷从这里走向中国，中国陶瓷从这里走向世界。

高质量发展，制造业当家。佛山有一个目标：到2030年，工业总产值达到4万亿元，制造业在全市的支柱性地位得以强固、在全国的标志性地位得以壮大、在全球的样本性地位得以实现。佛山陶瓷行业是一支值得骄傲的产业大军，已经有一批企业率先行动起来，全球买全球卖，在海外投资设厂，做得风生水起，科达制造就是其中之一。

去年我有将近三个月时间在国外考察佛山制造的海外布局，陶瓷行业的表现特别让我激动。无论是中国的技术还是人才，都已经是世界级水平。中国陶瓷制造模式和竞争力都很强，具备了向全球输出的能力。中国陶瓷企业超过99%都是民营企业，佛山最为典型。今天的佛山陶瓷企业正在进行数字化智能化改造、品牌化发展。长风破浪，未来可期。

走进佛山潭洲陶瓷展，你会改变对陶瓷产业的刻板印象。这绝对不是传统的、落后的产业，而是一个充满朝气和希望的产业。因为它的背后有一群有情怀、有韧性的追梦人。他们之所以抱团办展，是因为他们知道：佛山制造要做出更大的全球影响力，需要有专业会展作为支撑。

我们的民营企业家，我们的佛山陶瓷，永远值得我们尊敬和信任！

2023 年 4 月 15 日

第五辑

百感交集

佛山：好大一棵树

岭南大地最美的时光是在大榕树下喝茶吃饭、谈天说地，这份惬意在佛山尤其强烈。在被称为世界美食之都的顺德，人们有这样的共识：走出顺德，没有一口好吃的。支撑这种自信或者自恋的最大力量是什么？是发达的民营经济带来的殷实和富裕。

学术界和新闻界有一个“佛山之问”：一个面积不大、资源短缺，不是省会城市、特区城市、港口城市的普通地级市，佛山的工业规模为什么做到全国第五、经济总量跻身全国万亿城市俱乐部？答案其实很简单，就是佛山有民营经济这棵大树。

现在回头看看，佛山城市地位不断攀升的过程，就是佛山民营经济从“草根”成长为“大树”的过程。时至今日，民营企业贡献了佛山60%的地区生产总值、70%以上的税收、80%以上的工业增长率、90%以上的企业数量。如果现在还把这个庞大的存在视为“草根经济”，那就是侮辱和伤害。

在佛山，关于民营经济的地位和作用几乎不存在争议，政府的官方文件一直把民营经济视为佛山经济的中流砥柱、把民营企业家视为佛山最宝贵的资源和财富。迄今为止，被授予佛山“脊梁企业”和“大城企业家”的企业和企业家，几乎都是为佛山发展做出重要贡献的民营企业和民营企业家。这样的表彰和荣誉，当然是对“大树”的肯定，也是对“草根”的否认。佛山正在全力推行“益晒你”工程，打造一流营商环境，就是为民营经济这棵大树提供更充足的阳光雨露。佛山知道：树木越大，需要的空间和养分越多。

事实上，民营经济这棵“大树”也是外界瞩目乃至羡慕佛山的最大因素。外地政府来佛山招商引资，总是奔民营企业而去；佛山外出路演，民营企业家总是坐在最显眼的地方。我印象很深的是有一次去华东一座城市调研，市长和我们座谈时一坐下来就说：我们很羡慕佛山，有民营经济这棵“大榕树”。

佛山的陶瓷、微波炉、电冰箱、电风扇、洗碗机、铝型材、消毒柜、酱油等10个行业做到了世界第一，碧桂园控股、美的集团、美的置业、宏旺集团、兴海铜铝业、联塑科技、格兰仕集团跻身中国民营企业500强。没有这样的参天大树，佛山怎么会有如此靓丽的风景。

这几年，佛山是北京大学周其仁教授前往调研次数最多的城市，让这位著名经济学家感兴趣的是让这座城市的乔木、灌木、小草蓬勃生长的生态是什么。

这几年我也多次应邀到外省宣讲佛山民营经济“大树”的成长之道，我说佛山走到今天，不是地理位置有多好、干部水平有多高，而是在强大的市场面前，官场懂得尊重和妥协，没有那么放肆和傲慢，政府的改革始终围绕一个目标展开，那就是充分释放市场的力量。这就是“小草”长成“大树”的秘密所在。

2022 年 9 月 10 日

佛山：你努力的样子很让人感动

佛山2023年上半年的成绩单出来了：生产总值增长5.2%，突破6000亿元。这个成绩来之不易，难能可贵。有很多家主流媒体都报道了佛山上半年的经济表现，媒体之所以这么关注佛山，是因为观察中国民营经济和实体的表现，佛山具有风向标意义。最近公布的2023中国企业500强榜单上，佛山有5家企业上榜，数量位居广东地级市第一，在全国地级市中也名列前茅。佛山上榜的5家企业中，有三家是制造企业，分别是美的集团、中国联塑和海天味业。佛山上半年经济向好的背后，制造业起到了顶梁柱、压舱石的作用。佛山是一座制造业当家的城市，也是一个营商环境很好的地方。今年上半年，佛山规上工业增加值同比增长7.2%，新增各类经营主体20.22万户，这几个数字放在全省、全国来看都非常亮眼。这充分证明企业和资本对佛山的信心和信任。

2023年佛山的主题词是拼经济，首当其冲的是拼招商。2023年佛山的招商目标是4000亿，上半年已经完成2405.72亿。这个成绩可圈可点、可喜可贺。一年4000亿，这是佛山历史上从未有过的招商任务。今年春节后的第一个工作日，佛山招商队伍就兵分几路奔赴全国各地，成为全国关注的大新闻，还上了《新闻联播》，为全国开了一个好头、做了一个示范。前不久我到浙江温州调研，在温州市政府采访一位副市长的时候，他还专门提到这件事。他说温州原本打算上班第一周就出去招商，在全国打头炮，想不到佛山第一天就开干了。温州主要领导看了《新闻联播》之后，给这位副市长发来微信：莫道君行早，更有早行人。

佛山是世界级的制造业重镇，有泛家居、装备制造两个超万亿的产业集群。佛山生产了全世界最多陶瓷、微波炉、热水器、冰箱、电风扇、空调、消毒碗柜、铝型材、酱油等。能够制造这么多东西，当然是一种能力和实力，但强大的佛山制造要转化为巨大的财富，首先要卖得出去。造得出来是本事，卖得出去也是本事。佛山制造能有今天的地位，我们既要要铭记那些做佛山制造的人，也要感谢那些卖佛山制造的人。

这些年，我到世界各地旅行的时候，都要想办法去走访那些在异国他乡卖佛山制造的经销商或者办事处。他们努力工作的样子一次又一次让我感动。佛山制造的竞争对手，不是印度、越南这样的国家，而是日本、德国、美国这样的制造强国，佛山制造的市场版图每一次拓展，都是在蚕食世界制造巨头的地盘和空间，可谓是虎口拔牙，竞争的残酷和惨烈是我们无法想象的。在印度和土耳其，我看到科达制造的陶瓷装备，已经和雄霸世界很多年的意大利萨克米制造平起平坐，这个了不起的成绩背后，是太多人的巨大付出。我在很多国家都听到同样一句话：我们买佛山制造，既是因为质量，更是因为服务。今年年初，我到印度尼西亚首都雅加达，专门走访了美的集团印尼分公司。印尼有两亿多人口，有庞大的市场，是全球家电企业的主要目标。以美的为代表的中国家电企业后发制人、表现很好。美的印尼分公司 2010 年成立，经过 13 年艰苦搏杀，目前的主要对手只剩下日本夏普。美的印尼分公司总经理丁鹏告诉我，印尼分公司 130 多号员工正在厉兵秣马，准备和夏普在印尼市场展开一场决战。丁鹏把老婆孩子都带到了生活环境和教育水平都不如顺德的雅加达，就是为了全身心投入和夏普的决战。像丁鹏这样走出国门推销佛山制造的人，佛山有成千上万。我之所以要说他们，是因为我们的媒体和公众平常很少关注这个群体。我想告诉大家，每一个光彩照人的成就背后都有奋斗拼搏的灵魂，时光不会辜负佛山的努力和付出。

2023 年 7 月 29 日

佛山十大行动为何以北向战略为首

今年全国主流媒体在报道广东的时候几乎都要说“百千万工程”，它的全称是“百县千镇万村高质量发展工程”，这是推动广东高质量发展的头号工程。

11 月 29 日，佛山召开推进“百县千镇万村高质量发展工程”促进城乡区域协调发展现场会，这个会议最引人瞩目的内容是出台了佛山推进“百千万工程”的“十大行动”，其中摆在最前面的是北向战略行动。应该说这 10 个行动个个都很重要，都是通盘考虑、精心谋划的结果，这里有一个问题需要搞明白：佛山为什么把北向战略作为十大行动之首？

第一，佛山北向战略与“百千万工程”的出发点高度契合。广东实施“百千万工程”的目的就是为了补上城乡区域发展不平衡这块短板。粤东、粤西、粤北和珠三角的差距非常大，这也是广东高质量发展的最大短板。同样，佛山北向战略的立意也是为了补佛山的短板。也许有人会说，佛山五个区的经济规模都过了千亿，在广东地级市中是第一个，在全国地级市中是第二个，发展比较平衡。如果这样理解就错了。2022 年佛山的 GDP 是 1.27 万亿元，其中顺德、南海、禅城贡献了 80.18%，这三个区的面积加起来只占整个佛山的 53.5%，这也意味着占佛山全市面积将近一半的高明、三水为佛山做出的经济贡献不到 20%。经济差距明显，区域发展不平衡的问题比较突出。我经常在佛山大地上行走，发现高明、三水的村庄和禅城、南海、顺德的城镇、村庄差距很大。佛山北向战略的核心和支点是佛北战新产业园。这是佛山有史以来面积最大的园区，规划面积是 487 平方公里，囊括南海、三水 2 个区 9 个镇街和几百条村庄，其中三水所占的面积将近一半。这是“再造一个产业三水”的重大机遇，也是佛山破解工业不连片、产业不成带、土地碎片化，以及区与区、镇与镇之间“背靠背”“画地为牢”“各自为战”弊端最重大的战略举措。这是事关佛山发展的“关键一招”，佛山的态度是举全市之力做好这件事情。

第二，佛山北向战略是佛山高质量发展的急所和大场。急所和大场是两个围棋术语，所谓急所就是很着急需要走的地方，所谓大场就是大的地方。下围棋要大场先行，往有利于发展自己势力的地方落子布局。佛山是一座以传统制造业为主的城市，最需要防范“老态龙钟”“英雄迟暮”“老工业基地化”现象的发生，最有效的办法就是加快战略性新兴产业的布局，在传统产业之外再构建新的产业体系。佛北战新产业园是佛山大型产业集聚区的简称，主攻方向是医药健康、新材料、新能源汽车等战新产业集群，这是优化佛山产业结构、改变佛山产业形态、重塑佛山产业形象的急所和大场，是佛山高质量发展的关键一战，只能赢，不能输。我甚至认为佛山战新产业园的布局，相当于下围棋中放出的“胜负手”，对佛山未来发展具有决定性意义。从公开的报道来看，佛北战新产业园是佛山市委主要领导今年去得最多的地方，因为这里是佛山的急所，也是佛山的大场。

佛山和无锡、泉州很相似，都是靠传统制造业起家的地级市。这些年，无锡聚焦战略性新兴产业，布局新能源、新材料、精细化工、集成电路、高端医疗设备等新赛道，成为全国集成电路高端生产线最密集的地区之一；以纺织鞋服、建材家居、机械装备等传统制造业吃饭的泉州，也在加快布局新材料、集成电路、半导体、人工智能等新兴产业，通过5年的努力，现在已经成为全国重要的半导体产业基地。相比之下，佛山开辟新赛道的时间和布局比人家晚了一点。佛山需要只争朝夕、快马加鞭、奋起直追，因为靠一张旧船票，很难登上明天的客船。

2023年12月3日

我们为什么热爱顺德

1

我是无数“新顺德人”中的一员，也想努力成为顺德的观察者和思想者。面对顺德，很多人是“喜欢”，而我选择“热爱”。

已经记不得是什么时候第一次听到“顺德”这个名字了，但顺德让我产生向往，那是 1987 年冬天：我和同乡好友杨正勇从海口乘船来到广州，找到在华南农业大学就读、后来成为昆虫学家的发小姚松林。经过长时间的海上颠簸，我们又累又饿。松林带我们到华农附近的大排档吃饭，第一次发现广州人做的猪杂粥、空心菜这么好吃。晚上在校园里和一群贵州老乡聊天，谈起美食，有人说顺德人是广东人中最会做菜的、顺德菜也是广东菜中最好吃的。他说得眉飞色舞，我听得口水直流。

5 年之后，杨正勇投奔顺德，安居北滘；10 年之后，我也南下佛山，三天两头到顺德找好吃的。凡是远道而来的外地朋友，我总是推荐他们品尝陈村粉、均安蒸猪、大良双皮奶……吃过的都说好，还说我来佛山工作是找对了地方。

外国人又怎么看顺德美食呢？我有幸见证很多场景。

2010 年 10 月，顺德美食周在法国巴黎举行，这是顺德为拿下“世界美食之都”称号而发起的第一波冲击。巴黎是闻名遐迩的“世界美食之都”，法国有句名言：要感动法国人，最好是先感动法国人的胃。

品尝完顺德大厨罗福南烹制的几道顺德菜后，见多识广的法国著名美食评论家波奈•德•阿尔诺连声感叹：“牛奶居然可以炒出这么好的味道，我是头一回见识这样的甜品。这就是厨艺，这就是创意！”

法国饮食旅游联合会主席艾瑞•都卢克说：“我有一个正在广州读书的女儿，她每次回国都给我说广州的美食多么迷人，今天吃到正宗的顺德菜，我才发现女儿的话很正确。明年我有机会到广州担任一个国际烹饪比赛的评委，到时我想带上几名法国大厨到顺德交流。”

法餐和中餐是世界上最有名的两种美食。西方人也许不知道中国有“食在广州，厨出凤城”的说法，但他们对顺德美食的钟爱是发自内心的。在巴黎的福利餐厅，应邀前来品尝顺德大菜的法国政界名流，胃口很好地消灭了盘中佳肴，从他们口中说出来的赞美，怎么看都不像是客气话；而在联合国教科文组织总部大厦的餐厅里，无论是什么肤色和人种，都把端上桌的每道顺德菜吃得干干净净。一位意大利人对我说——希望顺德年年都来推广美食。

时任中国常驻联合国教科文组织大使师淑云表示，粤菜是她的最爱，能在巴黎吃到代表粤菜水平的顺德菜，真是开胃、开心、开眼界。在联合国教科文组织举办中国美食周，顺德是第一个，感谢顺德为中国美食走向世界作出的积极贡献。

巴黎有 3000 多家中餐馆，但有影响、口碑好的中餐馆屈指可数，最大的问题就是名厨太少、水平不高。得知顺德有 4 名大厨来到巴黎，很多中餐馆老板纷纷前来讨教，有的还高价请他们留下。这样的情形，在美国也出现过：2007 年我随一批顺德企业家到美国加利福尼亚大学学习，同行的人中有一位顺德名厨，每到一家中餐馆吃饭，老板都要请他到厨房指点，诚恳地请他留在美国一起打天下。

亲眼看见顺德美食在异国他乡的表现和反响，我坚信一个判断：顺德美食不仅是中国的骄傲，也是人类的口福。美食无国界，美食没有敌人。美食是顺德走向世界的通行证。

2

我和顺德的来往始于 2001 年 6 月。

一个闷热的下午，我接到顺德市委宣传部领导的电话，说是想找我聊聊。见面才知道：第五届中国花卉博览会将于 2001 年 9 月 28 日在拥有“千年花乡”的顺德陈村举行。中国花卉协会希望顺德加强宣传，扩大花博会在全国的影响力。顺德邀请我加盟第五届中国花卉博览会宣传部，给了一个“部长助理”的头衔。我说我在大学教书，任务很重，很难出来帮顺德做事，除非你们有办法把我借调出来。

顺德领导当即说了一句：“只有顺德想不到的事，没有顺德做不到的事。”我很是惊讶，顺德人说话怎么这么牛气？没想到他们果然做到了，不到一周时间，我就来到顺德上班。

那是一段激情燃烧的岁月，我和很多顺德人朝夕相处、夙夜在公，结下了深厚的情谊。那些日子，我强烈感受到顺德人的果敢和担当、魄力和大气；那些日子，顺德人和我谈起时任顺德市委书记陈用志、顺德市市长冯润胜，不说名字，也不说头衔，而是说“志哥”“胜哥”。我很是好奇：顺德，这是一方怎样的水土啊。也就是在这段日子里，我才理解广州老市长黎子流为什么说出那句名言：“得就得，唔得返顺德。”

是的，顺德是一个可以安顿灵魂的地方。

这样的顺德得到源源不断的策应。感谢媒体朋友和领导的鼎力支持，关键时刻他们纷纷向顺德伸出援手：新华社、人民日报调集精锐力量来顺德采访报道，中央电视台《东方时空》《焦点访谈》分别推出影响巨大的专题新闻，全力为花博会预热、造势……

高举高打的宣传策划果然取得了出乎意料的效果，为期一周的第五届中国花卉博览会迎来100多万名观众。花乡陈村车水马龙、人山人海。有人戏言：不是花博会，而是人博会。

规模盛大的表彰会上，顺德主要领导紧紧握住我的手：“感谢你为顺德作出的贡献。不管你是哪里人，只要为顺德出了力，我们就认你是顺德人。”

很多年过去了，每每想起那个场景、那番话语，我的内心总是充满温暖和感动。

3

顺德容桂的德胜河畔有一座造型独特的建筑，它是刚刚布展完毕的“顺德工业发展馆”，入口处有一幅醒目的广告语：顺德制造，中国骄傲。

有家就有顺德家电。中国之大，有这种底气的地方不多。在中国和世界的产业版图上，顺德家电的分量举足轻重——顺德是全国最大的空调器、电冰箱、热水器、消毒碗柜生产基地，全球最大的电风扇、电饭煲、微波炉供应基地。

这些年，我先后主持过很多在顺德举行的会议或论坛，发现远道而来的嘉宾在致辞或讲话的时候，总是不约而同地这样开头：虽然第一次来到顺德，但我和顺德的渊源很深，家里的电器几乎都是顺德生产的……

其实，我最早的顺德震撼也是来自顺德家电。

1997年6月20日中午，我在北京建国门一带晃悠，见人潮汹涌的国贸中心展览馆挂有一幅醒目的标语——请首都人民检阅顺德改革开放成果。走近一看，原来是顺德名优产品（北京）博览会在那里举行。真是难以想象，一个小小的县级市居然生产出那么多响当当的家电品牌。这样的顺德功夫，让北京刮起了一股猛烈的“顺德旋风”。

走出展览馆，我听到很多人惊叹：顺德了不起！顺德很威水！那时我还不知道“威水”是什么意思，请教一位广东朋友，他很自豪地告诉我：“就是顺德很厉害的意思啦！”后来看到报道，为期5天的顺德名优产品（北京）博览会，有10位党和国家领导人，100多位副部级以上领导干部和重要嘉宾，30多个国家和地区的外交使节、商社代表，30000多名首都各界群众前来观展。有媒体评论说：“如此阵容的展览，如此巨大的影响，就是一个省也未必能够做到。小地方、大动作，顺德开创了历史的先河。”

那时，我正在办理来佛山大学工作的调动手续。“威水”的顺德让我充满豪情和遐想：山那边是个好地方！

4

顺德有10个镇，北滘是观察顺德最好的窗口。

小小的北滘有美的、碧桂园这两家世界五百强企业，而且是由何享健、杨国强这两位当地“草根”带出来的。

早些年，一位国家领导人来美的视察，担任解说的何享健普通话很差，但对企业的理解很深。领导问何享健是什么文化程度，何享健老实回答：“小学毕业。”中央领导大笑：“老何现在起码是博士后水平了。”

北滘还出了一位了不起的人物，也是小学文化、博士后水平。他叫冯润胜，顺德人叫他“胜哥”。

我佩服胜哥的理由有四：第一，他充满顺德智慧，听他说顺德往事，妙趣横生。第二，他饱含顺德深情，把所有的智慧和情感都注入了顺德发展。第三，他浑身是顺德胆识。石破天惊的顺德产权改革、行政管理体制改革是由他和陈用志（另一位了不起的顺德人）主导完成的。2001年，一位明星省长来顺德参观考察，面对很多媒体记者说了这番话：不到顺德，不知道自己钱少；不认识老冯，不知道自己胆小。冯润胜也是近30年来唯一一位没有升为正厅级官员的顺德书记，但他无怨无悔。退休后天天打高尔夫球，笑口常开，幽默如故。第四，他最富有顺德本色。佛山厅级官员中，唯有他以小学学历退休。他主政顺德多年，凭借顺德在全国的江湖地位，要弄一个名校学位根本不是问题。其实只要他有想法，别人一定有办法，但他不图虚名，很有顺德自信。胜哥也许是担任顺德书记的最后一个顺德人。冯润胜之后，顺德的土官时代结束，本地人不能在本地担任书记，中国进入流官时代。星光灿烂的顺德人时代也由此谢幕……

北滘是当今顺德第一镇，也是中国的明星镇。北滘的工业化之路就是在冯润胜担任书记、镇长的时候起步的，美的的成长凝聚着他的心血，杨国强最早的“建筑公司经理”头衔也是他任命的……

2018年12月2日，在北京大学举行的《顺德40年：一个中国改革开放的县域发展样本》一书首发式上，我给在座的北大师生讲了一个故事：

顺德北滘出了两家世界五百强企业，云集着佛山地头上最多的博士群体。很多人不解：这两家跨国企业的总部为什么扎根北滘，不搬到资源更多、条件更好的大城市去呢？其实美的、碧桂园并非没有这样的动议，大城市的诱惑和鼓动时刻都有，之所以不走，一是因为何享健、杨国强的乡土情结，二是因为北滘人艰苦卓绝的努力。在美的、碧桂园冲击世界五百强的时候，北滘政府也在锻造服务大企业的能力。

大家都知道沃尔玛，但可能不知道这家世界五百强之首企业的总部在美国阿肯色州一个不知名的小镇——本顿维尔。

10 多年前，时任北滘镇委书记列海坚带领几个人专程飞往阿肯色州考察，目的只有一个：搞清楚本顿维尔是如何留住沃尔玛的。从美国回来，北滘确立了一个思路：打造魅力小镇，服务本土企业。尽管北滘的领导更换频繁，但这个目标从来坚定不移。

何享健、杨国强说感谢顺德，这话不是客套话。店大欺客、客大欺店——这样的事情，顺德没有发生过。

5

冯润胜之后，担任顺德区委书记的都不是顺德人了；周天明之后，顺德的区长也都是外地派来的。曾经有人担心：不是本地人主政的顺德还是顺德吗？

先说区邦敏。

他担任顺德区委书记的时间不长，但做了一件让顺德企业家至今还感念不已的事情：

2015 年 10 月，在如何处理政商关系陷入一片茫然的时候，顺德率全国之先召开了有 500 家企业参加的大会，会场中央悬挂着醒目的横幅：构建新常态下的新型政商关系。区邦敏说：企业家是一个地方的宝贵财富，既然大家坐到一起，就要在前进的路上，共建新时期的政商关系，肩并肩、手挽手闯天下，不要让别人小看顺德的力量！

别以为这是一件小事。那个时候做这样的“率先”，是冒巨大的政治风险，需要巨大的政治勇气。没有担当的主官，是不敢做这种决策的。

区邦敏这样说，也这样做。他做出一个判断：顺德政府的服务能力跟不上顺德企业国际化的速度。为此，他策动了反响很大的顺德全球路演活动，也促成了德国库卡、汉诺威展览公司、机器人学院、弗劳恩霍夫在顺德的布局。

区邦敏做事风格是力量聚焦、快速突破。德国人问道：“我们德国人讲究慢工出细活，您为什么强调速度？”区邦敏回答：“我们顺德认为没有速度的子弹打不死人！”

有两个细节让我感动：

2017 年 4 月 7 日上午，区邦敏率队飞往德国奥格斯堡库卡总部访问，在汉诺威机场候机时，无意中发现方洪波乘坐的美的专机准备起飞。区邦敏和顺德区委常委、北滘镇委书记周旭急忙拿出手机拍照，眼里只有激动，没有羡慕嫉妒恨。这两个在顺德工作的“外地人”都为顺德企业和顺德企业家有这样的日子高兴。看着美的专机在异国腾空而起、直插云霄，区邦敏赞叹：顺德就是牛！

4 月 8 日上午，即将告别库卡总部的时候，区邦敏握着方洪波的手说：“方总，我们一起联手为顺德做点事情。”那一刻，奥格斯堡大雪纷飞；那一幕，让我看得全身发热。

再说郭文海。

郭文海接任顺德区委书记之初，又有人担心：一个长期在市委机关工作，没有基层经验，没做过镇委书记、县委书记的人来执掌顺德，到底行不行？

2018 年 4 月上旬，郭文海带队去德国亚琛进行全球路演，他的演讲和之前的区邦敏一样，赢得在场中外记者的高度评价。《欧洲时报》一位采访过两次路演的记者说，国内来欧洲的官员一般都是老老实实念稿，很少像顺德区委书记这样，敢在这种场合脱稿演讲、侃侃而谈的。这位记者采访我：“你是两次顺德全球路演的见证者，其中一次还是主持人，你能比较郭文海、区邦敏的异同吗？对不起，这个问题可能有点敏感。”我说：“我从来不怕敏感的问题，郭文海和区邦敏的相同点在于——他们演讲时的身份都是佛山市委常委、顺德区委书记，他们两个都有同样的底气和自信。不同在于——一个戴眼镜，一个不戴眼镜；区邦敏讲普通话带南海口音，郭文海演讲时有湛江口音。”

6

评价顺德和顺德人，最适合、最常用的是三个词汇：识做、搞掂、坚嘢。我领教过顺德人的“识做”。

那年我和 30 多名顺德青年企业家到美国加利福尼亚大学学习，时任美国高等教育资源研究所所长的卡齐亚教授给我们上过一课：领袖才能及远见。这位衣着考究、头发梳理得一丝不苟的印度人，既是一位学养深厚的学者，也是一位实战经验丰富的管理咨询名师。得知卡齐亚教授的来头，顺德老板就开始琢磨怎样掏出他的真经。

在课堂互动环节，胡小萍同学抛出 3 个问题：“我们这个行业的前景如何？

我该怎样制定战略目标？用什么手段来实现？”高手出招，果然让人眼花缭乱。卡齐亚教授列出几个问题让胡小萍回答后，随即在黑板上演示他的锦囊妙计，高屋建瓴、洋洋洒洒，整理出来就是一份很好的咨询报告。

做汽车内饰的马永波同学随后请教：“我该怎样管理美国员工？”教室里爆发出一阵大笑。马永波做的是汽车内饰，在洛杉矶开有分公司，聘请了美国雇员，专门经营美国业务。他发现自己与美国雇员的沟通很成问题，不是因为语言，而是中美之间的文化差异，以及由此所带来的思维方式和行为方式的差异，一直苦于找不到有效的解决办法。

面对马永波的提问，卡齐亚教授似乎觉得再做这样的免费咨询很不划算，于是就开始顾左右而言他。但在座的顺德老板齐齐鼓掌，既是对马永波的声援，也是给卡齐亚的压力。卡齐亚教授最终顶不住讲台下的热情和期待。解答马永波的问题之后，卡齐亚透露玄机：在美国，我给客户做口头咨询一小时收费 300 美元，如果是书面咨询，收费是很昂贵的。今天就算给你们一顿免费的午餐吧。

两个小时的课结束了，一位顺德老板掏出 600 美元悄悄塞进卡齐亚教授的公文包里，算是两个小时的口头咨询费用。这就是“识做”的顺德人。

我想起《加州阳光》的歌词——

来日当你我再度相逢
你会发现我已经变得不一样
到时候生命中不再有你
心中洒满 California 的阳光

7

泰山顶上，著名的“五岳独尊”旁边有一幅“昂头天外”的书法，落款是“顺德辛耀文题”。这种以身为顺德人为荣为傲的自信与自豪源远流长，浩浩荡荡，生生不息。

顺德有 50 多万海外乡亲，分布在五大洲 30 多个国家和地区。他们说：“无论走多远，我们的根都在顺德。”凡是有顺德人的地方，就可以感受到什么叫绿叶对根的情意。

在遥远的非洲岛国马达加斯加，我听到那里的顺德人说：“我们讲的乐从话比现在的乐从人还地道。”这样的传承让我肃然起敬。在马来西亚槟城，我听到那里的顺德人说：“我们做的双皮奶比现在大良做的还正宗。”这样的坚守让我感慨万千。行走世界，我发现双皮奶已经成为全球顺德人的“接头暗号”。背井离乡近200年了，他们还如此顺德。这是一种怎样的力量？

这些年，我见证太多顺德人的拳拳赤子心、悠悠桑梓情。比如同乡会哪里都在搞，但顺德人就有本事搞得比哪里都大。在澳门举行的世界顺德联谊总会第四届恳亲大会上，近千名顺德乡亲从全球各地聚集濠江，他们有的是乡音未改的老人，有的是情牵故里的壮年，有的是满口洋文的青年。尽管语言不同，生活的地域各异，但三代同堂的他们都骄傲地拥有一个共同的身份——顺德人。

目睹那种感人至深的场面，我写了一篇文章，题目叫《比“顺德制造”更伟大的力量》。从亚洲到非洲，从美洲到欧洲，我发现很多顺德会馆都收藏有发表这篇文章的《南方日报》版面。得知我是该文作者，他们总是会问：“你是我们顺德人吧？”

这样的认同，让我一次又一次兴奋和激动。

8

媒体喜欢说“可怕的顺德人”。

人们喜欢把顺德人称为“顺德佬”，很佩服顺德人的抱团意识。一团和气的顺德人一旦互掐起来，那也是狼性十足的。堪称中国商业史上最惨烈的“同城对撼”就是在顺德发生的，两个强悍的对手分别是美的和格兰仕。

美的在北滘，格兰仕在容桂，一南一北，相距15公里。前者做的是风扇和空调，后者做的是微波炉生意。井水不犯河水，彼此相安无事。美的创始人何享健和格兰仕创始人梁庆德经常在一起喝茶聊天。2000年之后风云突变：美的和格兰仕剑拔弩张，硝烟弥漫。

美的决定进军微波炉，格兰仕想不通：同城兄弟，相煎何急？

美的发起“震雷行动”：拿出3000万元重奖微波炉经销商的加盟，诱惑一大批格兰仕经销商跳槽、“变节”；格兰仕组织反击：买600元的微波炉送价值600元的礼品，试图以价格战粉碎美的的微波炉之梦。看到美的不肯就范，格兰仕将战事升级，推出“完美风暴”：所谓“完美”，就是要让美的的微波炉完蛋。美的针锋相对，随即推出“破格行动”：所谓“破格”，就是要打破格兰仕微波炉一家独大的局面。格兰仕有“黑金刚”系列，美的马上研发“黑金星”系列；格兰仕设计“一键通”产品，美的立即开发“一键神通”应对。

这场震惊全国的“同城对撼”打了10年，顺德商人的血性和霸气显露无遗、淋漓尽致。好在何享健、梁庆德都是老江湖，彼此都知道这样的混战不是办法，唯一的出路是技术创新。

这段历史，顺德官方和民间都很少谈及，顺德人说这场争斗是“斯文扫地的撕扯”。其实这样的“枪战大片”也在别的地方上演：在青岛，海尔和海信“斗法”；在深圳，华为和中兴“死磕”……

现在回过头去看，也许要重新评价这场血战。如果没有美的的贴身肉搏，或许就没有格兰仕后来的多元化经营之路；如果没有格兰仕的针锋相对，也许就没有美的做世界级企业的野心和雄心。从更大的视野审视，如果没有美的和格兰仕之间的“血雨腥风”，顺德也许难以出现全球家电重镇的阳光、彩虹。

顺德应该释然了。

2018 年最后一天，顺德区委、区政府在美的召开一场特殊的座谈会，100 多家顺德骨干企业的掌门人都参加了。有一个相当关键的细节：那天格兰仕董事长兼总裁梁昭贤早上从日本起飞，落地香港就立即赶回顺德，第一次走进美的新修的办公大楼。美的集团董事长方洪波率众多高管在大堂列队迎候。这样的礼遇不同凡响，他们的握手意味深长。第二天，全国很多报纸都刊登了一张照片：顺德区委书记郭文海和顺德企业家手挽手、肩并肩，大家笑容满面，春风十里。那天，郭文海右手拉着何享健、左手握着杨国强，两边都是“几千亿”，后面跟着一群“几百亿”。为了一个共同的目标，一个万亿级的顺德第一次走到一起来了。

这是多么激动人心的时刻！

9

早已经从广州回到家乡顺德安度晚年的黎子流有一个最新说法：“去顺德，实得；你得，我得，点都得。”顺德的人才招聘会打出一句广告：想吃，就到顺德的碗里来。《这里，是顺德》，这样的顺德，我们怎么可能不爱？

顺德人说的粤语有一种特别的味道，有人把它称为“德语”。居住佛山 20 年了，我仍然不会说这种独特的方言。我是闻香识顺德，我所邂逅的水乡顺德总是洋溢着宽容和接纳。

《易经》曰：“君子以顺德，积小以高大。”顺德拥有名副其实的品质和博大。这样的顺德，当然值得我们投奔和热爱。

在顺德，野百合也有春天。微斯人，吾谁与归。

（原载《南方日报》2020 年 6 月 1 日）

今日中国太需要赛龙夺锦的精神和本领

这个端午节，中国各地龙舟竞渡，壮怀激烈，精彩纷呈。这是一场感动世界的龙舟村超，更是一次气吞山河的文化爆发。最精彩的场面出现在佛山，最热烈的反响也出自佛山。从权威媒体的关注度到全网流量的热度，佛山高居第一、誉满江湖。一个高中同学给我发信息说："这两天看了全国各地划龙舟的视频，你们佛山的龙舟确实很厉害、很震撼。这是力量、智慧、胆魄、合作的完美结合。看了让人激情四射、热血沸腾。"这个评价很到位。佛山龙舟，最让全国兴奋不已、叹为观止的是在南海上演的叠滘龙船漂移。那种惊心动魄、扣人心弦的高难度动作，精彩地演绎了速度与激情。

因为有那种"宁可煲烂，不可扒慢"的义无反顾，才有了让世界动容的龙舟奇观。团结一致、知难而进、奋勇争先，这是佛山代代相传的龙舟精神，也是佛山奔腾不息的文化经脉。端午中国，最感动我们的是基层的快乐、是草根的狂欢。最让我们动容的场景，不是哪条龙舟夺得了冠军，而是大家像一家人一样为劈波斩浪的健儿们喝彩加油。

它满足了我们对"乡土中国"的怀念，寄托了我们对"熟人社会"的向往，更是激发了我们对"基层首创精神"魂兮归来的呼唤和渴望。今天的中国面临很多挑战和困难，有人唉声叹气、信心不足。越是这样的时候，越需要焕发南海叠滘龙船漂移的精神和能力。端午龙舟的精彩，就是基层中国的活力，代言一个国家的表情和状态。我们的最高领导人说过："改革创新最大的活力蕴藏在基层和群众中间"，这个端午节的最大启示在于：今天的中国，必须最大限度地鼓励和尊重基层首创精神、最大限度释放基层的活力。回顾中国改革开放已经走过的 40 多年历程，最重要的经验和方法之一，就是尊重基层和群众的首创精神。

佛山从传统的鱼米之乡蜕变为让全球瞩目的世界制造业重镇，既是因为有改革开放的顶层设计，更是因为有敢为人先的基层首创。因为有"宁可煲烂，不可扒慢"的气概，佛山才为广东贡献了虎虎生威的顺德和南海，为中国的高速发展贡献了弥足珍贵的"佛山经验"。佛山大地上，这么多的专业镇、这么多的品牌，哪一个不是基层首创干出来的。佛山所取得的重大进步，哪一个不是一次次从争议和阻力中大胆突破实现的。基层是创新的源头活水，基层是最大的课堂，群众是最好的老师。基层是距离群众最近的地方，是困难矛盾最集中的地方，也是最有办法、最有经验、最有活力的地方。解决中国难题的最好办法，就是要拿出政策干货支持基层工作，既鼓励大胆试、大胆闯、大胆干，也容许试错、宽容失败。这种这样不行、那样也不行的形式主义和官僚主义，会严重遏制基层的积极性、主动性、创造性，最终会导致整个国家的躺平。这是我们必须高度警惕的。今天的中国，今天的我们，太需要有赛龙夺锦的精神和龙船漂移的本领。基层首创，魂兮归来！

2023 年 6 月 25 日

万亿城市 万众一心

我们这座城市今天有太多的感动，这一切都是因为停办三年的佛山50公里徒步今天再次启动，成千上万的人在细雨中用脚步阅读佛山、阅读自己。在世纪莲体育中心，那些走完50公里最后冲刺的市民和场面让我非常非常感动。今天这个日子，他们是我们这座城市最美的风景，也是最让人感动的英雄。

佛山今天的50公里徒步有五条线路，起点分别是禅城、南海、顺德、高明、三水的中心城区，终点是佛山新城的世纪莲体育中心。这样的城市线路，这样的城市徒步，彰显的是佛山的态势和精神：万亿城市、万众一心。从2015年开始到2023年的今天，佛山50公里徒步活动，参加的人越来越多、影响力越来越大，成为另外一种备受外界关注的“佛山制造”。除了健身运动之外，我想还有两个原因：第一，这样的徒步，让我们阅读一座美丽的城市；第二，这样徒步，让我们发现一个优秀的自己。

一大早，我在朋友圈读到一条微信：为什么我们要用脚步丈量这片土地？因为我们对这片土地爱得深沉。我想这就是参加50公里徒步人们的共同心声。在50公里长路上，从各个方向走向世纪莲体育中心的徒步大军中，有说粤语的、有说普通话的、有说各种方言甚至说外语的，不管他们说的是什么语言，今天的他们都是用脚步来阅读佛山。

我是一个常年在佛山大地上奔走的人，我的工作是观察佛山、传播佛山。20多年的体会是：佛山是一座既可以安顿身体、也可以安顿灵魂的城市，在这儿有太多让我眷恋的东西。50公里徒步是日出而作、日落而归的运动，很辛苦、很劳累。这是浓缩的人生，因为人生就是一场永远在路上的徒步，我们在路上见天地、见众生、见自己。50公里徒步，既是一次向外的行走，更是一次走向内心的皈依，我们遇见美好的同时，也在与真实的自己对话。

我很喜欢李宗盛说的一句话：人生没有白走的路，每一步都算数。50公里徒步，让我们发现原来自己可以这么优秀。美丽佛山，一路向前。万亿城市，万众一心。50公里徒步，是我们告诉世界：佛山，不是一座“散装”的城市。

2023年4月1日

古老的佛山终于有了一本青春的书

一段情要埋藏多少年，一封信要迟来多少天？

2017 年 9 月 16 日，《佛山情书》的出版让一座城市发出幸福的尖叫。从线上到线下，情书的魅力呼啸而来，古老的佛山似乎有海浪在追逐沙滩……一本书的出版，能在佛山引发如此壮阔的激情和波澜，这不能不说是一个值得瞩目的现象。

佛山不是一座缺乏关注的城市，关于这座城市的书籍可谓汗牛充栋、琳琅满目，但不少书籍遭遇同样的命运：泥牛入海，无声无息，与佛山的城市影响力不可同日而语。问题在于作者，从选题到表达，很难激发年轻人的关注和兴趣，而年轻群体是一个时代的阅读主力，引领图书市场的消费。一位在养生养老行业屡战屡败的佛山老板曾经这样反思：不是我不努力，而是我面对的群体是一袋面包、一瓶矿泉水就可以过一天的老年人。

几年前曾经和一位佛山市政府工作人员到北京出差，因航班延误，我们在机场书店看书打发时间。有两本书——《情调苏州》《长沙这个鬼地方》让他边看边笑、爱不释手，在随后三个小时飞行中，他都在兴趣盎然地阅读。走下飞机，他连连感叹：如果佛山也有这样的书就好了……

是的。这是一座城市的缺失，也是一座城市的呼唤。这或许就是《佛山情书》问世的逻辑起点。

《佛山情书》是一本介绍佛山人文地理的书，就内容而言，它与之前出版的许多佛山读本并没有太大的区别，其功能取向也大体一样，那就是营销佛山。《佛山情书》之所以点燃一座城市的情感，最重要的因素是它说的是“情话”，而不是“史话”，青春的“温度”取代了学究式的“力度”。那些挂在枝头、带着露水的苹果远比包装在纸箱里的苹果更加惊艳、更加诱人。

从叙述方式而言，《佛山情书》开了佛山的先河，有了佛山不曾有过的“情调”和范式。从这个角度审视，《佛山情书》不失为一本划时代的好书，其里程碑意义是成立的。

因为《佛山情书》，城市升级之后的佛山终于有了城市读本的升级版。只是这样的升级在佛山过于缓慢。

20年前我从贵州调至佛山工作，特意参加“一日游”去游览佛山几个著名景点，我期待从导游口中更快地了解佛山的过去和现在。虽是走马观花，却收获巨大。一天行程，我发现佛山、发现自己：投奔这座城市是完全正确的。

20年后我再作一次“佛山一日游”，结果大失所望：佛山都变成这个样子了，但导游口中的佛山却和20年前没有什么两样。很显然，她们所“背诵”的解说词没有与时俱进，根本没有把握当下佛山的心跳和节奏。如果不是我比较了解佛山，我一定会得出一个强烈的印象：佛山太老了！

是不是老地方就是“老掉牙”呢？不是的。

大凡去过欧洲旅游的人都知道，大大小小的教堂是参观游览的“主菜”，有的行程甚至是上午教堂，下午还是教堂，晚上做梦也是教堂。多次欧洲之行，我最大的收获就是有了“教堂恐惧症”。但最近一次的意大利之旅让我苦尽甘来。一位华人女导游的解说深入浅出、娓娓道来，把有关教堂里的历史和人物说得诗情画意、妙趣横生。最为动人的是，她不像其他导游那样“例行公事”，而是投入感情走进博大精深的欧洲艺术史，从言辞到表情，所有人都被她感染、跟随她沉醉……我好奇地打听她的背景，原来她是中央美术学院的老师，专攻西方艺术史，10年前移民意大利。

这样的经历，让我发现一个秘密：导游在主导一个地方的形象命运。

佛山很需要这样的导游。《佛山情书》给出了这样的惊喜。

《佛山情书》是一群年轻人集体书写的，他们拥有一个共同的身份——“新佛山人”。这个称谓背后，也就意味着，年轻的他们正在和这座城市“恋爱”。有人说，恋爱的男人情商最高，恋爱的女人智商最低。这样的男人和女人一旦相遇，一场死去活来的爱情将不可避免地发生。

《佛山情书》就是一个证明：他们笔下的佛山，空间变得舒缓，时间变得暧昧，凝重的祖庙酥软如新鲜出炉的西樵大饼……

阅读他们的文字，我看见一种人生：哪里有爱情，哪里就是故乡。

导游佛山，这不是《佛山情书》的最高立意。《佛山情书》的战略设计，是让古老的佛山变得青春。

佛山和深圳的最大区别不在于高楼和街道，而在于青春和时尚。年轻人云集的深圳，是创新深圳的源泉和支撑。佛山学习深圳，就是要有一道鲜艳夺目的青春风景线。

明年将迎来我国改革开放40周年。回首佛山走过的旅程，我们千万不能忘记“青春”这个群体。如果没有千千万万年轻的“打工仔”“打工妹”，哪有今天“佛山制造”的威名。可以说，佛山制造的成长史，就是青春生命的奋斗史。

转型中国，各大城市最忙碌的事情就是“抢人”，抢年轻人。从“制造”迈向“智造”的佛山，更需要青春的策应。《佛山情书》所瞄准的就这个群体。人类历史已经无数次证明：伟大的创意和变革，永远都是在青春中发生的。

每个时代的青春都有自己的流行色。当年的“青春”只要有活干、有钱收，就可以提着蛇皮口袋背井离乡、蜂拥而来。他们的人生目标就是“谋生活”；现在的“青春”全然不同，他们对城市的情调和品位有着近乎极端的挑剔，他们不是“谋生活”，而是让生活怎么变得“有趣”。这样的变迁，让城市的“有趣”变得迫切和重要。

佛山有两个最艰巨的任务，一是建设国家制造业创新中心，二是建设南方高等教育名城。这两个目标的实现靠的就是人才。说到人才，人们很容易想到院士、科学家，忽略那些“嘴上无毛”的年轻人。殊不知，院士、科学家最有创造性和代表性的成果大多是青年时代做出来的。

《佛山情书》的出版，表明佛山不会犯下这个错误。《佛山情书》清晰地表达出一座城市的情怀和邀请：世界属于你，因为你年轻！

（原载《南方日报》2017 年 9 月 18 日）

走进佛山第一村

佛山有 3000 多条村，如果要评选佛山第一村，我会毫不犹豫地选择禅城区南庄镇的紫南村。走进紫南，第一印象就是漂亮，到处干干净净。紫南是岭南水乡的经典，完全可以和最有名的江南水乡媲美。紫南村民大多姓潘，紫南之美，可以用貌若潘安来形容。潘安是中国古代第一美男子，每次出场总是迎来一片尖叫。去过紫南的人也很容易有这样的尖叫：哇！想不到佛山有这么漂亮的村庄。

紫南也许不是佛山最富裕的村落，但一定是佛山获得感、幸福感最强的村庄。每次到紫南，我都注意观察紫南村民的表情，他们发自内心的笑脸洋溢着喜悦和自信。为什么会有这样的紫南笑脸，我在紫南村史馆看到一句话：城市有的，我们都有；城市没有的，我们也有。这就是答案。紫南还有一句话："不怕你没车没楼，就怕你没紫南户口"，这就是紫南人的幸福。

紫南的名声很大，赢得了太多的荣誉。很多人很惊讶：10 多年前的紫南还是远近闻名的脏乱村、落后村、上访村，为什么短时间就发生如此天翻地覆的巨大变化？我认为最重要的有两条：第一，紫南有一个"全国先进基层党组织"；第二，紫南有一个被中共中央授予"全国优秀共产党员"称号的潘柱升。

说起来有缘，我在贵阳工作的时候就听说过潘柱升的名字，有次参加一个会议，贵州一位领导在主席台上说：有一位在贵阳投资的佛山企业家不得了，他的商业模式我们当地老板想都想不到，他的名字叫潘柱升。大家要好好研究人家是怎么发财的。这是我第一次听到老潘的名字，随后我知道老潘在贵阳有很深的人脉资源和庞大的商业版图。2007 年老潘被三顾贵阳的家乡人打动，毅然回到紫南村担任第一把手，潘柱升当时表态：任期内不在紫南拿一寸土地、不在村里面办一个企业、不安置一个亲戚在村委会上班、不拿紫南一分钱工资、不报销一分钱的费用。老潘说到做到，果然带出了一个不同凡响的紫南。老潘很能干，而且能说能写，妙语连珠。很多省份邀请老潘去传经送宝，走到哪里都赢得满堂彩。

潘柱升是一位成功的企业家，他不仅知道如何以企业家的思维来经营紫南，而且知道如何营造吸引企业到紫南发展的营商环境。这是紫南不同寻常的地方。今天的紫南能引入包括 3 家上市公司、26 家规上企业在内的 60 多家优质企业落户，创造 40 多亿元的产值，紫南村集体收入超过 1.2 亿元，村民人均分红 11000 多元，享有很多人做梦都想不到的福利待遇，这些都和潘柱升的企业家背景有很大关系。紫南是佛山的一张名片，也是乡村振兴的指南。这样的紫南，值得我们尖叫。

2022 年 5 月 22 日

禅桂坊火起来了

前几天我到顺德吃饭，有几个老板朋友问我：听说禅城有一个叫禅桂坊的地方很火。我说没错，禅桂坊的变化确实很大，市民反响很好、媒体报道挺多、很多领导也去看了。

很多人知道禅桂坊的名字，但不知道禅桂坊在哪里。禅桂坊在禅城区文华路和南桂路交会处，这里原来是一片旧厂房和员工宿舍，占地面积 50 亩，建筑面积 7 万平方米。这个地方以前杂乱无章，严重影响城市形象。现在经过改造以后面貌焕然一新，成为佛山首个数字视听文化产业园。因为这里地处禅城和桂城交界处，所以就给它起了一个名字：禅桂坊。禅桂坊在禅城的老城区，也是禅城的一个老大难，禅城先后想了很多办法，但情况改观不大。2022 年 2 月 15 日，在佛山市各级政府的大力支持下，由三家国有企业佛山路桥资源开发有限公司、佛山文化发展投资管理有限公司与广东珠影文化产业投资有限公司合力共建的旧改工程项目——禅桂坊•数字视听文化产业园项目正式启动，这才迎来了禅桂坊脱胎换骨的时刻。项目启动那天，我也在现场。我知道这个地方的改造难度很大，要旺起来也许需要很长时间。但没想到仅仅通过 300 天的建设改造，整个园区就焕然一新，成了年轻人喜欢去的地方，最可贵的一点就是改造之后的禅桂坊仍然保持着老城区的烟火气和人情味。和别的园区不同，禅桂坊的使命不仅仅是有人气、有生意，还是要成为佛山数字经济创新集聚区，形成一个良好的视听产业生态，为佛山数字经济发展和产业转型升级赋能。尽管实现这个目标的难度不小，但现在的开局很好。

禅桂坊这么短的时间就发生这么大的变化，原因固然很多，比如国企担当、同心协力、定位准确、措施得力、政策支持力度很大等等，还有一个大家不太了解的重要原因就是找到专业的团队来做专业的事情，这个专业的团队就是佛山创意产业园的营运团队。大家都知道佛山创意产业园白天和夜晚都很旺，是大家公认的佛山夜经济最靓丽的一张名片。佛山创意产业园所在的地方原来也是一片老厂房，从 2007 年开始改造，现在是整个佛山最吸引年轻人的地方，每到周末人山人海、热闹非凡。这些年我一直在观察，发现佛山创意产业园最成功的地方就是把园区街区化、把文化的存量转化为商业的流量。一路走来，佛山创意产业园积累了很多宝贵的经验，有一支创造力和执行力都很强的运营团队。正是因为有他们的强势介入，才有了禅桂坊的显著变化。我在想，禅城要打造佛山之心和大湾区新型消费中心，需要好好研究借鉴佛山创意产业园的成功经验。看热闹不如看门道。

2023 年 2 月 17 日

为了梦中的橄榄树

1979年，台湾作家三毛写了一首歌曲《橄榄树》，40多年后的今天，它仍然是经久不衰的经典名曲。三毛是在西班牙南部写下这首歌词的，那里是荷西的家乡，一个到处都是橄榄树的地方。有一年我去西班牙安达卢西亚旅行，看到很多古老、很美丽的橄榄树，其中有的数龄超过了2000年。今天我要告诉大家：佛山三水的乐平有一棵1500年的橄榄树，它来自遥远的西班牙，这也许是中国大地上最古老的橄榄树。

这里是即将竣工投产的贝豪全球美妆文化产业园，这棵造型独特、姿态优美的橄榄树就矗立在园区最醒目的地方。从西班牙运回中国的时候，开始还担心水土不服，没想到三水的土壤和空气让老树逢春、新枝绽放、喜气洋洋。贝豪全球美妆文化产业园的CEO是佛山市政协委员、知名企业家梁宏丽女士。这位致力于美丽产业的企业家投资10亿元打造这座全球最大的面膜工厂，并从西班牙买来一棵古老的橄榄树，就是因为她的心中长也着一棵橄榄树：有朝一日登上世界面膜女王的宝座。

1987年夏天，当时在一家医院做护士的梁宏丽决定投身美容事业。30多年筚路蓝缕、砥砺奋进，今天的她已经转型成为“面膜王国”的引领者，她所执掌的贝豪被誉为“美颜帝国”，贝豪出品就是高品质的代名词。很多业界人士给我说：贝豪和梁宏丽最让人佩服的地方，就是这30多年里，不断定义什么是中国好面膜。

这是怎么做到的？我多次去过贝豪考察，也多次和梁老板聊过，贝豪之所以赢得全世界消费者的信任，从我的角度看，最关键的一点是贝豪做到并坚持“真材实料、真实有效”。有两条经验很重要：靠“上不封顶”的研发投入和紧跟市场的产品创新。梁宏丽说：“抄袭和模仿是没有春天的。”没有创新，就意味着跟风和落伍，企业不会有未来。梁宏丽今天的成功，当然有她自己的运气和天赋，但最重要的是她死磕的勇气和努力。她总和自己过不去，她认为研发的产品一定要解决市场需求。外界不知道的是，贝豪很多革命性的面膜新产品，就是以梁宏丽的脸为“试验田”研发出来的。梁宏丽在朋友圈写过一句话：“爱美这件事，我可是从早到晚都是很认真对待的。女人坚持保养是老样子，不保养就是样子老。”

今年7月3日，第十六届中国化妆品大会在上海盛大举行，梁宏丽登场演讲的时候，所有人都洗耳恭听。这既是因为贝豪的每一款新品都成为行业变革的流量密码，也是因为梁宏丽已经成为中国化妆品行业最有影响力的思想者之一，同行们很希望听到她对行业的洞察和对趋势的判断。这些年，梁宏丽满世界奔波，贝豪也已经从中国走向世界。从2014年起，贝豪就开始参与国际展会，向世界传递中国面膜、中国美妆文化。2018年4月，贝豪法国工厂正式投产运营，这是第一家在法国投资建厂的中国化妆品企业。2020年，贝豪在日本成立公司，汇聚全球顶尖研发团队，打造卓越的日本品质。这几天，东南亚最有影响的国际美容展览会在越南胡志明市举行，在参展的600多个品牌中，以贝豪为代表的中国高端品牌引起观众的高度关注，成为展会上的一道“中国品质风景线”。国际舆论认为：这是世界开启“中国品质时刻”。

坐落在佛山三水的贝豪全球美妆文化创意产业园很快就要投入使用，这是佛山最漂亮的企业总部之一，也是贝豪全球化进程中重要的里程碑。这是高品质面膜的“理想国”，也是梁宏丽梦中的橄榄树。美丽产业，有一种品质叫贝豪。

2023年8月25日

我看“独山现象”

国庆假期，发现不少朋友去贵州独山看水司楼。我对独山有特殊情感，也一直关注独山的发展态势。2020 年 7 月，独山爆出 400 亿政府债务的新闻，引发全国山呼海啸的热议。当年 7 月 15 日，著名微信公众号“侠客岛”推送一篇全网刷屏的文章《独山不独》，我在转发的时候写了一段我对独山现象的思考评论。微信发出当晚，就接到中国组织人事报副总编辑的电话：他认为我在微信中提出的观点很有价值，希望我深入展开，他们可以将其作为内参上报。考虑到这个话题特别敏感，我也没有做过深入调查，所以没有答应成文。我不知道今天的独山水司楼是什么情况，但希望引发独山现象的背景能引起更多人关注和思考，把我 2020 年 7 月 15 日发的一条微信转发如下——

贵州独山的 400 亿债务成为全民关注的焦点。很多朋友怕我不知道，纷纷给我转来视频，并且附言：你们贵州怎么出这种胆大妄为的昏官？贵州独山我很熟悉，去过多次，有很深的情感。见她沦落到今天这个地步，非常痛心。我很赞成侠客岛做的这个标题：独山不独，独山只是暴露出来的冰山一角而已。独山走到今天，自然和原独山县委书记潘志立急躁冒进有关。痛定思痛，人们的焦点大多局限于谁来监督县委书记这个难题。我想换一个角度反思。2010 年至 2011 年，贵州分两批从江苏、浙江等省（市）引进 12 名优秀干部担任县委书记，潘志立正是其中之一。这时的中国干部任用制度也发生了巨大变化：本地干部不能在本地担任主官了，必须异地交流。中国吏治制度也从土官时代进入流官时代。这个主要在于防止裙带关系、遏制腐败现象的制度设计，也很快带来了弊端：那些被交流的干部从到一个新地方任职第一天开始，就盘算怎么才能以最快速度离开。强烈的政绩驱动，注定他们的出发点大多在于怎么让上级注意，而不是对当地、对历史负责。胆大妄为的举债就是这样发生的。作为从发达地方交流到贵州的干部，潘志立不可能愚蠢到不知道 400 亿债务对独山意味着什么，但他依然这样做了。不是县委书记的权力太大，而是他太急于需要政绩尽快离开独山了。这是土官和流官最大的心理区别。土官也许水平不高、见识不多，但他们知道一点：老了还要在这片乡土上混，要尽可能留个好名声。

而流官没有这样的心理压力，随时可以一走了之。也许有人会说：当年的南下干部、西进干部也是流官，他们不是也干得挺好吗？我要说那时的流官和现在的流官太不一样了。他们是全家南下在那里扎根，在那里老去，他们的后代也继续在第二故乡生活。印象最深的是我父母工作的那个小镇，有几位山东、江苏、河北来的流官，我父亲有时用苗语谈论工作，他们也听得明白。他们的孩子说苗语比说汉语还流利……现在的流官是单枪匹马，他们知道他们所在的地方只是一个驿站，而不是一个码头。要求他们忠诚于这片土地，那是我们有病。从这个角度而言，独山不独，潘志立不是一个，而是一批。

我已经在佛山工作了25年，作为一个以研究佛山、传播佛山为己任的学人，我最大的感悟是：回首佛山改革开放所走过的40多年历程，那些石破天惊的改革举措大多是广东土官们提着乌纱帽干起来的，他们敢为人先不是为了升官发财，也不是图什么短平快的政绩，而是灵魂深处的使命感和历史担当。我曾经问过广州老市长黎子流：当年的他为什么有那么大的改革胆量？没想到老市长引用电影《狮子王》的著名台词回答我的问题——

这是我的家园，我不为她而战斗，谁为呢？

黎子流说这句话的表情，几乎让我感动得流泪。许多年过去了，我感觉他的声音仍然弥漫天空、回旋大地。

2022年12月25日上午，91岁的黎子流在广州逝世，无数人发微信哀悼这位平民市长的离去。那天我在印度尼西亚首都亚雅加达发了一条微信——

广东改革开放的功勋人物黎子流辞世的消息今天在朋友圈刷屏了，大家之所以不舍这位了不起的顺德人，本质上是怀念那段激情燃烧的岁月、怀念敢为人先的广东精神……

2023年10月7日

民营经济发展需要良好的舆论环境

民营经济发展历来是全国“两会”的热点话题，今年也不例外。昨天下午国家最高领导人在看望参加政协会议的民建工商联界委员时，再次重申民营企业和民营企业家是“自己人”，要让民企和民营企业家消除顾虑、大胆发展，要优化民营企业发展环境。这个重要讲话引起巨大反响，全国的主流媒体几乎都发表了报道和评论。

良好的舆论环境也是衡量一个国家或地区营商环境好坏的重要标准之一。正如很多媒体所报道的那样：当前民营企业发展面临的最大难题是信心不足，一些民营企业家有一些顾虑，比如不敢投，不敢闯。为什么有这样的顾虑呢？我认为这和舆论环境有很大关系。前一段时间，“中国是否还搞社会主义市场经济”“中国是否坚持‘两个毫不动摇’”等疑虑甚至歪曲的杂音噪音不绝于耳。个别自媒体为了博取流量，恶意抹黑、诋毁中国民营经济和民营企业家，动辄扣上“汉奸”“买办”的帽子，煽动网民对民营企业的仇恨、对立。这种对中国民营经济“污名化”的攻击影响非常恶劣。

浙江省委宣传部的微信公众号昨天推送一篇很好的文章《别让“污名化”言论干扰民营经济》。文章说：这些年，网络上不时冒出一些激进言论，背后都有较量、斗争的影子。所谓的民营经济“离场论”“退场论”“清算论”“国进民退”等论调，很多都来自美西方的媒体、学者，他们看似站在“专业角度”讨论经济问题，实则“项庄舞剑，意在沛公”，含沙射影地攻击中国特色社会主义制度。文章指出，民营经济领域屡起争议，折射出我们自身存在的短板，最突出的是话语权的弱势。专家说不明白，媒体写不明白，老百姓搞不明白。今天的《环球时报》发表社评《中国营商环境只会越来越好》。文章有这么一段话：中国民营企业正从跟跑、并跑逐渐转向领跑。这显然不是美西方想看到的，于是他们不仅动用各种手段在外部极限打压，更妄图由外及内渗透传导，抓住一切机会释放不安信号，借此打击中国民营企业家的投资预期和发展信心，一旦有企业因此迟疑却步，就正中他们的下怀。

有报道说：近年来社会上仍然不同程度地存在着一些怀疑、否定民营经济的不和谐声音，部分地方政府对鼓励、支持、引导民营经济发展的大政方针认识也不到位，这些问题不仅影响了民营经济的持续健康发展，也导致了民营经济缺乏安全感和继续奋斗的信心。民进今年拟向全国政协十四届一次会议提交《关于优化发展环境促进民营经济发展壮大的提案》。民进建议：进一步营造对民营经济友善的发展环境。建议开展若干有社会影响力的纠偏工作，为民营经济及民营企业家“正名”，对部分故意歪曲、恶意抹黑的不实声音适时进行行政及法律惩处，并向社会公开裁定结果。

我很赞成这样的建议。我还要说：在一些地方，对民营企业和民营企业家不利的舆论环境中，有一些是带有利益背景的。企业和企业家答应了一些不当利益索求，就说好话，否则就恶语相向、造谣抹黑。这些舆论虽然成不了大气候，但也不能听之任之。我们的主流媒体和媒体人应该挺身而出，坚决反对丑化、污名化民营企业的言论。因为保护好民营经济发展积极性，就是保护好国民经济的“半壁江山”。

2023 年 3 月 7 日

成功不是补短板而是有特长

我最近看到一个视频，王志纲和俞敏洪两个人谈成功，王志纲提出一个观点，人生最重要的事情不是补短板，而是把长板做长，我对此深以为然。我和王志纲是多年的老友，这么多年我一直在观察他，也在学习他。坦率地说王志纲是一个缺点和优点一样突出的人，但这样一个王志纲无论是做新闻还是做策划，都做得非常成功，是最顶尖的高手。

王志纲为什么成功？我认为最大的秘诀就是他善于发现并充分利用自己的优势来做事情。读王志纲的文章，最让人佩服的就是他那种强大的发现力和打通能力，发现力体现在善于总结和提炼，打通能力体现在善于把看似不关联的事情关联起来，从而把时间打开，把空间打开，做到思接千载、视通万里，而且大气磅礴。这样的能力就是王志纲笑傲江湖、红旗不倒的核心竞争力。

有人问松下幸之助成功的秘诀是什么？这位经营之神的回答是，他人生最大的成功在于经营自己的长处。只要注意观察，成功人士都有个共同特点，那就是善于放大自己的长处，强化自己的优势。那些活得比较平庸的人，往往是那些既没有什么缺点，也没有什么优点的人，四平八稳的人通常也是缺乏想象力，也没有什么创造力的人，当然也很难活出他所想要的样子来。这个世界多的是人，少的是机会，要抓住机会不是靠你的完美，而是靠你的特长，越是拥有别人不可替代的特长，就会拥有越来越多的机会。人无完人，每个人都有自己的缺陷，人生最重要的事情不是补短板，而是有特长，做最好的自己就是把自己的长板加长，只要把自己的特长和优势发挥得淋漓尽致，人生没有理由不成功，没有理由不精彩。

2022 年 12 月 14 日

知识比文凭重要　想象力比知识更重要

再看《觉醒年代》电视剧，又一次被这样的场景感动：蔡元培在大雪纷飞的北京三顾茅庐，邀请没有大学文凭的陈独秀担任北京大学文科学长，也就是主管文科的副校长。这样的事情，今天很难再有了。

全国各地现在都在抢人，人才大战越演越烈。抢的是什么人呢？是有文凭的年轻人，学历越高越吃香。尽管大家都知道学历不等于能力，但现在事实上是以文凭论英雄。2019 年我去美国，一位在纽约一所名校读硕士的佛山留学生问我：他硕士毕业能不能进佛山的大学教书。我说你最好读一个博士，大学是一个最看重学历的机构，没有博士学位，你可能就没有地位。

我在大学教过书，有很多体会。教师节的时候，学校很可能要请老师吃顿饭。这样的饭局很有讲究：博士被安排在中央，硕士众星捧月，学士则沦为边角废料。领导当然也会前来敬酒，但口气全然不同：在博士那桌，他们说好好干，学校今后就靠你们啦；在硕士那桌，他们说年轻人前途无量；轮到给学士们敬酒时，他们十有八九会说大家要吃好啊。这样的情形，很像医生对身患绝症的病人家属所做的交代：他想吃什么，就尽量满足吧……在大学，博士和学士区别很大，博士除了明文规定的好处之外，还有很多文件上没有的待遇。比如博士酗酒，人们说是豪饮，学士多喝几口，人们就说他贪杯；同样是不修边幅，但博士被说成不拘小节，而学士则背上邋遢的恶名……

蔡元培为什么要找没有大学文凭的陈独秀？因为陈独秀既有知识，更有想象力。这样的人才非常难得，蔡元培的眼光非常人可比。

知识就是力量——这是英国哲学家、散文家培根的名言。其实，这不是培根的原话，而是后人的浓缩和提炼。这位英国天才的原话是：人的力量与知识合二为一。培根的论断是基于对历史的审视和发现：人类走出蒙昧时代之后，草莽英雄退场，知识英雄逐步走向前台，并最终占据历史舞台的中央。那是 300 年前。那时，知识本身就很值钱，人们很佩服有知识的人。

那些满腹经纶者一直是大众的偶像，但 300 年后互联网时代的到来，偶像遭遇了黄昏：他们皓首穷经所拥有的知识，只要百度一下就可以轻松找到。知识本身变得廉价，单靠知识也很难谋生。那么，知识还是力量吗？当然还是，但知识变了。互联网时代，人的力量不再是对知识的占有，而是建立在知识之上的发现力和创造力。所以书呆子不会再有市场。爱因斯坦有一句名言：想象力比知识更重要。为什么呢？因为知识是有限的，而想象力概括着世界上的一切，推动着社会进步，并且是知识进化的源泉。雨果说：科学到了最后阶段，便遇上了想象。没有想象力，就不会有创造力。科学如此，一个民族、一个国家、一家公司、一个人也是如此。想象是灵魂的眼睛。最伟大的创造和进步都是由崭新的大胆的想象力所带来的。

2023 年 10 月 5 日

第六辑

山里山外

从牛津归来的牛人

在中国的经济版图上，佛山有这么高的江湖地位，最重要的原因是佛山有一支强大的优秀企业家队伍。这20多年来，我有幸和佛山的企业家们走南闯北、国内国外走了很多地方，我很珍惜这样的机会，因为观察他们就是观察佛山最好的途径，这个世界最打动人的永远是故事和细节。我今天之所以要说这个话题，是因为10年前的今天，一批南海企业家飞抵英国牛津大学，开始一段难忘的留洋生活。这是南海，也是佛山历史上第一次组织企业家到牛津大学学习。

民营经济是南海经济的顶梁柱，企业家是南海最宝贵的人才资源。支持民营企业做大做强，一直是南海历届党委、政府的责任和使命。2012年，南海区推出“南商再出发”重大举措，其中之一就是强化对优秀民营企业家的培训力度，组织南海企业家兵分两路到英国牛津大学、美国斯坦福大学进行培训学习。

南海牛津班学员一共有30人，其中19位是企业家。我以南方日报特约记者的身份全程参加了这次学习，《南方日报》特意开辟专栏，每天发表我从英国发回来的报道。我们抵达伦敦希思罗机场的时间是2013年8月21日上午6时，向来多雨的伦敦以一个灿烂的黎明迎接我们的到来。尽管13个小时的空中飞行让大家感到有些疲惫，但满天的朝霞又让大家兴奋不已。我当时就在想：这是好兆头，这个班肯定会收获满满。

10年后的今天，可以自豪地告诉大家，南海牛津班真的很牛，他们没有辜负在牛津学习的时光，没有辜负南海区委、区政府的殷切厚望。

邓伟其同学领导的必得福公司在2020年突如其来的新冠疫情中临危受命，为打赢疫情防控战作出了突出贡献，受到国家的表彰和嘉奖；张伟明同学领导的广东星联科技作为国家火炬计划重点高新技术企业之一，在高分子材料应用的新领域表现卓越，备受关注；张伟明现任南海区总商会会长和工商联主席；李长东同学领导的邦普循环公司是全球电池定向循环技术的领跑者、有全球影响力的明星企业，因贡献巨大，李长东当选为十四届全国人大代表；蒙娜丽莎集团总裁萧华同学是全国建材行业的劳动模范、荣获中国建筑卫生陶瓷行业终身成就奖，牛津归来4年后的2017年，蒙娜丽莎在A股上市；简伟文同学在

2017 年创办石门中学基金会，2019 年获国家科技进步二等奖，为佛山赢得了巨大荣誉；石平湘同学领导的华特气体 30 年筚路蓝缕，成为国内电子特种气体行业领军企业，为国家争了一口气；曹湛斌领导的广东坚美集团，是全国同行业中唯一荣获广东省和中国质量奖的企业，全球十座最高建筑，有 5 座用的是坚美铝型材。这个非常牛！

牛津归来的企业家牛的人很多，时间关系我只能选几个代表。说实话，我和佛山企业家出去学习过很多次，这个班最让我感到骄傲和自豪。他们也是南海和佛山的荣耀。时光不老，我们不散。10 周年聚会的时候，牛津班班长曹湛斌说："现在做企业、做生意很难，很多人的信心不是很足。在这样的背景下，我们牛津班 10 周年聚会就更显得特别有意义。有一句话说——散是满天星，聚是一团火。我们今天的聚会就是要点燃信心之火、信念之火。前进的道路上，从来没有坦途。我们已经习惯了挑战，我们有回应挑战的经验。尽管不同的时代有不同的困难，但有一点是不变的——那就是战胜困难的最关键要素是我们的信心、我们对大势的判断。世界很乱，但国家向着中国式现代化的历史发展进程没有改变、中国向着高质量发展的趋势没有改变，中国向着实现中华民族伟大复兴的决心和努力奋斗没有改变。这是不可逆转的时代潮流，这是企业家大有作为、也需要企业家大有作为的时代。"这话说得多好，这就是牛津班的声音，这就是南海的底气。佛山需要这样的牛人。

2023 年 8 月 21 日

顺德为什么要去德国路演

在德国亚琛举行的“发现顺德全球路演”活动已经圆满落幕，它所取得的成效和影响是出乎意料的：当地多位政要在会见带队到德国路演的佛山市委常委、宣传部部长、顺德区委书记郭文海时，用“完美”一词来形容顺德的表现。

在汉诺威，由顺德主导的中德工业城市联盟再次扩容，又有5个德国城市加入联盟，联盟已然成为中德地方合作的一大品牌。这些城市的“当家人”从郭文海手中接过证书时的欣喜以及随后的发言，都清晰地传达出两个态度：德国人越来越相信顺德人的诚意和能力、越来越看重中德工业城市联盟的价值和机会。出席中德工业城市联盟全体会议的中方城市负责人则纷纷点赞：顺德做了我们难以做到的事情。

这是顺德第二次在德国搞路演，一次又一次的成功让我们做出一个判断：顺德走在了佛山国际化的最前面，体现了担当和表率。

1

在顺德赴德国路演之前，佛山市委书记鲁毅去顺德调研。谈及顺德的定位和使命，鲁毅浓缩成两个字：领跑。

改革开放走过40年，顺德可谓一马当先。无论是过去的全国百强县评比还是现在的全国城市百强区角逐，顺德的排名一直是数一数二的。一个北滘小镇有两家本土世界五百强企业——这样的殊荣在中国独一无二，即便是在发达国家，提起顺德这个成就，人们也是刮目相看的。顺德在德国的两次路演，德方有那么多政要和企业家参加，不是顺德人善于公关，而是德国人认同顺德是一个值得尊敬的合作伙伴。在世界顶级的汉诺威工业博览会上，库卡是德国的骄傲。从去年开始，库卡展厅以很高规格礼遇到访的区邦敏、郭文海，因为库卡也是顺德的。美的并购库卡所引发的世界性关注，也让顺德的知名度扶摇直上。

顺德发展成绩斐然，但也面临新的挑战。除了骨干企业以外，不少中小企业缺乏核心竞争力。鲁毅在这个背景下提出“领跑”，就是希望顺德为整个佛山产业转型升级打开一个缺口，走在佛山从高速发展到高质量发展的最前面。

高端创新资源是高质量发展的必要条件，这恰恰是顺德最缺的。要担当高质量发展的领跑者，顺德的当务之急是要搞清楚，高端创新资源的“粮草”在哪里。

顺德路演就是这么发生的。

2

不能不说区邦敏。

他担任顺德区委书记的时间不长，但他对顺德的把脉很准。上任不久，他就做出一个判断：顺德的政府服务能力滞后于顺德企业的国际化进程。

改革开放是顺德冲锋陷阵、攻城拔寨的“关键一招”。顺德制造拥有今天的景象，最关键的转折点是20多年前那场“石破天惊”的产权制度改革。站在今天的角度审视，顺德一路走来的改革基本上属于“内部挖潜”式的改革，它所释放的红利缔造了顺德经济的传奇，但难以成为顺德制造赢得明天的决定性筹码。在当今世界制造业版图上，顺德制造的位置非常微妙：前面是德国、美国、日本这样的标兵，后面是印度、越南这样的追兵。出路只有一条：向标兵学习、与高手过招。和谁混，很重要。

顺德企业最早就意识到这个问题。以美的为代表的一批骨干企业以并购的方式开启佛山企业在全球范围配置资源的先河。地方政府如何具备全球视野？这成了顺德全新的课题。

当佛山市委、市政府提出“世界科技+佛山智造+全球市场”的战略路径和打造面向全球的国家制造业创新中心的愿景后，区邦敏率先推动了顺德全球路演，到最发达的工业国家寻找顺德制造的创新资源。

德国是顺德路演走出中国的第一站。这个选择是基于两个背景：其一，德国是世界先进制造业的领头羊，德国制造的技术和经验是顺德制造最需要的；其二，美的成功并购库卡，在德国社会形成了较大影响，美的所在的顺德进入了德国人的视野。

区邦敏和美的集团董事长方洪波的演讲，是顺德在德国路演的重头戏。讲什么、怎么讲，早在出发之前，区邦敏和方洪波反复思考、多次磋商。在前往德国的飞机上，他们还在精心打磨自己的演讲稿。

如此认真，是因为事关重大：美的并购库卡之后，德国人迫切希望知道美的和顺德官方的想法。他们的演讲，很好地回答了德国社会的关切和期待。

特意戴上库卡领带的方洪波说，美的和库卡携手，无论是对企业双方，还是对中国和德国都是双赢的选择。有中国本土的渠道和优势，库卡必将得到更快的发展。

顺德是一个什么样的地方？区邦敏的演讲从一个数据切入：从1978年到2017年的39年里，顺德的经济总量增长了600倍。这个经济奇迹的发生有一条主要经验，那就是政府和企业总是手挽手、肩并肩，角色不同，方向一致。顺德坚持一个理念，“满足需求，成就自己”：企业在满足市场过程中发展自己，政府在满足企业过程中发展地方。

“发现顺德，布局中国；携手德国，走向世界。”当区邦敏用这句话结束演讲时，全场响起热烈的掌声。这种国际范的表达，德国人听进去了。

台下坐着一位老人，从头到尾听得很认真。他是美的集团创始人何享健，这位为人处世一向低调的长者长途奔波为顺德路演站台。尽管他不发表讲话，也不让现场的人提他的名字，但他在那个场合出现，精明的德国人自然明白顺德的“手挽手、肩并肩”不是说说而已。

台上台下，顺德人配合得非常默契。顺德路演，让德国人发现另外一种顺德力量。

3

汉诺威机器人学院决定把顺德作为全球布局的第一站——组建佛山机器人学院。与汉诺威机器人学院紧密合作的10个世界级伙伴也将抱团进入顺德，其中包括大名鼎鼎的弗劳恩霍夫工业自动化研究所。为德国制造作出巨大贡献的亚琛工业大学机床实验室将与顺德职业技术学院合作，共建工业4.0应用研究中心，助推顺德制造的转型升级。更让人振奋的是，顺德和它们达成共识，在顺德建立华南机器人产业生态系统。从美的并购库卡到建立机器人产业生态，顺德又站在智能制造的前列和风口。这样一个高端系统，很可能是中国第一个。

严谨的德国人为什么乐意与顺德合作？汉诺威展览公司的感受和评价也许是最好的注解：顺德是中国最开放、说话最算数、最具有合作精神的地方之一。凡是顺德答应的事情一定会兑现。

顺德与德国打交道，不是以术，而是用道。大道至简：一是有心，二是识做。两年前，顺德区主要领导来汉诺威展览公司会见高层，一开始人家推来推去。可见面交流之后，汉诺威态度大变，他们发现这位顺德来者与他们之前见到的某些官员不太一样：不是谈项目，而是谈市场和趋势。

作为全球顶级的展览公司，汉诺威已经在印尼雅加达、中国上海布局，在汉诺威看来，这个布局基本覆盖亚洲市场。但在顺德人眼里，规模巨大的中国制造业还没有一个专业展馆，顺德想填补这个空白，这个巨大的市场和机会希望和汉诺威一起分享。

出乎汉诺威意料的是，顺德人是有备而来，之前专门去雅加达和上海实地考察展馆，仔细研究展馆规模和辐射范围，从而形成打动德国人的思路和承诺。更让汉诺威意想不到的是，从第一次握手，顺德只用15个月的时间就建起一座世界一流的工业展馆，并成功举办 3 次大型展览。一个说到做到、雷厉风行的顺德让汉诺威看到一个可以放胆合作的中国伙伴。汉诺威机器人学院第一次走出德国就首选顺德作为布局中国的第一站，并携手库卡、浩亭等业界巨头鼎力支持顺德构建工业 4.0 生态。如此隆重出手，是汉诺威对顺德伙伴的巨大点赞。

顺德路演，汉诺威给予了很高的礼遇。他们以顺德方式来回报顺德：有心、识做。

4

2018 年 3 月 28 日，美的库卡智能制造产业基地在顺德北滘破土动工。鲁毅表示，这个项目是加快佛山产业国际化、构建全面开放新格局的重大平台。郭文海说，这是顺德开启智能制造时代的标志。

美的并购库卡之后，人们就开始猜想：库卡何时布局华南？顺德当然也想，但深知难度很大，前期的沟通和磨合变得非常重要。库卡也在默默地观察顺德怎样出招。

2017 年 4 月 24 日，当区邦敏、方洪波和库卡首席执行官蒂尔•劳伊特一起亮相、紧紧握手的时候，现场一片骚动，这一历史性场面媒体当然不会放过。在出发来德国之前，区邦敏一直在考虑带什么样的礼物给库卡，最初是想送石湾陶瓷工艺品——马，祝愿库卡的中国战略马到成功；后来又改送龙舟，既因为顺德是龙舟之乡，更因为划龙舟的核心精神是团结协作、同舟共济。这样的寓意，库卡人心领神会。蒂尔•劳伊特下达指令，让机器人倒了一大杯德国啤酒，请顺德客人干杯……库卡和美的有很多相似之处，这两家跨国企业的总部一个在德国的南部，一个在中国的南方，有相同的发展轨迹——从小镇走向世界。库卡和美的联姻，让北滘和奥格斯堡变得很近，方洪波几乎每个月至少要飞来一次，库卡高层管理人员也经常前往北滘。

告别汉诺威，区邦敏一行飞抵库卡总部所在的奥格斯堡。库卡以一场烛光晚宴迎接区邦敏的第一次造访。这顿饭吃了 3 个多小时，与其说是一场宴会，不如说是一次对话。

机器人产业靠的是人才，这也是库卡高层的最大关切。区邦敏回应说：顺德是一座小城，但顺德旁边的广州有非常优质的教育资源，再加上汉诺威机器人学院的进入，这样的资源配置是别的地方无法比肩的。得知顺德正在建设广州大学城卫星城、即将推出大批人才公寓的时候，在座的库卡人显得兴奋。

库卡人问：听说顺德的决策雷厉风行？区邦敏答：我们认为，没有速度的子弹打不死人。

参观库卡工厂时，奥格斯堡正在下一场漫天大雪。顺德人说：瑞雪兆丰年；

库卡人说：德国也有这个说法。

在库卡餐厅，区邦敏、方洪波、库卡高层和员工们一起吃自助餐，库卡财务副总裁说：我们现在是一家人了。区邦敏随即表态：顺德一定会像帮助美的那样帮助库卡，顺德、美的、库卡三方合作，所产生的能量一定是巨大的。临别之际，区邦敏对方洪波说：我们一起为顺德做几件事。

5

亚琛是顺德全球路演的第二站，也是郭文海接替区邦敏担任顺德区委书记后的首次出访。选择亚琛，是因为那里是德国的科创重镇，是一座善于把想法变成产品的城市，有一所被誉为欧洲“麻省理工”的亚琛工业大学。佛山正在与这所世界名校商谈合作，以全新机制体制创办高水平的佛山理工大学。

郭文海在“开放中国　顺德机遇”的主题演讲中坦诚相告，他是为未来而来，为共赢而来。顺德有雄厚的产业基础及广阔的市场，亚琛有创新的技术和人才，这正是双方一拍即合的原因。郭文海清晰地表达顺德的期待：非常希望和德国的企业和科研机构合作，包括产业、教育、文化、卫生等领域的全面合作和共同发展。

亚琛市市长马塞尔·菲利普说，顺德路演是中德两国的合作在亚琛进行具体实践和贡献；原德国经济与劳工部长沃尔夫冈·克莱门特表示，佛山顺德发展目标宏伟，民营经济强大，在国际上的活动也十分活跃。

顺德全球路演，其实也是中国努力推进全球化的案例和佐证。

在粤语方言中，顺德口音比较特别，顺德人喜欢把自己的顺德话称为“德语”。顺德人要将自己的“德语”推广到更远的地方。在亚琛路演之前，郭文海做出两个重要决定：将中德工业服务区管委会的职能从服务北部三镇扩展到顺德全境，全面统筹和服务顺德的国际化进程；做实做强中德工业城市联盟，打造一个国际化的共享联盟。

德国诗人海涅说：春天不播种，夏天就不生长，秋天就不能收割，冬天就不能品尝。顺德路演，就是“好雨知时节，当春乃发生”的播种。时间在见证发芽和生长。

从区邦敏的“发现顺德，布局中国”，到郭文海的“开放中国，顺德机遇”，顺德全球路演发出的是顺德声音，表达的是中国情怀。

这样的顺德，是有资格和能力领跑的。

（原载《南方日报》2018 年 5 月 4 日）

我们为什么要寻访全球南海会馆

记者总是在路上。

与无数次出发相比，这是一次不同寻常的远行。从港澳到大洋洲、从欧洲到美洲、从中南半岛到非洲大陆，这个地球上很多地方会留下我们的足迹和叩问。多姿多彩的世界，我们只寻访一道特别的风景；人海茫茫的城市，我们只关注一个特别的群体。

遍布世界的南海会馆、筚路蓝缕的南海人就是我们这次寻访的对象和主题。这样的角度和立意前人没有做过、今人尚未顾及。我们所做的不仅是填补历史留下的空白，也将为今后的历史留下一个鲜活的样本。

这是一次历史的打捞，也是一次文化的追问，更是一次精神的发现。我们知道：这一声召唤是多么的庄严和神圣。

1

在中国的版图上，南海是一个耀眼的存在。

历史有“先有南海后有广东”之说。公元前214年，秦王朝统一岭南，在濒临南海的地方设立南海郡，这是广东历史上第一次划分行政区。到了唐朝，中央政府将岭南道一分为二，划分东、西两道，东道治广州，因而有了“广东”这个名字。

尽管南海郡已经远走，南海郡所管辖的疆域也分化出许多不同的地名，但承接“南海”作为行政建制名称的，唯有今天的佛山市南海区。提起“南海”，我们就会想起遥远的历史。

南海最高的山叫西樵山。它并不巍峨，也谈不上雄伟，却是一座屹立在中国南方的文化地标。1960年初，中国考古学泰斗贾兰坡先生经过实地考察，得出了西樵山是中国南方最大采石场和新石器时代制造基地的结论，他从考古学意义上提出的“西樵山文化”，得到了世界考古学界的公认和重视。

作为“珠江文明的灯塔”，西樵山不仅光耀岭南，也通过西江水道，烛照广袤的云贵高原。

沧海一声笑，滔滔两岸潮。

是这条奔流不息的水道，引发了震撼人心的游子吟：河山只在我梦萦，祖国已多年未亲近，可是不管怎样也改变不了我的中国心……

这首歌的作词者是黄霑，一个和南海渊源很深的香港才子。他的少年时代几乎是在外婆家度过的，那是一个让他终生念念不忘的美丽水乡：南海里水赤山村。

2

从古到今，南海儿女都是放眼向洋看世界的人。

史料记载，南海人移居海外的历史可以追溯到唐朝时期，没有航标的浩渺南海见证了一批又一批、一代接一代闯荡世界的南海人。他们背井离乡、追寻梦想，让今天的南海成为中国的著名侨乡：40多万海外乡亲、70多个旅外社团、数十个南海会馆……

地球上的南海人分布很广，世界对他们的共同印象是：历史悠久、人数众多、形象良好、凝聚力强、爱国爱乡。

美国旧金山有一座旅美南海福荫堂，1855年由九江、西樵、狮山三地的华侨创立，这是全美华侨传统社团中第一个悬挂五星红旗的社团，成为当时轰动华人社会的一件大事。

1920年，南海旅美福荫堂创办南海华侨子弟学校，为华人子女提供学习中文的场所，在校生1500多名，是旧金山最大的华侨学校。2009年，南海华侨子弟学校被国务院侨办授予“华文教育示范学校”。

这所不同凡响的学校背后站着一群守望中国文化的南海人。

今年75岁、出生在越南的关信民至今还保留着一张黑白照片：那是他1978年和众多流离失所的难民乘船到菲律宾的悲惨情形。有一天，一个南海同乡不知从哪里弄来一瓶佛山生产的酱油和他分享，来自家乡的味道让他永世难忘。那时，他还不知道南海在哪里、家乡九江是什么模样，但他说的却是流利地道的九江话。

关信民后来移民美国旧金山，成为旅美南海福荫堂负责人之一。他要求全家说九江话，子女必须学中文。这些年，他忙着在全美各地推广南海龙狮文化，他把这项工作称为“留根工程”。

被称为“加拿大高科技之都”的安大略省万锦市有一条“南海街”，它是海外第一条以“南海”命名的街道。促成这件事情的是一个南海人，他叫邓衍锌，祖籍南海官窑。凡是他担任公职的机构、社团和自己的公司，无论是会议还是宴会，都必须奏加拿大和中华人民共和国国歌。

寻访全球南海会馆，我们要向了不起的南海人致敬。

3

不能不说康南海。

1913 年 12 月，当康有为结束 16 年的海外生涯回国时，曾请好友吴昌硕刻了一枚印章，上书："维新百日，出亡十六年，三周大地，游遍四洲，经三十一国，行六十万里。"

可以毫不夸张地说，康有为是中国近代史上到过世界各地最多、接触各国人物最多的一个超级旅行家。他不是一个纯粹的游客，而是一个心怀祖国的行者。在《欧洲十一国游记》的序中，他把自己比作"耐苦不死之神农"，游历世界是为了"遍尝百草"，寻找能够医治中国的"神方大药"。

康有为所到之处，竭力兴办中文学校，创设中文报馆，传播中华文化，建立了中国海外人数最多、影响最大的爱国华侨团体。作为戊戌变法的领袖，康南海的特殊身份让他有机会接触到所到国家的上层人物。在与美国总统罗斯福见面时，他慷慨陈词，要求美国禁止迫害华工、保护华侨的合法权益。

1949 年 7 月 1 日，中国共产党 28 岁生日那天，毛泽东主席在《人民日报》发表文章，把康有为列为"先进的中国人"，"代表了在中国共产党出世以前向西方寻找真理的一派人物"，这是历史最权威、最公正的评价。

这样"先进的中国人"，南海不是一个，而是一批。

1872 年，越南华侨陈启沅回到南海，在家乡简村创办机器缫丝厂，开启了中国近代民族纺织工业的先河。

1879 年，日本华侨卫省轩在南海创办了中国第一家国产火柴厂——巧明火柴厂。这位终结了中国人只能用"洋火"历史的实业家虽然不是土生土长的南海人，却是海纳百川、有容乃大的南海成就了他的实业梦想。

1906 年，简氏兄弟创办了中国第一家本土烟厂——南洋兄弟烟草公司，这两个南海人终结了中国人只能抽"洋烟"的历史。美轮美奂的简氏别墅是简氏兄弟留下的房产，也是佛山现存规模最大的西洋建筑。

简氏兄弟开办国产烟厂的第二年，另一位从美国耶鲁大学归来的南海人主持修建了中国自主设计并建造的第一条铁路——京张铁路。他是"中国铁路之父"詹天佑。南海还有一位奇才，他就是从来未出过国门、自认为"一介书生，学识疏浅"的邹伯奇：1844 年，他发明了中国第一台照相机，被称为"中国照相机之父"。

南海是一座名人辈出的梦工厂，他们在影响历史的同时，也塑造了南海人的气质和血性。这样的禀赋总是在历史的阳光下灿烂地爆发。当中国改革开放的春风吹来，南海人与生俱来的变革基因立刻被激活了。这个珠三角著名的鱼米之乡，迅速演变为全民经商的汪洋大海。在硝烟弥漫的市场竞争中，一批南海企业和南海企业家脱颖而出，成为南海制造扬名世界的基石，也是推动南海经济社会进步的伟大洪流。

寻访全球南海会馆，我们就是向浩瀚的南海力量顶礼。

4

南海会馆遍布全球，名气最大的当属位于北京西城区米市胡同43号的南海会馆。

这个院子原本是清朝官员董邦达的府邸。道光五年（1825年），由南海籍官员吴荣光、廖甡等人筹资买下，兴建了南海会馆，以方便赴京赶考的士子和在京为官、做生意的同乡落脚。

康有为曾六次赴京，最常住的地方就是北京南海会馆。在这里，康有为组建了粤学会、创办了北京第一份民间报刊《中外纪闻》；在这里，康有为七次上书光绪皇帝，策划了试图改变国家命运的变法运动。百日维新失败后，康有为也是从这里出逃流亡海外的。

非常遗憾的是，这座北京市级文物保护单位并没有得到很好的保护。2009年冬天，我第一次走进北京南海会馆，其破败程度让人痛心疾首。很难相信这就是康有为故居、这就是传说中的“七树堂”、这就是天下闻名的维新运动策源地。很多迹象表明，北京南海会馆已经危在旦夕！

关键时刻，全国政协委员许钦松、冯骥才发出保护南海会馆的呼吁。来自佛山的三位全国人大代表也前往考察，与北京方面商讨南海会馆的修缮保护问题。

来自南海的关注更为有力。

2010年，南海派出15人工作小组，就北京南海会馆的保护问题与北京市文物局文物保护处进行调研商洽，得知结果不尽如人意之后，南海政府作出决策：在康有为家乡丹灶启动康园项目，以北京南海会馆原住民麦祖荫绘制的会馆复原图为蓝本，按照1∶1的比例完整重现北京南海会馆，连坐落朝向都完全相同。

这就是南海的情怀和担当。而更大的惊喜是樵山文化中心从听音湖畔拔地而起。

这座由建筑大师何镜堂院士领衔设计的尽显岭南气派的恢宏建筑，一开始就被定位为全球南海人的“精神祠堂、文化殿堂”。

全球南海人有一个温馨的约定：定期举办全球南海人恳亲大会。多年来，旅居海外的南海乡亲一直希望家乡兴建一座南海会馆；家乡南海也一直有“世界有南海会馆、南海却没有南海会馆”的遗憾。是两种力量的相向而行，促成了樵山文化中心的惊艳亮相。尽管没有“南海会馆”的名字，但事实上承载和担当了全球南海会馆总部的期待和功能。

樵山文化中心装什么？这是文化南海的重要命题。

寻访全球南海会馆，就是我们从全球视野建构历史南海的一次文化行动。

5

会馆是历史的产物，是一种因人口流动和迁徙而产生的文化现象。

从一个熟悉的环境到一个陌生的世界，往往面临这样的困境：到陌生的地方谋生，必然要分享别人的社会资源，不可避免产生诸多矛盾。与此同时，他们还要承受着远离故土、亲人的情感折磨。正是出于保护自己、协调和解决在新环境出现矛盾的心理需求，以乡土、地缘为纽带的基层社会组织应运而生，这就是会馆的来历。

会馆的首要功能是“联络乡情、敦睦桑梓”。会馆活动的规模大小、成功与否，是检阅同籍乡人在异地凝聚力强弱的风向标。会馆是乡情的依托，也为同乡人在外部世界的生存与奋斗提供了团体力量的资助。

商品经济较为发达的广东，因得天时地利之便，各种名号的广东会馆也从中国走向海外。南海人就是最早行动的那一批中国人，最早的海外南海会馆出现在马来西亚。

槟城南海会馆于光绪三十年（1904 年）落成，迄今已有超过一百年的历史。巍峨壮观，宽敞雄伟。遒劲有力的“南海会馆”字样下方，有一副醒目的对联：南溟得志鹏程远，海国同心燕会长。

这是何等波澜壮阔的南海情怀！

会馆是凝固的历史档案，亦是鲜活的文化记忆。

会馆研究，不仅是中国史学界的重要取向，也是国际学术界关注的中国话题。以《中国科学技术史》而著称的英国学者李约瑟、美国汉学家费正清都不约而同地投身到这个领域，以此作为审视中国历史的重大线索。

讲述南海故事，南海会馆当然不可或缺。如果能够梳理南海会馆的全球布局、前世今生和风云故事，当然是一件意义重大的好事。如果能够将全球南海会馆的精彩“装”在樵山文化中心，让这座被深切寄望的“世界南海会馆总部”

变得名副其实，那一定是很大的历史贡献。未来的会馆研究，一定会验证和体现我们的价值。

寻访全球南海会馆，是我们将愿望和使命变为选择和行动。

6

南海会馆，是南海乡情的舞台，也是南海人对话世界的平台。

吉隆坡南海会馆，一首铿锵激昂的《南海之歌》让人血脉偾张——

遇见南海乡亲就有无限情意深
先辈同乡充满干劲艰辛去创业
赤手浩气扬誓壮心志图强乡亲壮
共闯万重浪每天要自强
同气连心耀我南海
幸得乡亲奉献力量去开天辟地
为我理想去闯看生生不息
回馈社会广阔视野强
这是南海之光
怀着满腔热血胸襟壮齐欢唱
用我一点热引出千分光
共闯万重浪共享国家昌
耀我南海共闯万重浪共享国家昌
耀我南海

这是一首由《男儿当自强》改编而来的歌曲，它是南海人的自信和宣告：南海当自强。唱着这首歌出发，南海从来没有让世界失望。

全球南海会馆有很多名字，除了“南海会馆”，还有“南番顺会馆”“三邑会馆”“广佛肇会馆”等等。林林总总的名称，可以让我们看到世界南海人怎样和顺德、番禺、肇庆的乡亲们抱团取暖，他们怎样手拉手、肩并肩守望故土的习俗和语言，艰难而执着地传播广府文化，在世界范围内投射岭南力量。

三十功名尘与土，八千里路云和月。走进世界的南海，我们会发现南海的世界。寻访全球南海会馆，就是还原伟大的岭南世界观。

雄关漫道，沿途的风景让我们心驰神往；星辰大海，远方的辽阔让我们情不自禁。寻访全球南海会馆，这是我们期待已久的约定。世界很大，我们不怕路远。

（原载《南方日报》2019 年 11 月 20 日）

向美洲大陆上的南海人致敬

明媚的加州阳光从蓝天奔放而来，旧金山大湾区的冬天温暖如万里之外的中国岭南。从著名的金门大桥往南几公里有一片美丽海滩，滩上立有一块巨大石碑，上面刻写着四个红色大字——“中国海滩”。

这不是游人的涂鸦，而是历史性的永久纪念——

1848年后，大批华人来旧金山淘金，他们从这片可以避风的海滩登岸，并在这里扎营捕鱼晒虾。这些辛劳的华人除为本地市场供应鱼虾之外，还将鱼虾销往美国其他地方。一片原本荒凉的海滩因华人的到来和聚集而变得热闹起来。

中国海滩曾经立有一块简陋的木牌，提醒人们记住华人为旧金山所作出的巨大贡献。1981年，一位华人历史学者向美国当局申请由他出资将“中国海滩”木牌换成花岗岩石碑。1982年6月13日，经美国国会批准，这个海滩被永久命名为“中国海滩”。它与不远处的金门大桥交相辉映，成为旧金山一个新的景点。

站在惊涛拍岸的太平洋之西，我想象这里的海水一定有来自遥远的珠江水。一百多年前，那些从东方驶来的航船里，有许许多多的背井离乡的南海人。

南海人的美洲史就是从这里开始的。

1

旧金山是我们寻访全球南海会馆北美之行的第一站。如果说马来西亚山打根是广东华侨在东南亚的望乡，那旧金山就是北美广东华侨的集散地。在遥远的旧金山，漂洋过海、闯荡世界的南海人有太多的故事、太多的传奇。

美国纽约华侨博物馆这样介绍：1785年，3名中国海员从广州乘坐帕拉斯号航船抵达巴尔的摩，成为首批有文字记载的抵美中国人。

最早抵达美国的南海人是哪些人、是什么时候抵达的，现在已经无从可考，但可以确定的是，南海人比较集中地前往美国的时间应该是1848年旧金山发现金矿之后。史书记载，早期前往美国淘金的广东人主要有两波：一波是由新会、恩平、台山、鹤山、开平组成的五邑人，另一波是由南海、番禺、顺德组成的三邑人。

从广东到美国，他们走得千辛万苦。那时，坐三桅船从广州、香港出发，少则三月、多则半年才能抵达旧金山。船小人多，卫生极差；远渡重洋，苦不堪言。抵达旧金山的人们，个个形容枯槁、面无血色，有不少人病死在半路上……

异国他乡，举目无亲，他们只有依靠自己的力量互助互保、守望相助。1850年，早期抵达美国的南海、番禺、顺德人联合在一起，成立了旅美三邑会馆。

三邑会馆早期的主要任务是迎来送往：凡是有家乡人抵达旧金山，会馆都要派人到码头迎接，先带他们回会馆住，休整两天之后，再带他们到矿区找工作；凡是有乡亲客死他乡，会馆要负责处理后事，或就地安葬，或把尸骨运回家乡。

旅美三邑会馆的会长由南海人、番禺人、顺德人轮流担任。在已经走过的170年历程中，南海人为推动三邑发展作出了重大贡献。

随着奔向旧金山的乡亲越来越多，旅美三邑会馆所承担的事务也越来越重，已经到了不堪重负的地步。于是大家商量成立三个下属机构负责处理家乡事务：1855年，南海福荫堂率先成立，3年后，番禺昌后堂、顺德行安堂同时组建。

南海福荫堂是美国最早的南海会馆，它比全球最早的南海会馆——北京南海会馆晚31年，比最早的海外南海会馆——马来西亚槟榔屿南海会馆晚27年。这是一代人的距离，也是两代南海人的接力。

从亚洲到美洲，南海人书写了崭新的历史。

2

南海福荫堂坐落在旧金山唐人街的中心，旁边就是旧金山最繁华的金融区。这样的地段，也彰显早期旧金山南海人的眼光和辈分。他们是这座城市的开拓者、贡献者之一，南海福荫堂今天的日子比较好过，一个很大的"福音"是旧金山南海先辈们购置的物业不断升值。

走进南海福荫堂，就是走进历史，这家"百年老店"用的是百年前的中式实木家具、悬挂的是康有为的巨幅手迹。华侨们比喻说：福荫堂就像南海人在旧金山的"居委会"，让南海乡亲的力量能够凝聚起来，发出华人的声音。

1920年，南海福荫堂做了一件非常了不起的决定——创办南侨学校，也就是南海华侨学校的简称，对入学就读的南海华侨子弟只象征性地收取1元学费。1937年8月18日，著名教育家陶行知先生专程到访旧金山南侨学校，并在演讲中盛赞这所学校对传播中华文化所作的重要贡献。南侨学校至今还保留着报道陶行知这次访问的《世界日报》。

十年树木，百年树人。南侨学校1920年3月10日正式开学，今年正好是她的百年华诞。南海福荫堂决定于今年2月16日举行盛大庆典，隆重纪念。

穿过百年风雨，南侨学校从最初只有 35 名学生发展到现在的近千名学生，桃李芬芳，校友遍布全球各地，成为北美最有影响的华文学校之一。尤其让人感佩的是，一路走来，无论什么时候、不管面临多大的困难，旧金山的南海人从来没有动摇办好这所学校的决心和意志。

我们到访南侨学校那天正是周末，看到满口英文的华人孩子们坐在教室里努力学习中文，心里有一种强烈的感动和感慨。说实话，海外的中国人很多，但像南海人那样以一己之力兴办华文学校的确实不多。他们的情怀和境界，那是很让人叹服的。

3

旧金山的南海人以九江最多，西樵、狮山次之。这样的人数比例也决定了旧金山南海福荫堂的权力分配：17 位值理中，九江 8 位、西樵 5 位、狮山 4 位。从成立至今，这个规矩从来没有变过。

早期去美国的九江人之所以最多，主要有两个原因：其一，九江扼守西江要冲，水运发达，出行比南海其他地方更为便捷；其二，当年从香港、广州到旧金山的船票大约 50 美元一张，整个行程还要自备食粮，这笔不菲的费用让很多人望而却步。而有“小广州”之称的九江经济条件较好、有钱人较多，支付能力比南海其他地方更强。

1916 年，旧金山的九江人发起成立了自己的组织——南海九江侨商会，一是帮新来的九江人找地方落脚，二是资助老年人返回家乡九江。1951 年，九江侨领发起募捐，筹集资金买下一栋大楼，并将九江侨商会重新改组为“九江慈善公会”。1961 年 11 月，九江慈善公会发起召开第一次“旅美九江乡人恳亲大会”，全美各地均有代表参加。3 天会期，盛大圆满，尽欢而散。那种历史性的场景，让美国的九江人津津乐道，也让很多旅居美国的中国人羡慕不已。

九江慈善公会美名远扬，无愧“慈善”二字。2016 年是九江慈善公会百年庆典，时任中国驻旧金山总领事罗林泉送了一副对联：慈悲心情系桑梓福至南海，善良人爱洒故乡德如九江。佛山市侨联如是表达祝贺：前贤艰辛奋斗举善百年赢佳名，后隽发扬光大传承千载报家国。

寥寥数语，道出非凡九江。

4

旧金山是美国西部南海人的聚居地，纽约则是美国东部南海人的大本营。

纽约华人扎堆的三个地方——曼哈顿下城唐人街、皇后区法拉盛、布鲁克林第八大道，到处都有南海人的身影，其中以老华侨聚集的曼哈顿下城唐人街最多。

曼哈顿唐人街的南海元素丰富而显赫：最有名的烧腊店是里水人开的，最正宗的猪杂粥是西樵人做的。离烧腊店、猪杂粥店不远处，有一座“李美步纪念邮局”，这是美国首次以华人的姓名来命名一间邮局。

邮局旁边有一座小教堂，大门上有胡适题写的文字——纪念堂。

这是一段让人动容的历史，但却是南海典籍中不曾记载的历史。在启程赴美之前，我们从未听说过李韬、李美步的名字。到了纽约，才知道这两个了不起的南海儿女，他们还是父女关系。

李韬 1861 年生于南海狮山，13 岁那年来到美国。先在旧金山落脚，后来到纽约学习英文并成为大名鼎鼎的牧师。他是华人社区与白人社区相互沟通的引路人，在华人中拥有巨大影响和威望。1924 年，63 岁的李韬在纽约去世，出殡那天，纽约华人社区停市悼念，万人送葬，极尽哀荣。

李美步是李韬的女儿，1890 年 4 岁时随母亲从南海来到纽约与父亲团聚，天资聪颖的李美步很快能说一口流利的英文，18 岁那年，她以“中国的爱国主义”为题发表演讲，夺得美东地区中国留学生英文演讲大赛冠军。尽管在美国长大，但李美步没有加入美国籍，她以中国学生身份申请庚子赔款奖学金进入哥伦比亚大学农业系就读，1921 年获得经济学博士学位，其博士论文题为《中国经济史：关于农业》。

李美步博士毕业后，曾应陈嘉庚之邀回国到厦门大学任教，父亲去世那年她赶回美国奔丧，此后就留在美国。

李美步和胡适是哥伦比亚大学的同窗好友。李美步非常钦佩这位风度翩翩、学贯中西的大才子，胡适也把这位才华横溢、心怀理想的南海美女称为“圣女”，彼此有一段深刻的情缘。

从哥伦比亚学成回国后，胡适开始了他叱咤风云的学术和政治生涯。而从厦门回到纽约的李美步默默献身教堂、服务侨社。在那漫长的数十年里，她终身未婚，直到 1966 年去世。

在纽约唐人街那座小教堂里，我看到一张老照片：数十位哥伦比亚大学中国留学生合影，男生西装革履，唯一一位穿着唐装的女生坐在第一排正中。她就是李美步，当年中国留学生中的风流人物。

这位南海才女创造了三个第一：第一位获得庚子赔款奖学金的女性，第一位拿到哥伦比亚大学博士学位的华人女子，第一位获得经济学博士学位的中国女子。

我想：人才辈出的南海历史应该补上这位南海女子的名字和故事。

5

枫叶之国加拿大是广东籍华侨的聚集地，当然也是北美南海人的聚集地。

加拿大早期的南海移民从19世纪50年代出现，他们有的是从旧金山北上的“淘金者”，有的是被“卖猪仔”到大不列颠哥伦比亚建设太平洋铁路最艰险路段的劳工。

有史料记载，1863年成立的致公堂是加拿大历史上第一个华人社会组织，几个主要发起人中就有南海人。随着进入加拿大的南海人越来越多，他们又仿照旧金山模式成立了南海福荫堂，后来整体并入中华会馆。由南海、番禺、顺德三邑成立的黄（王）氏宗亲会已经有百年历史，成为加拿大最有影响的华裔宗亲会组织之一。

有南海人的地方总会有传奇。

美国纽约有了不起的南海父女——李韬和李美步，加拿大万锦市也有了不起的南海父子——邓汝良和邓衍铧。

今年84岁的邓汝良祖籍南海官窑，1992年从香港移民加拿大。2005年底，回到南海参加第一届全球南海人恳亲大会的邓汝良给远在加拿大的儿子邓衍铧打了一通电话，让他带上家人回家乡看看。

父子同游南海，家乡的变化让他们感慨万千，也深感加拿大的南海乡亲应该有一个组织来凝聚大家。回到万锦市，父子俩立即行动，以最快速度成立了加拿大南海同乡会。成立当天，开了26桌宴席，南海乡亲的热烈响应让他们倍感欣慰：这件事情做对了！

邓汝良出任加拿大南海同乡会首任会长，任期两年。2008年，在大多数乡亲支持下，邓衍铧接过父亲的担子，出任第二届同乡会会长，每年都会组织加拿大侨胞回家乡“寻根”。

与全球各地的南海同乡联谊会相比，加拿大南海同乡会资历最轻，但活力最强。其会员以家庭为单位，旨在吸引老中青三代乡亲共同参与，提升组织规模与活跃度。这样的制度设计，给全球南海会馆提供了新玩法、新路子。

万锦市有一条佛山街、一条南海路。在南海对外交往的友好城市中，南海与万锦市走得最近、来往最密，背后的主要推力之一就是邓汝良、邓衍铧父子。他们把万锦带到南海、把龙狮和龙舟引入万锦，精神可嘉、功德无量。邓衍铧说：“只要是南海有任务交给我，我都尽力完成。为家乡尽自己最大的努力是我的志愿。”

万锦市是一个高科技企业云集的城市，被誉为“加拿大的硅谷”。万锦拥有的，正是谋求产业转型升级的南海所缺乏、所急需的。如果能在这一领域走出一条“南海路”“万锦路”，那一定是全球南海人的大事和喜事。

这件事当然不能仅仅依靠邓汝良、邓衍锌父子来做，而是需要全球南海人共同来做。

6

1906 年 5 月，正在意大利旅行的康有为在一篇游记中写道：吾国人不可不读中国书，不可不游外国地。

康有为写这句话的时候，他或许还不知道他的很多南海老乡早已经“游”到了中南美洲，那是地球上离广东最远的大陆。

曾经看过一条新闻：2017 年 3 月 24 日，秘鲁中华通惠总局主席梁顺到访南海，向南海有关部分介绍了秘鲁南三顺会馆以及秘鲁首都利马的唐人街的基本情况。

梁顺是南海人，中华通惠总局是 1886 年成立的秘鲁华侨的全国性总机构，其宗旨是总理秘鲁华侨的慈善公益事业，继承和发扬中华民族传统，维护华侨权益。

秘鲁是拉美地区华侨华人移民最多、最早的国家，秘鲁首都利马的唐人街是南美最大的唐人街。梁顺所说的南三顺会馆就坐落在利马的唐人街里。

秘鲁在 19 世纪独立后，经济发展急需大量劳工，南海、三水、顺德一批青年因此登上了开往遥远异国的海船。据统计，从 1849 年到 1874 年的苦力贸易，有 10 万名中国苦力被卖到了秘鲁，被分别带往铁路、矿山、鸟粪场或种植园。

华侨华人最早来到秘鲁在种植园做苦力，华人厨师一喊“吃饭，吃饭”，华工们就到了最幸福的时候。之后秘鲁人就将中餐叫作了“CHIFA”，源于粤语“食饭”一词，后来成为西班牙语词汇，还被收入秘鲁字典。

广东华侨博物馆有一张震撼人心的照片：一位衣衫褴褛的华人站在作物园里，他的脸上是疲惫和痛苦，而脚上戴着巨大的镣铐。这就是 19 世纪秘鲁华工的真实写照。

也就是这张照片，让华工的遭遇引起国际社会的关注。经中国与秘鲁交涉，华工的境遇才逐渐有所改善。

劳工契约期满的华工们，在获得人身自由后要自寻工作和住所，却在陌生的社会中感到惶恐无助，需要一个组织来维护他们的合法权益，帮助他们渡过难关。在这个背景下，秘鲁南三顺会馆于 1868 年应运而生，成为南海、三水、顺德乡亲们抱团取暖、同舟共济的平台。

南美洲的南海乡亲不只在秘鲁一地，委内瑞拉、巴拿马、苏里南、牙买加、智利也有数量不少的南海人。

遥望那片遥远的大陆，我们心怀想念和祝福。南海永远有一种期盼和呼唤：常回家看看。

7

行走美洲大陆，寻访南海会馆，我们看到正在发生的转型。

其一是会馆文化的转型。

地域性社团是海外华人社会最重要的社团组织形式，具有较强的凝聚力、认同感和标识感。无论在美国还是加拿大，这样的地域性传统社团始终是华人社会的中坚力量，他们始终将团结互助、救贫济困、维护权益、传承文化作为基本使命。

纽约南顺同乡会副主席陈秀琼有一个忧虑：现在我们的会员普遍年龄偏大，平均年龄已经有 68 岁，其实是不利于会馆传承的。

从旧金山到纽约，再到万锦，三座会馆的侨领都不约而同地表达了对会馆成员年龄断层的担忧，他们最大的期盼是“希望未来能有年轻人加入，将会馆文化传承下去”。

南海会馆的未来在哪里？陈秀琼的设想是“升级”：朝着“商会”的模式转型，吸引更多年轻一代加入。

其二是业态的转型。

北美南海人大部分是做生意的，而且做得很出色，其中三大群体优势明显：肉食店铺行业，几乎是九江人的天下；服装裁缝是西樵人的拿手好戏、声名远扬；开古玩店则是狮山人一统江湖，雄霸一方。

随着时间的推移，格局已经发生变化：经商的南海人越来越少，吃科学技术饭的南海人越来越多。这样的转型是南海人重视子女教育，愿意为此不惜代价、全力以赴的结果。北美南海华侨的第二代、第三代子女，几乎全部接受过高等教育，不少就读于世界名校。科技专业人才比比皆是，完全融入了主流社会。

乘风破浪会有时，直挂云帆济沧海。我们向这样的南海人致敬：他们只讲求实力，从来不相信眼泪。

（原载《南方日报》2020 年 1 月 17 日）

寻访非洲大地上的佛山力量

1

踏上非洲的旅程，我们难掩兴奋和激动。

从空间距离而论，那是一片遥远而神秘的疆域；从情感距离而言，那里却是一片亲情处处、亲情浓浓的土地。那里有太多的佛山乡亲，他们像激情勇敢的舞蹈，震撼那片古老的大陆；他们如迎接黎明的手鼓，壮丽如海上的日出。从文化角度审视，他们是非洲莽原上熊熊燃烧的篝火，让远方的人们发现他们背后的家乡，感知佛山的力量。

寻访全球南海会馆，让我们有机会以一个特别的视角来见证这种生生不息的佛山力量。走进非洲，就是向这样的力量致敬。

曾经听过一个故事：佛山一个代表团到访非洲，下了飞机四处寻找接机的黄色面孔。没想到一位热情洋溢的黑人小伙翩然而至，一开口就是地道的粤语：欢迎各位乡亲来到马达加斯加！

我们没有经历过这样的场面，但我们相信这样的故事绝不是编造的段子。走进非洲，我们知道并见证了这份真实：200 年前漂洋过海来到非洲的佛山乡亲，他们早已和这片土地融为一体，只是梦里长流着珠江水……

远隔重洋，万水千山。因为他们，佛山离非洲很近。

2

最早迷上非洲，是因为一部叫《走出非洲》的著名电影，那片辉煌遒劲、雄浑壮美的风景让人沉醉、彻夜难眠。一直渴望像电影主人公那样走进那片遥远而独特的存在。

我第一次到非洲是去南非。从广州飞约翰内斯堡，下飞机乘车进入市区，发现一座建筑上竖有一块醒目的招牌：顺德家具城。当地人告知：南非的佛山华侨很多，以顺德和南海人为主。

我从佛山来，这个消息让我激动。这块耸立在黑土地上、大都市里的商业广告牌，点燃了我的好奇心：佛山乡亲是何年何月走进非洲的？

后来我又有机会先后走过毛里求斯、马达加斯加、留尼汪、安哥拉、博茨瓦纳、尼日利亚等近 10 个非洲国家和地区。所到之处，无不感受到佛山乡亲的浓情，感触他们的顽强和坚韧、勤奋和创造。记得在科特迪瓦，一位中国外交官说过一句话：搞清楚佛山华侨在非洲的历史和分布，就基本搞清了中国华侨在非洲的情况。

我明白这句话的意思：佛山人是中国人走进非洲的先驱，他们是最早在这里落地生根的中国移民。

寻访全球南海会馆非洲采访组的第一站是毛里求斯。

从飞机上鸟瞰，这个印度洋西南部的岛国俨然像一艘战舰，守望着非洲大陆的门户。事实上，这颗印度洋上的明珠也扮演了中国人走进非洲的桥梁，一直充当亚洲与非洲两个大陆间的移民和贸易中转站的作用。

毛里求斯是华人移民非洲的第一站。南海人、顺德人最早就是从这里登陆非洲的。而后他们中的一些人又顺流而下，来到更加辽阔的岛国马达加斯加。可以说，毛里求斯、马达加斯加是南海人、顺德人扎根非洲的立足点，是他们非洲乐章的雄壮序曲。他们以这两个岛国为跳板，逐渐向留尼汪及非洲大陆蔓延，形成了今天非洲佛山人的分布版图。

早在 17 世纪，澳门就开通了与毛里求斯的航线，到 18 世纪这条航线延伸到东非海岸多个港口。从澳门到非洲、从香港到非洲、从越南到非洲，这是佛山人移民非洲的最早线路。

每一次背井离乡的人都有长长的背影，都有酸甜苦辣的动人故事。

远走非洲的南海人、顺德人大都经历了从苦力到商人的过程。这些佛山人先在雇主的店里干一段时间，一边学着做买卖，一边学当地的语言，然后开始做自己的生意。大部分人先是采取流动贩卖的形式。他们将生活必需品送到偏僻的乡下，用以货易货的方法从农民手上换回各种蔬菜或手工制品，拿回城中心摆摊出售，有点积蓄以后就开一家小商店。这样的生存方式，我们今天走进非洲强烈地感受到了。

1819 年，最早来到毛里求斯的南海人、顺德人在路易港成立忠义堂公司。随着来到毛里求斯的南海人、顺德人明显增加，1859 年成立了南顺会公司，宗旨是团结乡亲、促进乡谊。1894 年 8 月 3 日，南顺会公司集资修建会所，名为南顺会馆。“南顺”即取自这些移民的家乡南海、顺德两个地名的首字。1894 年担任会长的顺德人亚方•唐文亦作为“毛里求斯著名人物”于 2000 年 12 月被印上毛里求斯发行的纪念邮票。

1902 年，会馆扩大，设关帝神坛和祖先神坛。凡是南海、顺德在毛里求斯的同胞，不管男女老少、富贵贫贱，均为当然会员，享受平等对待。这是毛里求斯华侨的第一个社会组织，也为所有华人提供方便。

从佛山人身上，非洲人读懂了中国人的勤奋和团结。

3

打虎亲兄弟，上阵父子兵。

在非洲，南海人、顺德人何时何地都站在一起，他们是肩并肩、手挽手的铁兄弟。尽管这样的“南顺组合”是全球现象，但在非洲表现得更为明显、更为强烈。

南顺会馆，既是一个馆，更是一条心。

在马达加斯加，我们采访了一个年近八旬的长者，他的名字叫维克多•希科尼，祖籍南海，中文名叫陆恒社。20 世纪 30 年代，他的父亲远涉重洋来到这里谋生就再也没有回到梦魂牵萦的家乡南海。一想起父亲的遗愿就眼泪直流的维克多•希科尼纳说：“父亲没有完成的愿望我替他完成了，我已经多次回南海寻亲祭祖。”

2003 年，维克多•希科尼纳出任马达加斯加驻中国大使，在中国工作的 10 多年时间里，他走遍了中国内地所有的省份，最大的感慨是：中国发展速度太快了！

马达加斯加成为第一批与中国签署共建“一带一路”谅解备忘录的非洲国家，这位南海乡亲功不可没。

马达加斯加候任驻华大使也是佛山人，他的名字叫让•路易•罗班松，祖父是顺德乐从人。他是第三代华人，中文名字叫岑信生。

非洲有句谚语：要想走得快，一个人走；要想走得远，一群人走。

走得很远的南海人、顺德人总是心怀故土，充满了绿叶对根的情意。从非洲回国时，一位南海乡亲请我们带上一封深情款款的家书，我们为他灼热的文字感动：“在这里，我想向家乡佛山南海说，在外的南海人始终没有忘记自己是南海的人，心里面一直都挂念着乡里的人、山和水，始终关心着家乡的建设发展……”

4

作为非洲第一大、世界第四大的岛屿，盛产石墨和香草的马达加斯加，为什么会选择两个祖籍佛山的人担任驻华大使？难道仅仅因为他们有华人血统吗？

不。他们有华人血统，更怀有中华文化、中华情感。

在马达加斯加港口城市塔马塔夫，我们看到一片占地面积 180 公顷的荔枝园，它由南海、顺德的侨领们经营。这座城市的荔枝产量占马达加斯加全国产量超过七成。每年 10 月底，荔枝红透，第一艘载满荔枝离开非洲驶往欧洲的大船，也总是从这里出发。

非洲原本没有荔枝，南海人、顺德人是非洲荔枝的缔造者。

塔马塔夫是南海、顺德乡亲登陆马达加斯加的第一站。那时他们一无所有，踏上这片地广人稀的土地，他们首先想到的是种植荔枝，从而开启筚路蓝缕的异国谋生之路。

他们把荔枝带到非洲，还教会当地人种植荔枝。开始时因产量不高，荔枝种植没有普及，那时只有非洲当地的贵族才吃得起荔枝这种营养丰富、色泽美丽的水果。后来看到中国人卖荔枝这么赚钱，越来越多非洲人开始学习佛山人种植荔枝。

飘香的荔枝园，见证了佛山人的非洲贡献。守望荔枝园，就是守望他们的乡愁。“非洲的荔枝怎么也吃不出家乡的那种味道。”与其说这是一种遗憾，不如说是他们对故乡的浓烈思念。

苏东坡说：“日啖荔枝三百颗，不辞长作岭南人。”远在非洲的佛山乡亲更有化不开的荔枝情、岭南心。

佛山乡亲种植了非洲荔枝，也播种了中华文化。

1928 年在毛里求斯创办的培英学校，主要推动者就是南海、顺德的华侨。在马达加斯加的塔马塔夫，华文学校培育出像维克多•希科尼纳这样的翘楚。这样强大的推动力量在马达加斯加、留尼汪、南非等国家和地区也存在，可以说，有佛山人的地方就有华文教育。

马达加斯加之所以有两个祖籍佛山的人出任驻华大使，就是得益于这样的教育。这些落地生根的佛山儿女也很争气，他们刻苦学习，成为先进的非洲人。祖籍南海的维克多•希科尼有一个极具代表性的解释：“我们的先辈在马达加斯加‘揾食’是很艰难的，只能靠自己搏命。我受他们的影响，小时候读书也比较用功，因为不用功，我什么都不可能有。不用功读书，怎么可能有机会到中国当大使。”

5

中国驻毛里求斯外交官这样评价当地的南海、顺德华侨：他们为人很大气，就算只是经营小小的杂货店，也愿意给顾客们赊账……

北京大学非洲研究专家李安山教授指出：从19世纪下半叶开始，南海、顺德华侨把商店开在甘蔗园边，为甘蔗园里的工人服务，让工人和其家庭成员能够先买东西，等种植园发工资的时候再付费。

这样的大度，很契合非洲人豁达的为人态度和乐观的精神。这是佛山乡亲赢得尊重、赢得空间的精神基础。

有一种现象引起我们的注意：今天的南海、顺德经济发达、富甲一方，但两地的老板都不喜欢显山露水，为人处世非常低调。在非洲，不管南海人、顺德人如何成功，他们也都保持一种源自内心的低调。这样的性格，让他们具有超强的环境适应性。

身居异国他乡，如果没有一种集体主义精神，要生存是很难的。既要适应陌生的生存环境，又要保持自身的文化特征，这需要一种集体智慧，而中国文化中“忍辱负重”“以曲求生”“以柔克刚”等通过集体无意识形成的生存哲学提供了在恶劣环境中求生的理性依据。

李安山的这一论断，也让我们明白南海、顺德乡亲为什么在非洲抱团，并且以比较快的速度走过生存—适应—发展的坎坷道路。

2004年建成的南顺世袭大厦至今仍是唐人街上的地标。这是一座集公寓住宅、商店和写字楼于一体的商业综合体，同时也是非洲第一座南顺会馆的新址。

6

中国驻毛里求斯大使孙功谊表示，这里有唐人街，有口味正宗的中餐馆，赶上中国的一些传统节日，这里还会有龙舟赛、有舞龙舞狮。走在毛里求斯的街头，你会经常遇到毛里求斯人用“你好”“恭喜发财”来和你打招呼，你会感觉到毛里求斯人民对中国人民的这种友好是一种根植于历史和文化、发自内心的友好。

出现这样的景象，佛山乡亲可以说是居功至伟。

早在1985年8月5日，佛山就和毛里求斯首都路易港市结为姐妹城市；1997年7月，路易港市在市中心皇家大道上竖立了一座跨街石牌楼，题书“唐人街”3个红色大字。路易港的这个地标建筑是佛山出资兴建的。

这座牌坊兴建的时候，李安山教授就做出预测：到21世纪，中非关系将达到一个新的阶段。21世纪也将是一个中国国民重新发现非洲的世纪。

今天的中国已经走到这样的时刻。

一个强大的祖国，让非洲佛山人感到自豪与荣耀；一个“走出去”的中国，更加凸显非洲佛山人的重要。

寻找非洲南顺会馆，就是佛山作为制造业大市走向非洲的一条通道。

走进非洲的南顺会馆，我们就走进另一个遥远而亲切的佛山。离开非洲的时候，我们有一次刻骨铭心的告别。南海、顺德的乡亲们自发地来到机场为我们送行，那份情感、那种目光，让我们一生难忘。

敬重与惜别，是多么荡气回肠。

电影《走出非洲》里，走出非洲的主人公一遍遍地追忆：I had a farm in Africa（我在非洲有一座农场）。

从非洲归来，我们有最深的祝福和牵挂。

（原载《南方日报》2019 年 12 月 31 日）

只有打开世界，才能更好地发现中国

我做了一件别人没有做过的事情：沿着康有为的欧洲游记线路走了一遍。做这件事情是因为北京大学中文系夏晓虹教授，她是中国最好的梁启超研究专家，她的丈夫是著名文学研究专家、北大中文系主任陈平原教授。有一次在北大参加一个论坛，夏晓虹教授说："康有为思想的巨大变迁是游历欧洲之后，他认为中国人的智力不差、中国的文化底蕴深厚，只要找到适合的路子，也可以进入世界强国之列。"夏教授说这番话的时候，我对康有为了解不多。我想既然在康南海的家乡谋生，就应该补上这一课。从北京回来之后，立即研读康有为的欧洲游记。

从 1898 年 9 月被迫流亡海外，到 1913 年 11 月回国，康有为 16 年间游历了 30 多个国家，行程 60 多万公里，借游记之名，思考中国问题，探讨如何造就一个在体制上、财富上超过西方的新中国。

康有为是从意大利的布林迪西开启欧洲之旅的。在为期半月的时间里，他先后游览了罗马、那不勒斯、佛罗伦萨、威尼斯、米兰等意大利城市。我的寻找康有为之旅也是这样进行的。他所描写的景观大多还在，我突然觉得自己离康有为很近，也对欧洲的历史保护多了一份敬重。2013 年，我有机会到英国牛津大学学习，走进这所历史悠久的世界名校，我就被古老的建筑群震撼了。我住的宿舍是一栋有两百多年历史的建筑，房间幽暗，古老的木窗在深夜的风中发出古怪的响动——是不是闹鬼？我有些惊悚。有一天和牛津大学一位教授聊天，谈到牛津的"老"，教授说："牛津也有足够的能力修豪华、现代的建筑，牛津之所以不做，就是想把大家带入历史场景。你住的宿舍也许就是当年诗人雪莱、历史学大师汤因比、物理学家霍金，还有你们中国学者钱锺书住过的地方，这是多么美妙的邂逅啊……"教授这么一说，我脑洞大开、醍醐灌顶，由此得出一个思考：欧洲人以捍卫历史来创造历史，我们中国人是以摧毁历史来创造历史？

有一年到北京采访全国两会，我到康有为北京故居——南海会馆一看，满目疮痍、痛心不已。回来给南海和佛山的主要领导报告，他们非常重视，立即组织队伍启程前往北京找有关部门协商，想方设法保护南海会馆——这是戊戌变法的策源地。看到北京方面有心无力，南海会馆危在旦夕，南海和佛山决定按南海会馆原始比例在康有为家乡原样复制康有为故居——这就是今天位于南海丹灶的康园。说实话，这个工程耗资巨大，佛山上下有不同的意见，有人甚至认为是面子工程。幸好有时任佛山市市长刘悦伦的力挺和坚持，他接任市委书记之后，工程进度加快，否则很可能见不到今天的康园了。为此，我永远对刘悦伦书记怀有由衷的敬重……

康有为是中国近代史上见识最多的人物之一，他把所见所闻书写下来，让没有机会出国的中国人从他的文字打量世界。我之所以爱写文章、发微信表达自己的见闻和思考，不能不说有康有为的精神启示，它无关炫耀和虚荣。尽管现在出国的人很多，但认真思考的人不多，写出来的更是少而又少。佛山有位陶瓷老板到过意大利博洛尼亚 30 多次，除了观看博洛尼亚陶瓷会展，对这座历史文化名城一无所知。看到我写的关于博洛尼亚的见闻，他说："没想到你出国这么有心，佩服。"我说："出国对你是常事，但对你的几千员工来说，他们可能这辈子永远走不到博洛尼亚。如果你回去给他们讲你在博洛尼亚的见闻，这里的陶瓷产业为啥这么厉害，他们就可以间接来到这座城市，一定程度填补了一种遗憾。"我刚刚说完，他突然握住我的手："讲得太好了，我以前从来没有这么想过……"

今日中国的确可以平视世界了，但比平视世界更重要的是思考世界。今天的美国之所以让我们感到难受，不仅仅因为它具有我们没有具备的硬力量，也有我们没有具备的软实力。不意识到这一点，我们很可能会犯颠覆性错误。从这个角度而言，我们永远要向康南海学习——只有打开世界，才能更好地发现中国。

2022 年 1 月 7 日

广东向华东学什么

前几天，佛山市委书记郑轲率佛山市党政代表团到江浙学习考察，去了江苏的常州、苏州和浙江的嘉兴和杭州。我问过一些代表团成员对华东之行的感受，他们说第一是大开眼界，第二是感觉压力很大。在我的印象中，由市委书记带队到华东地区学习考察，这是最近 10 年第一次。

我看到媒体报道说：顺德区召开区委常委扩大会议，提出要竞标争先，全方位全指标瞄准一流地区比学赶超，积极借鉴江苏的改革经验和创新做法，进一步完善思路举措。我注意到，广东好多地方最近都密集组团到华东地区学习考察。长三角和珠三角是中国经济发展最有活力的两个地方，广东和江苏分别是中国第一、第二经济大省。2022 年，广东的生产总值是 12.9 万亿，江苏的生产总值是 12.3 万亿，但江苏的人均生产总值远远超过广东。广东和江苏都有四个万亿城市，广东是深圳、广州、佛山、东莞，江苏是苏州、南京、无锡、南通，江苏的常州今年估计就会进入万亿城市行列，成为江苏第五个万亿城市，广东的老五是惠州，去年的经济总量是 5000 多亿，离万亿城市还有很远的距离。江苏徐州的生产总值去年也达到了 8457 亿，明年有望过万亿。这也就意味着在万亿城市数量上，广东将长期落后于江苏。广东经济发展的特点是集中，珠三角一株独秀，江苏的特点是比较均衡。从今年上半年的统计数字看，江苏的经济增速和增量都超过了广东。所以，广东的压力很大。佛山和无锡是友好城市，2010 年两地的经济总量差不多，但 12 年后的今天，无锡是 1.49 万亿，佛山是 1.27 万亿，无锡比佛山高出两千多亿。

今年上半年我几次去了华东地区考察，先后走了八九个城市。所见所闻让我触动很大。第一个感触是政府干劲足、发展态势好，改革再出发，不是停留在嘴上，而是落实在行动上。我印象最深的是江苏常州，常州今年要全力以赴进入万亿城市行列、到 2025 年新能源产业规模超万亿元、资本市场新能源常州板块市值超万亿元。常州有两个目标：第一是打造引领长三角、全国领先、全球有影响力的新能源之都；第二是打造全国青年创新创业最向往城市。一座城市怎么选择新赛道，我认为常州为全国做了一个很好的示范。第二个感触是企业家信心十足。我先后参观过华东 10 多家先进制造企业，接触了不少企业家，一个最大的发现是：这些企业都在本地增资扩产，而且工厂建得很漂亮。这是体现信心的标志。常州的恒立液压股份有限公司是全球最大的液压铸造企业。原以为做这个行业的企业都比较脏，没想到整个厂区绿树成荫、花团锦簇，非常漂亮。我和工人们交流，他们很有一种自豪感。像这样的花园式工厂，广东当然也有，但数量肯定不如江苏多。第三个感触是企业接班人素质好。和佛山一样，江苏和浙江很多民营企业都由二代接班，很多接班人都有海外留学的背景。不同的是，江苏、浙江民营企业的接班人几乎都是学理工科的，而且大多是名校毕业，我们佛山接班的二代虽然都受过高等教育，但大多学的是比较好读的专业，比如工商管理、财务管理、国际贸易等等，有理工科背景的接班人少之又少。这种现象会不会影响到佛山制造的转型升级？这是值得关注、值得思考的问题。佛山的干部和企业家应该多去华东看看，有比较才有发现。把压力变成动力，这才是外出学习考察的目的和意义。

2023 年 7 月 25 日

贵州和佛山的区别在哪

非常感谢家乡贵州的领导邀请我回来参加这么一个论坛。我在贵阳工作 12 年之后去了广东。在佛山生活 20 了多年，主要工作就是观察佛山、传播佛山。大会给我的发言时间是 8 分钟，介绍佛山的乡村振兴经验。之所以给我这个题目，我想主要是因为两点：第一我是在佛山生活的贵州人，第二是中央把帮扶贵州乡村振兴的任务交给了广东。

佛山是一座工业城市，工业总产值全国第五，经济规模去年是 1 万多亿元，人均 2 万美元，算是中国的发达地区。佛山强在实体经济和民营经济。与贵州相比，佛山最大的不同在于，乡镇是佛山经济的主战场，在贵州，城市才是经济的主战场。佛山大多数著名企业都是在乡镇，很少在中心城区。比如顺德北滘一个小镇，就有美的、碧桂园两家世界五百强。一个美的背后，有 800 多家本土配套的小企业，由此形成一个世界级的产业链条。佛山拥有全国地级市中最多的村级工业园，这是佛山的特点，也是佛山的短板。1500 多家大大小小的村级工业园既创造了财富，也对环境造成了很大的破坏。

佛山和贵州第二个不同在于，佛山老板们对本土的文化、水土有很高的忠诚度，他们扎根实业，扎根本土，不离不弃，成为佛山经济发展的中流砥柱。有这个铁打的营盘，就不怕流水的官。在中国富豪榜上，前两百名中有 20 多个佛山老板，佛山是中国出富豪最多的地方之一，但这些老板没有一个搬到别的地方居住，大多生活在小镇上。而在贵州，比如我的老家松桃，有点钱就搬到县城、发财了就搬到省城、搞大了就搬到京城。佛山之所以要全力打造一流的营商环境，第一个出发点就是不能辜负企业家对家乡的信任和忠诚。刚才坐在下面的时候，办公厅一位领导朋友过来和我聊天，他问我佛山营商环境为什么有这么好的口碑？我说佛山营商环境好不是因为佛山干部的水平比贵州干部高，而是佛山民营经济比贵州强。贵州只有官场、缺少市场，佛山也有官场，但更有市场。因为有强大的民营经济，具备和官场谈判和博弈的筹码。在强大的市场面前，官场不敢那么放肆和傲慢，懂得尊重和妥协。这就是贵州和佛山很大的不同。

佛山的乡村振兴，不是产业问题，而是乡村形态和生态的重塑。进门像欧洲，出门像非洲。佛山付出了很大的代价。贵州最好的土特产不是茅台、不是老干妈，而是我们良好的生态。守好发展和生态两条底线，走出一条不同于沿海地区、有别于内陆地区的贵州之路，这是国家最高领导人对贵州的要求，也是贵州乡村振兴面临的最大挑战。我认为贵州最好的榜样是浙江，浙江最大的特点是经济发展比较均衡，最富的地方、最穷的地方差距不是很大，农村比较富裕，环境又很不错。很多浙江干部被重用，不是因为上面有人，而是他们确实做得不错。不像广东，中国最富的地方在广东，最穷的地方也在广东。广东是中国经济第一大省，珠三角九个市占全省 25% 的土地、40% 的人口，却控制了 85% 的财富，而辽阔的粤东、粤西、粤北，只占据不到 15% 的财富。广东有些县城，远远不如我老家松桃看起来舒服。我在广东这 25 年，广东一直把缩小粤东西北和珠三角的差距作为重要的目标之一，但 25 年过去，差距不但没有缩小，反而越拉越大。新一任广东省委书记到任后，广东现在把“百县千镇万村高质量发展工程”作为头号工程，这是因为广东实现高质量发展的突出短板在县、薄弱环节在镇、最艰巨最繁重的任务在农村。我去过几乎所有的西方发达国家，我发现今天中国和西方发达国家的最大差距不在城市，不在产业，而在农村。他们的农村环境形态非常好，既可以安顿身体，也可以安顿灵魂。比如欧洲的农村保持得很好，他们是用捍卫历史来创造历史，而我们中国很多地方，是以摧毁历史来创造历史。500 多年前，刘伯温写过一首诗：江南千条水，云贵万重山。再过五百年，云贵赛江南。现在时间已经到了，希望贵州老家为中国的乡村振兴走出一条贵州道路。我就说这些，节约出一分钟时间留给后面的高手。

2023 年 8 月 18 日

佛山与无锡的南北呼应

在中国 333 个地级市中，经济实力最强的前三名是苏州、无锡和佛山。尽管无锡的经济总量比佛山多出 2000 亿，但这两座城市的可比性很强，一个是“岭南明珠”，一个是“太湖明珠”，佛山有“天下四聚”之荣耀，无锡有“小上海”之美誉。历史上佛山和无锡都是中国民族工业的发源地，佛山的顺德和南海很牛，无锡的宜兴和江阴也很厉害。

佛山和无锡 1987 年结为姊妹城市，双方你来我往、交流频繁，这样的互动既是朋友联络感情，也是对手刺探军情。无锡人有很强的优越感，从它的一些地名别称上就可见一斑：崇安公园号称“华夏第一园”，南禅寺号称“江南最胜丛林”，惠山号称“天下第一山”，江南大学号称“江南第一学府”，一个灵山大佛脚下就打出 4 个“第一”——华夏第一壁、神州第一鼎、天下第一掌、江南第一钟，相比之下佛山显得低调，少有这份自恋。

无锡人很愿意推销无锡，有一次我到无锡，当地朋友这样介绍：“我们无锡土豪太多了，光千万富豪就有 14200 人。”我问他数据从哪里来？朋友说是福布斯公布的，我随后一查那年佛山千万富豪的数量是 22000 个，比无锡多出 7800 个。从数字上看，佛山的民间存款远超无锡，私人轿车拥有量也非无锡可比。在福布斯发布的中国大陆最佳商业城市百强排行榜上，无锡排名第四，佛山第十四位，差距不小。但我始终相信一个盛产富豪的地方，其商业环境不可能不好。从这点而言，佛山人也要有无锡人那份自信。

佛山与无锡赢得未来的关键取决于草根企业如何脱胎换骨。一般而言，一座城市的活力有 4 个构成要素：一是要有企业家群体，二是要有人才群体，三是要有产业群体，四是要有资本群体。佛山 PK 无锡劣势在于人才群体。作为闻名中国的“院士之乡”，无锡的科技文化力量远远超过佛山。参观无锡民居，家家都有书房，反观佛山，家再大也鲜见书房，家再小也必有拜财神的地方。有人戏言无锡人为文而生，佛山人为财而活，佛山无锡都步入了创新驱动的历史时刻，人才因素成为引领地区发展的核心力量。

无锡推出“东方硅谷”的构想，佛山也花大把钱建平台引人才。谁比谁更亮？谁比谁更牛？这个话题的背后，其实是珠三角和长三角之争，无锡和佛山的PK现在还分不出高下。

2022年4月4日

佛山要向合肥学什么

这两年，全国各地很多人去安徽合肥考察学习，佛山也是，前几天我和南海制造业全国“隐形冠军”企业的老板们也去了合肥，不久前顺德也组织顺德企业家到合肥交流，大家感受很多，感触很大。我今年已经去了4次合肥，今天来说说我的合肥印象。

现在的合肥是全国最大的黑马城市，20年前的合肥很不起眼，虽然是安徽的省会，但存在感一点都不强，如果不是因为有一所中国科技大学，我相信很多人想不起合肥有什么，哪怕是10多年前，合肥的知名度、美誉度也还是很低。

很少有人会想到今天的合肥会这么风生水起，如日中天，成为继上海之后第二个国家科学中心城市，被著名的《经济学人》杂志评为全球城市发展最快的城市之一。

记得2010年初春，我在北京采访全国两会，安徽日报一位朋友还专门约我谈佛山经济发展之道，那时合肥的生产总值是2300亿，佛山是4800亿，合肥不到佛山的一半。没想到此后的合肥，以令人恐怖的速度奔跑，只比佛山晚一年进入中国万亿城市俱乐部。2021年佛山的生产总值为1.22万亿元，合肥的生产总值为1.14万亿元，双方的差距微乎其微。

有人预测合肥今年很可能要超越佛山，这个预测准不准，现在还不好说，但合肥超越佛山是没有悬念的，而且时间会很快，毕竟合肥现在的创新氛围、创新能力、创新资源都是佛山不能比的。12年前我和安徽的媒体朋友谈佛山的民营经济、民营企业家，说起美的、碧桂园、海天、联塑这些佛山民营企业，他们一脸羡慕，那时的合肥还真的没有几家拿得出手的企业和亮眼的产业集群。10年过去，我们佛山故事的主角还是美的、碧桂园、海天、联塑这样的老革命，让人为之欢欣鼓舞的新产业、新业态还没有出场，但合肥的情况就全然不同，他们在新能源汽车、集成电路、生物医药等产业技术领域取得了重要突破，涌现了像京东方、蔚来汽车、科大讯飞这样一批具有国际竞争力的创新企业。这一点，佛山很羡慕合肥。

我记得一个细节，那天我在北京首都大酒店大堂咖啡厅和安徽媒体朋友聊天的时候，隔壁坐着全国人大代表、南海志高空调的老板李兴浩，他正在接受几家中央媒体的联合采访，李兴浩讲得很激动，声音也很大，那时的志高空调差不多做到了100亿。是南海最大的本土企业，李兴浩豪情满怀，10年内要做到1000亿，谁也没想到10年之后的志高却退出了历史的舞台，让人一声叹息。尽管现在佛山的经济总量还是比合肥多那么一点点，但佛山是肥，合肥是壮。这样说合肥和佛山不是长别人的志气灭自己的威风，而是希望激发佛山砥砺奋进，拿出精气神，捍卫一座城市的尊严和荣誉。

这几年佛山的领导干部和企业家到合肥考察的人很多，去了这么多次，去了这么多人，我们应该好好想一个问题：佛山到底应该向合肥学什么？合肥有今天这样的势头和前景，当然有很多禀赋和优势，比如合肥是省会城市，而且有一所非常厉害的中国科技大学，这些都是佛山学不来的。哪些是佛山可以学的？我认为有这么几条：

第一，像合肥那样抓创新。创新已经成为合肥这座城市的最大标识、最大动能和最大潜力。合肥有一句话让我印象深刻——视创新如生命，把创新当使命，抓创新像拼命。从平淡无奇到举世瞩目，合肥靠着技术创新，产业升级这股劲实现了完美“逆袭”，正逐渐成长为具有国际影响力的创新之都。巢湖边上有一座很漂亮的建筑叫“安徽创新馆”，这是全国第一个创新馆。我们佛山去合肥考察的人，最应该去那里参观，走进去好好看看，就知道一个充满创新精神的合肥是怎么诞生的。

第二，像合肥那样有担当。合肥市委书记说过一句话——主政者要敢于担风险，只想保险，怕担风险，干不成事。2008年合肥准备拿出90亿元入主当时举步维艰的京东方，但因为这笔投资几乎是合肥当时财政收入的80%，而且前景难料，项目报告在上报的时候被否决了，但当时的合肥市委主要领导力排众议，并坚决顶住压力，通过召开市委常委扩大会的方式，推动项目上马。蔚来创始人、董事长李斌曾经多次在公开场合表示是合肥出手把蔚来从ICU抢救出来的，这不是夸张，而是事实。合肥的担当不是胆大妄为，更不是敢于“豪赌”，而是基于科学的决策、严密的论证、专业的眼光。

第三，像合肥那样敢投入。合肥市科技局局长对媒体说：“我们可能不是最有钱的城市，但我们是最舍得在科技方面花钱的城市。”在中国现有23座万亿城市中，合肥是起点最低的一座城市。2006年合肥的经济规模突破千亿大关，2015年突破5000亿大关。时隔5年后的2020年，合肥生产总值翻了一番，突破万亿大关，这样的速度背后就是合肥的科技投入所带来的产业迭代升级效应。

前几天南海企业家去科大讯飞考察学习，听了科大讯飞副总裁方明教授两个小时的精彩报告，大家深受震撼。在座谈的时候，南海区区长王勇用“6个放”寄语在场的南海企业家们：放宽视野、放下身段、放大规划、放胆开拓、放开心胸、放射光芒。这番话是说给南海听的，但也值得佛山好好品味，再不努力我们真的会变得落后。

2022年9月7日

广东考生该不该出省读大学

这几天很多家长都在和高考的小孩商量怎么填志愿，有一个朋友征求我的意见，我说最好到外省去读大学，他说怕小孩不适应外省的饮食。这几年我遇到这样的事情还不少，有的家长说孩子习惯南方温暖的天气，不习惯北方的干燥寒冷，有的说外省一些学校没有空调，广东人感觉很难熬，甚至还有人说北方一些大学是在澡堂里边洗澡，大家全身光溜溜的，这样的场面很难让广东人适应。

我在大学教过很多年书，每次给新生上课的时候，我都会这样对学生们说，恭喜你们考上大学，但遗憾你们考上的是佛山大学，学生回答读佛山大学挺好，离家近回家方便，去外地吃东西太难吃了，生活不习惯。我说不要让一煲“老火靓汤”限制了大家的想象力。

我这样说不是因为佛山不好或者佛山的大学不好，而是你们在这个地方生长，又在这个地方上大学，会影响你们的格局和视野。

如果到外地大学读书，你们可以接触到不同地方的同学，比如一个宿舍里边可能有上海的、新疆的、东北的、西南的，4 年下来你们就可以了解一个多元多彩的中国、一个复杂的中国，因为每个学生的身上都折射出他那片乡土的特质。你们现在到佛山大学读书，宿舍里很可能上铺是顺德的，下铺是南海的，左边是三水的，右边是高明的。你们坐拥禅城很可能失去中国。

当然，现在佛山的大学已经面向全国招生了，在佛山也可以拥有中国。我主张广东学生应该多去外省上大学，想一想，如果孙中山先生当年不北伐，他的历史地位肯定是另外一种评价。

再看看佛山的历史，中国第一家机器缫丝厂创始人陈启沅、中国第一家国产烟厂创始人简氏兄弟、中国第一台相机发明人邹伯奇、中国第一条铁路设计者詹天佑，哪一个不是在外面闯荡出来的？如果他们因为喜欢喝汤而窝在佛山不走，今天的佛山哪有这一份历史的荣光？历史告诉我们，打开眼界才能打开世界。

2022 年 6 月 26 日

中国足球要好看　贵州榕江当教练

天气越来越炎热，最热的地方在贵州榕江，被称为“村超”的榕江乡村足球联赛人气超高、火爆全网。央视名嘴韩乔生到现场解说，英格兰世界级球星欧文也录视频点赞。中国外交部部长助理、发言人华春莹更是定性：“村超”是伟大的比赛！

这段时间，我一直关注榕江的村超盛况，看到绿茵场上那些为足球而奔跑的健儿、看到球场边上那些为足球而欣喜若狂的农民、看到韩乔生爬上梯子激昂解说的场面，我一次又一次被家乡感动。这是人民的快乐，这是真正的体育。榕江村超的全网浏览量已经超过20亿次，这样的足球热浪，中国历史上从未有过。

我去上海出差，一位曾经在贵州黔东南工作多年的上海老人对我说：第二故乡的村超让他热血沸腾、泪流满面，像榕江这样踢球，中国足球就大有希望。

我也是一个球迷，屡战屡败的中国足球让我一次又一次欲哭无泪。1999年10月29日，中国足球队不敌韩国，失去参加悉尼奥运会资格的当天晚上，我给《足球》报写了一篇短文。我说：土教练不行，我们请洋教练；请德国人不行，我们请英国人；中国孩子的足球意识不行，我们把他们送到巴西训练；客场不行，我们还有主场。中医、西医，甚至江湖郎中都看过了，可中国足球依然举而不坚、坚而不射，是不是20世纪的中国足球注定有一个尴尬的尾声？

2010年南非世界杯上，加纳足球队一路狂奔，历史性杀入8强。我很好奇：一个贫穷的非洲小国为何能够取得骄人的战绩，成为让人尊敬的强大对手？2017年10月，看到冰岛足球队第一次晋级世界杯决赛，我很纳闷：一个冰天雪地、人口只有32万的北欧岛国，为什么可以踢出这样的足球？后来，我有机会行走这两个国家，所见所闻，让我肃然起敬：在加纳，坑坑洼洼的沙地上，到处是光脚踢球的孩子，没有什么客观条件可以阻挡他们对足球的热爱。在自然环境恶劣的冰岛，我发现有很多室内足球馆，设备很好，还提供地暖，全年都可以踢球。无论是非洲的加纳，还是北欧的冰岛，足球都是一种娱乐、一种生活方式。我一直期待：中国什么时候才能有这样根植于民间的快乐足球？

万万没想到是家乡贵州的榕江站了出来，上演了精彩绝伦、光芒万丈的村超。这是足球的狂欢，这是人民的节日。

榕江的足球历史并不长，抗日战争时期，广西大学迁入榕江，将足球运动传入榕江。80 年过去了，榕江人民一直深深热爱这项运动，而且以举世瞩目的村超让大家想起了不太出名的广西大学。暑假就要来了，我建议广西大学足球队造访榕江，和卖鱼卖猪肉、开挖掘机打零工的村超球员们一起享受足球的快乐。这是最好的纪念，也是最好的出发。

村 BA 之后又有村超，高原贵州又一次万众瞩目。新华社发表文章追问《为什么是贵州》，我想这样回答：高山流水，空谷幽兰。在没有被污染的地方，我们可以看到干净和纯粹。这是生命该有的状态和模样。生活不止苟且，要敢于活出动静来。动静贵州，有不同寻常的奋进和精彩；中国足球要好看，贵州榕江当教练。

2023 年 6 月 12 日

摩洛哥首富：我们很欢迎佛山制造

我现在正在摩洛哥的首都拉巴特。现在是拉巴特的黄昏。在非洲，摩洛哥是一个比较小的国家，人口和面积都比较小，但是摩洛哥的经济发展得比较好，经济总量在整个非洲占第五位。我这一次来摩洛哥最主要的任务之一，就是要采访摩洛哥非常有名的一个企业家，也是摩洛哥最大的一个房地产商。之所以要采访他，是因为他和佛山制造、和我们佛山的企业家有很深的关系、很深的渊源。

我要见的这位企业家叫法乌兹•查比，他是摩洛哥著名家族企业哈比利尔 伊思卡恩集团的老板，他既是摩洛哥最大的房地产老板，也是摩洛哥的首富，实力和影响力都很大。

法乌兹•查比在拉巴特市中心有一个很大、很漂亮的庄园，他本人就在这里办公。

2017 年，法乌兹•查比专程到顺德考察，参观了美的、碧桂园、顺德职业技术学院和旭晖科技，对顺德的发展和顺德制造赞叹不已。回国以后，他的楼盘、酒店和学校开始大量采用顺德制造。

法乌兹•查比之所以来到顺德，是因为他和顺德企业家、旭晖科技董事长马旭聪有多年的商业合作，也有很深的交情。

他在采访视频中说："我的名字是法乌兹•查比，是摩洛哥的企业家，我们集团主营板块其中之一是私立学校。我认识 Tony 已经好多年了，我在 2017 年特意去了佛山了解他的业务。他的教育装备产品让我产生了浓厚的兴趣，我将重新筛选并计划新建造一间学校，将采购来自佛山 U-feel（旭晖科技）公司的教育装备。我了解 Tony 在德国有着多年的业务和合作并为他感到骄傲，我衷心希望未来能够加大我们在摩洛哥的合作。"

法乌兹•查比非常热情，亲自开车带我们游览城市、品尝美食。他说他到顺德受到热情款待，让他很受感动。

法乌兹•查比说，最能代表摩洛哥发展态势的地方是马拉喀什，那里正在大兴土木，很需要价廉物美的佛山制造。他建议我亲自去感受一下，把摩洛哥机会传递给佛山企业。

一到马拉喀什，我就感受这座城市的热火朝天。这里到处是工地，各种楼盘的广告比比皆是。到处都是脚手架，到处是塔吊，这就意味着发展，这就意味着机会。希望佛山制造早点过来，这是机会！

2023 年 8 月 30 日

地中海边祭三毛

我太粗心了！

在规划西班牙行程的时候，我怎么也没想到三毛，没有想起三毛和这个国家的关系。直到看见漫山遍野的橄榄树，我才如梦方醒。

从马德里驱车沿A3高速公路南下，前往地中海边的瓦伦西亚。公路两边到处是郁郁葱葱的橄榄树。我想起西班牙是橄榄油王国的同时，也突然想起那首著名的《橄榄树》——

不要问我从哪里来，我的故乡在远方。
为什么流浪，流浪远方流浪？
…………
为了梦中的橄榄树，橄榄树……

这是三毛写的词。橄榄树是三毛的远方，橄榄油是三毛的眼泪。

在奔向地中海的路上，我一遍又一遍地播放这首歌，马德里也在歌声中变得模糊而遥远。我痛恨自己——为什么不去马德里大学去看看？它是三毛的母校啊。

在那所我错过的马德里大学校园，三毛认识了比自己小8岁的荷西；荷西爱上了比自己大很多的三毛。在一个阳光灿烂的黄昏，荷西对三毛说：等我6年，我要娶你。三毛只是笑笑，笑得有些苦涩，有些勉强。那时，她不信荷西，也不信自己。

告别马德里，三毛回到台湾。没有荷西的日子，三毛谈了几场轰轰烈烈的恋爱，但甜蜜最终化为悲情。

天佑荷西！6年之后，三毛又回到西班牙，回到马德里，又见到久违的荷西。让三毛感动的是，荷西对她的爱情居然还像他的胡子一样浓密！

狭路相逢，退无可退，无须再退。他们在一个鸟不惊飞、狗不乱叫的夜晚重叠在一起。从地中海边来到遥远的撒哈拉沙漠，荷西给她找来一头骆驼骨架。这个礼物，三毛钟爱一生。

在那里，他们互为日月，彼此包容。两个性格各异的男女，尽情张开生命的裂缝，让阳光照得通透明媚。幸福如同暗夜一般盛开和呻吟，他们的伤口就是这样愈合的。

情深不寿，他们是一对短命的鸳鸯。那一年中秋，荷西潜入深海，却再也没有上来。荷西魂归大海，三毛无枝可栖。

三毛整夜整夜地望着大海，遥想荷西家乡那片一望无际的橄榄树。曾经沧海难为水，除却巫山不是云。没有荷西，三毛的人生只剩下归途。

我最早读到的三毛作品是《梦里花落知多少》，那段泣血的文字让我至今难忘、回旋在心——

“当他的尸体被打捞上来的时候，那天是中秋节，那时候日已尽，潮水退去，皓月当空的夜晚。交出了再不能看我、再不能说话的你。”

我还记得我也是夜晚读到这段文字。那夜，我陪着三毛一起泪流满面。

后来，三毛回到那座岛上，整天整天坐在荷西的墓旁，用油漆一遍又一遍地刷新荷西之墓的十字架。我则整天整夜、如饥似渴地阅读三毛的文字。

我爱三毛。一个叫肖全的成都摄影师拍了一组三毛的照片，我一直珍藏到今天。

三毛说过：一个人至少拥有一个梦想，有一个理由去坚强。心若没有栖息的地方，到哪里都是在流浪。

我已经做好充分的准备：绝不会让三毛从我的生命中消失。

三毛最终还是走了。因为荷西的召唤？因为她不可承受的思念？

那年我去台湾，特意去了三毛的母校——中国文化大学。在文学院那间三毛坐过的教室默默地坐了很久。第二天我又去新北市金宝山墓园，邓丽君墓地不远处就是三毛的墓地。

我没有准备鲜花。走到她的身旁，突然冒出一句：你抽烟吗？三毛。

我点上一支香烟，烟雾升起，泪水滑落。

今夜月明星稀，我站在地中海北岸。潮起潮落，让人心烦意乱。

从我站立的地方往南，几十公里之外就是安达卢西亚的门户哈恩。那是荷西的故乡，也是西班牙最大的橄榄油产地。那是三毛熟悉的风景。漫山遍野的橄榄树是三毛的牵挂和灵感。

女人是水做的。不！三毛是橄榄油做的。只有橄榄油的女人才能写出这样的文字——流浪远方。

我遥望那座群岛，岛上的三毛纪念碑建在荷西出事的海边。我知道这座由三根柱子和八块礁石构成的雕塑——三根柱子，代表三毛，礁石代表热爱海洋的荷西，它纪念着三毛和荷西的爱情。

三毛，你安息吧。

三毛，追随你那么久，我也感觉累了。从我站立的地方到三毛的那座岛上，有 1000 多公里的距离。路途遥远，我已经无力抵达。三毛，今夜你是我不及的梦，那就做一个了断吧。不是因为时间是最好的药，而是我记住你的话——

我迎着朝阳站在大海的面前，对自己说，如果时光不能倒流，就让这一切，随风而去吧。

2020 年 2 月 3 日西班牙瓦伦西亚地中海边

西撒哈拉祭三毛

到达西撒哈拉阿尤恩（Laayoune）小镇的时间正好是中国的七月半，这是一个烧纸祭拜的时刻。站在三毛故居，我两手空空。所有的仪式都免了，一颗心也许是最好的祭品。

三毛，你每天要去的那家邮局还在，它至今还是邮局。你和荷西的旧居也还在，只是房门紧闭，锈迹斑斑。22171 的门牌号码还在，比我先到的中国同胞已经在上面写下你的中文和英文名字，以及你出生和辞世的年代。

三毛，我知道你的烟瘾很大。现在我就坐在你的门口，也替你点上一支我从祖国带来的中华，静静地和你聊聊吧。

我记不得是什么知道你的名字了，但让我死心塌地追逐你的那个时刻我刻骨铭心：1989 年 12 月，一个寒风凛冽的冬夜，我和她围炉夜话，通宵达旦。她是我的同学，你是她的偶像。在大学中文系教授现当代文学的她，几乎精读了你的全部作品，只要说到三毛，她总是行云流水、光芒四射。那夜，我们的话题围绕你的《撒哈拉的故事》展开，她说我听。必须承认，她对你的理解、感悟，我至今还没有发现有人比她更深刻、更感性、更澄明。那一夜，我在她娓娓道来的话语中万水千山走遍，只是我没有意识到：这样的夜晚以后是雨季不再来了，我也成了哭泣的骆驼……

对了！畅谈三毛的那个夜晚，我和她都抽着香烟。

那个夜晚不久，我的身体和灵魂也开始像三毛那样流浪，无论多少言辞都说不清梦里花落知多少……

我决定寻找三毛。

2013 年中秋，我到中国台湾采访，三毛的母校——中国文化大学校长李天任教授给我列举杰出校友的时候，第一个名字就是三毛。那一刻，我很激动。我特意到三毛当年坐过的教室坐了一会，很可惜教室里不能抽烟……

后来，我又去了德国柏林的歌德学院、美国伊利诺伊州立大学、西班牙马德里康普顿斯大学，这是三毛曾经求学过的地方。2020 年初，我的西班牙之行，专程去了荷西的家乡安杜哈尔。走到那片到处是橄榄树的地方，我才明白三毛为什么会写：不要问我从哪里来，我的故乡在远方……

我曾经以为今生无缘走到遥远的西撒哈拉，不能见到阿尤恩小镇是什么样子。万万没有想到我居然又有了行走摩洛哥的机会，喜出望外地踏上三毛一生中最多故事、也最精彩的地方。对很多中国人而言，这里是世界的尽头，是想象之外的边地。我居然来了，三毛，你说这是不是我们命中注定的缘分？

念念不忘，必有回响。我越来越信电影《一代宗师》的这句台词。

西撒哈拉初秋的早晨有一些凉意。我去看了邮局，当年的三毛就是从这里接收家人寄来的给养，《撒哈拉的故事》手稿也从这里寄到中国台湾出版，让全球华人从此记住了撒哈拉。我努力寻找曾经和三毛认识、有过接触的人。几个坐在三毛故居附近早餐的中年人只讲法语和阿拉伯语，借助别人的英语翻译我听出了一个大概：Echo（三毛的英文名）是他们镇上第一个来自中国的女子，听见过三毛的老人说，她喜欢抽烟，经常和她的西班牙丈夫吵架、打架，翻译用的是“Beat to death”，这是“打死架”的意思。这话我也信，三毛的性格就应该是这样。别以为打架的夫妻没有爱情，这个世界有多少相敬如宾的男女，灵魂深处都是血泪……

三毛，现在已经是摩洛哥的凌晨两点，我必须打住。今天一早，我要从马拉喀什去到大西洋边的阿加迪尔，他们说那里是摩洛哥的三亚，海水特别蔚蓝、天空无比明媚。他们还说那里有很多很多橄榄树。

三毛，你说生命就是流浪，能够流浪的生命其实也是一种自由。没有你的日子，我会享受流浪、痛饮自由。还有还有，为了梦中的橄榄树……

2023 年 8 月 30 日凌晨摩洛哥古城马拉喀什

后 记

编校《醒世龙言》这本书稿的时候，北国已是银装素裹，南方依旧花木葱茏，窗外的佛山丽日蓝天、阳光明媚。

感谢这座城市，感谢这片热土，四季都有花开的佛山给予我太多的机会和运气、激情和灵感。《醒世龙言》是我第二本写佛山的书，也是我来到佛山工作生活的第 25 个年头。

《话龙点睛：转型中国的佛山观察》是我第一本写佛山的书。出版发行之后，市场反响不错，多家媒体也发表了报道和评论。我深深知道：这本书卖得不错，不是我的文章写得多好，而是广大读者以市场化的方式回报我 20 多年对佛山用心用情的观察和研究。

我的很多文章是在《南方日报》发表的。南方日报社老社长杨兴锋说我的评论是"党报评论写作的开先河之举"；时任人民日报副总编辑卢新宁说："像龙建刚这样，以一个新闻人的视角、以新闻评论的方式深入研究一个地方，从全局视野洞察大势，达到如此深度，取得如此成果，全国不多见，就是我们《人民日报》的记者，也很难做到。"

我把这样的褒奖当成前进的动力、努力的方向。

来佛山之前，我长期在报社做文字记者，每天靠写稿子过日子。20 多年前来到佛山，在佛山大学教书的同时，也应邀在佛山电视台主持一档叫《话龙点睛》的新闻评论节目，承蒙大家厚爱，收视率颇高。因为这个平台，我也和佛山的电视观众混个脸熟。有一天我去菜市场买菜，买了五斤排骨，没想到卖肉的师傅在装袋的时候把剩下的一堆排骨全部给了我。他说他很喜欢看我的节目，这点排骨不要钱，算是他的一点心意。无论我怎么给钱，他就是不收。最后他问能不能和他照张相，我说可以。之后他用粤语大声呼叫另外一位师傅："过来帮我照相，他是《话龙点睛》，佛山电视台的口水佬啊！"话音刚落，周边卖鸡的、卖鱼的、卖豆腐的都围了过来，有个拿着砍刀的大妈边走边说：今天终于看到活的了……那种场景，让我很不好意思。拍完照片，我赶紧提起排骨落荒而逃……

《话龙点睛》主要以评论佛山的事情为主，这样就迫使我每天必须阅读大量的佛山新闻。四年下来，相当于读了一个佛山研究的本科。这四年的工作，让我对佛山有了系统的观察和思考。

2021 年 1 月，佛山市新闻传媒中心醒目视频又邀请我做一档视频评论节目，定名为《醒世龙言》，社会各界的反响出乎大家的意料。这本书所收录的文章，很多就是《醒世龙言》视频播出的文稿。2022 年的第一天，也就是《醒世龙言》上线一周年的时候，有关部门专门组织召开了一次座谈会。我在发言中说，《醒世龙言》走过一年得到这么多的赞誉，不是我们节目做得多好，而是我们来到了一个全然不同的时代：第一，这是一个新媒体时代，人们的注意力都集中在手机上；第二，这是人人都有麦克风的时代，在众声喧哗的时候，有思想、有观点、正能量的声音，又成了稀缺资源；第三，我们的新闻传播从过去的事实新闻时代，来到了观点新闻时代，观点也是新闻。现在做视频评论的人很多，很多人是在传播知识，而我更多的是传播见识。知识是被动的智慧，见识是主动提炼的智慧，见识必须以知识为基础，否则只是停留在看表象、看热闹的层次。知识必须和见识结合起来，才能升华为智慧。没有见识空有知识，那不过是会移动的书柜；没有知识光有见闻，那不过是满世界跑的路人。我的优势在于读过不少书、走过不少地方、见过不少场面、经历不少事情，我的目标是努力让大家得到有观点的新闻，在看到浪花的同时，也看到潮流的方向。

行走无疆，思想无界，这是我的信仰。2015 年 3 月，我在给学校领导的辞职报告中写到——

我之所以决定告别校园，是决心去拥抱一个比校园更大的世界。18 年的高校教师生涯告诉我，我很难适应这套游戏规则。我无力改变，只能选择离开。我没有怨，更没有恨，只是想过自己喜欢的日子，做更适合自己的事情。来到这个世界，没有人可以活着回去，我只希望去感受更多的酸甜苦辣。人生苦短，我必须抓紧时间。

我 1985 年大学毕业进入政府机关，成为按时上班、按时领取工资的“圈养动物”。后来我又调入媒体和高校，成为一个有单位托底，偶尔出来打点“野食”的“放养动物”，现在该是彻底成为一个自谋生路的“野生动物”了。

对于一个已经 51 岁的人而言，选择辞职可能有点晚、也充满危险，但我还是决定一试，无论结果好坏，我都无怨无悔。所以，恳请学校领导批准我的辞职。

沿途都是风景，我不想在一个地方停步。当告别到来的时候，我把爱与祝福留给校园，留给所有的同事。

再回首，我已经在“体制外”度过了八年时光，历经不少，感慨很多。很庆幸躬逢盛世，遇上一个可以选择生活的中国，活在一个万类霜天竞自由的时代。在《醒世龙言》即将出版发行之际，我想起一首歌——

孤独站在这舞台
听到掌声响起来
我的心中有无限感慨
多少青春不在
多少情怀已更改
我还拥有你的爱
…………

2023 年 11 月 20 日